ANNE MALLORY

Labyrinth der Leidenschaft

W0338269

Buch

In Kindertagen verband die schöne Abigail Smart eine zärtliche Freundschaft mit dem unwiderstehlichen Valerian Danford, und das, obwohl Valerian ein Lord, der Erbe eines Herzogtums, ist und Abigail die Tochter eines Händlers. Doch nicht nur das, Abigail hat ein gefährliches Geheimnis – eine ganz besondere Gabe –, das sie zu erbitterten Feinden werden ließ. Als sie sich nach Jahren wiederbegegnen, versucht Abigail nach Kräften, die knisternde Leidenschaft, die erneut zwischen ihnen aufflammt, zu ignorieren. Denn Abigail ist sich sicher, dass Valerian ihre Gabe nie billigen wird.
Valerian begehrt Abigail mit jeder Sekunde mehr, obgleich er weiß, dass sie von seiner Familie niemals akzeptiert werden würde. Doch dann gerät er in tödliche Gefahr, aus der nur Abigail ihn befreien kann, und sie erkennt, dass sie etwas an diesen Mann bindet, das stärker ist als die Vergangenheit. Doch kann sie ihm jemals wieder vertrauen?

Autorin

Seit Anne Mallory im Grundschulalter die Liebesromane ihrer Mutter entdeckte, ist sie selbst begeisterte Leserin von historischen Romanzen. Ihr erster eigener Roman war unter den Finalisten für den Golden Heart Award 2003 der Romance Writers of America, seither begeistert Anne Mallory mit ihren spritzigen historischen Romanen Fans und Kritiker gleichermaßen. Von der Romantic Times wurde sie 2008 für den Career Achievement Award nominiert. Neben ihrer Leidenschaft für das Schreiben ist Anne Mallory begeisterte Hobby-Sammlerin und liebt Katzen und Schokolade. Anne Mallory lebt in Kalifornien in der Nähe von San Francisco.

Entdecken Sie die Autorin unter: www.annemallory.com
und www.blanvalet.de

Von Anne Mallory bei Blanvalet lieferbar:

Skandal der Herzen (37407)

Anne Mallory

Labyrinth der Leidenschaft

Roman

Aus dem Amerikanischen
von Eva Malsch

blanvalet

Die Originalausgabe erschien 2009 unter dem Titel
»For the Earls's Pleasure« bei Avon Books,
an imprint of HarperCollins*Publishers*, New York

FSC
Mix
Produktgruppe aus vorbildlich
bewirtschafteten Wäldern und
anderen kontrollierten Herkünften

Zert.-Nr. SGS-COC-001940
www.fsc.org
© 1996 Forest Stewardship Council

Verlagsgruppe Random House FSC-DEU-0100
Das FSC-zertifizierte Papier *Holmen Book Cream*
für dieses Buch liefert Holmen Paper, Hallstavik, Schweden.

1. Auflage
Deutsche Erstausgabe Oktober 2010 bei Blanvalet,
einem Unternehmen der
Verlagsgruppe Random House GmbH, München
Copyright © 2009 by Anne Hearn
Copyright © 2010 für die deutsche Ausgabe
by Blanvalet Verlag, in der
Verlagsgruppe Random House, München
Umschlaggestaltung: © HildenDesign, München,
unter Verwendung eines Motivs von Leslie Peck
via Agentur Schlück GmbH
Redaktion: Barbara Müller
LH · Herstellung: sam
Satz: DTP Service Apel, Hannover
Druck und Bindung: GGP Media GmbH, Pößneck
Printed in Germany
ISBN: 978-3-442-37557-8

www.blanvalet.de

Für The Gudge

1

Er war eine herrliche Kreatur. Dunkel und bedrohlich, sowohl hinsichtlich seiner äußeren Erscheinung als auch seiner Aura. Die meisten Leute würden Valerian Danforth, Lord Rainewood, mit einem kraftvollen, geschmeidigen Raubtier vergleichen – mit einem Panther oder einem Wolf. Aber Abigail Smart hielt ihn für einen aufgeblasenen Widerling.

»Idiot«, murmelte sie auf einem fast menschenleeren Teil des Balkons über dem Gedränge im Ballsaal, während er sich elegant und voll unerschütterlichem Selbstvertrauen ihren Schritten anpasste.

»Missgelaunte Xanthippe«, lautete die lässige Antwort.

Sie beobachtete die Tanzpaare, die anmutig über das Parkett glitten, ohne zu ahnen, welches Drama sich über ihren Köpfen abspielte. Natürlich merkten die Mitglieder der vornehmen Londoner Gesellschaft niemals, wie sich Abigails Nerven in Rainewoods Nähe anspannten.

Dafür sorgte er.

Denn obwohl er absichtlich an ihrer Seite dahinschlenderte und sie provozierte, würde jeder, der nach oben schaute, einfach glauben, dass Seine Lordschaft nur rein zufällig neben ihr den Balkon entlangging. Neben einem kleinen Niemand, seiner erhabenen Position gar nicht würdig.

»Lausiger, elender Tunichtgut, miserabler, gottverdammter Esel.«

»Nun revidiere ich meinen soeben geäußerten Kommentar«, entgegnete er mit einer Stimme, die weicher erschien als der edelste Whisky und doppelt so gefährlich, falls man das Getränk zu unbesonnen konsumierte. »Nicht einmal eine Xanthippe wäre so grausam.«

Als würde ihn die Konversation langweilen, zog er eine Taschenuhr hervor, um festzustellen, wie spät es war. Nur die zuckenden Finger, die den Deckel aufschnappen ließen, erweckten einen anderen Eindruck. Mit einer geschickten Drehung des Handgelenks schloss er die Uhr wieder, dann verschwand sie in der Brusttasche seines teuren Jacketts.

Ein langer Blick unter noch längeren Wimpern forderte Abigail zu einer Reaktion heraus, während sie den ziellosen Rundgang fortsetzten. Zu Rainewoods federnden Schritten passte die arrogante Haltung seines Kopfs, den er ein wenig seitlich neigte. Vielleicht konnte er sich nicht entscheiden, ob er den vorpreschenden Jäger oder den König auf seinem Thron mimen sollte. Nach Abigails Meinung eignete er sich für beide Rollen. Sie schaute wieder nach unten und betrachtete das Muster des Parketts unter den Füßen der Tanzpaare. Dabei wurde ihr bewusst, dass dieses wechselnde Hell und Dunkel der Einlegearbeit symbolisierte, was sie für Rainewood empfand.

»Fällt dir kein anderer Zeitvertreib ein?«, fauchte sie. »Vorhin habe ich mindestens fünf junge Damen gezählt, die dich anstarrten – mit schmachtenden Augen, so groß wie die Untertassen vom Lieblingsporzellan unserer Gastgeberin.«

Ein Splitter. Ja, er glich einem großen, langen Mahagonisplitter, den sie niemals los wurde, der unter ihrer Haut steckte, tief verwurzelt. Und jetzt würde sie es auch gar nicht mehr ertragen, ihn zu entfernen.

Sonst wäre sie im Ballsaal geblieben, geschützt von zahlreichen Gästen. Dort würde er sich nicht zu einem Wortgefecht mit ihr herablassen.

»Das hast du bemerkt?«, erwiderte er leise. Zum Teufel mit diesem berauschenden Whisky. »Oh, ich fühle mich geschmeichelt. Interessierst du dich nicht mehr für die Geister und Ungeheuer, die Gespenster und Dämonen? Gewiss ist es dir sehr schwer gefallen, dich auf etwas zu konzentrieren, das sich außerhalb deiner grotesken Fantasiewelt befindet.«

Abigail grub die Finger in ihre Handflächen. Entschlossen blickte sie in den Ballsaal hinab. Wäre sie bei den unverheirateten Damen geblieben, könnte sie jetzt ebenfalls über das Parkett schweben und sich im Ritual eines Tanzes verlieren, den Luftzug spüren, die Berührung einer warmen Hand ... Zweifellos wäre das besser als die Hitze und der Zorn in ihrer Brust, die ihr den Atem nahmen, wann immer sie sich von den Leuten entfernte und dem begehrenswertesten, unerträglichsten aller Männer begegnete.

Immer wieder gelang es ihm, sie allein anzutreffen, wenn auch nur für kurze Momente. Und sie versäumte es niemals, jeden Abend mindestens einmal den anderen Gästen zu entrinnen – obwohl sie wusste, was sie damit riskierte.

»Halt still, mein stockender Atem, während ich die Antwort erwarte ... Womöglich könnte ich glauben, ich würde dir etwas bedeuten, Smart.«

Seine Finger streiften ihren Ellbogen – vielleicht nur zufällig. Aber in seinen dunklen, sinnlichen Augen, die ihren Blick plötzlich festhielten, las sie etwas ganz anderes. Unter ihrer Haut loderten Flammen, die Warnung vor einer drohenden Gefahr drang in ihr Bewusstsein und nötigte sie zur Flucht.

»Darauf wirst du sehr lange warten, Rainewood.«

»Ach, tatsächlich?«

An ihrem Arm richteten sich die Härchen auf, als seine Finger behutsam über die Innenseite glitten.

Ja, ganz eindeutig – sie musste fliehen, der einzige Ausweg …

»Idiot, Idiot, Idiot«, flüsterte sie und trat zur Seite, aus der Gefahrenzone.

Geschickt bahnte sie sich einen Weg zwischen einigen Paaren hindurch, die sich am Treppenabsatz versammelt hatten, versuchte ihren Verfolger abzuschütteln und drehte sich um, als wollte sie die Damentoilette ansteuern. Rainewood blieb hinter ihr zurück, sobald sie eine etwas stärker frequentierte Zone erreichten. Die Ladys schwatzten und flirteten, die Gentlemen posierten und prahlten. Die Stufen hinab … Mehr würde sie nicht brauchen, um sich zu befreien. Das wäre eine kluge Entscheidung gewesen, denn an diesem Abend lag etwas in der Luft. Eine Veränderung. Und so etwas geschah nur selten zu Abigails Gunsten.

Ihr Ellbogen prickelte.

Langsam ging sie in die Richtung, aus der sie gekommen war, zwischen all den Leuten hindurch, machte erneut kehrt, wanderte zur anderen Seite des Balkons, auf einem scheinbar ziellosen Rundgang.

»Idiot«, murmelte sie zum zehnten Mal, verärgert über Rainewood und wütend auf sich selbst, weil sie die Treppe nicht hinabstieg – weil sie den Zwang verspürte, hier oben zu bleiben und weiterzuschlendern.

»Redest du mit dir selbst, Smart?«, fragte Rainewood gedehnt, als er wieder an ihrer Seite auftauchte. Nun erreichten sie eine Säulenreihe, die eventuellen Beobachtern im Ballsaal die Sicht versperrte, sodass sie nicht feststellen konnten, ob Abigail und ihr Begleiter miteinander plauderten.

Mit seinen langen Schritten hatte er ihre kürzeren, hektischen mühelos eingeholt. Sie gestatteten ihm, entspannt und kontrolliert zu wirken, während sie stets den Anschein erweckte, als befände sie sich auf dem Rückzug. Ein einzigartiger Edelmann aus Eis und Anmut neben ihrer nervösen, plebejischen Attitüde ... In ihrem Kopf wiederholte sie die Einschätzung seines Charakters wie eine Litanei.

»Sicher eine bessere Möglichkeit, angesichts der Alternative, die mir meine derzeitige Gesellschaft bietet«, erwiderte sie.

Ein kühles Lächeln hob seine Mundwinkel, ein verwirrender Kontrast zu der aufflammenden Glut in den Schokoladenaugen – dem einzigen Hinweis auf den echten Valerian, der sich gleichmütig und distanziert präsentierte, was seinem wahren Wesen nicht entsprach. »Reiner Wahnsinn, mit sich selber zu reden ... Soll ich die Wärter des Irrenhauses verständigen und deinem metaphysischen Unsinn ein für alle Mal ein Ende setzen?«

Hilflos spürte sie, wie ihre Glieder gefroren, und sie stolperte beinahe über ihre plötzlich bleischweren Beine. Das kühle Lächeln nahm einen spöttischen Ausdruck an und entblößte ebenmäßige, strahlend weiße Zähne, die Valerians intensive Augenfarbe und sein dunkles Haar noch betonten, sogar seine makellose Haut. Im Gegensatz zu den meisten Gentlemen besaß er einen gesunden, leicht gebräunten Teint. Schon vor langer Zeit hatte Abigail festgestellt, sein Pakt mit dem Teufel müsste ihm neben anderen

Vorteilen auch eine ausgezeichnete körperliche Verfassung verschafft haben.

»Viel angenehmer wäre es, du würdest diese Farce beenden.« Und sie hatte das beklemmende Spiel geduldet. Auch jetzt ermutigte sie ihn geradewegs dazu. Erbost verfluchte sie sich. »Lass mich in Ruhe, Rainewood.«

»Lieber nicht – weil du nämlich einen Aufpasser brauchst. Schon seit Jahren ist das offensichtlich. Deshalb muss ich den Rest der Menschheit vor dir schützen.«

Abigail trat seitwärts, näher zu ihm. Auf diese Weise wollte sie ihn zwingen, ihr auszuweichen, oder er würde gegen eine Säule prallen.

Stattdessen rempelte er sie an, und sie strauchelte. »Oh, Verzeihung – Miss Smith, nicht wahr?«, entschuldigte er sich mit geheuchelter Fürsorge, als zwei ältere Damen näher kamen und ihnen neugierige Blicke zuwarfen. Nachdem sie seine Worte gehört hatten, schauten sie weg und setzten ihre Unterhaltung fort.

Also wirklich, es war unglaublich. Wann immer Abigail und Valerian sich bei gesellschaftlichen Anlässen trafen, stritten sie – und niemand schien es zu merken. Großer Gott, seit geschlagenen zehn Minuten wanderten sie Seite an Seite den Balkon entlang, teilweise im Blickfeld der anderen Gäste, und er gab vor, er würde sie gar nicht begleiten.

Bin ich denn unsichtbar?

Was die Wahrnehmung dieses erlauchten Gesellschaftskreises anging, würde man staunen, wenn Rainewood auch nur halbwegs korrekt ihren Namen buchstabieren könnte. Dank seiner Position stand er haushoch über ihr, und so würde es niemand seltsam finden, wenn er sie ignorierte. Umso mehr genoss er das private Spiel, das er mit ihr trieb.

Sobald die beiden Frauen hinter einer Biegung des Balkons aus der Sichtweite geraten waren, schenkte er Abigail ein tückisches Lächeln, immer noch hinter der Maske seiner falschen Besorgnis.

Vom Schock des Zusammenstoßes beschleunigt, hämmerte ihr Herz schmerzhaft gegen ihre Rippen, und das schürte ihren Zorn über sich selbst. Wahrscheinlich würde sie ihn eines Tages in aller Öffentlichkeit anschreien. Und dann würde man zweifelsohne die Wärter holen.

Sie kniff die Augen zusammen und musterte Rainewoods aristokratische Züge, die kühle Distanz bekundeten – im Gegensatz zu seinem spöttischen Blick. Irgendjemand müsste ihn endlich zurechtstutzen und auf die Ebene schicken, die der Rest der Bevölkerung bewohnte.

Und sie musste dieses Spiel beenden, der Anziehungskraft widerstehen, die schon ihr halbes Leben lang zwischen ihnen herrschte.

Wortlos kehrte sie ihm den Rücken und ging davon.

»Was für ein langweiliges Mädchen du geworden bist, Smart!« In seiner normalerweise so ruhigen, beherrschten Stimme schwang Irritation mit, als er ihr wieder einmal folgte. »Ständig missgönnst du mir mein Amüsement.«

»Dein Amüsement würde eine gewisse Einschränkung vertragen«, konterte sie. »Und jetzt scher dich zurück zu dem Stein, unter dem du hervorgekrochen bist.«

»Zuerst du, Smart.« Glatte Finger strichen über ihren nackten Arm, und sie bekam eine Gänsehaut. Doch sie zwang sich, seine Hand nicht abzuschütteln, und ging einfach weiter.

Neben ihrem rechten Ohr erklang sonores, tiefes Gelächter, als er sich zu ihr neigte. Offenbar war es ihr nicht gelungen, eine ausdruckslose Miene beizubehalten.

»Lass mich in Ruhe, Rainewood«, verlangte sie noch einmal und entzog ihm ihren Arm. Weder die Tanzpaare im Ballsaal noch die schwatzenden Gäste auf dem Balkon hatten die Berührung gesehen. Dafür war er viel zu raffiniert. Und falls seine Diskretion aus irgendwelchen Gründen versagen sollte, würde man die Schuld *ihr* anlasten, weil Seine Lordschaft einen Großteil der Hautevolee regierte.

Vor einem kleinen Tisch mit Erfrischungen – für jene Gäste bereitgestellt, die hier oben eine Ruhepause genossen – blieb Abigail stehen. Inzwischen hatte sie ihre Fassung wiedergewonnen, und so konnte sie einen Becher mit Punsch füllen und ihre zitternden Finger einigermaßen kontrollieren. Im Lauf der Jahre hatte sie gelernt, ihre Angst hinter graziösen Gesten zu verbergen. Die hatte sie so lange geübt, bis sie natürlich erschienen.

»Das werde ich gewiss nicht tun, Smart.« Rainewood steckte sich einen Keks in den Mund. Über den Tisch gebeugt, postierte er sich wieder lässig in Abigails Blickfeld. »Da du meine Frage nicht beantwortet hast … Solltest du die Leute nicht mit Geschichten über Geister erschrecken, die in finsterer Nacht heulen? Über Gespenster, die grausige Forderungen stellen, in die Häuser ihrer Opfer eindringen und furchtbare Drohungen ausstoßen?«

Unter ihrer Haut brannte das Leid der Vergangenheit, und sie rieb ihren Arm.

Offenbar störte ihn ihr Schweigen nicht und verdarb ihm kein bisschen das Vergnügen, sie zu verhöhnen. »Und wie um alles in der Welt hast du eine Einladung zu diesem gesellschaftlichen Ereignis ergattert?«

Während ihr Blick nach unten schweifte, zügelte sie den Impuls, eine Grimasse zu schneiden. Ihre Mutter stand an einer Wand und beobachtete sie mit Argusaugen, vom unablässigen Streben nach dem ersehnten sozialen Aufstieg getrieben. Als sie Rainewood an der Seite ihrer Tochter entdeckte, runzelte sie die Stirn und winkte ihr zu. Offensichtlich wünschte sie, Abigail würde wieder an den Aktivitäten im Ballsaal teilnehmen. Und sie fürchtete, ihr einziges Kind würde irgendetwas Unverzeihliches tun.

Oder sie malte sich voller Sorge aus, welchen Schaden Rainewood dem gesellschaftlichen Status der Smarts zufügen könnte, würde er diese unverzeihliche Tat galant auf sich nehmen. Aber vielleicht hoffte sie auch, er würde plötzlich vom Blitz getroffen und erkennen, wie verzweifelt er das Mädchen liebte. Und die jahrelange Gefühlskälte wäre nur ein unzulänglicher Versuch gewesen, die glühende Leidenschaft zu verbergen …

Bei diesem Gedanken seufzte Abigail ironisch. Ihre Mutter hatte nie herausgefunden, was vor all den Jahren geschehen war. Obwohl sie beharrlich versuchte, ihrer Tochter die Wahrheit zu entlocken, seit Rainewood sein Erbe angetreten hatte … Plötzlich der Erbe eines Herzogtitels! Die Mutter war nicht dumm. Und sie verfolgte ihre gesellschaftlichen Interessen viel eifriger, als es ihr zustand.

»Ein Pakt mit dem Teufel, Smart?«

Abigail wandte den Blick von ihrer Mutter und deren eben erst engagierten Begleiterin ab – einer Frau, die gewisse Türen in gehobenen Kreisen öffnete. Hätten arrogante Aristokraten wie Seine Lordschaft in dieser Hinsicht etwas zu sagen, würden die Türen verschlossen bleiben. »Soviel ich mich entsinne, habe ich niemals einen Pakt mit dir geschlossen, Rainewood. Nein, die Einladung ist keineswegs ungewöhnlich. Du würdest staunen, wenn du wüsstest, wie tödlich sich manche Mitglieder der Hautevolee in den aktuellen besseren Kreisen langweilen. Deshalb sind sie dankbar für frisches Blut und neue Perspektiven.«

Mit schmalen Augen musterte sie ihn von oben bis unten – die exquisite modische Kleidung, den beneidenswerten Stil, den er so gelassen zur Schau trug, als wäre es vollkommen selbstverständlich.

»Ach, heutzutage ist es ja so öde, einfach nur elegant zu erscheinen«, flötete Abigail, »und man findet individuelle charakterstarke Persönlichkeiten viel interessanter – leider eine Seltenheit in unserer Gesellschaft …«

Unschuldig lächelte sie und hob den Punschbecher an die Lippen, während zwei Gentlemen am Tisch stehen blieben und sich mit Getränken versorgten.

Rainewoods Kinnmuskeln spannten sich an. Dann schob er noch einen Keks in den Mund, beobachtete die Männer, die ihn diskret ignorierten, und wartete darauf, dass sie davongehen würden. Abigail überlegte, ob sie sich ebenfalls entfernen sollte. Aber er strahlte etwas aus, das sie immer wieder in seinen Bann zog, obwohl es sie gleichzeitig abstieß. Schon seit Kindertagen kannte sie dieses Gefühl – einen unerklärlichen Instinkt, der sie bewog, ein paar Sekunden länger in seiner Nähe zu verharren. Als würde sie eine Biene sehen, die sie stechen würde, und trotzdem nicht davonlaufen …

Vermutlich hing diese alberne Taktik mit kindischen romantischen Träumen zusammen. Rainewood verfügte über ein viel effektiveres Arsenal, mit dem sich ihre armseligen Waffen nicht messen konnten. Und in gesellschaftlicher Hinsicht besaß er die Macht, sie rettungslos zu ruinieren. Dass er darauf verzichtete, überraschte sie. Offenbar ließ er sie lieber am Rand des vernichtenden Abgrunds schwanken, wie ein Kater, der mit einer halb verhungerten Maus spielte.

Endlich schlenderten die beiden Männer davon, gefüllte Gläser in den Händen.

Rainewood neigte sich zu Abigail, und der Duft, der stets an ihm haftete, stieg ihr in die Nase – das Wispern von verbotenen Nächten und immerwährenden Herausforderungen. »Darin liegt dein Problem, Smart. Dauernd versuchst du dich über deinen Status zu erheben.«

Langsam leerte sie ihren Punschbecher, senkte ihn und löste ihre verkrampfte Hand. Mit dieser verbalen Attacke frischte Seine Lordschaft ihre Erinnerung an die Vergangenheit auf, die sie niemals mit der Gegenwart verwechseln durfte. *Immerwährende Herausforderungen* – das war alles, was sie von Rainewood erwarten konnte. Und Gefühlskälte, bissigen Sarkasmus, den sie ihrer Ansicht nach nicht verdiente …

»Oh, ich habe schon in sehr jungen Jahren gelernt, was man riskiert, wenn man sich über seinen Status erhebt. Dieses Wissen brachte mir nicht viel ein. Aber sobald ich mein Ziel erreiche, wird mir *Gerechtigkeit* widerfahren.« Nun brach der Bann des Verbotenen, und sie hieß den heiteren Lärm willkommen, der aus dem Ballsaal heraufdrang. Ohne den Blick von ihm abzuwenden, fügte sie hinzu, was sie so inständig ersehnte. »Wenn das geschieht, hoffe ich, wirst du daran ersticken. Und jetzt wünsche ich dir einen angenehmen Abend, *Raine.*«

Seine dunklen Augen färbten sich schwarz, weil sie ihn an die gemeinsame Vergangenheit erinnerte, an Geheimnisse, an den Moment, wo sich ihre Wege unkontrollierbar gekreuzt hatten.

»Niemals wirst du dieses Ziel erreichen!«, rief er ihr nach, als sie davonschlenderte, und verstieß gegen seine Regel, Abigail in der Öffentlichkeit zu schneiden. Aber seine Stimme klang erstaunlich ruhig, trotz der Glut, die seine Miene verraten hatte.

Sie ging weiter und schaute über ihre Schulter. »Damit sollten Sie nicht rechnen, Lord Rainewood, denn ich glaube, unsere Rechnung wird zu meinen Gunsten aufgehen.«

»Zwischen uns existiert keine Rechnung mehr.«

Abigail neigte den Kopf. »Vielleicht bilden Sie sich das in Ihrer Arroganz ein – ich sehe es anders. *Sie* haben alles zerstört. Nicht ich.«

Hinter diesen Worten steckte viel mehr als ein Hinweis auf jene Zeit, in der sie freundschaftliche Wetten abgeschlossen hatten. Der Schmerz – gemildert, aber immer noch vorhanden – krampfte ihr Herz zusammen. Hastig wandte sie sich ab, damit Rainewood nichts in ihren Augen las. Er konnte ihre Gefühle so mühelos ergründen. Und er besaß stärkere Munition.

Zu ihrer Verblüffung folgte er ihr nicht, versuchte nicht, diesen letzten Angriff zu kontern, ihren gesellschaftlichen Ruin mit der Offenbarung von Geheimnissen zu erzielen, die ihr alle Türen verschließen würde.

2

Abigail stieg die Treppe hinab und drängte sich zwischen den Tanzpaaren und Gruppen von Leuten hindurch, die am Rand des Parketts standen und plauderten.

Vom Kleid einer jungen Frau, die im Takt der Musik dahinwirbelte, löste sich ein Band und flatterte durch die Luft zu Abigail. Sie fing das dünne blaue Satinband auf, schlang es um ihre Finger und ging weiter. Mittlerweile war die junge Dame mit ihrem Partner im Getümmel der Tänzer verschwunden. Dass am Saum ihres Rocks eine Schleife fehlte, merkte sie nicht.

Abigails Hand umklammerte das befreite Band etwas fester. So frei würde sie niemals sein. Sie eilte zu ihrer Mutter. Inmitten der Menschenmenge, die den Ballsaal erfüllte, hielt sie sich nur ungern auf. Doch dieser Ort erschien ihr angenehmer als andere Möglichkeiten. Zum Beispiel ein Seiltanz mit dem Teufel …

»Kopf hoch, mein Kind. Und rück deinen Kragen zurecht.« Abigail spürte, wie es ihre Mutter in den Fingern juckte, zarte Spitze zu berühren, und sie trat rasch beiseite. Sonst hätte sie Mama tatsächlich in Versuchung geführt.

Mrs Gerald Smart befolgte gewissenhaft alle Regeln der besseren Gesellschaft. Aber manchmal vergaß sie sich in ihrem eifrigen Streben nach sozialem Aufstieg. So verzweifelt sehnte sie dieses Ziel herbei, so besessen kämpfte sie darum, und deshalb missachtete sie die Strategie subtilerer Maßnahmen.

»Und wie schrecklich dein Haar aussieht! Was hast du denn gemacht?«

Abigail strich über ihre Locken, die niemals an den richtigen Stellen blieben – ganz egal wie viele Nadeln ihre Zofe oder sie selbst hineinstecken mochten. Seufzend fing sie einen Blick der Gesellschafterin Mrs Browning auf, die bei den älteren Damen an der Wand saß. Wie üblich kräuselte sie missbilligend die Lippen.

»Ach, kümmere dich nicht darum«, fuhr die Mutter fort. »Da kommt Mr Brockwell. So ein netter Gentleman. Tausend Pfund pro Jahr. Aus guter Familie. Und er sieht richtig *smart* aus.« Fröhlich lachte sie über ihr eigenes Bonmot, und Abigail versuchte, nicht zusammenzuzucken. Bedauerlicherweise ließen Mamas Manieren zu wünschen übrig. Woher sie stammte, konnte sie niemals ganz verbergen, trotz aller Mühe.

Manchmal wünschte Abigail inbrünstig, ihr gegenwärtiges Leben wäre nur ein Traum und die Vergangenheit würde wieder auferstehen. Kein *Lord* Rainewood, keine *speziellen* Geschenke, keine Angst vor der Entdeckung …

Phillip Brockwell schlenderte heran, auf spindeldürren Beinen und mit ungelenken Schritten.

»Ah, Mr Brockwell …« Die Mutter musterte ihn von Kopf bis Fuß. »Welch eine Freude, Sie an diesem schönen Abend hier anzutreffen!«

»Mrs Smart, Ihre Anwesenheit ist viel erfreulicher. Natürlich gilt das auch für Miss Smart.«

Die Mutter nickte geschmeichelt, und Abigail nahm Phillips Kompliment lächelnd zur Kenntnis. Wenn er auch nicht vor Charme und geistreichem Witz sprühte – er tat immerhin sein Bestes.

»Wie freundlich von Ihnen, Mr Brockwell«, erwiderte Mrs Smart. »Soeben hat Abigail von Ihnen gesprochen und erklärt, sie würde Ihre Gesellschaft und die Gespräche mit Ihnen überaus schätzen.«

Während er errötete, gelang es Abigail nur mit Mühe, ihr Lächeln beizubehalten.

»Was für eine wunderbare Gelegenheit, an diesem Abend beides zu genießen«, säuselte ihre Mutter voller Genugtuung. »Ah, ich glaube, unsere Gastgeberin winkt mich zu sich. Wenn Sie mich bitte entschuldigen, Sir …«

Sie hob eine Hand, um ihrerseits zu winken. Dann schenkte sie Phillip ein letztes strahlendes Lächeln.

»Streng dich ein bisschen an«, befahl sie ihrer Tochter in peinlichem bühnenreifem Flüsterton und steuerte das andere Ende des Ballsaals an – ein Ziel, weit entfernt von der Gastgeberin.

Abigail überlegte, ob es irgendwie möglich wäre, ihre Mutter in einem Schrank einzusperren.

Ohne zu protestieren, hatte sie sich bereitgefunden, gemeinsam mit Mama eine Position im Zentrum der Hautevolee zu erringen. Aber ihre Mutter machte es ihnen beiden sehr schwer.

Die Wangen immer noch gerötet, trat Phillip von einem Fuß auf den anderen. »Wie geht es Ihnen, Miss Smart?«

»Danke, ganz ausgezeichnet, Mr Brockwell. Und wie geht es Ihnen? Haben Sie den Punsch schon gekostet?« Sie hob ihren Becher und versuchte dem armen Mann aus der Verlegenheit zu helfen. »Vorhin hörte ich, Lady Malcolm habe dieses neue Rezept von ihrer Reise auf die Inseln mitgebracht.«

Phillip grinste schief, und seine angespannten Schultern lockerten sich ein wenig. »Ja, schon zwei Mal …« Plötzlich verkrampften sich die Schultern erneut.

Als sie sich umdrehte, sah sie Edwina Penshard heraneilen.

»Ah, Miss Smart, Mr Brockwell …« Atemlos blieb die junge Dame stehen. Mit ihren goldblonden Locken, den rosigen Wangen und ihrer üppigen Figur glich sie den farbenfrohen, voll erblühten Tulpen in ihrem liebevoll gepflegten Garten. Bei jeder Begegnung gelang es ihr, Abigail aufzuheitern.

Gregory, Edwinas Bruder, ein blonder Mann mit durchdringend grünen Augen und einer messerscharfen Zunge, folgte ihr. Auch er begrüßte Abigail und Phillip Brockwell. Die Penshards genossen das außerordentliche Missvergnügen, mit Rainewood verwandt zu sein, und meist führten sich die beiden Gentlemen auf wie Tiger, die um dieselbe Futterquelle herumschlichen.

Mit einem verkniffenen Lächeln verneigte Gregory sich vor Abigail. In der letzten Woche hatte er sich ziemlich sonderbar benommen. Da sie nicht naiv war, wusste sie, welche Absichten er hegte, und sie fragte sich, ob sie ihn ermutigen sollte. Irgendwie hatte er sie schon immer an Rainewoods verstorbenen älteren Bruder erinnert. Und das warf Probleme auf.

Nach dem Tod des Bruders war Rainewood entschlossen in dessen Fußstapfen getreten. Und die oberen Tausend verkrafteten nur *einen* absoluten Herrscher.

Edwinas ungekünsteltes Lächeln vertiefte sich, worauf Mr Brockwell noch heftiger errötete. Armer, unsterblich verliebter Phillip …

»Was für ein wunderbarer Ball!«, schwärmte Edwina. »Hoffentlich kann ich im Lauf des Abends mit Sir Walter Malcolm, unserem Gastgeber, sprechen. Vor Kurzem hielt er bei einer Versammlung des Gartenvereins eine Rede und erklärte, ein Gärtner könnte das Wachstum der Pflanzen mit positiven Gedanken fördern. Faszinierend!«

Phillip lockerte seine Krawatte, weil sein Hals unter Edwinas leuchtendem Blick zu schwitzen begann. »Über dieses Thema hielt er auch bei der Gesellschaft junger Wissenschaftler einen fabelhaften Vortrag. Da dachte ich sofort an Sie, meine liebe Miss Penshard, und Ihre positiven Gedanken.«

Armer Phillip ...

»Oh, wie nett, Mr Brockwell!« Edwina strahlte vor Glück. »Also sind Sie dieser Gesellschaft beigetreten! Einfach großartig!«

»In der Tat«, bestätigte Phillip entzückt. Dann verengten sich seine Augen, als er über Abigails Schulter spähte. »Allerdings gibt es eine Fraktion, die hartnäckig versucht, die Interessen des Vereins in andere Bahnen zu lenken.«

Abigail folgte seinem Blick zu einer Gruppe, die sich auf der anderen Seite der Tanzfläche versammelt hatte. Enthusiastisch umringten die elegantesten Mitglieder der jüngeren Hautevolee ihr Idol – den Idioten.

»Hatten Sie Ärger mit diesen Leuten, Brockwell?«, fragte Gregory.

»Nicht so wichtig«, antwortete Phillip etwas zu schnell.

Am anderen Ende des Raums warf Rainewood den Kopf nach links, eine Haarsträhne fiel in seine arrogante Stirn, und er zeigte sich von seiner besten Seite, während er über den Scherz eines seiner Kumpane lachte. Abigail bekämpfte die verhasste Anziehungskraft und versuchte sich auf die albernen Gesichter weißgekleideter, verträumter Mädchen zu konzentrieren, die ebenfalls in seine Richtung starrten.

Zweifellos hoffte jede unverheiratete junge Dame, Rainewood würde sie mit seiner Aufmerksamkeit beehren – nur sie allein. Als könnte das ihre Selbstachtung und ihren gesellschaftlichen Erfolg fördern ... Leider würde das in den meisten Fällen tatsächlich zutreffen.

Abigail wandte sich erbost ab. »Lassen Sie sich nicht von diesen Leuten irritieren, Mr Brockwell. Sicher müssen Sie nicht befürchten, sie könnten Ihrem Verein schaden. Wen interessiert es schon, was sie denken?«

Ungläubig schnappte Phillip nach Luft, und Gregory hob ironisch die Brauen.

»*Mir* ist es jedenfalls egal«, betonte sie.

»Ja, mir auch«, verkündete Edwina loyal. »Und ich glaube, Mr Brockwell, Ihre Mitgliedschaft wird dem Verein sehr wertvolle Dienste leisten.«

»Vermutlich ist es nur eine Frage der Zeit, bis einer dieser Unruhestifter ausgeschlossen wird«, bemerkte Gregory in seiner trockenen Art. »Nach all dem Gerede heute Abend würde mich das nicht überraschen.«

Edwina stöhnte leise. »Hätten wir bloß nie von dieser infamen Liste erfahren! So schrecklich ...«

»Was meinen Sie, Miss Penshard?«, fragte Abigail.

»Haben Sie's nicht gehört?« Gregory musterte sie erstaunt. »Wie ein Lauffeuer hat sich's rumgesprochen.«

Abigail schüttelte den Kopf. Offenbar war sie mit ihrem eigenen »Feuer«, das Rainewood verursacht hatte, zu beschäftigt gewesen.

»Heute Nachmittag kam es bei unserer Vereinssitzung heraus«, stieß Phillip hervor.

»Es wäre so oder so rausgekommen, Brockwell«, warf Gregory ein.

»Aber es ist ein äußerst unpassender Schauplatz gewesen. Nur ein weiteres Beispiel für die Bemühungen dieser Leute, das wissenschaftliche Forum in einen Wettklub zu verwandeln! Lauter Klatschmäuler, die eine weltgewandte Begeisterung für technische Themen demonstrieren wollen! Sollen sie sich doch im *White's* oder im *Boodles* amüsieren! Da gehören sie nämlich hin!«

»Nun ja, ich habe von exorbitanten Wetten gehört. Sicher droht einem der Gentlemen in diesem heftigen Kreuzfeuer der Ruin.« Gregory lächelte höhnisch. »Wer wird es denn sein? Ich kann's kaum erwarten, das rauszufinden. Hoffentlich Rainewood höchstselbst.«

»Aber, Gregory ...«, begann Edwina.

»Der perfekte Emporkömmling«, unterbrach er sie genüsslich.

»Sei nicht so unfreundlich, Gregory«, tadelte sie ihren Bruder. »Lord Rainewood hat nichts getan, um deine Bosheit zu verdienen.«

Als Erbe eines Herzogs übte Rainewood automatisch eine immense gesellschaftliche Macht aus, dachte Abigail. Zudem war er klug und wusste genau, wie er seinen Einfluss nutzen musste, um sich Vorteile zu verschaffen. Noch dazu sah er umwerfend gut aus und versprühte einen unwiderstehlichen Charme. Unaufhaltsam würde er seinen Weg in den gehobenen Kreisen gehen. Eine Schlange, die raffiniert mit ihrer Beute spielte ...

Und wollte man ins Paradies gelangen, musste man mit der Schlange spielen.

»Verteidigst du ihn etwa, Ed?«, fragte Gregory gedehnt. »Er ist ein Unmensch. Das weißt du sehr gut. Wie oft wirst du dich denn noch von einem Mitglied dieser Gruppe demütigen lassen, bevor du endlich zurückschlägst?«

Schon vor langer, langer Zeit war Abigail von der Königskobra erniedrigt worden. Und bei ihrem Debüt hatte sie sich nicht einmal um eine Aufnahme in diese angesehene Clique bemüht. Wie üblich folgten die Mitglieder dem Verdikt ihres Anführers Rainewood. Von Anfang an hatten sie ihr die kalte Schulter gezeigt. Doch das bestärkte sie nur in ihrem Entschluss, ihnen zu beweisen, wie sehr sie sich in ihr täuschten.

»Lord Rainewood ist nicht für das Verhalten seiner Freunde verantwortlich«, entgegnete Edwina.

»Gib dich keinen Illusionen hin«, mahnte ihr Bruder. »Mit einem einzigen Wort könnte er seinen Kumpanen Einhalt gebieten. Und warum beteiligt er sich nicht an ihren Possen? *Danach* solltest du ihn fragen.« Sein Blick schweifte zu Abigail hinüber. Falls die Hautevolee die Aufmerksamkeit nicht bemerkte, die Rainewood ihr schenkte – für Gregory galt das keineswegs. Er wusste Bescheid über gewisse Ereignisse in der Vergangenheit. Verbunden mit einer scharfen Beobachtungsgabe, halfen ihm diese Kenntnisse, seine Schlüsse zu ziehen.

Unablässig spotteten seine Augen, aber seine Lippen blieben versiegelt.

»Oh, bitte, Gregory, er ist dein Vetter«, gab Edwina zu bedenken.

»Ein *entfernter* Vetter.«

»Nicht *allzu* entfernt, nach den Maßstäben der Gesellschaft«, konstatierte sie. Gregory war der sechste in der Erbfolge. »Wirklich, du beharrst viel zu eigensinnig auf altem Groll. Stattdessen solltest du deinem Cousin einen Ölzweig reichen.«

»Und du bist viel zu gutmütig«, erwiderte Gregory. »Lieber würde ich ihm eine Mistgabel hinhalten, mit den Zinken voran.«

Seine Schwester öffnete den Mund. Aber Abigail ließ sie nicht zu Wort kommen. »Was für eine Liste?«

Seufzend schüttelte Edwina den Kopf. »Oh, da kursieren alberne Gerüchte über ein geheimes Dokument, in dem die Namen von Personen aufgelistet sein sollen, die wahnsinnige Vorfahren hatten oder deren Familien in unaufgeklärte Skandale verwickelt waren oder die sich als Hochstapler Zugang zu besseren Kreisen erschlichen haben.«

»Hochstapler?«

»Leute, die vorgeben, etwas zu sein, was sie nicht sind«, warf Gregory gelangweilt ein.

»Was ein Hochstapler ist, weiß ich.« Abigail runzelte die Stirn. »Also besitzt die Clique diese Liste? Wie konnten die Mitglieder all die Informationen sammeln?«

»Wer weiß?« Gregory zuckte die Achseln, aber seine scharfen Augen verengten sich. »Jedenfalls ist das Thema in aller Munde. Nichts liebt die vornehme Gesellschaft so sehr wie einen handfesten Skandal. Je pikanter, desto besser.«

»Offen gestanden, ich finde das absurd«, sagte Edwina. »Reine Energieverschwendung ...«

»Bitte, Ed, wo hast du dich die ganze Zeit versteckt? In diese Welt wurdest du hineingeboren.«

»Trotzdem muss ich mich nicht daran beteiligen«, erwiderte sie und rümpfte die Nase. »Mutter regt sich natürlich furchtbar auf und will alle, die auf der Liste stehen, in Acht und Bann tun.«

»Überrascht dich das etwa? Mutter ist unerträglich. Sobald sich irgendwo eine Hexenjagd anbahnt, greift sie begierig zu den Waffen.«

Unbehaglich schaute Phillip Brockwell zwischen den streitenden Geschwistern hin und her. Vor Konflikten schreckte er stets zurück.

Edwina verdrehte die Augen. »Dazu wird sie keine Gelegenheit finden, wenn Lord Rainewood das Richtige tut und die Liste vernichtet – was ich inständig hoffe.«

In wachsender Verwirrung hielt Abigail den Atem an. »Lord Rainewood?«

»Angeblich hat er die Liste gekauft, und nun trägt er sie immer bei sich«, erklärte Gregory. »Das wird zumindest behauptet.« Als er zu Rainewood hinüberstarrte, verfinsterten sich seine Züge.

»Mit so einem Schriftstück kann man nie wiedergutzumachenden Schaden anrichten«, fauchte Edwina. »Wenn Vater von seiner Reise zurückkehrt, wird er diesem ganzen Unfug hoffentlich ein Ende setzen.«

Darauf antwortete Gregory nicht. Aber über sein Gesicht glitt ein noch dunklerer Schatten.

»Ach ja, wann kommt Ihr Vater denn zurück?«, fragte Abigail, eifrig bemüht, das Thema zu wechseln. Seit über einem Jahr besuchte er seine Plantage auf Ceylon.

»Das hat er in seinen Briefen nicht erwähnt. Er schrieb nur, alles sei in bester Ordnung. Oh, ich wünschte, er würde mir erlauben, auch einmal nach Ceylon zu fahren«, fügte Edwina wehmütig hinzu.

Phillip warf ihr einen beunruhigten Blick zu. »Sicherlich gibt es doch auch hier Dinge, mit denen Sie sich die Zeit vertreiben können, Miss Penshard.«

»Gewiss, Mr Brockwell. Doch ich vermisse meinen Vater. Und ich wollte mich schon immer gerne einmal auf den Inseln umsehen.«

Gregory ballte die Fäuste. Als Abigail ihn fragend anschaute, lächelte er gequält und wandte sich ab.

In diesem Moment intonierte das Orchester eine neue Melodie.

»Natürlich würde ich auch London vermissen.« In Edwinas Augen erschien ein träumerischer Glanz. »Diesen Reel *liebe* ich.«

Phillip räusperte sich. »Darf ich Sie – äh – um diesen Tanz bitten, Miss Penshard?«

»Sehr gern, Mr Brockwell. Vielen Dank.« Sofort erhellte sich ihre Miene, und sie streckte ihre Hand aus. Nervös wischte Phillip seine behandschuhten Finger an einem Hosenbein ab, bevor er ihr seinen Arm bot.

Abigail beobachtete, wie sie die Tanzfläche betraten. Nachdem Edwina geknickst hatte, nahmen sie ihre Positionen ein.

Auch Gregory schaute ihnen zu, das übliche spöttische Glitzern im Blick. »Ich hoffe, Brockwell wird meine Schwester nicht enttäuschen.«

»Ganz sicher ist er ein sehr loyaler Verehrer«, meinte Abigail lächelnd. Sie konnte sich kein Paar vorstellen, das besser zusammenpassen würde, und sie fand, Phillip müsste seine Absichten etwas deutlicher bekunden. »Vielleicht sollte man ihm raten, Miss Penshard zu erobern, bevor sie noch in ferne Länder entschwindet«, scherzte sie.

Wieder einmal verengten sich Gregorys Augen. »Da besteht kein Grund zur Sorge. Edwina wird nirgendwohin fahren.«

»Wenn Ihr Vater die Reise erlaubt, können Sie schwerlich etwas dagegen unternehmen.«

»Das wird er nicht gestatten.« Ungeduldig schlug Gregory auf seinen Schenkel. »Möchten Sie mich auf einem Rundgang begleiten, Miss Smart? Ich empfinde plötzlich das dringende Bedürfnis, mich zu bewegen.«

»Ja, natürlich«, stimmte Abigail etwas unsicher zu und legte eine Hand auf seinen Arm. Nicht zum ersten Mal fand sie seine Sprunghaftigkeit verwirrend.

Langsam gingen sie an einigen Damen vorbei, die sich lebhaft unterhielten.

»Oh, ich wüsste so gern, wer auf der Liste steht!«, sagte eine der Frauen und wedelte sich mit dem Fächer Luft zu.

»Und wenn Irrtümer vorliegen?«

»Sorgst du dich um die Chronik deiner Familie, Lettie?«

»Unsinn, aber wir wissen schließlich nicht, wie diese Liste entstanden ist.«

»Nun, mir persönlich ist das egal. Schon seit acht Generationen existiert die Dynastie der Connages, und in der Geschichte unserer Familie gibt es keinen einzigen dunklen Punkt.«

»Aber sie haben sehr viele Skandale aufgedeckt«, flüsterte eine Dame laut genug, sodass es weithin zu hören war. Und dann redeten alle durcheinander.

Gregory schaute Abigail forschend an. »Kaum zu glauben, dass Sie nichts von der Liste wussten, Miss Smart … Wieso ist Ihnen der Klatsch des Abends entgangen? Was haben Sie bloß die ganze Zeit gemacht?«

»Oh, dies und das … Übrigens stimme ich Ihrer Schwester zu. Mit so einem Schwachsinn sollte man sich nicht befassen.«

»Aber die Londoner Gesellschaft schwärmt für solche Gerüchte.«

»Hoffentlich wird Lord Rainewood diesen Klatschgeschichten einen Riegel vorschieben.« Sie lächelte gezwungen. Genauso gut könnte sie sich wünschen, die Sonne würde um Mitternacht aufgehen. Kein Mitglied der Clique wollte etwas zerstören, das eine so weitreichende, vermutlich für gewisse Kreise günstige Wirkung ausübte. Am allerwenigsten Rainewood selbst.

»Haben Sie den Verstand verloren, Miss Smart?« Gregory schnaufte verächtlich. »Gerade Sie müssten es besser wissen. Zweifellos wird er die Liste nutzen, um alle zu ruinieren, die sich ihm in den Weg stellen. Nur durch seine Schuld geht es bergab mit der Londoner Gesellschaft – so schnell, wie all die schmutzigen Abwässer in die Themse fließen.«

Abigails Blick wanderte von ihrem Begleiter zu Rainewood hinüber. Noch nie hatte sie ein freundschaftliches Verhältnis zwischen den beiden Männern beobachtet, nicht einmal in der Kindheit. Doch der Hass, der jetzt in Gregorys Augen glühte, erschien ihr unversöhnlicher denn je.

Was mochte Rainewood denn dieses Mal verbrochen haben?

»Hat Lord Rainewood in letzter Zeit irgendetwas getan, das sich meiner Kenntnis entzieht?« Dass sie selbst Probleme mit dem Mann hatte, wusste sie. Aber der Groll, der Gregory erfüllte …

Als würde Rainewood diese Gedanken spüren, wandte er den Kopf zu Abigail, ihre Blicke trafen sich, und er hob die Brauen. Dann sah sie ein seltsames Licht in seinen dunklen Augen.

»Nichts, wogegen ich machtlos wäre«, entgegnete Gregory.

Ein Freund Rainewoods bemerkte, dass sie zu ihnen hinüberschauten, und flüsterte ihm etwas ins Ohr. Dann ging er zum anderen Ende des Raums, ein bösartiges Funkeln in den Augen.

Langsam verzogen sich Rainewoods Lippen zu einem Lächeln. Auch er schlenderte in Abigails Richtung. Obwohl er hinter seinem Freund blieb, wirkte er wie der Initiator der Aktion. Sekunden später folgten ihm die anderen, willenlose Herdentiere, bis er eine träge Hand hob. Beinahe glaubte sie die devote Schar blöken zu hören, als sie auf sein Kommando innehielt.

Sie öffnete den Mund, um Gregory zu warnen. Doch der blieb abrupt stehen und grinste höhnisch. »Bald wird Rainewood von seinem hohen Ross stürzen.«

»Richtest du dein Augenmerk immer noch auf den grandiosen Preis, Penshard?«, ertönte eine tiefe, seidenweiche Stimme hinter ihnen.

Abigail versteifte sich.

»Belauschst du uns, Rainewood? Wie plebejisch.« Gregory fuhr herum. »Aber das passt ja zu dir.«

»Tatsächlich? Ausgerechnet Sie müssen so reden. Wer im Glashaus sitzt …« Diese unerwünschte bissige Stimme gehörte Rainewoods Lieblingslakaien, der wie ein Raubtier die Zähne fletschte.

»Moment, Templing, es ist sehr unhöflich, jemanden an seine niedrige Herkunft zu erinnern.« Rainewoods Ermahnung klang noch sanfter, noch tödlicher, mit einem gelangweilten Unterton, der schmerzhaft an Abigails Nerven zerrte – obwohl sie diesen Hohn erst vor etwa dreißig Minuten tapfer ertragen hatte. »Insbesondere wenn der Gesprächspartner so verzweifelt versucht, seinen Status zu ändern.«

Hätte Gregory ein Messer zur Hand, so würde er es vermutlich ins Herz seines Widersachers stoßen.

Um Abigail in die Hänselei einzubeziehen, warf Rainewood ihr einen kurzen Blick zu. Irgendetwas in ihrem Inneren versuchte sich Bahn zu brechen. Von wachsendem Zorn erfasst, nahm sie seine anderen Freunde, die sich zu ihnen gesellten, kaum wahr. Wie Piranhas rotteten sie sich zusammen und umzingelten ihr Opfer.

»Suchen Sie Ihre Mitmenschen nur auf, um sie zu attackieren, Sir?«, fragte sie kühl. »Brauchen Sie dieses Amüsement? Gibt es sonst nichts, das Ihre Langeweile vertreiben könnte?«

Nun musterte er sie, als hätte er sie nie zuvor gesehen, und runzelte die Stirn. »Verzeihen Sie, Miss ... Wurden wir einander vorgestellt?«

»O ja«, erwiderte sie honigsüß. »Wenn ich mich recht entsinne, durfte ich Ihre charmante Aufmerksamkeit bereits genießen.«

Templing schnaufte. »Offensichtlich haben Sie das nicht verdient, Miss.«

Aber sie würdigte den Lakaien keines Blickes.

Erbost über diese Missachtung, postierte er sich direkt vor ihr. »Was glauben Sie eigentlich, mit wem Sie reden?«

»Nun, ich glaube – mit Lord Rainewood.«

»Mit Ihresgleichen wünscht Seine Durchlaucht nicht zu sprechen.«

»Oh, dann muss ich mich entschuldigen.« Abigail presste eine Hand auf ihre Brust, heller Zorn verdrängte den Rest ihrer Vernunft. »Leider wusste ich nicht, dass Lord Rainewood jemanden benötigt, der für ihn das Wort ergreift. Das hatte ich vergessen – ein erlauchter Erbe muss seine Kämpfe nicht selbst ausfechten, um sich bemerkbar zu machen.«

Rainewoods Finger umklammerten sein Weinglas etwas fester. Kokett klimperte sie mit den Wimpern und lächelte ihn an. Mit den Waffen der Bosheit konnte man viel besser kämpfen, wenn man über ein Arsenal aus der Vergangenheit verfügte. Und die Leute erinnerten sich anscheinend nicht, was er einmal gewesen war, nämlich der unbedeutende mittlere Sohn.

Nein – jetzt, wo er zu den Spitzen der Gesellschaft zählte, war er fast unantastbar. Also benahm sie sich ziemlich unklug, wenn sie sich in Gegenwart anderer negativ über ihn äußerte. Ihre Mutter würde sie umbringen. Falls Mrs Browning sie nicht schon vorher niederstreckte und vierteilte.

Ein anderes Mitglied der Clique mischte sich ein und lachte leise. »So viel Kühnheit in einer so zierlichen Gestalt«, meinte Aidan Campbell und taxierte sie mit schmalen Augen. Sie beobachtete, wie Rainewood seinen Freund ärgerlich fixierte. Doch das schien den Gentleman nicht zu stören. »Miss Smart, Ihr Wagemut entzückt mich.«

Schweigend starrte sie ihn an und wartete auf eine weitere Herausforderung oder eine andere Demonstration seiner Missbilligung. Nichts dergleichen erfolgte.

»Nun, vielleicht wäre eine Lektion in guten Manieren angebracht«, schlug Rainewood vor und trat näher an sie heran.

»Dazu würde sich eine der älteren Damen sicher gern bereit erklären. Nur zwei Wochen – und ein Bauer verwandelt sich in den Erben eines Herzogs.« Inzwischen ließ sie alle Vorsicht außer Acht, und ihr vernichtender Blick bekundete nur zu deutlich, was sie von ihm hielt.

»Allem Anschein nach wären auch Sie eine kompetente Lehrerin. Oder benötigen Sie selber gewisse Lektionen?«

Abigail presste die Lippen zusammen.

»Also wirklich, Rainewood«, seufzte Campbell. »Warum behandelst du die junge Dame so unfreundlich? Ich finde sie originell und erfrischend. Keine Ahnung, wieso sie mir nicht schon längst aufgefallen ist ...« Anerkennend betrachtete er ihr Gesicht.

Templing stöhnte geringschätzig, Gregory herrschte ihn an, und die drei Männer lieferten einander ein hitziges Wortgefecht.

Währenddessen wandte Abigail sich zu Rainewood. »Bist du aus einem bestimmten Grund zu uns gekommen? Allmählich glaube ich, du fühlst dich zu mir hingezogen, nachdem du immer wieder meine Gesellschaft suchst.« Damit die anderen nichts verstanden, sprach sie im Flüsterton. Aber allein diese vertraute Konversation in der Öffentlichkeit erregte Aufsehen.

Seine dunklen Augen fesselten Abigails Blick. Dann musterte er sie von den Haarsträhnen, die sich aus den Nadeln gelöst hatten und in ihre Stirn hingen, bis zum Saum ihres Kleides – glutvolle Augen, die Freude und Leid gleichermaßen verhießen.

Auch seine Stimme senkte sich zu einem sanften Wispern. »Sollte ich mich zu einer Verrückten hingezogen fühlen, deren Mutter sich dauernd blamiert? Bald wird man sie wie eine Aussätzige behandeln. Bildest du dir ein, du könntest mein Interesse wecken? Weil du so schön und charmant und erfrischend originell bist? Müsste ich mich deshalb dazu herablassen, dieselbe Luft einzuatmen wie du?«

Die leise, verführerische, spöttische Stimme schien einen Kokon um sie beide zu weben. Und jedes einzelne Wort glich einem Hammerschlag. Allein wegen seiner Position könnte er ihren gesellschaftlichen Aufstieg mit ein paar gezielten Kommentaren verhindern. Und er wäre fähig, noch schlimmeren Schaden anzurichten, wenn er seine Trumpfkarte ausspielte.

In ihrem Inneren breitete sich eisige Kälte aus, und es fiel ihr schwer, Atem zu holen, zu schlucken. Weder Luft noch Speichel vermochten die Granitwände der dunklen Höhle aufzuweichen, in die sich ihre Brust verwandelt hatte.

Neuer Zorn erfasste sie, so gewaltig, dass er diese harten Wände niederriss. »Trotzdem stehst du hier und teilst deine Atemluft mit meiner.« Sie neigte sich zu ihm. »Komm doch noch näher, saug meinen Atem in deine Lungen.« Den Kopf schief gelegt, hauchte sie: »Und was meine Mutter betrifft – sie ist, wie sie ist, und tausend Mal so viel wert, wie du es jemals sein wirst. Ich erinnere mich nur allzu gut an einen Jungen, der sein Bestes tat, um sich von seinem Bruder zu unterscheiden. Aber der Apfel ist nicht weit vom Stamm gefallen.«

Jetzt sprühte wilde Wut aus seinen Augen, und alles im Raum schien zu verschwinden, versengt von der Hitze, die er ausstrahlte. »Seltsam, dass du meinen Bruder erwähnst … Für dich ein ganz besonderes Thema, nicht wahr? Was hattest du damals noch mal gesagt?«

Ja, er würde es tun – sie las es in seinen durchdringenden Whisky-Augen. Jeden Moment würde er ihre Geheimnisse in alle Welt hinausposaunen und sämtlichen Ballgästen erzählen, sie sei wahnsinnig und würde behaupten, Geister zu sehen. Dann würde man die Wärter rufen und sie in die Irrenanstalt bringen lassen. Oder noch schlimmer, ihre Mutter würde eingreifen und …

Gegen diesen Gedanken wehrte sich ihr Gehirn. Ihr wurde schwindlig. Mit Rainewoods Zorn konfrontiert, fühlte sie sich losgelöst von ihrem Körper.

Abrupt kehrte er ihr den Rücken. »Ich glaube, hier gibt es nichts mehr zu sagen.« Für ein paar Sekunden drehte er sich noch einmal zu ihr um, womit er seine Verachtung demonstrierte und eine eigenartige Atmosphäre erzeugte – irgendetwas zwischen feuriger Hitze und frostiger Kälte.

Erst in diesem Augenblick bemerkte Abigail, dass die drei Männer nicht mehr stritten. Stattdessen beobachteten sie, was zwischen Rainewood und ihr geschah. Und sie waren nicht die Einzigen.

Gregory öffnete den Mund, wollte etwas sagen. Hastig legte sie eine Hand auf seinen Arm. Beinahe hätte sie zu zittern begonnen, und ihr Zorn wurde von einer überwältigenden Erkenntnis verdrängt. Was wäre passiert, hätte Rainewood nicht geflüstert, sondern in normalem Ton gesprochen? Mit seiner aalglatten Stimme hätte er verkünden können, was immer ihm gefiel. Und alle hätten es gehört. Natürlich hielten sie seine Worte für ein Evangelium, insbesondere im Zusammenhang mit den Klatschgeschichten, die sich um die ominöse Liste rankten. Selbst wenn er das Schriftstück *nicht* besaß – die Leute glaubten, er würde es verwahren, und nur das zählte.

Gewiss, Abigail legte großen Wert auf ihren gesellschaftlichen Status. Doch sie hatte ihn niemals so wichtig genommen wie ihre Freiheit.

Sie hätte schwören können, Rainewood würde wegschauen. Trotzdem spürte sie seinen Blick. Im nächsten Moment wandte er sich an Gregory und kniff die Augen zusammen. »Was dich betrifft – richte deinen sozialen Ehrgeiz auf Dinge, die sich auch wirklich in deiner Reichweite befinden.«

Nachdem er Abigails Hand auf dem Ärmel seines Vetters betrachtet hatte, hob er ironisch die Brauen und wanderte davon.

Aufgeregt eilte Mrs Smart in einer Wolke aus flatternder brauner Seide herbei. Nun steigerte sich das Stimmengewirr ringsum zu neuer Lautstärke, während alle Anwesenden sich voller Begeisterung auf die neuesten Gerüchte stürzten. Was nur mochte Lord Rainewood so interessant oder ärgerlich an Miss Smart finden, einer Frau, die man bisher kaum beachtet hatte? Genauso schnell wie ihre Mutter kam auch Mrs Browning auf sie zu, aber in militanterer Haltung.

Abigail fühlte sich wie eine hilflose Maus, die unter einem Wagenrad zermalmt wurde.

Eine Zeit lang folgte Gregorys mörderischer Blick der Clique um Lord Rainewood, die gelassen durch den Saal schlenderte, dann entschuldigte er sich und ging ebenfalls davon.

In dieser Nacht tauchte Valerian bereits aus der zweiten Spielhölle auf. Der Ball im Haus der Malcolms hatte das dringende Bedürfnis geweckt, sich irgendwie abzulenken. *Zum Teufel mit dieser Frau* – zum Teufel mit ihrem honigbraunen Haar, den blauen Augen, den fein gezeichneten Zügen, der scharfen Zunge …

Mindestens zehn Leute hatten ihn gefragt, welche Bewandtnis es mit seiner Begegnung mit Miss Smart habe. Ungeduldig hatte er sich die Indiskretion verbeten.

»Unglaublich, dass wir schon bei dreihundert sind ... Campbell wäre in argen Schwierigkeiten.«

Valerian wandte sich zu Templing, der an seiner Seite dahinwankte. Bei dreihundert waren sie angelangt, weil der Mann kaum noch gerade gehen konnte. In betrunkenem Zustand war er ein miserabler Spieler.

»Natürlich muss Campbell seine Finanzen in Ordnung bringen«, bemerkte Valerian geringschätzig. Was sich in der Börse des Freundes befand – oder auch nicht –, langweilte ihn. Aidan Campbell wettete zu viel und gewann zu wenig. In absehbarer Zeit würde er ihm zehntausend Pfund schulden. Denn er hatte gegen die Liste gewettet.

Verdammte Liste. Verdammte Frau. Verdammte Freunde.

Valerian beabsichtigte nicht, die Summe einzufordern. Doch das würde er Campbell verschweigen. Früher oder später musste der künftige Viscount lernen, gewisse Grenzen zu beachten. Am besten möglichst früh, solange es noch einen Ausweg gab – solange er sich nicht gezwungen sah, einen skrupellosen Kredithai in der Londoner East Side aufzusuchen.

Und Campbell durfte Abigail nie wieder so begehrlich anstarren. Das hatte Valerian gründlich missfallen. Wenn er solche Blicke sah, verspürte er das unbändige Verlangen, mit beiden Fäusten auf irgendetwas einzuschlagen. Deshalb musste er allen Interessenten klarmachen, dass Miss Smart tabu war, und zwar in jeder Beziehung.

Darin war er geübt.

»Das wird Campbell nur schaffen, wenn er eine Erbin an Land zieht«, bemerkte Templing. »Bis zum Hals steckt er in der Bredouille. Wie ich höre, wurde er bereits mit zwielichtigen Gestalten von der East Side gesehen.«

Diese Information überraschte Valerian. Doch dann erregte ein Mann, der am Rand des Gehsteigs stand, seine Aufmerksamkeit. Offensichtlich legte es der Kerl darauf an, Ärger zu machen.

Nun, dagegen hatte Valerian nichts einzuwenden. Die jungen Spunde kühlten gern ihr Mütchen – so wie er selbst vor nicht allzu langer Zeit. Und obwohl sogar die gefährlichsten Elemente davor zurückschreckten, ein Mitglied der Oberschicht zu attackieren (solche Aktionen wurden äußerst streng bestraft), musste man stets auf der Hut sein.

Dass Campbell einem Wucherer von der East Side eine höhere Summe schulden könnte, war problematisch. Solche Männer standen in zweifelhaftem Ruf. Und sie waren gefährlich. Um das Geld einzutreiben, das sie verliehen hatten, wandten sie ziemlich drastische Methoden an.

Aber dann schweiften Valerians Gedanken zu den zahlreichen Gründen, die Campbells Interesse an Abigail Smart geweckt haben könnten. »Dieser Schwachkopf«, murmelte er.

Keuchend versuchte Templing mit ihm Schritt zu halten und strauchelte. »Hör mal, Raine, nicht jeder ist …«

Hinter Valerian erklang das Geräusch eines zu Boden gehenden Körpers, und er runzelte seufzend die Stirn. Offenbar war die Nacht für Templing zu lang gewesen. So ein Trottel … Er drehte sich um, wollte seinem Freund helfen und eine Droschke heranwinken. Daheim wartete eine edle Flasche Whisky. Ein paar Gläser würde er sich genehmigen und dabei an blaue Augen denken.

Eine blitzschnelle Bewegung – etwas Grünes tauchte auf. In Valerians Kopf explodierte ein heftiger Schmerz, und alles versank in schwarzem Nichts.

3

Heutzutage ließen sich Männerhosen viel einfacher öffnen als früher.

»Ist es nicht wundervoll, wozu die Gesellschaft fähig ist?«

Geistesabwesend nickte Abigail dem Mann aus Fleisch und Blut zu, der vor ihr stand, und beobachtete das viel interessantere Spektakel in der Ecke des Raums. Ein Stubenmädchen, nach der Mode gekleidet, die vor dreißig Jahren aktuell gewesen war, schmiegte sich geradezu unanständig an einen Lakaien. So fest hatten sich die beiden aneinandergepresst, dass die Luft zwischen ihnen mit einem fast hörbaren Geräusch entwichen war. Nun hob der Mann die Frau mit seinem Schenkel ein wenig hoch und drückte sie an die Wand, während seine Finger hektisch am Verschluss seiner altmodischen Hose zerrten.

Zwei ältere Frauen gingen vorbei, schwatzten hinter ihren Fächern und zeigten mit indiskreten Fingern auf verschiedene Besucher des Grayton-House-Balls. Eifrig versuchten sie irgendetwas zu entdecken, das ihre Aufmerksamkeit verdiente. Wäre die Kleidung der Dienstboten nicht aufschlussreich genug gewesen, hätte die Tatsache, dass ihr Stöhnen und die heftigen Bewegungen den beiden Frauen verborgen blieben, eindeutig darauf hingewiesen – nur Abigail allein verfolgte die anstößige Szene.

Ihr *Talent*.

Da Rainewood seit zwei Tagen alle gesellschaftlichen Aktivitäten mied, hatte die Nervosität, die sie bei solchen Ereignissen stets erfasste, allmählich nachgelassen. Und weil die erstaunliche Diskussion zwischen Seiner Lordschaft und Miss Smart mit seinem Verschwinden zusammentraf, wurde ihr Name immer wieder erwähnt – was ihren sozialen Status ironischerweise förderte. Ständig warf man ihr verstohlene Blicke zu.

Nun müsste sie sich einen distinguierten Ehemann angeln – möglichst bald. Warum konzentrierte sie sich stattdessen auf Dinge, die sie ansonsten ignorierte? Jene Dinge, die eine kostbare Freundschaft zerstört und ihr Leben auf den Kopf gestellt hatten …

Beinahe gewann sie den Eindruck, *sie selbst* wäre der Geist, der in wehmütiger Nostalgie verharrte – an eine psychische Ebene gefesselt, dazu verdammt, dieselben Erlebnisse unentwegt zu wiederholen.

Und bedauerlicherweise fand sie diese Erinnerungen nicht so amüsant wie das Szenario dort drüben in der Ecke.

Fasziniert starrte sie den Lakaien an, dessen rhythmische Bewegungen das Stubenmädchen hoben und senkten. Sah sie eine reale Erinnerung? Wenn ja, grub sich der vergoldete Wandleuchter schmerzhaft in die entblößte Schulter der Frau? Wurde ihr Kopf gegen das Fresko spielender Satyrn geschlagen? Oder war dies die Vollendung eines unerfüllten Liebesakts, den die Geister der beiden erst nach dem Tod genießen durften? Was auch immer, Abigail spürte brennende Röte in ihren Wangen.

»Miss Smart?«

Sie wandte sich dem schlanken Gentleman zu, der vor ihr stand. Besorgt musterte er ihr Gesicht, was Mrs Brownings stechenden Argusaugen nicht entging. »Verzeihen Sie mir, Mr Southertonmonsmith …« Die restlichen Silben des Namens ließ sie in einem unartikulierten Gemurmel ersterben, weil sie sich nicht entsann, wie der Mann hieß. Irgendwie funktionierte ihr Gehirn nicht mehr richtig, seit der »Idiot« verschwunden war.

»Soeben hat Mr *Sourting* gefragt, ob du morgen mit ihm in den Park fahren möchtest. Und ich halte das für eine ausgezeichnete Idee.« Strahlend lächelte ihre Mutter den Gentleman an, der das Lächeln unsicher erwiderte.

Sourting. Ja, natürlich. Vor ein paar Wochen war er aufgetaucht, um ihr den Hof zu machen, und dann hatte er sich abrupt zurückgezogen. An solche Wechselfälle war sie gewöhnt. Das Smart-Vermögen lockte immer wieder Verehrer an, und wenig später geschah irgendetwas, das einen Sinneswandel bewirkte. Vielleicht lag es an Abigails sonderbarem Verhalten oder an ihrer Zwiespältigkeit – das wusste sie nicht. Jedenfalls bot sie ihren ganzen Stolz auf und zwang sich, die wankelmütigen Verehrer zu vergessen.

Mr Sourting schaute sie an, und sie brachte ebenfalls ein Lächeln zustande. »Oh, natürlich – sehr gern.«

»Großartig. Also sehen wir uns morgen.« Mr Sourting atmete sichtlich erleichtert auf, bevor er sich etwas überhastet entschuldigte. Vage überlegte sie, ob auch er sich bereits anders besann.

»Ach, Abigail!«, jammerte ihre Mutter. »Was soll das? Was hast du denn gemacht?«

Jetzt könnte sie ehrlich sein und erklären, sie habe zwei Geister beobachtet, die in der Ecke da drüben kopulierten. Doch sie nahm an, das würde weder ihrer Mutter noch Mrs Browning gefallen.

»Ja, Mrs Smart«, schnaufte die Gesellschafterin, »bringen Sie Ihre Tochter zur Vernunft. Inzwischen will ich mit ein paar anderen Gentlemen reden. Wenn ich zurückkehre, wird mich hoffentlich ein respektableres Benehmen erfreuen.«

»Nun, Abigail?«, fragte die Mutter, während Mrs Browning davoneilte.

»Ich habe nur nachgedacht, Mama. Sei mir nicht böse.«

»Was, du hast *nachgedacht?* Kein Mann wünscht sich eine Ehefrau, die nachdenkt, statt ihm zuzuhören. Das müsstest du wissen.«

Betrunken wankte eine Dame in einem hundert Jahre alten Kleid durch die Gästeschau und trällerte ein obszönes Lied. Mit einer fahrigen Geste strich sie über ihr Dekolleté, und eine Brust quoll hervor. Aus voller geisterhafter Kehle besang sie tätschelnde Pranken und nuckelnde Mäuler.

Abigail schaute hastig weg, während das Gespenst durch ihre Mutter hindurchtorkelte, die zitternd ihren Fächer schwenkte. »Ja, du hast recht, Mama«, stimmte sie zu und schluckte. »In Zukunft werde ich mich um bessere Manieren bemühen.«

Verstohlen blickte Mrs Smart sich um, und die steife, vornehme Lady, als die sie zu erscheinen versuchte, verwandelte sich in die nervöse, leicht paranoide Person, die sie in Wirklichkeit war. »Brauchst du etwa Dr. Myers?«

Über Abigails Rücken rann ein kalter Schauer. »Nein, nein, Mama, gewiss nicht. Es geht mir gut, ich bin geheilt. Glaub mir, ich fühle mich ganz wunderbar und ausgeglichen.« Obwohl ihre Mundwinkel zu gefrieren drohten, gelang ihr ein Lächeln. »Ich habe mich nur gefragt, wo Lord Rainewood und Mr Templing stecken.«

»Auf diese beiden solltest du deine Heiratsabsichten nicht konzentrieren, Liebes.« Mrs Smarts Gesicht nahm einen träumerischen Ausdruck an. »Zweifellos wäre der Erbe eines Herzogtums eine fabelhafte Partie. Und wenn du ihn umgarnt hättest, bevor er sein Erbe antrat – oder wenn du ihn danach eingefangen hättest, statt ihn laufen zu lassen ... Aber Lord Rainewood ist ohnehin so gut wie verlobt – mit der kleinen Malcolm.«

»Ja, natürlich«, murmelte Abigail. Allein schon der Gedanke, sie würde ihre »Heiratsabsichten« auf Rainewood konzentrieren, war völlig absurd.

»Unterhalten wir uns mit Mr Farnswourth, während Mrs Browning ihre Mission erfüllt. Welch ein Glück, dass wir uns die Dienste dieser Frau sichern konnten!«, schwärmte ihre Mutter. Nach Abigails Meinung verdankten sie dieses fragwürdige Vergnügen nur dem üppigen Gehalt, das die Taschen des alten Drachens füllte. »Vorhin sah ich, wie Mr Farnswourth immer wieder forschende Blicke in deine Richtung warf. Zu jedem gesellschaftlichen Ereignis wird er eingeladen. Und er steht an siebter Stelle als Erbe eines Herzogtitels. Der Siebte! Sicher ist das nicht zu verachten, denn man kann nie wissen, meine Liebe.«

Sekundenlang streckte Mrs Smart eine Hand aus, als wollte sie Abigails Arm ergreifen. Dann besann sie sich eines Besseren und kontrollierte ihre eifrige, aufgeregte Miene, um wieder wie eine vornehme Dame zu wirken.

»Wenn es irgendwie möglich ist, solltest du dich für einen der nächsten Nachmittage mit Mr Farnswourth verabreden. Bald geht die Saison zu Ende. Und wir wollen doch unter mehreren interessanten Bewerbern unsere Wahl treffen.«

»Ja, Mama.« Mit hoch erhobenem Kopf und einem fröhlichen Lächeln auf dem Gesicht verbat sich Abigail die heikle Frage, wann ihre Mutter so zurückhaltend mit ihren liebevollen Gesten geworden war. Statt Erklärungen für dieses reservierte Benehmen zu suchen, folgte sie ihr durch das Gedränge. Die letzten Jahre hatte sie ohne mütterliche Zärtlichkeiten überlebt. Und das würde sie auch in den nächsten Stunden, Tagen – oder sogar Jahren schaffen.

Das Orchester musizierte enthusiastisch, während festlich gekleidete Paare im Ballsaal von Grayton House tanzten. Bestürzt sah Valerian sich um. Was zum Teufel war geschehen? Soeben hatte er mit Templing eine Spielhölle verlassen, an sein behagliches Heim und an *sie* gedacht – und im nächsten Moment stand er im Haus seines Vaters, inmitten einer grandiosen Party.

Im Grayton House dürften sich keine Gäste aufhalten. Dienstboten sollten umhereilen und die Party vorbereiten, die in zwei Tagen stattfinden sollte. So ein Fest *passierte* nicht einfach.

Und das bedeutete, dass er die letzten beiden Tage im Vollrausch verbracht haben musste. Verdammt. Eigentlich hatte er gedacht, diese Zeiten lägen hinter ihm. Er schaute an seinem Abendanzug hinab. Ja, den hatte er bei den Malcolms getragen, auch dieses Hemd und die Krawatte – und danach in diversen Spielsalons. Großer Gott. Darüber würde niemals Gras wachsen, das würde Abigail Smart ihm bis in alle Ewigkeit unter die Nase reiben.

Aber er würde nicht zulassen, dass sie die Oberhand gewann. Nicht nach alldem, was sie ihm vor so vielen Jahren angetan hatte. Nun musste er sich möglichst schnell umziehen, in einem Nebenraum seine Verbalattacken üben …

Ein Butlergehilfe umrundete die Gästeschar, in respektvollem Abstand, aber mit wachsamer Miene.

Als Valerian ihn entdeckte, entfernte er sich von der Säule, an der er gelehnt hatte, und trat nahe genug an den Diener heran, um sich bemerkbar zu machen. »Holen Sie Samuels, schnell …« Zum zweiten Mal verwirrt, unterbrach er sich, denn der Mann schlenderte an ihm vorbei, ohne ihn zu beachten. Unverschämter Bastard! Niemand durfte ihn ignorieren. Am allerwenigsten im Haus seines Vaters.

Er wollte den Mann am Kragen packen. Aber seine Hand glitt durch ihn hindurch. Er ließ den Arm fallen, wie ein Hackbeil auf einen Holzblock. Was für eine Teufelei mochte das sein?

Entschlossen griff er nach der nächstbesten Person, die auf ihn zukam, eine hübsche kleine Debütantin mit hochgestecktem Haar, in einem jungfräulich weißen Kleid. Auch diesmal schien er einen flüchtigen Traum zu berühren, seine Hand einen Wasserfall zu durchdringen. Verdutzt wich er zurück.

War er in der Irrenanstalt gelandet? Oder in einem unheimlichen Albtraum? Er versuchte zu erwachen. Doch die Szene änderte sich nicht. Er zog sich in einen Alkoven zurück, immer weiter trugen ihn seine Füße nach hinten.

Irgendetwas schob sich durch seinen Körper. Eine Sekunde später starrte er eine dunkel getäfelte Wand an.

Geduckt drehte er sich um die eigene Achse und hielt nach Gefahren Ausschau. Die vergoldeten Mahagonimöbel des Arbeitszimmers gerieten in sein Blickfeld, Erinnerungen an seinen Großvater tauchten auf, daran, wie er Zahlen in seinen Aktenordnern notiert und seinen Untergebenen Befehle erteilt hatte … Dann rauschten sie den Wasserfall hinunter.

Zwei Männer betraten den Raum. »Das brauche ich jetzt

wirklich nicht, Reston. Sie haben versprochen, es würde geschehen. Und hier sollten wir uns nicht treffen.« Gregory Penshard warf etwas auf den Schreibtisch. Für dieses Verhalten hätte Valerians Vater ihn zur Rechenschaft gezogen.

»So ist es nun einmal. Der Doktor wünscht weitere Experimente durchzuführen. Und gegen diesen Arzt sind wir machtlos.« Der andere Mann, den Valerian nicht kannte, breitete die Arme aus.

»Ja, aber es ist sehr wichtig, dass die Sache zu Ende gebracht wird.«

»Dazu wird es auch kommen.« Plötzlich änderte der Fremde – ein aschblonder Mann mit trüben braunen Augen – seine beschwichtigende Haltung, und seine Stimme nahm einen drohenden Klang an. »Sie bezahlen uns für eine Dienstleistung, Sir. Wollen Sie sich an den Doktor wenden? Möchten Sie ihn besuchen und den Klatschmäulern Gesprächsstoff liefern?«

Penshard presste die Lippen zusammen, und Valerian beobachtete, wie sich die Hände seines Vetters weiß färbten. »Nein. Sorgen Sie einfach nur dafür, dass es passiert.«

Lächelnd entblößte der blonde Mann seine schiefen Zähne und fuhr in versöhnlichem Ton fort: »Gewiss. Nun werde ich diesen wunderbaren Wechsel einstecken und mich entfernen.« Mit einer lässigen Geste tippte er an einen imaginären Hut. »Eure *Lordschaft* …«

Penshards Lippen verkniffen sich noch stärker und bildeten einen schmalen Strich.

Sobald der andere Mann die Tür hinter sich geschlossen hatte, fegte Gregory die Papiere vom Schreibtisch. Zur Strafe für diese miserablen Manieren hätte Valerians Vater das beste Stück seines entfernten Neffen in einen Schraubstock geklemmt. *Und weil er sich einen Adelstitel anmaßt, der ihm nicht zusteht …*

Valerian hatte Gregory nie gemocht. Und er fand ihn noch widerwärtiger, seit der Kerl sich irgendwie bei Abigail Smart eingeschmeichelt hatte.

»Du Narr!«, stieß Valerian hervor. »Was zum Teufel bildest du dir eigentlich ein …«

Aber Penshard eilte aus dem Zimmer, als wäre der Hausherr nicht vorhanden. Dessen Zorn über die neuerliche Missachtung wurde inzwischen von wachsendem Unbehagen verdrängt.

Wie war er in diesen Raum gelangt, ohne die Tür zu öffnen? Er drehte sich um und starrte die Wand an, auf deren anderer Seite der Ballsaal lag. Dort hatte er sich noch vor wenigen Minuten aufgehalten.

Versuchsweise legte er eine Hand an die Wand und spürte, wie sie nachgab. Dann stolperte er hindurch.

Bei allen Heiligen … Während er blinzelnd das Getümmel im Ballsaal musterte, wanderte ein Mann direkt durch ihn hindurch. »Verdammt amüsant hier, Norton«, sagte er zu seinem Begleiter.

Erst starrte Valerian seine Finger an, danach seinen restlichen Körper. Wie er mit einem kurzen prüfenden Blick feststellte, konnten alle anderen Anwesenden einander berühren. Auf dem Parkett umarmten sich Tanzpaare, Hände wurden geschüttelt. Kokett klopften einige Damen mit Fächern auf die Ärmel ihrer Galane.

In diesem Saal war – *er* der Außenseiter. Nicht *real*.

Das Orchester spielte eine Kakofonie aus falschen Tönen und disharmonischen Akkorden, vermischt mit dem

Geschwätz älterer Damen, dem albernen Gekicher junger Mädchen, dem schallenden Gelächter der Gentlemen … Gepeinigt presste Valerian die Hände auf die Ohren. Dass er sich selbst zu berühren vermochte, beruhigte ihn nicht sonderlich.

Was war mit ihm geschehen? Erfolglos erforschte er sein Gedächtnis. Doch die Erinnerungen und Ereignisse wirbelten durcheinander, schneller und schneller, ergossen sich in einen schlammigen Strom, saugten ihn ein und ertränkten seine bewussten Gedanken in einer schäumenden Sturzflut.

Verzweifelt bemühte er sich, irgendetwas festzuhalten, das ihn retten würde, seine Augen suchten hektisch nach einem Fluchtweg.

Und da begegneten sie einem leuchtend blauen Augenpaar, das ihn quer durch den Saal anschaute.

Entsetzt beobachtete Abigail, wie Rainewood plötzlich auf der anderen Seite des Raums auftauchte. Er schien völlig außer sich zu sein.

Und wieso war er genauso gekleidet wie vor zwei Tagen? Ja, eindeutig. Wenn es um Rainewood ging, funktionierte ihr Gedächtnis hervorragend.

Woher kam er? Was hatte er erlebt? Zweifellos eine achtundvierzigstündige Orgie, mit reichlichem Alkoholkonsum und übel beleumundeten Frauen …

Jetzt starrte er sie an und hielt ihren Blick viel zu lange fest. In seinen dunklen Augen lag eine seltsame Verwirrung. Und dann ging er auf sie zu. Hastig ordnete sie ihre Gedanken und wappnete sich gegen ein neues Wortgefecht. Eigenartig – in der Öffentlichkeit beachtete er sie niemals, abgesehen von jenem ungewöhnlichen Zwischenfall vor zwei Tagen. Warum eilte er plötzlich in so auffälliger Weise zu ihr? Plante er eine private Vendetta? Hatte sie ihn endlich an den Rand seiner Nervenkraft getrieben?

Abigails Atem stockte, als das Gesicht ihrer Mutter am Rand ihres Blickfelds erschien. Ganz egal was Rainewood beabsichtigte – er würde sie *nicht* vor anderen Leuten beleidigen, schon gar nicht vor ihrer ehrgeizigen Mama.

Nach einem tiefen Atemzug beschloss sie, gegen alles zu kämpfen, was ihr drohen mochte. Zielstrebig durchquerte seine hochgewachsene, breitschultrige Gestalt den Ballsaal. In seinen Augen las sie ausnahmsweise nicht den charakteristischen trägen Gleichmut, und sein normalerweise perfekt frisiertes Haar war wild zerzaust.

Erstaunlich schnell kam er auf sie zu, die Leute schienen ihm bereitwilliger denn je Platz zu machen.

Und dann sah sie, wie eine ältere Dame *direkt durch ihn hindurchwanderte*. Beinahe wäre Abigails Herz stehen geblieben.

»Miss Smart?«

Heiliger Himmel …

Sie schüttelte den Kopf und versuchte einen klaren Gedanken zu fassen. Nur ein Trugbild …

Ohne den Schritt zu verlangsamen, ging Rainewood durch zwei Männer hindurch. In seinen Augen erschien ein beängstigendes Glitzern. Unwillkürlich griff sie sich an die Kehle.

»Miss Smart?«

Kalte Panik stieg in ihr auf, und sie riss ihren Blick von der schrecklichen Szene los, um sich auf Mr Farnswourth zu konzentrieren.

»Ja, Mr Farnswourth?« Sie wischte ihre plötzlich feuchten Hände an ihrem Kleid ab und bemühte sich, gleichmäßig zu atmen.

»Fühlen Sie sich nicht gut?«

Ihre Mutter spähte herüber, und Abigail rang sich ein Lächeln ab – zum hundertsten Mal an diesem Abend. Aber jetzt fiel es ihr viel schwerer. Sie musste den Mann – den *Geist,* der sich unaufhaltsam näherte, einfach ignorieren. »Doch, danke, Sir. Was sagten Sie soeben? Über die musikalische Soiree, die in einer Woche stattfinden soll?«

Tot, tot, tot. Immer wieder hallte das Wort in ihrem Gehirn wider. Spekulationen über seinen Verbleib während der letzten beiden Tage gefroren und zerbrachen in tausend Splitter ... Unsinn, sie irrte sich. Valerian – nein, *Rainewood,* verbesserte sie sich, ist nicht tot. Soeben hatte sie jemand anderen gesehen, *etwas anderes.*

Sie weigerte sich, noch einmal hinzuschauen, sich zu vergewissern, dass sie Rainewood niemals verwechseln würde ...

»O ja, das wird sicher ein amüsanter Abend«, antwortete Mr Farnswourth. »Meine Cousine spielt sehr gut Klavier. Und ich würde mich freuen ...«

»Du siehst mich«, erklang die vertraute, seidenweiche, tiefe Stimme neben Abigail, und ihre Wimpern senkten sich. Da war niemand. Nichts. Nur eine Ausgeburt ihrer blühenden Fantasie. Sie würde ihren Kopf nicht seitwärts wenden.

»... wenn Sie mich begleiten, Miss Smart«, fuhr Mr Farnswourth fort.

Ein großer, schwarz gekleideter Mann trat in ihr Blickfeld. Dicht vor ihr blieb er stehen, seine Augen drohten sie zu durchbohren. »Du siehst mich«, wiederholte er in entschiedenem Ton.

Zitternd öffneten sich ihre Lippen, ihr Gehirn erstarrte. Da stand Rainewood, inmitten zahlreicher Leute. Soeben hatte er gesprochen. Und niemand hatte es gehört. Die Lider halb geschlossen, rang sie nach Luft.

An ihrem Arm spürte sie ein Prickeln, eine Parodie der gewohnten herausfordernden Berührung, und sie erschauerte. Nicht der gewohnte verwirrende Schauer, den Rainewood zu erzeugen pflegte – aber genauso enervierend ...

Wegen dieses Gefühls zögerte sie etwas zu lange. Sie musste ihre Gedanken ordnen.

Wenn sie die Situation ignorierte, würde sie vielleicht am Morgen nach dem Malcolm-Ball erwachen und nichts Ungewöhnliches bemerken. »Sehr gern, Mr Farnswourth.«

»Ausgezeichnet! Erst gestern sagte ich zu meinem Vater, wir sollten ...«

Rainewood schlenderte um sie herum. »Sprich mit mir, Smart.« Die gebieterische, sinnliche Stimme schien ihr Ohr zu kitzeln. »Wenn eine Frau meine Anwesenheit wahrnimmt, erkenne ich's in ihrer Miene. Und jetzt sehe ich's ganz deutlich in *deiner.*«

Gegen ihren Willen erschauerte sie wieder. Sie warf einen Blick nach rechts und begegnete goldbraunen Augen, die unverhohlenes Entsetzen reflektierten ...

»Ja, natürlich siehst du mich. Und du hörst meine Worte.« Immer intensiver klang seine Stimme. Als seine Hand ihre Schulter zu streifen versuchte, bebte ihr ganzer Körper. »Welch ein Wahnsinn ist das? Was hast du mit mir gemacht? Warum kann ich dich nicht berühren? Warum kann ich *niemanden* berühren?«

Unfähig, die Panik zu ertragen, die in seinen Fragen mitschwang, schaute sie weg und betrachtete das Paar, das in der Ecke kopulierte. Sofort begannen ihre Wangen wieder zu brennen.

»Gar nichts habe ich getan«, platzte sie verwirrt heraus. »Es ist unmöglich. Und gegen das Gesetz.«

»Ja, genau das habe ich gesagt.« Verblüfft zuckte sie zusammen, als Mr Farnswourth eifrig nickte. Reiner Zufall, dass ihre Antwort zu einer seiner Äußerungen passte, die sie gar nicht registriert hatte ...

Glücklicherweise schwatzte Mrs Smart gerade mit einer anderen Dame und achtete nicht auf ihre Tochter. Sonst hätte sie die Rückkehr der Krankheit sicher bemerkt. Nicht dass diese Schwäche jemals verschwunden wäre – ganz egal was Abigail behauptete. Ihre Mutter würde es erkennen und Dr. Myers verständigen.

In wachsender Sorge versuchte Abigail den furchterregenden Geist aus ihrer Sichtweite zu verbannen.

»Verstößt es gegen das Gesetz, jemanden zu berühren?«, fragte er. »Niemand kann mich sehen, weil ich unsichtbar bin. Warum siehst du mich trotzdem?«

Unter anderen Umständen hätte sie entgegnet, er würde es verdienen, dass er unsichtbar war. Doch sie fühlte sich wie betäubt. Erstens, weil er das Zeitliche gesegnet hatte. Und zweitens, weil er sich sogar nach dem Tod an sie erinnerte. *Niemals* nahmen die Geister Notiz von Personen, die nicht zu ihrem unmittelbaren Umfeld gehörten.

Es sei denn – es sei denn ... Ihr Puls beschleunigte sich, und sie verwarf den Gedanken. Nur zwei Geister hatten ähnlich auf sie reagiert. Und beide Situationen hatten ein schreckliches Ende genommen.

Wieder einmal konzentrierte sie sich auf Mr Farnswourth, einen angemessenen Verehrer, der ihre Mutter mit Stolz erfüllen würde. An der Seite dieses Gentleman würde sie ein angenehmes, unbeschwertes Leben führen können, befreit von der Gefahr, in einer geschlossenen Anstalt dahinzuvegetieren – befreit von Wünschen, die sich niemals erfüllen konnten.

»Was glauben Sie, warum die Anwälte sich nicht darum kümmern?«, fragte Mr Farnswourth, ohne ihre Sorge zu bemerken.

»Erklär mir, warum ich weder dich noch andere Leute berühren kann, Smart. Antworte endlich!« Eine geisterhafte Hand zeichnete die Konturen ihres nackten Armes nach, und alle Härchen sträubten sich. »Warum bist du die einzige Person, die mich sieht und meine Stimme hört?«

Wie sie Valerian Danforth, jetzt Lord Rainewood, kannte, würde er sie sogar im Tod gnadenlos quälen, bis sie sich endlich geschlagen gab. Also musste sie antworten, ohne bei Mr Farnswourth den Verdacht zu erregen, sie wäre nicht ganz richtig im Kopf. »Nun, ich fürchte – so ist das Leben nun einmal. Wir sind dafür geschaffen, nur das zu sehen, was für sterbliche Augen bestimmt ist. Und wer sich außerhalb des Systems befindet, genießt diese Vorzüge nicht.«

»Das Leben? Was zum Teufel meinst du?« Rainewoods Stimme senkte sich zu einem Flüstern herab und nahm einen mörderischen Klang an.

»Zweifellos sollte im System der Justiz die Vernunft vorherrschen, Miss Smart«, sagte Mr Farnswourth so bedächtig, als wäre Abigail im Vollbesitz ihrer geistigen Kräfte und würde mit ihm sprechen statt mit dem Toten neben ihrem Ellbogen.

»Ja. Aber das hilft einem nicht, wenn man tot ist.« Nun schaute sie Rainewood an.

»Tot?« Seine Züge erstarrten. »Unsinn, ich bin nicht tot! Das ist nur ein bizarrer Traum.«

»Wie morbide, Miss Smart«, meinte Mr Farnswourth leicht gereizt. »Aber ich verstehe, was Sie meinen. Erst neulich betonte der gute Minister …«

Eine Zeit lang ließ sie Mr Farnswourth weiterreden, während sie Rainewoods wechselndes Mienenspiel beobachtete.

»Völlig ausgeschlossen«, konstatierte er, obwohl seine Kinnmuskeln zuckten, als müsste er sich mühsam zu dieser Behauptung durchringen. »Willst du mich wieder einmal mit deinem albernen Hokuspokus ärgern?«

Schweigend schüttelte sie den Kopf und biss auf ihre Lippen.

Zornesröte färbte sein Gesicht. Alle Gefühle, die er nicht zu meistern vermochte, lenkte er in die Bahnen zügelloser Wut. So war er schon immer gewesen. »Hör auf damit! Was immer es auch ist! Du bist verrückt!«

Krampfhaft schluckte sie, zwischen steinernen Säulen, die ihre Kehle zu erfüllen schienen. Würde die Wunde niemals heilen? Beklommen hörte sie das Echo eines längst vergangenen Sommers. *Du bist verrückt. Sprich nie wieder mit mir.*

Sie nickte noch einmal und richtete ihre Aufmerksamkeit auf Mr Farnswourth. Wenn sie sich mit aller Macht auf ihn konzentrierte, würde sie vielleicht an einem erfreulicheren Tag erwachen.

Während Mr Farnswourth seine Lippen bewegte, unterstrich er seine Worte mit ausdrucksvollen Gesten. Eine Zukunft mit Mr Farnswourth – oder mit Mr Sourting. Dreißig sorglose Jahre in milder Langeweile. Sie würde ihren eigenen Haushalt führen, ein neuer Anfang mit Dienstboten, die *nicht* an ihrem Verstand zweifelten …

Dann würde sie der ständigen Gefahr entrinnen, ihre restlichen Tage hinter Gittern zu verbringen.

Mama würde sich freuen. Womöglich würde sie die Tochter bei der Hochzeit sogar umarmen. *Ja, dieser neue Anfang würde mich von all meinen abnormen Eigenschaften erlösen …*

Im Großen und Ganzen war Farnswourth ein passender Heiratskandidat, nicht zu eingebildet, kein Bewerber, mit dem sie Rainewood herausfordern könnte … Sekundenlang schloss sie die Augen, um den Gedanken an ihn zu verscheuchen.

Ja, gewiss wäre Farnswourth ein guter Ehemann, und sie sollte ihn ermutigen, statt …

»Einfach lächerlich«, murmelte die tiefe Stimme an ihrer Seite, diesmal mit einem Anflug von bitterem Whisky. »Erklär mir sofort, wie ich aus diesem Albtraum rauskomme. Begleite mich. Jetzt gleich.«

… statt dauernd an einen Mann zu denken, der sie verhöhnt und gedemütigt hatte, dem sie jetzt nicht mehr helfen konnte.

»Nein.«

»Wie bitte?« Fragend schaute Mr Farnswourth sie an.

Abigail lächelte so strahlend, wie es der Aufruhr ihrer Gefühle zuließ. »Würden Sie mit mir eine Runde durch den Saal schlendern, Mr Farnswourth?«

»Mit Vergnügen, Miss Smart«, beteuerte er, die Brust vor Stolz geschwellt. Dann bot er ihr seinen Arm, nach dem sie dankbar griff. Kein einziges Mal schaute sie in Rainewoods Richtung.

Sie zwang sich, ihre Finger nur ganz locker auf Farnswourths Ärmel zu legen, und bekämpfte den Instinkt, der einen engeren Kontakt verlangte – insbesondere jetzt, nach Rainewoods Ableben.

So langweilig und ermüdend sie die endlosen Bälle und Festlichkeiten auch fand – sie boten ihr doch eine Gelegenheit, mit Männern zu tanzen, die auf einer niedrigeren sozialen Ebene standen und eine etwas freimütigere Attitüde tolerierten. Sie konnte sich unter die Leute mischen, die Hände neuer Bekannter schütteln. Wann immer sie ausging, bot sich die Möglichkeit körperlicher Kontakte. Nur deshalb erfüllte sie den Wunsch ihrer Mutter und gab vor, sie würde nach einem geeigneten Ehemann Ausschau halten.

Mr Farnswourth machte Konversation, und sie musste nur hin und wieder nicken, während sie seinen Ärmel berührte.

Wie ein düsterer Schatten heftete sich Rainewood an ihre Fersen und ging durch die Leute hindurch, die sekundenlang erzitterten.

»Komm mit mir, Smart.« Die grausige gebieterische Stimme erklang direkt hinter Abigails Ohr, sträubte ihre Nackenhaare und jagte einen kalten Schauer über ihren Rücken. Dieses Frösteln kannte sie – ihren ständigen Begleiter in Rainewoods Nähe, seit sie dreizehn Jahre alt gewesen war. Seither hatte sich alles geändert.

Aus mehreren Quellen wurde ihr Zorn geschürt – aus Rainewoods Verhalten, der Vergangenheit und der Gegenwart und ihrer eigenen Schwäche.

»Jahrelang hast du mich verspottet, wenn ich mich so benahm, wie du es jetzt verlangst«, zischte sie leise und bissig, während Farnswourth weiterschwatzte, ohne irgendetwas zu bemerken. »Nun musst du dir selber helfen.«

Erbost beobachtete Valerian, wie sie mit Farnswourth noch eine Runde durch den Saal drehte – und dann eine dritte. Er wusste, wie gern sie mit den Leuten umherspazierte und sie berührte. So oft hatte er diese Erkenntnis gegen sie benutzt. Allein das Gefühl ihrer Haut unter seinen Fingern und ihr Zittern, wenn sie vergeblich ihre Sehnsucht nach intensiveren Liebkosungen bekämpfte, erregten ihn. Deshalb ärgerte es ihn maßlos, wann immer andere Männer Abigail anfassten. Und genauso erzürnte ihn seine eigene Reaktion.

Sein Blick schweifte durch den Ballsaal, und er versuchte mit all seinen Bekannten zu sprechen – insbesondere mit Abigails Freunden, denn er dachte, vielleicht wären sie in das Geheimnis eingeweiht. Sogar an Penshard trat er heran. Zweifellos würde der Mann bösartig grinsen, wenn er Bescheid wüsste.

Nichts.

Beinahe gewann er den Eindruck, es würde zutreffen, was sie ihm vor all den Jahren erklärt hatte. So inständig hatte sie um sein Verständnis gefleht. Nein. Niemals. Das würde bedeuten, er hätte sich geirrt. Unmöglich.

Geister. Sarkastisch verbannte er den Gedanken. Niemals hatte er ihr geglaubt und ihre Worte benutzt, um sie zu quälen, um den Schmerz der Vergangenheit zu verhehlen. Auch jetzt würde er ihr nicht glauben.

Etwas Blaues weckte seine Aufmerksamkeit. Mittlerweile war er daran gewöhnt, Abigail Smart im Auge zu behalten, und es gehörte gewissermaßen zu seiner zweiten Natur. Jetzt entfernte sie sich von ihren neuen Bewunderern. Endlich. Könnte er sich doch mit diesen Gentlemen verständigen, die Hölle würde er ihnen heißmachen, weil sie …

Hochgestecktes dunkles Haar über einem blauen Kleid – überall würde er diesen Nacken erkennen. Jetzt folgte sie einer kleineren, lebhafteren Gestalt zum Ausgang.

Zum *Ausgang*? Eine Emotion, die auf unangenehme Weise an Panik grenzte, beschleunigte seine Herzschläge. Abigail verließ das Fest, seine einzige Informationsquelle, seine einzige Verbindung zur Vernunft ging zur Tür hinaus.

Während sie die Schwelle überquerte, eilte er ihr nach. Zunächst versuchte er den Leuten auszuweichen, dann schloss er die Augen und fand sich mit der Tatsache ab, dass er sie gar nicht umrunden musste. Und so stürmte er einfach durch die Menschen hindurch. Durch Aidan Campbell, Mr Farnswourth, Celeste Malcolm. Durch alle, die seinen Weg kreuzten.

Nur ein Albtraum. Sobald er Abigail Smart einholte, würde er erwachen. Daran zweifelte er keine Sekunde lang.

Er erreichte die Tür im selben Moment, da der Lakai sie wieder öffnete, und prallte gegen etwas Hartes. Das verheißungsvolle Gefühl eines echten Kontakts … Erleichtert glaubte er zu erwachen. Aber nein – die Leute glitten weiterhin durch ihn hindurch, schlenderten aus dem Saal, und er konnte ihnen nicht folgen.

Verwundert streckte er eine Hand aus, schob sie in die Öffnung zwischen Tür und Türrahmen. Feste Luft. Sein Atem stockte. Nein, die Rainewoods gerieten nicht in Panik. Entschlossen stemmte er sich gegen die Barriere. Vergeblich. Offenbar hielt ihn irgendetwas im Ballsaal gefangen.

Noch mehr Gäste gingen durch ihn hindurch. Unwillkürlich begann er zu zittern. Er schaute in wachsender Sorge zur Haustür und sah Abigail in eine Droschke steigen. Zu diesem Wagen musste er gelangen. Er wich zurück, stürmte zur Tür. Doch er wurde zurückgeworfen, sein ganzer Körper erschüttert. Wie war das möglich? Wo er doch im physischen Sinn gar nicht existierte …

Die Droschke rollte die Zufahrt hinab.

Mit aller Kraft presste er sich gegen die Barriere, dachte an blaue Augen und glänzendes honigfarbenes Haar. Sie *musste* ihm erklären, was mit ihm geschah. Nur das allein zählte. Abigail war die einzige Verbindung zur Wahrheit. So inständig wünschte er sich, er wäre in diesem Wagen.

Bei *ihr*.

Und plötzlich befand er sich am Ziel seiner Sehnsucht.

4

»Miss Smart, Sie müssen Mr Farnswourth weiterhin ermutigen«, entschied Mrs Browning in ihrer üblichen autoritären Art. »Und Mr Sourting ebenso. Unter diesen günstigen Umständen, und wenn Sie sich Mühe geben, werden Sie am Ende der Saison heiraten. Beide Gentlemen wären eine ausgezeichnete Wahl.«

»Und der nette Mr Brockwell ebenso«, warf Abigails Mutter ein.

»Ja, Mr Brockwell ist akzeptabel. Aber Mr Penshard …« Die Gesellschafterin runzelte die Stirn. »Auch diesen Mann haben Sie ermutigt, Miss Smart. Ein ziemlich radikaler Typ.

Also wäre es empfehlenswert, Sie würden sich für einen der drei anderen entscheiden.«

»Mr Penshard ist nicht radikal«, widersprach Abigail.

»Nun, ich glaube, ich kann die Charaktere der Männer etwas besser beurteilen als Sie, insbesondere das Wesen der Gentlemen, die derzeit den Heiratsmarkt bevölkern.« Mrs Browning hob die Brauen. »Beherzigen Sie meine Ratschläge. Wir wünschen uns einen *fügsamen* Ehemann.«

Warum *sie* sich einen fügsamen Ehemann wünschten, wusste Abigail nicht. Aber seit Mrs Browning ihre Stellung bei den Smarts angetreten hatte, bestand sie auf dieser besonderen Eigenschaft, die ein Heiratskandidat aufweisen musste.

»Ja, du solltest Mrs Brownings Rat wirklich befolgen, Abigail«, betonte ihre Mutter. »Allzu viele Chancen hast du nicht.«

»Und Sie dürfen nicht zu wählerisch sein«, ergänzte Mrs Browning mit einem scharfen Blick, der deutlich auf Abigails Mängel hinwies.

»Allerdings nicht«, bestätigte Mrs Smart. »Wie dein Vater zu sagen pflegte …«

Geistesabwesend nickte Abigail den beiden Frauen zu. An diese Ermahnungen und die stechenden Blicke war sie seit langer Zeit gewöhnt und beachtete sie kaum noch.

Mrs Browning war Abigails Mutter wärmstens empfohlen und ihrem Ruf bisher in allen Belangen gerecht geworden. Aber Abigail wollte sich nicht über die herrschsüchtige Gesellschafterin ärgern. Nach einer Weile verschmolzen die Belehrungen zu einer sinnlosen Geräuschkulisse, und sie hatte ohnehin wichtigere Dinge zu bedenken.

»Und dein Haar …« Mrs Smart schnalzte mit der Zunge und lenkte die Aufmerksamkeit ihrer Tochter wieder auf sich. »Am Ende jedes Abends hängt es ungebändigt herunter. Deine Zofe muss die Nadeln besser feststecken. Wie schlampig du aussiehst – das ist einfach unzumutbar.«

Mrs Browning nickte mehrmals. Verlegen streifte Abigail eine lose Strähne hinter ihr Ohr. Nicht einmal vier Dutzend Bürstenstriche konnten ihr widerspenstiges Haar zähmen. Der Gedanke an ihre Lieblingsbürste – und deren Herkunft – weckte schmerzliche Erinnerungen, die sie rasch verdrängte, damit ihr Gesicht nichts dergleichen verriet.

»Wenn Mr Farnswourth auch zu höflich war, um auf Ihre unordentliche Frisur hinzuweisen, Miss Smart – ich merkte an seiner Miene, dass es ihm auffiel«, sagte Mrs Browning. »Ein Mann wünscht sich eine Ehefrau, die großen Wert auf ihre äußere Erscheinung legt. Und er braucht eine Gemahlin, die ihm den Haushalt führt, seine Dienstboten beaufsichtigt und ...« Um ihre Worte zu unterstreichen, klopfte sie mit einem Finger auf den Ledersitz. »... und seiner Familie zur Ehre gereicht. Deshalb müssen Sie den Anschein erwecken, Sie wären all diesen Anforderungen gewachsen.«

Abigail nickte wieder, weil sie das weniger mühsam fand als einen Protest.

»Und Sie dürfen nicht ständig in den Ballsälen herumwandern. Natürlich ist das schön und gut, solange Sie einen Verehrer begleiten. Aber Sie tun es auch aus unvernünftigen Gründen.« Missbilligend zog Mrs Browning die Brauen hoch.

Warum Abigail so oft umhergegangen war, konnte sie wohl kaum erklären. Verstohlen musterte sie ihre Mutter. Hatte Mama sie beobachtet und Verdacht geschöpft? Wenn ja, wäre sie entsetzt und würde die Sehnsucht der Tochter nach körperlichen Kontakten noch viel energischer unterbinden.

Doch Mrs Smart runzelte einfach nur aus keinem speziellen Anlass die Stirn. Wie üblich saß sie möglichst weit von Abigail entfernt. Aber ein Knie befand sich in lockender Nähe. Und die Aufregungen des Abends verlangten nach physischem Trost. Wenn die Droschke über eine Furche in der Straße holperte, würden sie einander berühren.

In diesem Moment schwankte der Wagen, von einem leichten Ruck bewegt, und Abigail neigte sich nach vorn. Bedauerlicherweise stieß sie gegen Mrs Brownings Knie.

»Also wirklich, Miss Smart!« Indigniert richtete sich die Gesellschafterin auf und rückte ihre Knie zur Seite. »Sie sind so ungeschickt wie ein kleines Kind.«

»Verzeihen Sie mir, Mrs Browning.«

»Gegen Ende des Abends haben Sie sich auch schon so merkwürdig benommen.«

Tapfer trotzte Abigail dem strafenden Blick und versuchte die weit aufgerissenen Augen ihrer Mutter zu ignorieren, die rechts von Mrs Browning saß.

»Eigentlich nahm ich an, Sie würden die Konsequenzen bedenken …«

Und dann zuckte Abigail bestürzt zusammen, weil Rainewood neben der Gesellschafterin erschien. Ihre Lippen bewegten sich nahe seinem Kinn, bis ihre Züge auf groteske Weise mit seinen verschmolzen und der Eindruck entstand, sie würde zwei Gesichter besitzen.

»Sag mir, was mit mir passiert«, forderte der Mund, der in Mrs Brownings Stirn klaffte.

Verstört rang Abigail nach Luft. Wie um alles in der Welt war er in die Droschke gelangt?

Aus dem anderen Mund unterhalb der Stirn drangen Worte, die irgendwie mit Konsequenzen, Schwierigkeiten, Heiratsabsichten und Pflichtgefühlen zusammenhingen.

»Warum hatte ich solche Schwierigkeiten, das Haus zu verlassen?«, fragte die tiefere Stimme, zu maskulin, zu sinnlich, um der strengen, prüden Gesellschafterin zu gehören. »Welchen Mächten bin ich ausgeliefert? Was *bist* du?«

»Abigail«, mischte die Mutter sich in scharfem Ton ein, »hörst du Mrs Browning überhaupt zu?«

»Natürlich, Mama«, erwiderte Abigail mechanisch.

Mrs Brownings Augen verengten sich inmitten der grausigen Kombination zweier verschiedener Gesichter. »Und wir müssen den Vorteil nutzen, den Sie Lord Rainewoods Aufmerksamkeit an jenem anderen Abend verdanken, Miss Smart. Auch das damit verbundene Aufsehen. Dadurch können Sie sich das Interesse einiger distinguierter Gentlemen sichern, bevor Seine Lordschaft eine Gelegenheit findet, Sie erneut zu ignorieren.«

»Ha! Also hast du etwas damit zu tun! Das wusste ich ja!« Mrs Brownings Stirn verzerrte sich bizarr, als die ätzende Behauptung hervorquoll. Dann schnellte eine Hand aus ihrem Körper und zeigte anklagend auf Abigail.

»Gar nichts habe ich damit zu tun!«

Beide Münder öffneten sich schockiert.

Plötzlich herrschte Grabesstille in der Droschke, nur von den rollenden Rädern durchbrochen.

Abigail schluckte. »Mit Lord Rainewoods Aufmerksamkeit, meine ich.«

»Mein liebes Kind …« Mrs Smarts Stimme klang sanft und leise, aber auch entnervt und ängstlich.

»Nein.« Unfähig, das grässliche Spektakel noch länger zu

beobachten – und zu glauben, was sie beinahe gesagt hätte, starrte Abigail auf ihren Schoß hinab. »Bitte, Mama, ich habe Kopfschmerzen. Wie du siehst, kann ich nicht mehr klar denken. Reden wir morgen darüber. Ich entschuldige mich für mein sonderbares Benehmen. Am Ende des Abends befiel mich diese Migräne so schnell und heftig, und deshalb war ich ganz durcheinander.«

Teilweise stimmte das. Rainewoods Ankunft hatte ihr tatsächlich Kopfschmerzen bereitet. Und jetzt ... Nun, jetzt wollte sie einfach nur in ihr Zimmer flüchten und ihren Tränen freien Lauf lassen.

»In letzter Zeit leiden Sie ziemlich oft an dieser Migräne, Miss Smart«, betonte Mrs Browning vorwurfsvoll, nachdem sie ihre Fassung wiedergewonnen hatte. »Bilden Sie sich bloß nicht ein, ich würde Ihre Finten nicht durchschauen! Seien Sie versichert, solche fadenscheinigen Ausreden kenne ich zur Genüge.«

»Ja, Mrs Browning.« In diesem Moment kümmerte es Abigail nicht im Mindesten, dass sie den Unmut ihrer Mutter und der Frau erregte, die für den sozialen Aufstieg der Smarts sorgen sollte. Solange sie die Geschichte von der Migräne wenigstens zum Teil glaubten. Solange Mama nicht beschloss, *ihn* zu konsultieren. *Solange ich den beiden morgen klarmachen kann, mit mir sei alles in Ordnung ...*

Am liebsten würde sie ins Bett sinken und nie mehr erwachen.

Erstaunlicherweise schwieg Rainewood, als die Droschke vor dem gemieteten Haus am Hanover Square hielt. Der Wagenschlag schwang auf. Mit der Hilfe eines Lakaien stieg Abigail aus, hinter ihrer Mutter und Mrs Browning.

Erst in der Eingangshalle merkte sie, dass der Geist ihnen nicht folgte.

Sie wandte sich zur Haustür, die immer noch offen stand, und sah den Wagen davonrollen – ein Gesicht am Fenster, dem der Lichtschein der Gaslampen scharfe Konturen verlieh.

»Morgen möchte ich Sie möglichst zeitig sehen, Miss Smart«, verkündete Mrs Browning und reichte ihren Schal einem wartenden Dienstboten. »Wir müssen uns auf Mr Sourtings Ankunft vorbereiten.«

Nach einem letzten Blick in Richtung der Droschke, die hinter einer Straßenecke verschwand, drehte Abigail sich um. Erschrocken wich sie zurück, als Rainewood plötzlich vor ihr auftauchte.

»Abigail!«, mahnte ihre Mutter.

Einige Sekunden lang beobachtete Abigail das Gespenst und unterdrückte einen hysterischen Schrei. »Ja, Mutter – Mrs Browning. Also, dann – gute Nacht.«

Mrs Browings Lippen kräuselten sich. Aber sie wandte sich ohne ein weiteres Wort ab und rauschte mit ihrer Arbeitgeberin in den Salon. Nun würden sie Abigails zahlreiche Schwächen erörtern und überlegen, wie sie trotzdem einen Ehemann ergattern könnte. Die Gesellschafterin war Mamas Verbündete. Aber ihre Züge wirkten leicht gequält, wann immer sie Mrs Gerald Smart anschaute.

Warum sie Abigail viel unfreundlicher behandelte, obwohl deren Mutter sich noch öfter daneben benahm, war ein Rätsel, das irgendwann gelöst werden musste.

Seltsam – Mrs Browning besaß Adleraugen und Wolfsohren. Doch sie hatte schon mehrere Wochen mit den Smarts verbracht, ohne das Geheimnis zu ergründen, und das überraschte Abigail. Sie straffte ihre hängenden Schultern und ging zur Treppe. Nein, sie würde nicht Trübsal blasen. Sie würde nicht schreien. Auch diese Situation würde sie meistern, so wie all die anderen Schwierigkeiten.

Während sie die beiden Treppenfluchten hinaufstieg, schwebte Großtante Effie an ihrer Seite empor. »Ich habe Tee getrunken. Kochend heiß. Mit zwei Stückchen Zucker. Eine Zitronenscheibe. Im Winter gibt es so selten gute Zitronen.«

Abigail nickte, nicht sonderlich verblüfft über mythische Zitronen zur Winterzeit – nachdem Tante Effies Geist seit sechs Jahren in endlosen Winterwochen die immer gleichen Gespräche mit ihr führte.

»Heute waren Dolores und Francis hier. Miss Turnbridge erwartet ein Kind. Obwohl sie *nicht verheiratet* ist.« Die alte Frau neigte sich zu ihr. »Und das sage ich dir, bevor ich's den anderen erzähle – der *König* hat einen *Zusammenbruch* erlitten.« Ihre Hand glitt zu ihren Lippen.

Sekundenlang schloss Abigail die Augen, dann öffnete sie die Tür ihres Zimmers. Effie flatterte durch die Wand an der rechten Seite. »Erschüttert dich das kein bisschen? Nicht zu fassen …« Gekränkt zog sie sich in ihre Ecke zurück.

Nach einer täglichen Wiederholung derselben dreißig Jahre alten Klatschgeschichten gab es nichts mehr, was Abigail zu erschüttern vermochte. An manchen Tagen spielte sie mit – meistens an besonders anstrengenden Tagen in der Gesellschaft ihrer Mutter oder Rainewoods, wenn sie eine tröstliche Ablenkung brauchte.

Aber an diesem Abend konnte sie nicht mitmachen und nicht einmal Schuldgefühle empfinden. Sie warf ihr Retikül auf das Bett. Am nächsten Tag würde Effie dieselben Geschichten erzählen und sich nicht mehr an die Abfuhr erinnern. Ein Segen, wenn sie in dieser Nacht schlecht gelaunt war. Und ein Fluch in jeder anderen erdenklichen Hinsicht …

Abigail schloss wieder die Augen.

»Sprichst du *jetzt* mit mir?«

Als sie ein Auge öffnete, sah sie Rainewood am Türrahmen lehnen, eine träge Braue hochgezogen. Doch die Konturen seines Körpers bebten vor verhaltenem Zorn. Sie sank rücklings auf das Bett, nicht besonders graziös. Das bereute sie sofort, weil sie unbeabsichtigt eine aufreizende Position einnahm. Unglücklicherweise war sie zu erschöpft, um sich zu erheben.

»In Wirklichkeit bist du gar nicht hier. Das ist ein Albtraum. Geh weg.«

Wenn sie auch keinen Druck auf dem Bett spürte – sie sah, wie er sich über sie beugte, die Hände zu beiden Seiten ihrer Schultern auf die Matratze gestützt. Eine ziemlich dominante Pose … Abigails Herz pochte schneller, als sie sich an die Liebesakte geisterhafter Paare erinnerte, die ähnliche Stellungen eingenommen hatten. Wäre Rainewood tatsächlich anwesend, in physischer Hinsicht, und imstande, sie zu berühren, würde ihr eine ernsthafte Gefahr drohen. Er müsste sich nur herabneigen und sie küssen – vollends mit ihr verschmelzen …

Nun änderte er die intime Situation und streckte sich neben ihr auf dem Bett aus. Den Kopf in eine Hand gestützt, lag er auf der Seite und beobachtete sie. Mochte er ein Geist sein oder auch nicht – sie gewann den Eindruck, er hätte ihre Gefühle erraten.

So wie immer. Niemals hörte er auf, diese Waffe gegen sie einzusetzen.

Sie holte tief Atem. Nein, weder Rainewood noch sein Geist würde sie besiegen. »Wie bist du aus Grayton House gelangt? Und dann in die Droschke?«

»Also wusstest du, dass ich Probleme haben würde?« Sein Blick verschärfte sich.

»Wie alle Geister. Gewisse Barrieren halten dich in den Räumen gefangen, in denen du spukst. Wenn du es so nennen willst.«

»Unsinn, ich bin kein Geist«, presste er zwischen zusammengebissenen Zähnen hervor. »Es ist nur ein Traum, aus dem ich nicht erwachen kann. Und du besitzt den Schlüssel, der mich darin einsperrt. Das fühle ich. Jetzt will ich erwachen, Smart. Lass mich frei.« Gebieterisch fuhr er mit einer Hand durch die Luft.

Voller Rachsucht genoss sie ihren Triumph. Bald würde er akzeptieren müssen, dass sie stets die Wahrheit gesagt hatte. »Nein, du bist nicht nur ein Geist – du bist ein *hartnäckiger* Geist. Doch das dürfte mich nicht wundern. Schon zu Lebzeiten warst du eine grässliche Nervensäge.« Sie schloss ihre Lider und strich mit einem Finger darüber. So irreal – ein flüchtiger Traum. Wie konnte er tot sein, wenn er neben ihr auf dem Bett lag, hellwach und anscheinend im Vollbesitz aller seiner Kräfte?

Das ergab nur insofern einen Sinn, als Rainewood nicht auf *normale* Weise gestorben war.

»Ich bin kein Geist«, wiederholte er. Diesmal klang seine Stimme anders, ein fragender, sanfter Unterton schwang in den Worten mit – eine Erinnerung an ein Gespräch, das sie vor langer Zeit geführt hatten. »Es ist ein Traum – ein äußerst beunruhigender Traum, weil er mich an *dich* fesselt.«

Warum spielte er auf ihren gegenwärtigen Zwist an, der seine Wurzeln in ihrer Vergangenheit hatte? Ärgerlich öffnete sie die Augen und stieß eine Hand durch seinen Körper. »Wenn du kein Geist bist – was bist du denn?«

Rainewood schwieg.

Stöhnend rieb sie ihre schmerzende Stirn. »Einer von *diesen* Geistern. So muss es wohl sein.«

»Welche Geister meinst du?« Aus seiner Stimme war alle Sanftmut verschwunden. Er glaubte ihr noch immer nicht. Das wusste sie. Aber der fragende Klang, die Erinnerung – ein Zögern, das er im wirklichen Leben niemals zeigte …

»Wie war der Abend, Miss Abigail?« Ihre Zofe ersparte ihr eine Antwort, indem sie das Zimmer betrat – so leise, als wäre auch sie körperlos.

»Sehr angenehm, Telly«, log Abigail und zwang sich zu einem Lächeln.

»Wie schön! Morgen müssen Sie mir alles erzählen. Darauf freue ich mich schon. Ich habe Ihnen ein gewärmtes Handtuch gebracht.«

»Danke, Telly.«

Die Zofe legte das Handtuch auf die Stirn ihrer Herrin, nur auf die obere Hälfte, sodass die Augen frei blieben. Mit behutsamen Fingern rückte sie das Tuch zurecht, geflissentlich vermied sie jeden Kontakt mit der Haut. Abigail gab vor, das nicht zu bemerken. Erleichtert seufzte sie, während die Wärme die Kopfschmerzen und das Unbehagen linderte.

Dann zog Telly ihr diensteifrig Schuhe und Strümpfe aus.

»Muss ich mir die Augen ausstechen, nachdem ich deine nackten Fußknöchel betrachten durfte?« Rainewoods Blick glitt nach unten. »Schweifen wir nicht vom Thema ab. Das ist mein Traum. Mein Albtraum. Von welchen Geistern hast du vorhin gesprochen?«

Abigail biss sich auf die Lippen. Trotzdem antwortete sie. »Manche Geister müssen eine Mission erfüllen, ein Problem muss gelöst werden, bevor sie sich entfernen. Und andere klammern sich einfach an die Welt der Lebenden.«

»Haben Sie einen neuen, Miss?«, fragte Telly und faltete die Strümpfe zusammen.

»Ja, Telly, einen sehr beharrlichen Geist, der mir sogar ins Haus gefolgt ist.«

Die Zofe nickte und räumte die Schuhe weg. Niemals würde sie Fragen stellen, wenn sie glaubte, ihre Herrin würde gewisse Geheimnisse lieber für sich behalten.

Neben Abigails Ohr ertönte eine heisere Stimme. »Ein beharrlicher *Mann* wird dir folgen, bis du ihm hilfst.«

»Offensichtlich ein verfluchter Mann, und er wird das ganze Land ins Verderben stürzen«, erwiderte sie leise, aber möglichst dramatisch, »wenn ich ihn nicht daran hindere, an allen Menschen Rache zu üben, die ihn irgendwann hintergangen haben.«

Rainewoods fassungslose Miene war die Schuldgefühle wert.

»Oh, dann müssen Sie ihn unbedingt zurückhalten, Miss«, meinte Telly ernsthaft.

»Sorgen Sie sich nicht, Telly, ich werde seine wahnwitzigen Pläne vereiteln.« Abigails Faust schlug in die Luft, und Rainewoods Mundwinkel zogen sich nach unten. In seinen Augen war das spöttische Funkeln erloschen, das sie so oft gezeigt hatten. Verloren in der Vergangenheit …

Um diesem Anblick zu entrinnen, schloss sie sekundenlang die Augen.

»Sicher ist das eine kostbare Gabe«, bemerkte Telly in einem ehrfürchtigen Ton, der ihre Zigeunerwurzeln verriet.

Nach Abigails Überzeugung war das der einzige Grund, warum die Zofe nicht schreiend davongelaufen war, als sie ihre Herrin zum ersten Mal beim Gespräch mit scheinbaren Staubflusen in einer Ecke des Schlafzimmers belauscht hatte. Seither behauptete das Mädchen, Abigail habe die geheiligte Gabe ihrer Großmutter geerbt.

Eine Gabe? Abigail schüttelte den Kopf, worauf die Schmerzen in gemilderter Form zurückkehrten, und schob das Handtuch von ihrer Stirn. »Keine Bange, Telly, es ist nur ein Geist, der mich mit lästigen Fragen bestürmt. Bald sind wir ihn los.«

»Nur über meine Leiche!«, protestierte Rainewood.

»Diesen Zustand hast du bereits erreicht, nicht wahr?« Sie stand vom Bett auf, ging zum Toilettentisch und setzte sich so, dass sie ihn sehen konnte.

»Leider verstehe ich deinen Humor nicht, Smart. Übrigens, ich bin nicht tot.«

»Doch, Rainewood.« Die Bürste verfing sich in ihren wirren Locken und entlockte ihr ein Stöhnen, das absolut *nichts* mit dem Ableben ihrer Nemesis zu tun hatte. Nun saß er auf dem Bett und redete mit ihr. Beinahe erlag sie der Illusion, er wäre wirklich nicht tot.

Telly flüsterte eine hastige Entschuldigung und bürstete das Haar ihrer Herrin etwas vorsichtiger.

»Das glaube ich einfach nicht«, murmelte Rainewood und erweckte den Eindruck, er würde sich tatsächlich einbilden, er wäre in einem Traum gefangen. Sonst würde er nicht in diesem sanften Ton mit ihr sprechen. »Irgendwas – *irgendwas* ist passiert.« Gequält kniff er die Augen zusammen, als würden ihn ebenfalls Kopfschmerzen plagen. »Und ich – ich fürchte, ich bin in Gefahr. Deshalb muss ich erwachen.«

Er stand auf. Lautlos begann er über den samtigen Teppich zu wandern. Sie beobachtete ihn schweigend, die verengten Lider, die geballten Fäuste. Nur das leise Geräusch der Bürste war zu hören, die ihr Haar entwirrte.

Schließlich legte Telly die Bürste auf den Toilettentisch zurück, und Abigail erhob sich.

Rainewood blickte auf.

»Geh in den Flur«, befahl sie.

Herausfordernd zog er die Brauen hoch. »Nein.«

»Verschwinde! Ich will mich auskleiden und schlafen. Heute Nacht musst du woanders spuken.«

Er sank auf das Bett und streckte die Beine aus, kreuzte die Fußknöchel und stützte seine Hände auf die Matratze. »Nein, ich bleibe lieber hier. Bald werde ich erwachen. Was sich dann in meinem Kopf abspielen wird, will ich keinesfalls versäumen.«

»Miss?«, fragte Telly nervös.

»Geh sofort hinaus!«, rief Abigail und zeigte mit einem Finger auf Rainewood.

»Nein.«

»Ja.«

Rainewood verdrehte die Augen. »Wollen wir die ganze Nacht so kindisch streiten?«

»Tun wir jemals etwas anderes?«, fragte sie ungeduldig und strich ihren Rock glatt.

»Miss?«

Seufzend erwog Abigail ihre Möglichkeiten. Nun könnten sie weiterstreiten. Oder sie ging in ein anderes Zimmer. Oder sollte sie sich einfach vor Rainewood ausziehen – und seine Reaktion abwarten? Entschieden schüttelte sie den Kopf. »Nein, gewiss nicht.« Telly *und* Rainewood starrten sie an, als hätte sie den Verstand verloren.

Wenn sie einen anderen Raum aufsuchte, würde man an ihren geistigen Fähigkeiten zweifeln. Streitgespräche – ja, darin sind wir geübt, dachte sie. Doch das durfte sie ihrer Zofe nicht stundenlang zumuten – dem einzigen Menschen, der *wusste*, dass sie Geister sehen konnte, und das akzeptierte. Viel zu dringend brauchte sie Tellys Beistand.

Also blieb nur eine einzige Möglichkeit übrig …

Sie ging zu ihrem Schrank, öffnete die Tür und trat dahinter, um sich wenigstens teilweise vor Rainewoods indiskreten Blicken zu schützen. »Gut, ich bin bereit.«

Statt zu antworten, schnaufte er verächtlich.

Telly zögerte unsicher, bevor sie ihr folgte und die Knöpfe des Kleides öffnete. Dann zog sie den Saum nach oben.

»Jetzt sehe ich deine Fußknöchel, Smart. Und ziemlich viel von deinen Beinen. Oh, du hast ja immer noch Knubbelknie.«

In ihrem Nacken spürte sie Schweißtropfen, und brennende Röte stieg ihr in die Wangen, als Telly das Kleid nach oben streifte. »Halt den Mund, Rainewood.« Zum Glück konnte er nicht noch mehr sehen.

Plötzlich wurde sie seitwärts gerissen, weil das Kleid an einem Ohr hängen blieb und Telly daran zerrte. In einem

Kokon aus Satin sah Abigail nichts mehr und verlor das Gleichgewicht, stieß gegen die Tür und stolperte beiseite. Sie wusste, nun war sie Rainewoods Blicken ausgeliefert – in ihrer Unterwäsche.

Die Augen geschlossen, versuchte sie sich zu befreien. »Telly!«

Endlich gelang es der Zofe, das Kleid über den Kopf ihrer Herrin zu ziehen, und Abigail sprang wieder hinter die Tür – aber nicht, bevor sie diesen durchdringenden dunklen Augen begegnet war.

»Verzeihen Sie, Miss, heute Abend bin ich furchtbar ungeschickt.« Mit zitternden Händen hängte Telly das Kleid über die Lehne eines Stuhls.

Abigail schloss wieder die Augen. Ein Albtraum. Ganz eindeutig, ein Albtraum, der sie heimsuchte, obwohl sie hellwach war …

Normalerweise ignorierte sie die Gespenster, wenn sie sich auskleidete. Denn die ignorierten sie normalerweise ebenso. Und seit jener ersten Episode während einer Übernachtung in Bristol, als sie den Geist eines Gastwirts bei einer Orgie mit vier weiblichen Geistern beobachtet hatte, waren Abigails Schamgefühle allmählich verflogen.

Also wirklich, diese Geister waren eine ziemlich lüsterne Bande. Ständig schwelgten sie in Aktivitäten, die sie früher genossen hatten. Oder sie wünschten, solche Freuden wären ihnen im Leben vergönnt worden.

Bei diesem Gedanken schluckte sie mühsam und sagte sich, vor Rainewood müsste sie sich nicht genieren. Er existierte nicht. Nicht im realen Sinn.

Trotzdem fühlte sie sich nackt in seiner Gegenwart, als die Zofe ihr ein Kleidungsstück nach dem anderen auszog.

Nie zuvor war ihr die abendliche Toilette so endlos lang erschienen. Und sie hatte noch nie bemerkt, wie verdammt lange diese Prozedur dauerte. Jeder Knopf, jedes Band, jedes Häkchen erforderte eine halbe Ewigkeit. Und jedes Teil musste zusammengefaltet und beiseitegelegt werden, bevor Telly sich mit dem nächsten befasste.

Was Rainewood auf der anderen Seite der Schranktür tun oder denken mochte, wusste Abigail nicht. Sie rechnete mit spöttischen Kommentaren. Oder vielleicht war er einfach aus Langeweile eingeschlafen. Falls Geister jemals schliefen. Darüber hatte sie noch nie nachgedacht und ihnen auch keine Fragen zu diesem Thema gestellt.

Aber die Vorstellung, er würde *nicht* schlafen und stattdessen ihre nackten Fußknöchel betrachten oder einen anderen entblößten Körperteil – so wie ein Mann eine Frau taxierte ... Oft genug hatte sie überlegt, wie es wäre, wenn ein Mann sie auf diese Weise anschaute.

Nicht dass sie sich gewünscht hätte, *Rainewood* würde das tun.

Sei nicht so dumm, mahnte eine innere Stimme.

Während Telly die einzelnen Kleidungsstücke langsam, aber geschickt entfernte, berührte sie Abigail so wenig wie nur möglich. Das war völlig in Ordnung, denn im Gegensatz zu Mrs Smart, die ihre Tochter aus ganz bestimmten Gründen nicht anfasste, ertrug es die Zofe nicht, eine junge Dame zu berühren, die sie verehrte und vergötterte.

Eine Gabe? Nein. Nichts in Abigails Leben erschien ihr wie eine erstrebenswerte Gabe. Schließlich trug sie nur noch ihr Hemd. Fast nackt ... Hastig riss sie ihr Nachthemd aus Tellys Händen und schlüpfte hinein. An einer Schulter blieb es hängen. Als sie daran zupfte, geriet sie wieder aus dem

Gleichgewicht und hüpfte weit genug zur Seite, um schallendes Gelächter zu hören, das aus der Richtung des Betts zu ihr drang. Das Kinn emporgereckt, richtete sie sich auf.

»Soll ich Ihnen einen Becher warme Milch bringen, nachdem Sie gelesen haben, Miss?«, fragte Telly in einem Ton, als wollte sie ein verschrecktes Fohlen beruhigen.

»Ja, das wäre wundervoll.« Ein angedeuteter Knicks, ein leises Klicken der Zimmertür, und Abigail war allein mit einem viel zu attraktiven Toten und einer verrückten toten Tante, die in der Ecke immer noch mit sich selber schwatzte, diesmal über Vorzüge von der Martin-Teemischung, verglichen mit der etwas bitteren Gates-Sorte.

Wie Abigail mit einem kurzen Blick in Rainewoods Richtung feststellte, schien er sich zu entspannen. Vielleicht glaubte er immer noch, er würde einen seltsamen Traum erleben, und deshalb ließ seine anfängliche Aufregung nach.

»Warum kann ich hier auf dem Bett liegen und über den Teppich gehen – aber im Grayton House fiel ich durch Mauern?« Er klopfte mit einem Finger gegen die Wand und sah ihn darin eintauchen. Blitzschnell zog er ihn zurück. Dann strich er über die Bettdecke.

»Je länger du ein Geist bist, desto klarer wirst du diese Realität als deine eigene erkennen. Du wirst keine Gegenstände mehr durchdringen – es sei denn, du willst es. Dann wirst du ihre …«, sie fuhr mit beiden Händen durch die Luft, »… ihre besondere Energie spüren, nehme ich an. Oder du redest dir das ein. Ich weiß es nicht. Nur was ich beobachtet habe, weiß ich.«

»Über deine Fantasiebilder habe ich mich schon immer gewundert. Und da das jetzt *mein* Traum ist, solltest du mir etwas mehr von diesen Dingen erzählen.«

»Es ist kein Traum, Rainewood.«

»Hm.« Dunkle Augen musterten sie unter langen dichten Wimpern. »Und warum weißt du nur, was du beobachtet hast? Haben dir keine anderen imaginären Toten erläutert, wie deine Fantasie funktioniert?«

»Was für ein Ekel du bist, Rainewood …« Aber ihre Stimme klang nicht allzu bissig.

In diesem Wortwechsel lag eine seltsame Ruhe. Es war sehr lange her, seit sie ein vernünftiges Gespräch geführt hatten. Und das bestärkte Abigail in der Vermutung, er würde die Situation für irreal halten.

Den Kopf schief gelegt, versuchte sie die angenehme Atmosphäre zu erhalten. »Nun, einige haben sich mit mir verständigt. Die meisten Gespenster sind selbstgenügsam und in Gedanken versunken.« Unbehaglich dachte sie an einen anderen Geist, der mit ihr auf die gleiche Weise gesprochen hatte wie jetzt Rainewood. Doch das erwähnte sie nicht, sonst würde sie die friedliche Ruhe im Zimmer stören.

»Soeben hast du mir ein Kompliment gemacht.«

»Das würde ich niemals wagen.«

Schweigend strich er über die Bettdecke und ließ Abigail nicht aus den Augen.

Sie zögerte, um die wohltuende Stille noch eine Zeit lang zu genießen. »Nun gebe ich dir einen gut gemeinten Rat …«, begann sie und biss auf ihre Lippen. »Lass los.«

Erstaunt hob er seine Hand. »Ich halte nichts fest.«

»Nein, so meine ich es nicht. Verabschiede dich von dem Glauben, du würdest immer noch leben.«

»Ich muss deinem Verehrer zustimmen, Smart. Wie hieß er doch gleich? Farnswourth, nicht wahr? In der Tat, du bist furchtbar morbid. Besten Dank, ich nehme lieber an, dass ich lebe.«

»Je früher du dich mit der Realität abfindest, desto besser wirst du dich an deine neue Situation gewöhnen und glücklicher sein. Manche Geister klammern sich mit aller Macht an ihr früheres Leben, wenn sie versäumt haben, irgendetwas zu erledigen. Aber wenn sie ihre Mission erfüllt haben, verschwinden sie. Und wie ich hinzufügen möchte – dann fühlen sie sich erleichtert.«

»Wie schön für sie …«

»Also glaubst du mir nicht?«, fragte sie, die Stirn gerunzelt.

»Hast du dir das etwa eingebildet?«

Sie ballte ihre Fäuste. Doch sie fuhr in ruhigem Ton fort: »Gibt es irgendetwas, das du erledigen müsstest?«

Mit schmalen Augen starrte er vor sich hin und zählte die einzelnen Punkte an seinen Fingern ab. »Eine Gesetzesvorlage im Parlament, ein Pferd, das ich beim Derby kaufen wollte. Und meine Lieblingsstiefel müssen poliert werden.«

»Amüsant.«

»Ja, so bin ich nun einmal.« Rainewood breitete die Arme aus. »Deshalb lieben mich alle Leute.«

»Daran zweifle ich.«

»O Smart, seit Jahrzehnten betest du mich an.«

»Da ich erst zwei Jahrzehnte alt bin, übertreibst du ein bisschen.«

»Keineswegs.« Er stand auf und wanderte wieder umher. »Was sollen wir tun, bis ich erwache? Ausnahmsweise möchte ich dich etwas freundlicher behandeln.«

»Wundervoll! Mach, was du willst.« Ärgerlich ging sie zum Bett. »Was mich betrifft – ich werde schlafen.«

»Versuchst du nicht mehr, mich von meinem Tod zu überzeugen?«

»Du bist wirklich tot.«

»Heute Nacht bist du nicht besonders originell, Smart. Wenn ich tatsächlich gestorben bin – was ist mit meinem Körper passiert, o Allwissende?«

»Der liegt irgendwo«, erwiderte sie und schob ihre Füße unter die Decke. »Wahrscheinlich in einem Bordell.«

»Jetzt nehme ich meine Bemerkung über deine mangelnde Originalität zurück.«

Andererseits – warum sollte er *nicht* in einem Bordell gelandet sein?

Voller Unbehagen schaute sie zur Zimmerdecke hinauf. Die Möglichkeit, sie könnte für immer an Rainewoods Geist gebunden sein, beunruhigte sie. Insbesondere weil sich seine Wesenszüge bald ändern würden …

»Was bedrückt dich, Smart?«

»Nichts«, entgegnete sie etwas zu schnell.

»Sag es mir.«

Die Geister, die in dieser Welt blieben, hinterließen eine unauslöschliche Spur – selbst wenn sie nicht mehr mit ihrem sterblichen Körper in Verbindung standen. Hastig verdrängte sie diesen Gedanken. »Nichts. Bald werden deine Erinnerungen verblassen – und sich in vage Irritationen verwandeln.«

Abrupt wandte er sich zu ihr und hielt ihren Blick fest. »Wieso weißt du, dass meine Erinnerungen – problematisch sind?«

Ihr Atem stockte. »Sind sie es?«

Eine Zeit lang starrte er sie an, dann schüttelte er den Kopf. »Ein Traum. Natürlich weißt du viel mehr, als du solltest.«

Seufzend zog sie ihre Decke bis ans Kinn. »Obwohl du tot bist, stellst du meine Geduld auf eine harte Probe.«

»Warte nur, bis ich herausfinde, wie ich diesen Traum nach meinen Wünschen gestalten kann, Smart!« Seine Augen verengten sich. »Splitternackt wirst du vor mir auf dem Boden knien und mich anflehen.«

Ja, da er eine ungeheure Konzentrationsfähigkeit besaß, würde er so etwas versuchen. Sie stellte sich vor, sie würde vor ihm auf den Knien liegen, und dieses Bild trieb das Blut in ihre Wangen.

»An mich wirst du wohl kaum denken, Rainewood.« Entschlossen hielt sie seinem Blick stand. »Bald wirst du dich mit all den Dingen vergnügen, auf die du dich am liebsten besinnst. Diese Erinnerungen werden dein neues Dasein bestimmen. Lass sie einfach auf dich zukommen. Was hat dir immer den größten Spaß gemacht?« Sie fuhr mit einer Hand durch die Luft. »Andere Leute zu quälen und ins Unglück zu stürzen, herumzuhuren ...«

»Oh, glaub mir, Smart.« Langsam verzogen sich seine Lippen zu einem Lächeln. Er sank in einen Sessel und legte seine Füße auf einen anderen. »Wenn es eine Person gibt, die ich nach meinem Tod verfolgen möchte – dann dich.«

5

Mit einem lautlosen Finger klopfte Valerian gegen den Bettpfosten hinter seinem Kopf, streckte die Beine auf dem Bett aus und beobachtete Abigails Schlaf. Gleichmäßige Atemzüge hoben und senkten ihre Brüste.

Noch nie war er von einem Albtraum gepeinigt worden,

der so lange gedauert hatte. Zumindest waren ihm seine Träume beim Erwachen niemals so lang, so detailliert oder beklemmend erschienen. Und jetzt gab es einfach zu viele Dinge, die normal wirkten – kein bisschen absonderlich. Warum sollte sein Gehirn diesen unbegreiflichen Zustand heraufbeschworen haben?

Und in welcher vermaledeiten Situation er sich auch befinden mochte – warum war ihm teilweise so furchtbar *langweilig?* Seit vier Stunden saß er da, klopfte an den Bettpfosten und beobachtete die schlummernde Abigail Smart.

Nun, vielleicht waren einzelne Teile seines Traums nicht ganz so öde. Aber er war es nicht gewöhnt, untätig zu warten, während die Zeit verstrich.

Keinen Schlaf zu brauchen – das wäre nützlicher gewesen, bevor er nach jenem Schlag auf den Kopf zwei Tage seines Lebens verloren hatte. Hastig hielt er diesen Gedanken fest, ehe er in einer anderen Traumzone versinken konnte. Ja, er war attackiert worden. Von wem? Diese flüchtigen Erinnerungen musste er erforschen.

Abigails Nähe schien seinen Erinnerungen eine gewisse Schärfe zu verleihen. Aber sobald sie ihn verließ oder er sie, gerieten seine Gedanken durcheinander. Wie Sand in einem Stundenglas rannen sie davon.

Nachdem sie eingeschlafen war, hatte er eine Wanderung durch das Haus unternommen – die ganze Zeit von dem Impuls getrieben, wieder in ihr Zimmer zu gehen.

Ja, nun entsann er sich. Templing war hinter ihm zurückgeblieben, er hatte sich umgedreht und dem Freund helfen wollen. Dann – ein heftiger Schmerz … Lagen ihrer beider Körper irgendwo im Rinnstein, in barmherziger Umnachtung? Wer hatte sie angegriffen? Straßenräuber? Oder etwas Schlimmeres?

Und warum wachte er nicht auf?

Lautlos klopfte er etwas stärker an den Bettpfosten.

Ein leiser Seufzer ließ den Spitzenrand von Abigails Nachthäubchen flattern, ein Finger krümmte sich um die ebenso mädchenhafte Rüschenborte ihrer Decke. Diesen Stil hätte er nicht bei ihr erwartet. Noch so eine seltsame Einzelheit, die er offenbar träumte …

Die zugezogenen Vorhänge des Himmelbettes bildeten eine schützende Umarmung. Auf eigenartige Weise schienen sie Abigail zu isolieren, gegen die Außenwelt abzuschirmen. Die übrigen Möbel wirkten ziemlich kalt und spartanisch. Aber das Bett glich einem Kokon, einem sicheren Hafen.

Niemals hätte er gedacht, sie würde zu mädchenhaftem Dekor neigen. Im Allgemeinen mied sie Rosa und andere Pastellfarben, es sei denn, sie entsprachen der aktuellen Mode. Nicht einmal Abigail Smart konnte ein solches Diktat ignorieren.

Aber hier, in ihrer Schutzhülle zeigte sie einen merkwürdig sanften Wesenszug. Nicht das Mädchen, das auf Bäume kletterte oder mit den Jungen um die Wette rannte. Nicht die Frau, die sich mit scharfer Zunge gegen ihre Feinde wehrte. Im Schlaf entspannt, sah sie feminin und schüchtern aus. Valerian zog die Brauen zusammen und erinnerte sich, wie sie am letzten Abend – oder am Abend seines Traums – halb nackt hinter der Schranktür gestanden hatte. Glatte, seidige Haut, reizvolle runde Brüste unter dem dünnen Hemd, eine schmale Taille, lange, schlanke Beine. Diese neue Facette faszinierte ihn.

Wie gut, dass er das alles nur in seinem Traum wahrnahm … Schon vor langer Zeit hatte er beschlossen, Abigail Smart nicht mit begehrlichen Augen zu betrachten.

Die grauen Strahlen des frühen Morgenlichts erhellten die Ritzen in der Wandtäfelung. Nun versuchte Valerian hörbar gegen den Bettpfosten zu klopfen. Ohne Erfolg. Sie hatte erklärt, er müsse seine neue Realität akzeptieren, und das würde ihm gelingen.

Vorerst war es seine Realität. Nicht für immer, oder? Ein schrecklicher Gedanke. Und inmitten aller Dinge, die sein Gehirn heraufbeschwor, fand er es geradezu aberwitzig *normal,* dass Abigail Smart als seine Traumbegleiterin fungierte.

Welch ein verrücktes Spiel sein Gehirn mit ihm trieb … Poch, poch. Nichts. *Das ist meine Realität.* Angestrengt konzentrierte er sich. Poch, poch. Ein winziger Laut erklang, und Valerian lächelte. Poch, poch, poch.

»Eigentlich dachte ich, im Tod wärst du nicht so lästig wie im Leben.« Stöhnend drehte sie sich zur Seite, das Spitzenhäubchen verrutschte und entblößte zerzaustes Haar – ein bezaubernder Anblick. Schon immer war sie sehr attraktiv gewesen, trotz all ihrer Stacheln. Gewiss, eine schöne Maid, und manche Männer, ritterlicher als er selbst, würden sie nur zu gern retten.

Er klopfte noch stärker gegen das Holz.

Da stöhnte sie wieder und vergrub ihren Kopf unter dem Kissen. »Kannst du nicht woanders spuken?«

»Nein, dein Zimmer steht ganz oben auf meiner Liste.«

»Was für eine Nervensäge du bist …«

»Wusstest du, wie albern es aussieht, wenn du die Lippen kräuselst und das Haar aus deinem Gesicht bläst?«

Lieber hielt er ihr Schweigen für Zustimmung statt für

den Hinweis auf einen vom Schlaf benebelten Verstand – was allerdings wahrscheinlicher war.

»Außerdem brauche ich deine Hilfe, Smart. Ich muss aus diesem Traum fliehen. Und du kannst mich anscheinend manipulieren, damit ich alles tue, was du willst.«

Dass er sie um Hilfe bat, irritierte ihn. Mit einer kraftvollen Faust hämmerte er gegen den Pfosten und hörte ein Poltern, das ihm eine gewisse düstere Genugtuung verschaffte.

Abigail zuckte zusammen, das Häubchen fiel seitwärts und blieb unbeachtet liegen, jämmerlich erschlafft. Auf einen Ellbogen gestützt, richtete sie sich auf und zog die Decke bis zu ihrem Hals. »Du bist immer noch da.«

»Offensichtlich«, bestätigte er herablassend.

»Und du erinnerst dich an mich.«

»Nun, es wäre ja auch sehr schwierig, dich zu vergessen«, erwiderte er und runzelte die Stirn.

Sie kaute an ihrer Unterlippe. »Erstaunlich.«

»Also wunderst du dich, weil ich dich nicht vergessen habe?« Valerian blinzelte. »Wenn du auch ein Ärgernis bist – das ist kein Charakterzug, das mich veranlassen müsste, dich zu vergessen.«

»Ich dachte, es wäre ein verrückter Traum.« Ohne auf seine Worte einzugehen, spielte sie mit der Borte ihrer Bettdecke, und er runzelte wieder die Stirn.

»O ja, das ist er tatsächlich. Und du bist eingeschlafen, ohne einen einzigen Gedanken an mein Wohl zu verschwenden. Das steht einwandfrei fest.«

Aber es stimmte nicht. Er wusste, dass sie noch lange wach geblieben war, nachdem sie sich unter der Decke zusammengerollt und beschlossen hatte, ihn zu ignorieren. Hinter den Bettvorhängen waren leise, unregelmäßige Atemzüge hervorgedrungen, während er auf seiner Wanderung durch das Zimmer den Albtraum bekämpft hatte.

Und jetzt verrieten die dunklen Schatten unter ihren Augen, wie lange sie sich rastlos umhergeworfen hatte. Schließlich war er auf die Bettkante gesunken und hatte Abigail nachdenklich betrachtet. Erst danach war sie in tiefen Schlaf gefallen.

»O Gott, das glaube ich einfach nicht«, klagte sie.

»Ich auch nicht. Übrigens, ich erinnere mich an keinen Albtraum, der so langweilig gewesen wäre. Stundenlang musste ich tatenlos herumsitzen.«

Im Traum hatte er ihre Lippen betrachtet, ihren leisen Atemzügen gelauscht. Und an Dinge gedacht, die besser in der Vergangenheit vergraben blieben.

Wenn er zugab, sie habe vor all den Jahren die Wahrheit gesagt, würde er ins Hintertreffen geraten. Erstens würde es bedeuten, dass er einen schweren Fehler begangen hatte, und zweitens, dass er wirklich tot war.

»Hast du dich genauso gelangweilt wie im richtigen Leben?«, fragte Abigail. »Oder wirst du eine Mission erfüllen?« Sie musterte ihn von den langen, neben ihren Hüften ausgestreckten Beinen bis zu seinem Kopf, der am Bettpfosten lehnte. »Was für eine Mission wäre das?«

»Endlich zu erwachen und das alles für einen unheilvollen Albtraum zu halten.« Er warf ihr einen finsteren Blick zu, den sie ignorierte.

»Was denkst du? Woran erinnerst du dich?«

Eine Zeit lang starrte er sie an, erbost über diese Fragen. Nur widerstrebend gestand er: »Meine Erinnerungen sind – vage.«

»Wie ich schon gestern Abend erklärt habe: Du wirst dich besser fühlen, wenn du dein früheres Leben vergisst.«

Seine Hände begannen zu frieren. »Nein, es *dürfte* nicht leichter sein, alles zu vergessen.«

»Bald wirst du sogar mich vergessen.« Ein falsches Lächeln erhellte ihr Gesicht.

»Unmöglich. Ich muss einfach nur aus diesem Wahnsinn erwachen. Aber selbst in einem Traum – wer sitzt so lange da und beobachtet jemanden, der schläft?«, murmelte er.

Abigail rang nach Luft. Was Rainewood soeben gestanden hatte, erzeugte ein sonderbares, wehmütiges Gefühl in ihrer Brust.

»Oh, der Tee ist ganz heiß«, wehte eine zitternde Stimme aus der Ecke herüber. »Und die Brötchen sind perfekt. Komm zu mir, nimm einen Schluck, und ich erzähle dir was über Mabel.«

»Ja, Tante Effie«, erwiderte Abigail automatisch, weil der Geist so oder so über Mabel schwatzen würde – ganz egal wie die Antwort lautete. Und sie war viel zu sehr damit beschäftigt, Rainewood zu inspizieren, *der sich auf ihrem Bett rekelte.*

Verblüfft rieb er sich das Kinn. »Was?«

»Ich habe nur geantwortet.«

»Aber ich habe dich nichts gefragt.«

»*Dir* habe ich nicht geantwortet.«

Rainewood starrte sie an. »Wem denn sonst?«

»Meiner Großtante Effie.« Sie zog einen Bettvorhang beiseite und zeigte auf das Teeservice in der Zimmerecke. Als er verständnislos die Achseln zuckte, schluckte sie. »Heißt das – du siehst sie nicht?«

Unbehaglich spähte er in die Ecke.

Sie beobachtete ihn und versuchte dieses neue Rätsel zu lösen, während das Morgenlicht durch die Lücke zwischen den Vorhängen drang und über sein Gesicht flackerte. »Weil du dich in meiner Realität befindest, dachte ich, du müsstest die anderen sehen.«

Denn jene beiden Geister aus ihrer Vergangenheit, die ihm irgendwie ähnlich gewesen waren, hatten die anderen gesehen.

»Das ist nicht deine Realität, Smart, sondern meine«, entgegnete er mit gepresster Stimme. »Und da drüben ist niemand.«

Verwirrt blinzelte sie und schaute in die Ecke, wo Effie ihre Teetasse ergriff und vor sich hin schnatterte.

»Da drüben ist niemand, Smart«, wiederholte Rainewood entschieden.

Was sein Tonfall andeutete, missfiel ihr, und sie erklärte pointiert: »Wenn ich Telly danach frage, würde sie sagen, dass außer mir niemand auf diesem Bett säße.«

Einige Sekunden lang musterte er sie schweigend mit unergründlicher Miene. »Ich kann nicht aufwachen.«

Genauso lange hielt sie seinen prüfenden Blick fest. »Das weiß ich.«

»Trotzdem bin ich nicht *tot*. Ich schwebe in Gefahr. Deshalb muss ich erwachen.«

Darauf fand sie keine Antwort.

»Ich bin nicht tot. Zweifellos ist das ein Traum. Du hast mich belogen.«

Mit dieser Anklage meinte er nichts, was sie am vergangenen Abend gesagt hatte, und der spitze Pfeil aus der Vergangenheit nahm ihr den Atem.

»Ich erinnere mich, dass ich gerade eine Spielhölle verlassen hatte, als ich überfallen wurde«, berichtete er. »Wenn ich an diesen Ort zurückkehre, werde ich vielleicht aufwachen.«

Also wirklich, die Bezeichnung »Idiot« war viel zu mild.

»Gut, dann geh hin«, sagte sie kühl.

Er schaute wieder in Effies Ecke, seine Mundwinkel verkniffen sich. »Willst du mich nicht begleiten?«

»Großer Gott, nein! Warum sollte ich das tun – ich, eine Lügnerin? Und außerdem, selbst wenn ich es wollte – eine *Dame* darf sich nicht in die Nähe einer Spielhölle begeben. Oft genug erinnerst du mich – *hast* du mich an meine mangelnden Manieren erinnert.« Daran lag der Vorteil dieser Pfeile aus der Vergangenheit, man konnte sie zurückschleudern.

Dunkle Augen schienen sie zu durchbohren. »Nun, jetzt befinden wir uns in einer anderen Situation. Zieh dich an, wir müssen gehen.«

»Nein.«

»Warum nicht?«

»Weil ich deine Befehle nicht befolge.« Sie zerknautschte das Kissen hinter ihrem Rücken, damit sie sich bequemer dagegen lehnen konnte. »Außerdem gehen oder fahren Damen nicht in die Stadtteile, die du besuchst – besucht *hast.*«

»Deine damenhaften Manieren würden dich nicht daran hindern. Jetzt pochst du viel zu eifrig auf eine Vernunft, die du nicht besitzt.«

»Und du beschließt *viel* zu sorglos, meinen Ruf zu ruinieren.«

Jetzt nahm seine eben noch ärgerliche Miene den Ausdruck sanfter Belustigung an. »Oh, das ist vorerst unmöglich.« Er neigte sich vor und steckte einen kitzelnden Finger in ihren Arm. »Warum kann ich dich nicht berühren? Es ist mein Traum – oder Albtraum –, da müsste ich es doch schaffen, dich zu vergewaltigen.«

Bestürzt über das Prickeln und seinen Kommentar starrte sie ihn an. Ihre Herzschläge stockten.

»Wenn ich es *wünschte*«, fügte er leise hinzu. Offenbar las er irgendetwas in ihrem Gesicht. Unter welchem Unstern war sie geboren worden, der sie dazu verdammte, den Hohn dieses Mannes unentwegt zu ertragen, sogar nach seinem Tod?

Reglos saß sie da, umklammerte den Rand der Bettdecke und fand keine Worte.

Jetzt schaute er weg. »Wirklich, du musst mitkommen. Ohne dich kann ich das Haus nicht verlassen.«

Sie starrte ihn immer noch schweigend an.

»Letzte Nacht habe ich's versucht.« Er zupfte an der Decke, und seine Hand rutschte hindurch. »Ganz egal was ich tun wollte – nichts hat funktioniert.«

»Nun …« Sie warf die Decke beiseite. »So was erzählen die meisten Geister. Glaubst du denn, du wärst was Besseres? Selbstgerechter Schwachkopf!« Plötzlicher Zorn schnürte ihr die Kehle zu. Aber warum sollte sie sich über etwas ärgern, an das sie längst gewöhnt war?

»Hör mal, ich …«

Doch sie schnitt ihm das Wort ab und zog am Glockenstrang, um nach Telly zu läuten. »Erspar dir weitere Argumente. Was du sagen willst, weiß ich. Und ich betone es noch einmal – ich gehe ganz sicher nicht in eine Spielhölle. Also musst du dir einen anderen suchen, an den du dich klammern kannst.«

Telly eilte herein. Während sie ihrer Herrin hinter der Schranktür beim Ankleiden half, versuchte Abigail sich einzubilden, außer ihr selbst wären nur die Zofe und Effie im Zimmer.

Erbost saß Rainewood auf dem Bett. Ohne ihn zu beachten, verspeiste sie das Frühstück, das ihr von Telly serviert wurde. Dabei machte sie sich Gedanken über ihr Verhalten an diesem Vormittag, denn sie wollte einen möglichst guten Eindruck auf Mr Sourting machen. Darüber musste sie glücklicherweise nicht lange nachdenken. Wenn sie etwas von den Geistern gelernt hatte, war es die Fähigkeit, zuzuhören und die richtigen Fragen zu stellen. Die meisten Leute redeten gern. Seufzend glättete sie ihren Rock.

Wie wundervoll wäre es, wenn zur Abwechslung einmal *ihr* jemand zuhören und ein anregendes Gespräch mit ihr führen würde … Ernsthaft und interessiert. Gewiss, die Zofe tat ihr Bestes. Aber der Standesunterschied und die hartnäckige Verehrung, die Telly ihr entgegenbrachte, verhinderten eine echte Diskussion. Wenn man sich mit jemandem unterhielt, der nicht zu widersprechen wagte, war es so ähnlich, als würdigte derjenige sie keiner Antwort.

Mrs Browning unterbrach diese zunehmend trübseligen Gedanken. Präzise fünfzehn Minuten vor Mr Sourtings vereinbarter Ankunft rauschte sie, von ihrer Arbeitgeberin gefolgt, ins Zimmer. Die Gesellschafterin inspizierte Abigails Erscheinung von Kopf bis Fuß, wobei sie die Hände in die Hüften stemmte.

Abigail war an diese Behandlung gewöhnt und stand einfach nur da.

»Eigentlich dachte ich, Sie würden genug Zeit finden, um sich auf das Treffen mit Mr Sourting vorzubereiten, nachdem ich die Einladung der Winstons abgelehnt habe. Aber wie ich sehe, versage ich mir wieder einmal einen höchst erfreulichen Besuch, weil ich Ihnen beistehen muss.«

Dass dies der Wahrheit entsprach, bezweifelte Abigail. Vielmehr nahm sie an, ihre Mutter oder deren Gesellschaftsdame hätten Mrs Winston geschrieben, um zu verkünden, Miss Smart sei an diesem Tag mit *zwei* Gentlemen verabredet. Für eine Mutter, die ihre Tochter unter die Haube bringen und eine Rivalin übertrumpfen wollte, war eine solche Information viel wichtiger als ein Besuch. Alle Mütter, die sich auf dem Heiratsmarkt tummelten, erstrebten einen so außergewöhnlichen Triumph. Und Mrs Browning sehnte den nächsten Besuch bei Mrs Winston sicher sehr viel ungeduldiger herbei, als sie jenen genossen hätte, den sie für den heutigen Tag abgesagt hatte.

»Dein Haar ...« Nur für einen Sekundenbruchteil berührte Mrs Smart die Stirn ihrer Tochter – eine zu kurze Geste, um gewürdigt zu werden. »Wird es sich denn niemals bändigen lassen? Und ich sagte doch, du sollst den Beerensaft benutzen, um dein langweiliges Braun ein wenig aufzufrischen.« Sie berührte ihre eigenen blonden Locken. Natürlich wirkte die Haarfarbe, die Abigail von ihrem Vater geerbt hatte, nicht so attraktiv. »Also wirklich, mein Kind, ich dachte, das hättest du getan!«

»Grauenhaft, diese Xanthippen«, tönte eine ätzende Stimme vom Bett herüber.

Erschrocken hielt Abigail den Atem an, bis ihr bewusst wurde, dass die beiden Frauen Rainewoods Bemerkung nicht gehört haben konnten.

»Und dieses Kleid – halten Sie das wirklich für Ihre beste Wahl, Miss Smart?« Die Gesellschafterin verzog die Lippen, als hätte sie irgendetwas Widerwärtiges gekostet.

»Immerhin stammt es aus Madame Manfrieds Salon, Mrs Browning«, verteidigte sich Abigail. »Letzte Woche fanden Sie ihre Kleider noch sehr elegant.«

»Werden Sie bloß nicht schnippisch!«, mahnte Mrs Browning. »Ja, ich erinnere mich an dieses Modell. Offenbar sieht es an Ihnen nicht so gut aus wie auf dem Papier.«

»Wie kannst du diese Hexe ertragen – selbst wenn sie dich nur in meinem Traum quält?«, erkundigte sich Rainewood und schlenderte herüber, um Mrs Browning genauso missbilligend anzustarren, wie sie Abigail inspiziert hatte. »Nein – die Frage sollte lauten – *warum* erträgst du sie? Die kecke Miss Smart, von zwei Keifzangen eingeschüchtert! Das hätte ich mir niemals träumen lassen. Und ich will nicht glauben, dass ich's *jetzt* träume.«

»Was soll ich denn tun?« Abigail gestattete sich einen leicht sarkastischen Ton.

»Wie bitte?«, zischte Mrs Browning, die begreiflicherweise vermutete, *sie* wäre angesprochen worden.

»Äh – soll ich mich umziehen? Keinesfalls möchte ich Ihren Unmut erregen, Madam.«

Seufzend winkte die Gesellschafterin ab. »Nein. Obwohl es nötig wäre – dafür ist es jetzt zu spät, und wir dürfen Mr Sourting nur so lange warten lassen, wie es die Regeln der Höflichkeit erlauben. Die Gentlemen wissen es zu schätzen, wenn sich die Damen innerhalb akzeptabler Grenzen verspäten. Und das müsste sogar *Ihnen* gelingen, Miss Smart.« Hocherhobenen Hauptes stolzierte sie aus dem Zimmer, Abigails Mutter im Schlepptau.

Unfreundliche Gedanken würden keine Entlassung der Harpyie bewirken. Das würde Abigail nur mit einer Heirat schaffen. Deshalb musste sie sich auf die erforderlichen Dinge konzentrieren und Mrs Browning tolerieren – ganz egal wie hilfreich oder hinderlich deren Anwesenheit sein mochte.

Nachdem die beiden Frauen im Flur verschwunden waren, hob Rainewood die Brauen. »Ist sie immer so charmant?«

Gleichmütig zuckte sie die Achseln. Solche Szenen gehörten zu ihrem Alltag. Ständig fand Mrs Browning etwas zu bemängeln. Abigail hatte gelernt, damit zu leben – auch mit der Kritik ihrer Mutter. Wenn es zu schmerzliche Ausmaße annahm, zog sie sich in ihre eigene Welt zurück. »So schrecklich ist sie gar nicht. Dank ihrer Initiative bekommen wir die besten Einladungen.«

Am Anfang der Saison hatte Mama die Frau irgendwie aufgespürt und engagiert. Immer öfter kam Abigail der Gedanke, das Smart-Vermögen wäre eher ein Fluch als ein Segen. Das Geld hatte sie in diese schlimme Lage gebracht, ihrer Mutter Flausen in den Kopf gesetzt und sie bewogen, hochtrabende Pläne zu schmieden.

Rainewood starrte sie an. »Und?«

»Nichts und. Wahrscheinlich weißt du nicht, wie viel solche Einladungen bedeuten.«

»Wirf sie raus.«

Sie sank auf den Stuhl vor ihrem Toilettentisch. In was für eine absurde Situation war sie da nur geraten … Ärgerlich verschränkte sie die Arme vor der Brust. »Also empfiehlst du mir, Mrs Browning zu feuern? Und was genau soll ich danach tun? Falls es dir entgangen sein sollte – ich habe keinen persönlichen Einfluss und keinerlei Aussichten. Im Gegensatz zu dir!«

Lässig zog er die Schultern hoch und begann wieder mit seiner infernalischen Klopferei – diesmal auf den Toilettentisch. Nur besonders feinfühlige Leute hörten das Geräusch. »Zumindest musst du die alte Schachtel aus meinem Traum verbannen. Sag auch allen anderen, sie sollen sich zum Teufel scheren. Das erwarte ich von dir. Such dein Glück aus eigener Kraft. Schau dir die Welt an. Oder verbring deine Zeit mit Träumen und Fantasien.« In seinen Augen erschienen dunkle Schatten, als würden ihn seine eigenen Worte erzürnen.

Träume? Verächtlich schüttelte sie den Kopf. »Soll ich auf den Kontinent reisen – oder in noch fernere Länder? Ohne Garderobe, ohne Geld, ohne Schutz, eine alleinstehende Frau?«

Nur kurzfristig hielten seine Finger inne, bevor sie wieder auf die Tischplatte pochten. Er betrachtete Abigail, und in seinem Gesicht erschien ein merkwürdiger Ausdruck, als würde er sie zum ersten Mal wirklich sehen.

»Ja? Was hast du gesagt?«, fragte sie sarkastisch, von seinem eindringlichen Blick entnervt.

»Nun, du könntest dich wie ein junger Mann kleiden, einen Arbeitsplatz suchen und Abenteuer erleben. Dann wärst du keine alleinstehende Frau.«

»Was für eine ausgezeichnete Idee …« Sie schloss die Augen. »Offensichtlich hast du meinen endgültigen Ruin schon in allen Einzelheiten geplant.« Aus der Tiefe ihrer Brust rang sich ein wehmütiges Seufzen. »Du bist irgendeine Strafe, die mir ein gnadenloses Schicksal auferlegt hat, nicht wahr? Weil ich etwas Unverzeihliches tat, wurdest du mir auf den Hals gehetzt.«

»Jetzt bist du wirklich nicht besonders nett zu mir, Smart.«

»Gibt es etwa einen Grund, warum ich dich freundlich behandeln sollte, Rainewood? Sogar tot bist du eine Plage …« Noch während sie die Worte aussprach, spürte sie einen schmerzlichen Stich im Herzen. Aber sie verdrängte das Gefühl und schaute zur Uhr hinüber, die auf dem Kaminsims stand. »Ich muss jetzt runter, Mr Sourting erwartet mich. Inzwischen sind die Minuten verstrichen, die eine akzeptable Verspätung ausmachen.«

»Gut, gehen wir. Mal sehen, ob Mr Sourting meinen Albtraum mit geistreicher Konversation erheitern kann.«

Abwehrend hob sie die Hand. »Nein, du bleibst hier.«

»Ich will aber sehen, wie du mit deinem langweiligen Verehrer zurechtkommst.«

»Ganz fabelhaft. Dazu brauche ich dich nicht.«

Er legte den Kopf schief, und sie malte sich aus, wie er ihre Chancen verderben würde – an diesem Tag – ihr Leben lang.

Um ihm einen Köder hinzuwerfen, sagte sie: »Wenn du hierbleibst, können wir später vielleicht versuchen, dein Problem zu lösen.«

»Das würde ich lieber sofort tun.«

»Dann bleib doch hier und denk in aller Ruhe darüber nach.«

»Nein.«

»Warum nicht?«

»Weil ich wissen muss, was du im Schilde führst. Ich will deine Pläne durchkreuzen, damit du tust, was *ich* will.«

Eine Zeit lang starrte sie ihn einfach nur an, die Lippen leicht geöffnet. »Wenigstens muss ich niemals fürchten, du könntest deine selbstsüchtigen Beweggründe hinter süßen Schmeicheleien verbergen.«

»Danke.«

»Das war wohl kaum ein Kompliment.«

»Wenn mich nicht alles täuscht, hast du gerade auf meine Aufrichtigkeit hingewiesen. Aus deinem Mund ist das das beste aller Komplimente.«

Ihre Geduld schwand so schnell dahin wie die morgendlichen Schatten im warmen Licht der aufsteigenden Sonne. »Bleib hier!«

»Nein.« Rainewood schob eine Hand durch eine Wand. »Außerdem wüsste ich nur zu gern, wie du mich zurückhalten willst. In diesem Zustand, den du als meinen Tod bezeichnest, genieße ich einige Vorteile.«

Abigail ballte die Hände. Warum hatte sie stets das Gefühl, sie würde niemals einen Kampf gegen diesen Mann gewinnen? »Wenn du dich so unmöglich benimmst, helfe ich dir nicht.«

»Dann werde ich dich bis in alle Ewigkeit verfolgen.«

Obwohl in seiner Stimme ein gewisses Unbehagen mitschwang, erschien er ihr so selbstbewusst wie eh und je.

Ja, genau das würde er tun, es gab keinen Zweifel. Rainewood, ein Leben lang in ihrem Nacken, ein körperloses Ärgernis ... Sicher würde er sie ins Irrenhaus treiben. Oder an einen noch schlimmeren Ort.

Krampfhaft schluckte sie. »Wenn andere Leute in meiner Nähe sind, darf ich nicht mit dir reden. Früher oder später würden sie merken, dass da irgendwas nicht stimmt.«

In seinen Augen blitzte heller Zorn auf. Doch dann grinste er breit. »Vielleicht solltest du dein Rendezvous absagen.«

»Nein.« Abigail rieb ihren Ellbogen. »Also gut, komm mit. Daran kann ich dich leider nicht hindern.«

Er warf ihr einen finsteren Blick zu. »Keine Bange, ich werde nichts sagen – *wenn* du mich danach zur East Side begleitest.«

»Nein.«

»Aber …«

»Auf gar keinen Fall!«

»Dann werde ich nicht schweigen.« Rainewood begann vor sich hin zu summen. Sichtlich zufrieden mit sich selbst, lehnte er eine Schulter an die Wand. Bevor er eine lässige Pose einnehmen konnte, glitt er ein paar Zentimeter ins Mauerwerk.

»Miss?« Tellys Kopf erschien in der Tür. »Allmählich macht sich Ihre Mutter Sorgen.«

»Gleich gehe ich hinunter, Telly.«

»Sehr wohl, Miss.« Die Zofe verschwand.

O Gott, Mama – sie wird es merken …

»Bitte, Rainewood, du musst den Mund halten.« Abigail wich seinem Blick aus. »Wenn ich versehentlich mit dir rede – bringen sie mich in eine geschlossene Anstalt.« Sie biss auf ihre Lippen. »Glaub mir, das ist kein Witz. Gerade *du* müsstest wissen, wie die Leute auf so etwas reagieren.«

Nervös wartete sie, immer noch von ihm abgewandt. Denn sie wollte das Echo seiner verächtlichen Gedanken nicht hören – dass sie einen Aufenthalt hinter Gittern verdienen würde. Die Stille zog sich in die Länge wie die Schatten auf dem Kaminsims.

»Mal sehen, wie sich die Dinge entwickeln.«

Seine Stimme war ausdruckslos, und Abigail nickte. Wenigstens hatte er ihr eine halbwegs vernünftige Antwort gegeben. Damit hatte sie nicht gerechnet. Sie glättete ihren Rock und strich eine lose Haarsträhne aus der Stirn, verließ das Zimmer und stieg die Treppe hinab, um ihr Gesicht zu wahren.

Als sie den Salon betrat, stand Mr Sourting auf. »Ah, Miss Smart, wie hübsch Sie aussehen!« In seinem Kompliment schwang unverhohlene Erleichterung mit, und sie fragte sich, ob ein Gentleman wie er es ertragen konnte, wenn eine Frau wie Mrs Gerald Smart zu seinem Leben gehören würde. Anscheinend hatte sie ihn, in Abwesenheit ihrer Tochter, ins Verhör genommen. Von Mrs Browning unterstützt …

»Danke, Mr Sourting«, erwiderte Abigail, setzte sich auf eine Stuhlkante in seiner Nähe und beobachtete Rainewood, der wieder gleichmütig an der Wand lehnte. »Wie geht es Ihnen heute Morgen?«

»Sehr gut, vielen Dank.« Mr Sourting nahm wieder Platz. »Gerade haben wir uns über das Wetter unterhalten. Genau richtig für einen Spaziergang im Park.«

Sie neigte den Kopf und wartete auf das Stichwort ihrer Mutter, das ihr bedeuten würde, ob sie die Einladung annehmen sollte oder nicht. Wenn sie einwilligte, böte sich ihr eine Gelegenheit, aus dem Haus zu fliehen – weg von Rainewood.

»O Mr Sourting, morgen würde meine Tochter nur zu gern mit Ihnen durch den Park wandern. Unglücklicherweise haben wir heute ein volles Programm. Daran dachte ich nicht, als wir gestern Abend auf Ihren Vorschlag eingingen. Mr Farnswourth hat bereits um Abigails Begleitung bei einer Spazierfahrt heute am frühen Abend gebeten.«

Ha, das ist also Mamas Taktik, dachte Abigail. Der Hinweis auf Konkurrenz.

»Aber wenn Sie morgen Zeit haben …«, fügte ihre Mutter hinzu.

»Natürlich«, beteuerte Mr Sourting und erhob sich. »Es wäre mir eine Ehre, wenn Miss Smart morgen Vormittag mit mir durch den Park spazieren würde.«

Soeben war der Hausherrin ein raffinierter Schachzug gelungen. Mr Farnswourth besaß eine stattliche offene Kutsche – ein besonderer Bonus auf dem Heiratsmarkt. Wenn Mr Sourting da mithalten wollte, musste er sich etwas einfallen lassen. Aber Abigails Mutter hatte ihre Worte geschickt gewählt und ihm einen Köder hingeworfen. Danach hatte er erwartungsgemäß geschnappt.

»Willst du etwa behaupten, du wirst dich von diesem albernen Weichling hofieren lassen? Mein Gott, in meinem Traum ist er noch schlimmer als in der Realität!« Leise drang Rainewoods Stimme von der Wand herüber.

Abigail behielt ihr Lächeln bei. Unverwandt richtete sie ihren Blick auf Mr Sourting. Ihrer Ansicht nach würde er einen zuverlässigen, respektablen Ehemann abgeben. Seine nicht allzu anregende Konversation, das stumpfe braune Haar und die wässrigen Augen – blau, grün, grau? – stellten gewiss keine ausreichenden Gründe dar, ihn zu entmutigen.

Zuverlässig, respektabel, freundlich. Nur diese Eigenschaften zählten. In Abigails Kopf spielten sich genug aufregende Dinge ab. Und im wirklichen Leben brauchte sie nichts dergleichen.

Aus ihren Augenwinkeln beobachtete sie, wie Rainewood zum Fenster ging und erfolglos versuchte, einen Finger durch die Glasscheibe zu stecken. An einer unsichtbaren Barriere prallte er ab.

»Wie gefiel Ihnen die Theateraufführung vor ein paar Tagen, Miss Smart?«, fragte Mr Sourting. Automatisch antwortete sie, ein stockendes Gespräch bahnte sich an.

»Ach du meine Güte!«, murmelte Rainewood angewidert. »Das ist ja noch schlimmer, als würdest du ein krankes Pferd hätscheln. Eigentlich dachte ich, ich wäre diesen Langweiler schon vor ein paar Wochen losgeworden. Warum habe ich ihn in meinem Traum wieder heraufbeschworen?«

Abigail blinzelte verwirrt. Also deshalb hatte Mr Sourting sein Werben um sie beendet und war erst nach Rainewoods Verschwinden wieder in ihrer Nähe aufgetaucht.

Und möglicherweise hing auch das Verhalten aller *anderen* unbeständigen Verehrer damit zusammen. Vielleicht lag es gar nicht an *ihr*.

Ein paar Mal öffnete und schloss sie den Mund und überlegte, wie sie vorgehen sollte.

»Sicher fällt es dir nicht schwer, den Mann wieder mit deiner scharfen Zunge zu bedrohen«, fuhr Rainewood fort. »Die demonstrierst du ja oft genug.«

Die Überzeugung, am plötzlichen Desinteresse ihrer Verehrer unschuldig zu sein, straffte ihr den Rücken. Und ihr Zorn gegen Rainewood wuchs. In der Öffentlichkeit ignorierte er sie, in privaten Situationen verhöhnte und ärgerte er sie – doch damit gab er sich noch lange nicht zufrieden. Hinter den Kulissen verdarb er ihre Heiratschancen. Oder zumindest hatte er es die ganze Zeit getan.

Unauffällig ballte sie die Hände. Er wandte sich wieder zu ihr, zog arrogant die Brauen hoch und spielte mit einem

Knopf an seinem teuren Abendjackett. »Warum wolltest du dich mit so einem Schwächling einlassen, Smart? Glaub mir, ich habe dir einen Gefallen getan.«

Im Lauf des Tages irritierte er sie mit mehreren ähnlichen Kommentaren. Ohne Rücksicht auf Abigails Gefühle teilte er ihr mit, was sie bisher nicht gewusst hatte – lauter peinliche Indiskretionen.

Bei einem Besuch eines potenziellen Verehrers: »Genau wie dieser Idiot Banning, den kannst du mühelos abservieren.«

Und bei einer musikalischen Nachmittagsparty, während der Sohn des Hauses neben ihr saß: »Verzweifelt.« Rainewood schlug auf seinen Kopf. »Rettungslos verschuldet. Selbst wenn er einen Haufen Geld am Straßenrand fände, wüsste er nicht, was er damit tun soll. Da müsste eine einzige gezielte Drohung reichen.«

Und beim letzten Besuch vor der Fahrt zur Promenade im Hyde Park: »Seine Schwester wurde von Campbell kompromittiert. Und der elende Feigling hatte nicht einmal genug Mumm, um sie zu verteidigen.«

Jedes Mal, wenn sie einen Besucher empfing oder einen Besuch machte, blieb Rainewood in ihrer Nähe. Irgendwie gelang es ihm, sich an ihre Fersen zu heften, wann immer sie ein Gebäude betrat oder verließ. Als sie ins Haus ihrer Mutter zurückkehrte, fand sie nur mehr wenig Zeit für die Vorbereitungen auf ihr Treffen mit Mr Farnswourth. Sie musste sich eingestehen, dass sie völlig erschöpft war. Viel zu deutlich spürte sie Rainewoods Wut. Während sie auf dem Bett lag, um sich ein wenig auszuruhen, wanderte er rastlos umher. Sie schloss die Augen, stellte sich schlafend und versuchte ihren klaren Verstand vor der endlosen Qual zu retten, die ihr der hartnäckige Gefährte zumutete.

»Das verstehe ich nicht, Smart. Du genießt die Gesellschaft deiner Verehrer kein bisschen. Und du bist auch nicht besonders geschickt im Umgang mit diesen Schwachköpfen. Richtig langweilig, wie du dich aufführst!«, fügte er ungalant hinzu. »Hör endlich auf mit dem Unsinn! Ich brauche dich, weil du mir helfen musst, damit ich endlich aus meinem Albtraum erwache.«

»Das ist *mein* Leben, Rainewood. Du bist tot, du schläfst nicht. Übrigens kann ich sehr gut Konversation machen, wenn ich es will. Im Augenblick würde ich *jedem* helfen. Nur *dir* nicht.«

Im Türspalt erschien das Spitzenhäubchen ihrer Zofe. »Miss Smart, in zehn Minuten wird Mr Farnswourth eintreffen.«

Seufzend strich Abigail über ihre geschlossenen Lider. In ihren Schläfen pochte es schmerzhaft. »Danke, Telly.«

»Noch ein verdammtes Rendezvous!«, rief eine Stimme, die definitiv *nicht* ihrer Zofe gehörte. »Mal sehen, wie *dieser* Gentleman sich benimmt. Jedenfalls komme ich mit«, fügte Rainewood herausfordernd hinzu.

Da öffnete sie die Augen und starrte ihn erbost an. »Als könnte ich dich davon abhalten!«

Wie müde ihre Worte klangen ... Er runzelte die Stirn, und sein Gewissen meldete sich. Aber er verdrängte die Schuldgefühle. Sie musste ihn zu der Spielhölle begleiten. Dort würde er die Lösung des Rätsels finden, das *spürte* er. Unbegreiflich, warum er Abigail nicht einfach zwingen konnte, ihm dorthin zu folgen ... Verdammter Albtraum! Noch ärgerlicher als der ständig wiederkehrende Traum, in dem er nicht laufen und seine Arme nicht bewegen konnte … Wenn sie mit ihm die East Side aufsuchte – vielleicht würde er sich dann erinnern, was er gesehen hatte, und endlich erwachen.

Dauernd tauchten vage Erinnerungen an jene Ereignisse auf, entglitten ihm wieder, oder sie berührten den Rand seines Bewusstseins, um erneut zu verschwinden. Mit einer kraftvollen Faust schlug er auf den Toilettentisch, der eigentlich hätte umkippen müssen – was natürlich nicht geschah.

Und wie er erbost festgestellt hatte, hörte nur Abigail die Geräusche, die er so ostentativ erzeugte.

Könnte er sich doch von ihr entfernen, ohne irgendwo festzusitzen … Während eines ihrer zermürbenden Besuche war er in Mrs Smarts Kutsche geblieben, bis zu Abigails Rückkehr darin gefangen. Trotz aller Mühe hatte er nicht aussteigen können. Vor lauter Langeweile wäre er fast verrückt geworden – und schließlich bei dem Gedanken beinahe in Panik geraten, der Traum würde bis in alle Ewigkeit dauern. Nie wieder würde er darauf verzichten, mit Abigail irgendwo hinzugehen. Was ihn so rigoros in seiner Freiheit einschränkte, verstand er nicht. Wie sie ihm erzählt hatte, würden viele Geister – *Träumer*, darauf bestand er – durch die Straßen wandern. Das müsste ihm doch auch gelingen?

Aber wann immer er versuchte, sich von Abigail zu trennen, verwirrten sich seine Gedanken. Überall schien der Wasserfall zu rauschen – stets bereit, ihn in seiner Strömung mitzureißen und davonzuspülen, was von ihm noch übrig geblieben war.

O Gott, wie schmerzhaft dieser grausige Zustand an seinen Nerven zerrte …

Und dann dieser Ruck … Davon hatte er Abigail nichts erzählt. Nicht dass es sie interessieren würde. Plötzlich war an seinem Jackett gezogen worden, als hätte sich ein eiserner Haken darin verfangen. Ganz eindeutig – irgendetwas stimmte da nicht. Nun ja, im Moment gab es sehr viel, was nicht stimmte. Jedenfalls wurde das Gefühl, etwas würde ihn belauern und bedrohen, immer intensiver. So bald wie möglich musste er herausfinden, was es war und warum er in Gefahr schwebte, bevor ein unheimliches Monstrum unter dem Bett hervorkroch.

Abigail betrat den Salon, und Mr Farnswourth begrüßte sie wie ein übereifriges junges Hündchen, das hechelnd um ihre Beine herumstrich.

Durch Valerians Kopf schossen mehrere ätzende Kommentare. Inzwischen hatte er ein reichhaltiges Repertoire ersonnen, in dem es ausschließlich um Abigails Verehrer ging. Nicht dass sie alle diese Spitzen gehört hätte … Und die Londoner Gesellschaft ahnte natürlich noch immer nichts von seiner ständigen Anwesenheit. Dafür sorgte er.

Aber wenn Abigail sich nicht in unmittelbarer Nähe aufhielt, war jeder Bewerber Freiwild. Und es bereitete Valerian ein exquisites Vergnügen, die meisten zu diffamieren.

Fünfzehn Minuten später fuhren sie in Mr Farnswourths eher armseligen Kutsche durch den Hyde Park. Valerian steckte ihm seine Finger in die Augen, während Abigail vorgab, nichts zu bemerken.

»Ist das Wetter nicht traumhaft?« Farnswourth schüttelte die Zügel etwas zu schwungvoll, und das Gespann preschte voran.

Verächtlich schnaufte Valerian und attackierte ihn wieder. Diesmal bohrte er jeweils zwei Finger in die Augäpfel. Mit »traumhaft« bezeichnete man neuerdings sehr viele Dinge.

Abigail ignorierte ihn immer noch und beantwortete Mr Farnswourths Frage. Offensichtlich langweilte sie sich mit dem Kerl. Das bekundete sie deutlich genug, denn ihrer Konversation fehlte das Temperament, das sie zu zeigen pflegte, wenn ihr Interesse erwachte.

Am Rand der Serpentine, des schlangenförmigen Teichs, wanderte ein Mann. Nachdenklich schaute er ins Wasser und warf eine Eichel hinein. Irgendwie kam er Valerian bekannt vor. Doch er war zu weit entfernt, sein Gesicht abgewandt.

Niemals würde Valerian sich eingestehen, mit einer Brille würde er alles, was sich nicht direkt vor seinen Augen befand, besser sehen. Diese verdammten Dinger hatte er nie getragen. Und das war auch der Grund, warum er Abigail Smart beim Wettschießen kein einziges Mal besiegt hatte.

Einfach nicht zu fassen, dass er sogar in seinem Traum kurzsichtig war … Also wirklich, zu dumm!

Sein Blick schweifte wieder zu Abigail. Viel zu dicht saß Mr Farnswourth neben ihr. Und nun schob er seinen Fuß noch näher zu ihrem. Mit gerunzelter Stirn strich Valerian über ihren Arm und drängte sie, von dem Mann wegzurücken. Zu seinem Entsetzen rutschte sie von *ihm* weg. Sein Atem stockte, und er richtete sich aus seiner trägen Pose auf. Dann berührte er sie wieder und wünschte, sie würde ihren Galan auffordern, einen Teil des Parks anzusteuern, in dem ein etwas stärkerer Verkehr herrschte.

»Möchten Sie Ihre schöne Kutsche nicht auf der Promenade zeigen, Mr Farnswourth?«

Voller Stolz straffte der Trottel die Schultern. »Natürlich, Miss Smart.«

Aber Valerian hatte nur Augen für Abigail. Gedankenverloren senkte sie den Kopf. Da zog er seine Hand zurück und trauerte den reizvollen Möglichkeiten nach, die ihm ihre Nähe bot.

Könnte er sie doch *wirklich* berühren …

Abigail runzelte die Stirn. Soeben war ihr dieser seltsame Gedanke durch den Sinn gegangen. Sicher hätte sie ihn missachtet, würde sie sich auf dieser Fahrt nicht so langweilen.

Trotzdem … Sie musterte Rainewood. Aber er starrte einige Reiter an. Was mochte er denken?

Jetzt fuhr Mr Farnswourth zu den belebteren Teilen des Parks. Sie folgten dem populären Rundweg. Gelegentlich hielten sie für eine Weile an, um mit den Insassen anderer Kutschen zu plaudern. Dann reihten sie sich wieder in die Prozession ein. Die Damen trugen ihre eleganten Kleider zur Schau, die Gentlemen führten ihre edlen Pferde vor.

Über Abigails Arm rieselte ein Schauer, als Rainewood sie wieder berührte, und sie verstand, wozu er sie aufforderte.

»Wollen wir ein bisschen spazieren gehen, Mr Farnswourth?«

»Natürlich, Miss Smart.«

Etwas weiter vorn entdeckte sie ihre Mutter und Mrs Browning, die zu Fuß unterwegs waren und sich angeregt mit ein paar Freunden unterhielten.

Einige Minuten später gesellten sie sich hinzu, ebenso wie mehrere junge Leute. Auch ein Mann, den Abigail nicht allzu gut kannte, trat näher und schaute sie aufmunternd an. Früher war er in ihrer Gesellschaft immer ein bisschen nervös gewesen.

Hatte Rainewood tatsächlich so viele ihrer Verehrer entmutigt? Sie warf ihm einen vernichtenden Blick zu. Auf andere Weise konnte sie ihm nichts antun.

»Welch eine Freude, Sie wiederzusehen, Miss Smart!«

»Oh, das Vergnügen ist ganz meinerseits«, erwiderte sie und nickte dem Gentleman zu, erstaunt über die enthusiastische Begrüßung.

»Sein Großvater ist verrückt geworden«, murmelte Rainewood, »das steht auf der verdammten Liste. In dieser Familie ist niemand imstande, auch nur einen einzigen klaren Gedanken zu fassen.«

Wieder erschauerte sie, als er ihren Arm erneut streichelte. Und diesmal *fror* sie sogar – vor Kälte, von seinen Worten erschüttert, von der Berührung.

»Allen Mitgliedern seiner Familie droht die totale geistige Umnachtung«, fuhr Rainewood fort. »Frag ihn doch, ob sein Vater sich mittlerweile von seinem schlimmen Tobsuchtsanfall erholt hat.«

Seine Finger glitten unentwegt über ihren Arm, und ihre Lippen bewegten sich gegen ihren Willen. »Wie geht es Ihrem Vater, Sir? Hat er sich erholt?«

Entsetzt über die indiskrete Frage, die sie soeben gestellt hatte, beobachtete sie, wie der Gentleman die Augen aufriss. »Oh – eh – ja, ja …«, stotterte er. »Danke, nun fühlt er sich schon viel besser.«

Mrs Browing, die neben Abigail stand, hatte das Gespräch belauscht. Missbilligend kniff sie die Lippen zusammen. Nur zwanzig Sekunden später entschuldigte sich der bedauernswerte Mann und suchte das Weite.

»O Gott, Miss Smart!«, zischte Mrs Browning, in Hörweite aller umstehenden Leute. »Was sollte denn *das* bedeuten?«

Zutiefst erschrocken über sich selbst, schluckte Abigail, und Rainewood lächelte selbstgefällig.

»Soeben hatte ich erfahren, in der Familie des Gentleman hätte es Schwierigkeiten gegeben. Deshalb wollte ich mich nach dem Befinden seines Vaters erkundigen.«

»Was für grauenhafte Manieren! Aber da ist offenbar was dran«, gab Mrs Browning zu und starrte so nachdenklich vor sich hin, wie Abigail es noch nie beobachtet hatte. »Ein so gefährliches Erbe dürfen wir nicht bagatellisieren. Da muss ich Erkundigungen einziehen.«

Um sich eine passende Antwort zu verkneifen, biss Abigail auf ihre Zunge. Von diesem Moment an verlief der Abend noch unerfreulicher.

Wieder zu Hause, entschuldigte sie sich bei ihrer Mutter und Mrs Browning und flüchtete in ihr Zimmer. Erbost schleuderte sie ihr Retikül auf das Bett und wusste nicht, ob sie sich daneben werfen sollte. Wenigstens musste sie ihren Zorn nicht mehr zügeln.

Anklagend zeigte sie auf Rainewood. »Den ganzen Tag hast du mir verdorben! Auch den Abend!«

»O nein!«, protestierte er. »Ich habe nur versucht, dich ein bisschen zu amüsieren. Dieser Farnswourth ist doch eine grässliche Schlafmütze. Und die anderen …« Angewidert winkte er ab.

»Aber ich brauche sie! Alle diese Gentlemen!«

Seine Miene nahm einen unergründlichen Ausdruck an. »Ach, du *brauchst* sie? Wozu? Willst du aus schierer Langeweile verfrüht sterben? Hätte ich dir nicht beigestanden, wärst du vielleicht schon tot.«

Nun schien sich der Verdacht zu bestätigen, den sie schon seit einigen Stunden hegte. »Hast du mich *gezwungen,* diese furchtbaren Dinge zu sagen?«

Seelenruhig verschränkte er die Arme vor der Brust. »Und wenn schon …«

»Niemals hätte ich so taktlos über den Vater eines Gentleman gesprochen, den ich kaum kenne!«

»Aber du hast ihm die Frage gestellt.« Ein dünnes Lächeln umspielte seine Mundwinkel. »Oder willst du etwa behaupten, ich würde eine mysteriöse Macht auf dich ausüben?«

»Äh – ich …«, stammelte sie verwirrt.

»Möglicherweise kann ich dich auch noch zu anderen Dingen zwingen, solange ich mich in diesem Zustand befinde.«

Er streckte eine Hand nach ihr aus, und sie wich hastig zurück, voller Angst, er könnte recht behalten.

»Allmählich finde ich heraus, wie ich diesen Traum nutzen sollte«, erklärte er selbstzufrieden. »Oh, ganz ausgezeichnet! Bald wirst du um Gnade winseln, Abigail.«

Die Augen halb geschlossen, musterte er sie, und ihre Furcht wuchs. Würde seine Prophezeiung tatsächlich eintreffen?

»Nur wenn du deinen Charakter völlig änderst, Rainewood«, erwiderte sie und reckte ihr Kinn hoch. »So, wie du dich derzeit präsentierst, verdienst du es nicht, dass ich mich deinem Willen beuge.«

»Sei dir da nicht so sicher, Smart.« Er trat näher zu ihr, geisterhafte Finger streiften ihre Wange. »In einem Traum gibt es so viele Möglichkeiten, wenn man neu anfangen kann.«

Abigail wünschte, sie würde sich den wehmütigen Klang seiner Stimme nicht nur einbilden. Aber es war *Rainewood,* der vor ihr stand. Und er empfand niemals Wehmut.

»Wie wundervoll für dich, diese neue Chance ... Und dass du in deinem Traum alles sein kannst, was du willst.« Sie lachte bitter. Denn für sie gab es keinen Neubeginn, gemeinsam mit ihm, zu ihren Bedingungen. Weil er immer noch glaubte, er würde in einem Traum leben und irgendwann erwachen. »Jedenfalls brauche ich diese Männer.«

Was, diese Männer brauchte sie? Nur über seine Leiche. »Wozu? Willst du sie als Schießscheiben verwenden?« Valerian inspizierte seine Fingerspitzen. »Welch ein grausames Mädchen du bist ... Oder behandelst du nur die Männer, die du begehrst, so unhöflich?«

Heißes Blut – Wut oder Verlegenheit? – brannte in ihrem Gesicht. »Zunächst dachte ich, du würdest nur meinen Tod anstreben. Aber offensichtlich willst du auch andere ins Grab bringen. Und du besitzt – du *hast* diese gottverdammte Liste besessen, von der alle Leute reden. Heute hast du sie benutzt, um den armen Gentleman zu kränken, und *mich* dazu gezwungen. Könnte ich dir doch nur mit einem Knüppel auf den Kopf schlagen!« Die Röte in ihren Wangen vertiefte sich, heftige Atemzüge hoben und senkten ihre Brust. »Wie gern würde ich dich außer Gefecht setzen, wenigstens für eine kleine Weile, und ein bisschen Seelenfrieden genießen!«

Plötzlich ging ihm ein eigenartiger Gedanke durch den Sinn, das Gefühl, ein Schlüssel würde fehlen, der in ein ganz bestimmtes Schloss passen müsste. Er hatte keine Ahnung, was seine Augen ihm zeigten. Aber er beobachtete Abigails Miene und sah, wie der Zorn von Verwirrung verdrängt wurde, wie die Röte zum normalen Pfirsichteint wechselte. Besorgt runzelte sie die Stirn und streckte eine Hand aus.

Ehe sie ihn berühren konnte, verschwammen die Konturen seines Körpers, und er verschwand.

6

Abrupt wurden seine Augen aufgerissen. Doch der Schmerz des blendenden Kerzenlichts, nur wenige Zentimeter entfernt, erschien ihm geringfügiger als die brennenden Qualen in seinem ganzen Körper. An seinen Lidern, die er tagelang nicht geöffnet hatte, zerrte irgendeine rohe Gewalt. Neue Schmerzen durchströmten ihn, weil irgendetwas den kleinen Finger seiner linken Hand fast zerquetschte. Gepeinigt bäumte er sich auf, in vergeblicher Gegenwehr.

»Wach und kampfbereit«, sagte eine Stimme. »Großartig, das lässt gewisse Schlüsse zu. Doch Sie müssen sich noch eine Weile gedulden. Sie dürfen meine Arbeit nicht gefährden. Das verbitte ich mir.«

Seine trüben Augen versuchten sich auf den Sprecher an seiner linken Seite zu konzentrieren, irgendetwas verdeckte das Kerzenlicht. Verzweifelt würgte er, als eine heiße Flüssigkeit in seine Kehle geschüttet wurde. Und dann wusste er nichts mehr.

7

Abigail stieg neben ihrer Mutter und Mrs Browning die breiten steinernen Stufen des Grayton House hinauf.

»Zupfen Sie nicht dauernd an Ihrer Pelisse, Miss Smart. *Sie* waren es, die mich gedrängt hat, diese Einladung zu erwirken. Hätten Henny und ich nicht im selben Jahr debütiert, wäre das wohl kaum möglich gewesen. Nun erwarte ich, dass Sie sich tadellos benehmen. Sonst – das schwöre ich Ihnen, und …«

Als die Haustür aufschwang, blieb Mrs Brownings Drohung unvollendet. Der Butler begrüßte die drei Damen, nahm ihnen die Umhänge ab und geleitete sie zum Teesalon. Unauffällig schaute Abigail sich in der Halle um. Abenteuerlustige Geister jagten einander in die Richtung des Ballsaals, und sie hörte die Echos eines obszönen Liedchens, sah die flatternden Gesten einer alten Frau, die ein zu jugendliches Kleid trug. Vielleicht wollte sie noch einmal genießen, was sie als Naive auf einer Theaterbühne erlebt hatte.

Aber da tauchte kein alberner attraktiver Mann auf, der ihr ein bewunderndes Lächeln geschenkt hätte.

Mrs Browning kniff unsanft in Abigails Rippen, bevor sie an ihr vorbeirauschte und den Salon zuerst betrat.

Natürlich wusste Abigail, welches Risiko sie mit diesem Besuch einging. Nun war sie der Gesellschafterin nicht nur einen Gefallen schuldig. Gnadenlos würde die Frau darauf pochen.

Aber seit Rainewoods Verschwinden fand Abigail keine Ruhe.

Vor zwei Tagen hatte er ihr Schlafzimmer verlassen. Das Getuschel über seinen Verbleib schwoll allmählich zu schrillem Geschwätz an. Doch es gab keine Hinweise, und man stellte nur diverse Spekulationen an, in wachsender Besorgnis. Er war eben einfach – weg. Und diese Tatsache beunruhigte sie viel mehr als zuvor die ständige Anwesenheit seines Geistes.

War er in eine andere Welt gewandert, wie so viele Gespenster? Sie versuchte sich einzureden, das sei – vorteilhaft und erstrebenswert? Für immer war er aus ihrem Leben verschwunden, und er hatte seinen inneren Frieden gefunden – woanders.

Er war aus ihrem Leben verschwunden.

Angestrengt spitzte sie die Ohren. Im Grayton House hallten die Geräusche zahlreicher Aktivitäten wider. Aber was sie zu hören hoffte, erklang nicht.

»Willkommen!«, sagte die Herzogin von Palmbury, die Gastgeberin, und umarmte Mrs Browning, bevor sie alle Platz nahmen. Abigails Mutter wurde nicht annähernd so herzlich empfangen. Mrs Gerald Smarts Pech war, dass sie der Herzoginwitwe begegnet war, bevor sie sich einen gewissen gesellschaftlichen Schliff angeeignet hatte …

»Fast eine Woche lang haben wir uns nicht mehr gesehen, Mrs Browning. Und heute hatten Sie Zeit und konnten hierherkommen, wie schön …« Die Herzoginwitwe warf Abigail einen Seitenblick zu. »Und ich freue mich, auch Sie wiederzusehen, Miss Smart.«

»Oh, das Vergnügen ist ganz meinerseits, Euer Gnaden. Vielen Dank für die Einladung, die ich wirklich zu schätzen weiß.«

Mit mechanisch lächelnden Lippen tauschten sie höfliche Lügen aus.

»Zweifellos …« Die Züge der Herzoginwitwe verkniffen sich.

Nach Abigails Meinung war sie eine alte Hexe von der allerschlimmsten Sorte. Schon seit der ersten Begegnung spürte sie die Abneigung der Frau – seit dem Tag, da die Herzoginwitwe das Kleidchen der kleinen Abigail gepackt hatte, die kichernd und mit Zweigen im Haar durch die Küche gerannt war, während der vor Dreck starrende Herzogssohn sie verfolgt hatte.

Bei jenem Zwischenfall war eine spürbare Feindseligkeit entstanden und niemals verflogen. Und sie hatte sich im Lauf der Jahre wegen zahlloser Probleme noch verstärkt.

Wie üblich bemerkte Mama die angespannte Atmosphäre nicht. Eifrig beugte sie sich in ihrem Sessel vor, mit einem Lächeln, das die ganze Londoner West Side erhellen könnte. Trotz aller Schwierigkeiten liebte Abigail sie heiß und innig. Aber warum verstand ihre Mutter denn nicht …?

Nein.

Nervös spielte Abigail mit einer Schleife, die ihren Rock zierte. Sie musste endlich einen Ehemann finden. Dann würde ihre Mutter eine gewisse soziale Sicherheit genießen und sich vielleicht einen kleinen Basset zulegen, statt eine affektierte West-Side-Lady zu mimen.

Nun lenkte Rainewoods Großmutter das Gespräch in zunehmend geistlose Bahnen. Weder Abigail noch ihre Mutter wussten etwas Interessantes zu dieser Konversation beizutragen. In den Augen der Gastgeberin leuchtete unverhohlener Triumph. Offenbar fühlte sie sich in ihrer Verachtung für die Smarts wieder einmal bestätigt.

Bedrückt wünschte Abigail, sie hätte das verrückte Bedürfnis gezügelt, hierherzukommen und Rainewood zu suchen.

»Wie geht es Ihren anderen Schützlingen, Petunia?«, wandte die Herzoginwitwe sich an Mrs Browning. »Ich möchte Ihnen noch einmal zu den wunderbaren Partien gratulieren, die Sie den Mädchen vermittelt haben. Sogar ein Viscount! Ein voller Erfolg. Ganz egal was die Zukunft bringen mag.«

Abigail nippte an ihrem Tee, ohne wahrzunehmen, wie er schmeckte. Den bedeutsamen Blick, den die Gastgeberin und Mrs Browning in diesem Moment vermutlich wechselten, musste sie nicht sehen. Dieser Blick würde bekunden, falls Miss Smart versagte, konnte das »Petunias« Erfolg nicht schmälern. Und wenigstens würde ihr eine üppig gefüllte Börse lohnen, was sie im qualvollen Dienst der Smarts erleiden musste.

»Ja, Viscount Berston hat einiges zu bieten.« Mrs Browning strich über ihr Haar. Dann ergriff sie ihre Teetasse. »Auch Ihr Enkel ist ein hoch begehrter Junggeselle, Euer Gnaden. Leider war er verreist, als meine Nichte Violet debütierte. Zu schade …«

Die Herzoginwitwe neigte den Kopf und kräuselte die Lippen. Anscheinend missfiel es ihr, dass ihr verschollener Enkelsohn erwähnt wurde. »Gewiss, die beiden hätten gut zueinandergepasst. So ein nettes Mädchen, die liebe Violet … Und sie hat Mr Sestner schon zwei Söhne geschenkt. Sicher wäre sie eine exzellente Herzogin geworden. Und die

Fruchtbarkeit ist ja auch ein besonderer Vorzug Ihrer Familie, Petunia.«

Plötzlich musste Abigail husten und verschüttete ein paar Teetropfen.

Die verkniffenen Züge der Herzogin von Palmbury nahmen einen noch strengeren Ausdruck an. »Aber gewisse Dinge kann man nicht bekämpfen, indem man ...«

»Großmutter, Mrs Browning, Mrs Smart, Miss Smart – soeben hat Heston mich über die Ankunft der Damen informiert.«

Erleichtert atmete Abigail auf. Rainewoods jüngerer Bruder hatte sich die ersten fünf Minuten des fünfzehnminütigen Besuchs erspart und erschien erst jetzt. Wenn die Verspätung auch ein bisschen unhöflich war – er überspielte den Fauxpas mit einem charmanten Lächeln, das die älteren Damen bewog, ihm zu verzeihen. Und sie selbst verstand nur zu gut, dass er seine Teilnahme an der öden Konversation lieber ein wenig verkürzte.

Sie nickte ihm zu, und er begnügte sich damit, eine Braue zu heben. Meistens ignorierten sie einander, obwohl sie sich seit Kindertagen kannten. Die Entfremdung hing mit der Fehde zwischen seinem Bruder Valerian und Abigail zusammen.

Nachdem ihn auch die anderen Damen begrüßt hatten, nahm er Platz, um in der verbleibenden knappen Zeit ein bisschen Konversation zu machen. Während seiner Jugend war Lord Basil Danforth fast ständig krank gewesen. Die häufige Konvaleszenz hatte er äußerst klug genutzt. Ans Bett gefesselt, von seinen Großeltern und dem dominanten Vater getrennt, hatte er seine Zukunft geplant.

Wegen seiner Krankheit hatte Abigail ihn nicht allzu gut

gekannt und ihre Zeit mit dem ungebärdigen, vernachlässigten mittleren Sohn verbracht. Der Vater hatte sich um den Erben gekümmert, die Mutter um das kränkelnde Kind.

Aber nun sah es so aus, als wäre der kranke Sohn, dem niemand eine längere Lebensdauer zugetraut hatte, der lachende Dritte.

Zweifellos würde Basil sich für die Herzogsrolle eignen. Attraktiv und liebenswürdig. Der Typ eines Mannes, der seine Geschlechtsgenossen nicht herausforderte und charmant mit den Damen plauderte. Und falls in seinen Augen eine gewisse Berechnung lauerte, schien es seinen Mitmenschen nicht aufzufallen.

Lautlos näherte sich Heston, der Butler, und flüsterte seiner Herrin etwas ins Ohr.

»Bitten Sie die Besucher herein, Heston. Sicher wird sich Mrs Browning sehr gern mit Lady Malcolm unterhalten.«

Abigail unterdrückte ein Stöhnen. Also wartete Rainewoods Clique, oder zumindest ein Teil davon, in der Eingangshalle. Diese Leute waren oft mit Lady Malcolm zusammen, der Mutter von Rainewoods angeblicher Verlobten.

Ausdruckslos nickte Mrs Browning. Mit einem Seitenblick warnte sie Abigail vor ungebührlichem Betragen.

Sie spürte, dass sie auch von Basil beobachtet wurde. Aber niemand sprach, bis Schritte erklangen und Lady Malcolm in ihrem ganzen temperamentvollen Glanz das Zimmer betrat. »Euer Gnaden!« Überschwänglich schüttelte sie die Hand der Herzoginwitwe. »Verzeihen Sie die Impertinenz unseres Besuchs. Aber wir konnten einfach nicht warten.« Sie überreichte der Gastgeberin eine Schachtel. »Diese

Süßigkeiten fanden wir in der Bond Street. Und sie schmecken so köstlich. Deshalb wollten wir sie nicht für uns behalten.«

Während die Herzoginwitwe die Bonbonniere öffnete, kamen die restlichen Besucher in den Salon.

»Wunderbar, Lady Malcolm.« Die alte Dame lächelte sie an. Aber bei ihr wirkte sogar ein freundliches Lächeln wie das Zähnefletschen eines Barrakudas, der seiner nächsten Mahlzeit entgegenfieberte.

Celeste Malcolm, Aidan Campbell und Charles Stagen waren ihr ins Zimmer gefolgt. Beim Anblick der Smarts zogen sie alle die Brauen hoch. Celeste Malcolms Augen verengten sich. Offenbar kursierten immer noch Klatschgeschichten über Rainewoods aufsehenerregende Begegnung mit Abigail.

Während sich alle begrüßten und Platz nahmen, verstrichen mehrere Minuten. Die fünfzehn verschiedenen Violett-Nuancen im Salon wirkten noch feuriger, als einige Sessel zusammengerückt wurden.

Für Abigails Geschmack stand Aidan Campbells Lehnstuhl viel zu nahe neben ihrem.

»Gerade sprachen wir über die Ballons, die nächste Woche über dem Rasenplatz aufsteigen sollen«, sagte Charles Stagen zu Basil, bevor er sich an die Herzoginwitwe wandte. »Nach diesen Ballons ist Campbell ganz verrückt. Schon zweimal ist er mit einem emporgestiegen. Aber da ist Rainewood ihm noch um einige Flüge voraus.«

»Ja, das macht wirklich Spaß«, bestätigte Campbell, doch er runzelte die Stirn. Aus Sorge um seinen Freund? »Erst neulich sagte ich zu Rainewood: ›Glaub mir, Raine, dieser Sport hat Zukunft …‹«

Abigail hörte nicht mehr zu. Denn in diesem Moment wurde ihre Aufmerksamkeit von einem Neuankömmling gefesselt, der gerade die Türschwelle überquerte. Vor wenigen Sekunden war er erwähnt worden. Von maßloser Erleichterung erfasst, achtete sie nicht auf die anderen, die miteinander plauderten und sie ohnehin nicht in das Gespräch einbezogen.

Als Rainewood ihrem Blick begegnete, hielt er abrupt inne. Seltsamerweise erweckte er den Eindruck, er wäre gelaufen, und er rang keuchend nach Luft – so wie früher in der Kindheit, aber ohne das Gelächter, in das sie damals so oft ausgebrochen waren. Durch Abigails Sinn ging der beklemmende Gedanke, er könnte noch nicht gelernt haben, dass er gar nicht mehr atmen musste.

»Ja, das dachte ich mir – du musst es sein.« Er trat einen Schritt näher zu ihr, dann noch einen. »Im Arbeitszimmer hörte ich deine Stimme. Doch ich konnte nicht hierherkommen, bevor jemand die verdammte Tür öffnete. Was sich auf der anderen Seite befindet – daran erinnerte ich mich nicht. Und da war wieder diese Barriere.« Überhastet sprudelten die Worte hervor, im krassen Gegensatz zu seiner normalen kontrollierten, gedehnten Sprechweise. »Anfangs dachte ich, womöglich hätte ich deine Stimme nur geträumt.«

Ihr eigener Atem stockte.

»Keine Ahnung, wie viele Monde aufgegangen sind, seit ich dein Gesicht zum letzten Mal gesehen habe, Abigail …«

In diesem Moment hätte ihr Herz zu schlagen aufhören können, und es hätte sie nicht interessiert. Also erinnerte er sich immer noch an sie. Darauf war sie nicht vorbereitet gewesen. Und er schaute sie an, als würde die Sonne nur mit ihrer Erlaubnis aufgehen.

»Erst jetzt, wo ich dich sehe, kann ich wieder klar denken«, fügte er hinzu und ging um einen Sessel herum.

»Miss Smart?«

Mit einer knappen Geste verscheuchte sie die störende Stimme, die sie von Rainewood abzulenken versuchte. Immer schneller, mit zielstrebigen Schritten, kam er auf sie zu.

»Ohne dich vermochte ich kaum Luft zu holen«, gestand er. »Und da bist du.«

In ihrer Brust vibrierte das Herz und bekundete, dass sie immer noch sehr lebendig war. Ihre Atemzüge beschleunigten sich ebenso wie seine.

»O Abigail, ich könnte dich in die Arme nehmen und küssen bis zur Bewusstlosigkeit.«

»Ja«, hauchte sie.

»Miss Smart?«

Er streckte seine Hand nach ihr aus, und sie schloss die Augen. Könnte sie sich doch einreden, eine echte Berührung zu spüren – zu genießen, wie das Prickeln in eine *richtige* Zärtlichkeit übergehen würde …

Beinahe ließ sie die Teetasse fallen, als feste, warme Finger – *fast real* – ihr Handgelenk umschlossen. Plötzlich versteiften sich die Finger, und sie hob die Lider, starrte in braune, von unverhohlenem Entsetzen erfüllte Augen. Die vollen, sinnlichen Lippen teilten sich, langsam entwich sein Atem.

»Miss Smart?« In der unwillkommenen Stimme schwang ein drängender Unterton mit. Sie beobachtete den Mund direkt vor ihr, der sich nicht bewegte, und inständig wünschte sie, *Rainewood* würde sprechen. Nicht diese andere Person.

Behutsam verstärkte er den Druck seiner Finger, ein warmer, schwieliger Daumen liebkoste die Innenseite ihres Handgelenks – nicht *ganz* diese Stelle. Aber auch nicht zu weit weg. In der Geste lag eine Frage. Und ein Anspruch. Überwältigt vom Gefühl dieser Intimität, öffnete sie die Lippen.

»Miss Smart?«

Das fremdartige Gefühl der Vertrautheit machte sie nervös, und irgendetwas in ihrem Innern veranlasste sie schließlich, den Ruf aus der Außenwelt zu beantworten. Nur mühsam riss sie ihren Blick von Rainewood los. »Ja, Lord Basil?«

»Nun habe ich Sie schon mehrmals angesprochen, Miss Smart. Sie sehen so erschrocken aus.«

Unsicher lachte sie. Im Grunde hatte sie nicht erwartet, sie würde Rainewood hier antreffen, obwohl sie ins Grayton House gekommen war, um ihn zu suchen. Noch weniger hatte sie geglaubt, er würde sie erkennen. Und seine *Berührung* … Was um Himmels willen …

Sie schaute sich um, voller Angst, es wäre ein Trick gewesen. Allein schon die Möglichkeit, sie würde Valerian etwas bedeuten – und er hätte sie *nicht* berührt, um sie zu manipulieren …

Doch sie konnte sich auf ihre Mutter verlassen, zumindest in dieser Hinsicht. Und Mama trug ein erzwungenes freundliches Lächeln zur Schau, während sie auf die Antwort der Tochter wartete. Nein, sie sah Valerian nicht. Kein Ausruf galt seiner plötzlichen Anwesenheit, niemand starrte in seine Richtung.

In Mrs Brownings Augen zeigte sich die normale Missbilligung, die Forderung, Abigail möge an ihre Manieren denken. Anscheinend hatten auch die anderen nicht gemerkt, was soeben geschehen war.

Alle Augenpaare fixierten Abigail und verlangten eine Erklärung. Zu ihr geneigt, erweckte Campbell den Eindruck, er würde sie am liebsten schütteln.

Also war Rainewood immer noch ein Geist – einer, der sie fast *berühren* konnte.

Sie sprach den erstbesten Gedanken aus, der ihr in den Sinn kam. »Gerade habe ich die Vase in der Ecke bewundert. Was für exquisite Farben!«

»Oh, vielen Dank.« Basil lachte charmant. »Wenn ich mich recht entsinne, hat Großonkel Alfred Pennyton dieses Kunstwerk von einer seiner Reisen mitgebracht. Ming, zehntes Jahrhundert.«

Rainewood suchte ihren Blick. »Yuan.«

»Yuan?« Verstört zuckte sie zusammen, als sie den Klang ihrer eigenen Stimme hörte, wandte sich zu Basil und sah seine verengten Augen.

»Über die Frage, welcher chinesischen Dynastie diese Vase entstammt, wird in unserer Familie lebhaft diskutiert. Wieso wussten Sie das, Miss Smart?«

»Oh …« Unbehaglich lächelte sie – so strahlend, wie sie es vermochte. »Irgendwo muss ich es gehört haben.« Gespenstische Finger liebkosten die Innenseite ihres Handgelenks und wanderten zu ihrem Unterarm hinauf. Beinahe vergaß sie, worüber sie soeben mit Basil gesprochen hatte.

»Wie wundervoll sich die Haut einer Frau anfühlt, wusste ich gar nicht mehr«, flüsterte Rainewood. »Und deine ist so weich wie keine, die ich jemals berührt habe. Einfach zauberhaft …«

»Ja, natürlich«, beantwortete Basil ihre Erklärung.

»Nun, Miss Smart, während Sie Ihren Tagträumen nachhingen, unterhielten wir uns über die Pferderennen.« Celeste Malcolm reckte ihre Stupsnase empor.

»In der Tat, über das nächste Rennen«, bestätigte Stagen. »Wie vorteilhaft für uns alle, wenn Rainewood sein hübsches Gesicht nicht zeigen würde …« Plötzlich war es offensichtlich, dass jeder herauszufinden suchte, wo ihr Freund sich aufhielt, ohne direkt danach zu fragen. »Wo hat er noch mal seine junge Stute einquartiert?«

»In den Oxting Stables«, sagte Rainewood automatisch und starrte Abigail immer noch an, als wäre sie eine seltene Kostbarkeit.

»In den Oxting Stables?«, wiederholte sie. Erst ein paar Sekunden später registrierte sie das Schweigen, das allgemeine Verblüffung bekundete. Vor allem die Gentlemen musterten sie teils erstaunt, teils misstrauisch. Diesmal verzichtete sie auf ein nervöses Gelächter und gab vor, sie wäre im Vollbesitz ihrer geistigen Kräfte. »Dort bringen doch die meisten Leute ihre edlen Pferde unter, nicht wahr?« Da sie noch nie von den Oxting Stables gehört hatte, konnte sie nur hoffen, sie hätte nichts Unverzeihliches erwähnt – zum Beispiel den Namen eines Bordells. Womöglich bedeutete die Bezeichnung »junge Stute« etwas ganz anderes als das, wofür sich junge Deckhengste interessierten.

Aidan Campbell betrachtete sie mit scharfen, zusammengekniffenen Augen. Darin sah sie dunkle Schatten, die sie zum ersten Mal wahrnahm. Und Charles Stagen wirkte einfach nur nachdenklich.

Jetzt begann Rainewood ihren Arm wieder zu streicheln, und sie erschauerte. Sie erinnerte sich, dass er einen geheimnisvollen Einfluss auf sie ausübte. Irgendwie musste sie ihr Gehirn von seiner Macht befreien.

Stagen wechselte einen Blick mit Basil. Zwischen den beiden schien ein stillschweigendes Einvernehmen zu herrschen. »Eine gute Idee, Miss Smart. In diesem Stall werden wir nachsehen.«

»Vielleicht ein Biskuit?«, fragte Basil und hielt ihr einen Teller hin.

Abigail nickte, akzeptierte das Angebot und versuchte sich auf die Person in diesem Raum zu konzentrieren, die den Zustand ihrer Nerven am wenigsten gefährdete.

»Noch nie ist mir eine Frau begegnet, die sich für antike Kunstwerke *und* Pferde interessiert hätte«, bemerkte Basil. »Darüber sollten wir demnächst etwas ausführlicher diskutieren, Miss Smart.«

Mit seinem Bruder und der Art und Weise beschäftigt, wie er sie fast berührte (nein, wie er sie *tatsächlich* berührte und jeden unbedeckten Quadratzentimeter ihres Arms liebkoste) fand sie es schwierig, eine Antwort zu formulieren, die ihre Mutter gutheißen würde. »Oh, ich bin – äh …«

»Seien Sie versichert, Sir, meine Tochter interessiert sich für viele Dinge«, verkündete Mama und gestikulierte eifrig. »Nur zu gern würde sie mit Ihnen diskutieren.«

Abigail beobachtete, wie die Herzogin von Palmbury ihre Mundwinkel nach unten zog. Strafend starrte die Gastgeberin ihren jüngsten Enkel an und schien sich zu fragen, was in aller Welt ihn veranlassen mochte, seine Aufmerksamkeit ausgerechnet Miss Smart zu schenken.

»Ja, das wäre – großartig«, sagte Abigail zu Basil.

Irgendetwas an dieser Konversation riss Rainewood aus seiner Verzückung, und er zog seine Hand abrupt zurück. Die Stirn gefurcht, schaute er sich im Salon um. »Was geht hier vor? Du darfst dich nicht mit *Basil* treffen.«

Krampfhaft schluckte sie und versuchte seinem Bruder zuzuhören, der ein Datum für ihre Unterhaltung festsetzte. In Campbells Augen lag ein beunruhigender, träumerischer Ausdruck. Stagens Züge wirkten unergründlich, Celeste, Lady Malcolm und Mrs Browning machten keinen Hehl aus ihrem Missfallen. Und die Herzoginwitwe sah einfach nur wütend aus.

Rainewood begann umherzuwandern und murmelte etwas Unverständliches vor sich hin. Systematisch inspizierte er sämtliche Gegenstände im Salon und versuchte alle Anwesenden zu berühren, bückte sich, starrte in ihre Gesichter und steckte seine Finger in ihre Körper.

Als seine Hand durch die Herzoginwitwe glitt, fröstelte sie. Nun erhoben sich die Gäste. Pflichtbewusst lächelte sie. Aber im Gegensatz zu der warmherzigen Begrüßung, mit der sie Mrs Browning beehrt hatte, fiel der Abschied ziemlich kühl aus. Sie beachtete Abigail kaum und nickte ihr nur kurz zu, wahrte jedoch den Schein, indem sie die Gesetze der Höflichkeit befolgte, die eine Gastgeberin nicht verletzen durfte.

Offensichtlich zürnte sie dem jüngsten Familienmitglied.

Und dann ließ sie sich doch noch dazu herab, Abigail anzusprechen. »Es würde mich freuen, wenn wir uns bald wiedersehen könnten, Miss Smart.«

In ihren Worten schwang eine unmissverständliche Warnung mit. Was sie ihr zu verstehen gab, erriet Abigail mühelos. Wenn sie Basils Aufmerksamkeit auch weiterhin erregte, würde das keine Zustimmung finden. Dieses eine Treffen überstieg ohnehin schon, was die Herzogin von Palmbury zu dulden bereit war.

»Auch ich würde mich freuen, Euer Gnaden.«

Kaum hatte Abigail sich zur Tür gewandt, erschien Rainewood an ihrer Seite. Durchdringend starrte er sie an. »Halt! Wohin gehst du? Ich kann nicht mit ihnen reden. Erzähl ihnen von mir!« Seine Stimme hatte den träumerischen, bewundernden Klang verloren. Jetzt schlug er wieder seinen üblichen gebieterischen Ton an.

Abigail folgte ihrer Mutter und Mrs Browning durch den langen Flur mit der vergoldeten Tapete.

»Kehr um!«, befahl Rainewood. »Erzähl es meiner Großmutter.«

»Was denn?«, wisperte sie. »Dass du ein Geist bist? O nein.«

»Kehr um!«, verlangte er in noch schärferem Tonfall.

»Bist du verrückt?«, zischte sie und schaute sich hastig um, voller Angst, die Dienstboten könnten sie beobachten. »Alle Leute werden glauben, nun wäre ich endgültig übergeschnappt. Und deine Großmutter würde diese Munition nur zu gern gegen mich verwenden.«

»Und?«

Ihre Lippen kräuselten sich. »Um dich wiederzufinden, habe ich schon genug riskiert.«

Damit brachte sie ihn zum Schweigen, aber nur für ein paar Sekunden. »Also bist du meinetwegen hierhergekommen.«

In der Eingangshalle warteten Dienstboten und legten den Damen die Pelissen um die Schultern. Abigail hielt eine

Hand vor ihren Mund und gab vor, sie müsste husten. »Nur ein kleiner Ausrutscher, glaub mir«, erwiderte sie hinter ihren Fingern, um die Bewegung ihrer Lippen zu verbergen. »Nächstes Mal werde ich dich deinem Schicksal überlassen. Mit dem größten Vergnügen.«

»Nein.« Ein sanfter Finger streifte ihren Arm, und sie zitterte. »Das wirst du nicht tun.« Der Finger wanderte zu ihrem Ellbogen hinauf und erzeugte eine Gänsehaut. »Ist meine Fähigkeit, dich zu berühren, nicht eine interessante Entwicklung in diesem endlos langen Traum?«

Sie versuchte seine Worte – glaubte der dumme Mann immer noch, er würde träumen? – ebenso zu ignorieren wie die Liebkosung.

An der Haustür hielt er kurz inne, und Abigail fragte sich, ob es ihm gelingen würde, ihr ins Freie zu folgen. Sein Mahagoniblick erschien ihr noch intensiver. Dann schlenderte er hinaus, als wäre das ganz selbstverständlich. Verwundert starrte sie ihn an, bevor sie die Stufen hinabstieg.

Wie gewohnt blieb sie auf dem Gehsteig ein paar Schritte hinter Mrs Browning zurück. Rainewood wanderte so dicht neben ihr dahin, dass die Passanten – könnten sie ihn sehen – schockiert tuscheln würden. Lautlos glitten seine Füße über das Pflaster.

Am Straßenrand pries ein Zeitungsjunge seine Ware an. Eine Zeitung fiel hinunter und verschwand, sobald sie den Boden berührte.

Als Rainewoods Finger Abigails Arm umfassten, riss sie sich ungestüm los, ging zu dem Jungen und streckte eine Hand aus. Doch er beachtete sie nicht. Leicht verzweifelt versuchte er seine Zeitungen zu verkaufen und schwenkte sie durch die Luft. Aus einem abgewetzten Ärmel ragte ein dünnes Handgelenk. Langsam näherte sie ihre Finger den seinen, die den Packen umklammerten.

Ihr Zeigefinger berührte ihn. Fast sofort durchdrang er seine Hand, gefolgt von ihren anderen Fingern. Erschrocken rang sie nach Luft und wich zurück.

Also hatte sich nichts geändert.

Mit einer Ausnahme – *Rainewood* konnte sie berühren. Und das bedeutete, dass sich alles geändert hatte.

»Trödeln Sie nicht, Miss Smart, kommen Sie endlich!«

Entnervt eilte sie zur Kutsche, sah Mrs Brownings ärgerlichen Blick, die sorgenvollen Augen ihrer Mutter, Rainewoods unergründliche Miene.

Er reichte ihr seine Hand, um ihr in den Wagen zu helfen. Ohne zu überlegen, griff sie danach und bemerkte die Verblüffung des Lakaien, als ihr Arm einige Zentimeter über seinen ausgestreckten Fingern schwebte.

Bekümmert und reumütig stieg sie in den Wagen, senkte sekundenlang die Wimpern. Nun würden die Dienstboten wieder tratschen. Aber das fand sie im Moment nicht so wichtig. Ihre ganze Welt war aus den Fugen geraten.

»Was bist du?«, flüsterte sie Rainewood zu, der neben ihr saß und sein Bein an ihres drückte. Wie tröstlich, dieses leichte Gewicht zu spüren – und welch ein gefährlicher Gedanke …

»Was haben Sie gesagt, Miss Smart?«, fragte Mrs Browning in frostigem Ton.

»Das habe ich dir doch erklärt – ich bin nicht tot«, antwortete Rainewood und wandte sich ab. Die Augen halb geschlossen, schaute er aus dem Kutschenfenster. »Zumindest jetzt noch nicht«, ergänzte er mit gepresster Stimme.

Beinahe begann sie ihm zu glauben, dann wurde sie von Mrs Brownings Ermahnung abgelenkt.

»Murmeln Sie nicht so albern vor sich hin, Miss Smart! Offenbar hat der Besuch in Bedlam Ihren Verstand beeinträchtigt. Nur Geistesgestörte faseln sinnloses Zeug.«

Mrs Smart riss die Augen auf. Angstvoll blickte sie zwischen ihrer Tochter und Mrs Browning hin und her. Doch die wusste nichts. Mama verheimlichte ihr die Besuche des Doktors. Darauf konnte Abigail sich verlassen, weil ihre Mutter so eifrig nach gesellschaftlichen Erfolgen strebte.

Entschlossen verbannte sie die albtraumhaften Erinnerungen an den Aufenthalt in Bedlam – derzeit war es der letzte Schrei, die Irrenanstalt zu besuchen und die Patienten zu begaffen. »Ich bin nicht verrückt, Mrs Browning«, entgegnete sie, »und ich habe mir nur eine Bemerkung über Lord Basil erlaubt. Diesen Gedanken ließen Sie mich nicht vollenden. Natürlich möchte ich einen guten Eindruck auf ihn machen, denn er steht immerhin an zweiter Stelle der Erbfolge für einen Herzogtitel.«

Rainewood zuckte zusammen, als hätte sie ihn geohrfeigt.

»Soeben habe ich mir überlegt, welche Qualitäten er in einer Gemahlin sucht«, fuhr sie fort, verdrängte die Erinnerung an ein bitteres Gespräch in der Vergangenheit und weigerte sich, den Geist an ihrer Seite anzuschauen.

»Ohne jeden Zweifel wünscht er sich eine Ehefrau, die bei klarem Verstand ist!« Mrs Browning zerrte am Saum ihres Kleids, auf den sie sich gesetzt hatte. »Und eine Frau, die gesellschaftlichen Schliff und Grazie besitzt. Keine Ahnung, wie ausgerechnet *Sie* es geschafft haben, sein Interesse zu erregen!«

»Oh, das spielt keine Rolle«, meinte Mrs Smart betont heiter. Aber ihr Blick verriet die Absicht, Abigail in Zukunft aufmerksam zu beobachten und nach neuen Anzeichen geistiger Umnachtung zu suchen. »Diese Chance darfst du dir nicht verderben, mein Kind, so wie die anderen.«

Abigail glättete ihren Rock und versuchte Rainewoods Bein auszuweichen. Doch er rückte sofort wieder näher. In seiner Miene las sie das Versprechen, er würde sie für die Gedanken an seinen Bruder bestrafen. Und für ihre Worte.

»Da irrst du dich, Mutter, ich habe keine Chancen verdorben. Und ich akzeptiere die Tatsache, dass sich manche Männer einfach nicht für mich interessieren. Warum gelingt dir das nicht auch? Ich besitze keinen Zauberstab, mit dem ich einen Verehrer betören könnte. Wenn ich einen hätte, würde ich ihn gewiss benutzen.«

Der ständige Körperkontakt mit Rainewood machte sie ganz kribbelig.

»Allmählich benehmen Sie sich immer impertinenter, Miss Smart«, schimpfte Mrs Browning. »Das werde ich nicht mehr lange dulden.«

Rainewood streichelte Abigails Schulter, und ihre Lippen bewegten sich gegen ihren Willen. »Oh, das wollen Sie nicht dulden, Mrs Browning? Wieso finden Sie es impertinent, wenn ich über meine Heirat rede?«

Normalerweise würde sie ihren Unmut in Mamas und Mrs Brownings Anwesenheit zügeln. Denn die Gesellschafterin könnte behaupten, die Smarts seien »unkontrollierbar«, ihre Bemühungen aufgeben und ihr Gehalt weiterhin beziehen. Energisch verdrängte Abigail den Einfluss des Geistes aus ihrem Gehirn.

»Wie unverschämt Sie sind, Miss Smart! Also, ich meine wirklich ...«

»Was für ein grässlicher alter Drachen!« Lässig streckte Rainewood seine Hand in Mrs Brownings Richtung aus, und Abigails Atem blieb in ihrer Kehle stecken. Aber seine Finger glitten durch den Körper der Frau, die nur ganz leicht erschauerte.

»... in Zukunft sollten Sie Ihre spitze Zunge zügeln!«

Nach den Maßstäben der Gesellschafterin war das beinahe ein Wutanfall. Abigail vermutete, das müsste mit Rainewoods Fingern zusammenhängen, die sich in verschiedene empfindliche Teile von Mrs Brownings Anatomie bohrten.

Zitternd versuchte sich die Frau auf das Kutschenfenster zu konzentrieren, die Lippen so fest zusammengepresst, dass sie in der bleichen Haut verschwanden. Während der restlichen Fahrt herrschte drückendes Schweigen. Rainewood schien sich nicht für eine Konversation zu interessieren, und er hörte auf, Mrs Browning zu quälen. Umso öfter fühlte Abigail seine Hand.

Flüchtige Berührungen wie Schmetterlingsflügel ... Als wollte er sich vergewissern, dass sie tatsächlich existierte ... Dann kühnere Liebkosungen ... Er strich über ihre Wange, ihren Hals. Immer noch leicht, nicht ganz real, aber deutlich spürbar. Seine Finger schoben ihre Pelisse nach oben, beschrieben winzige Kreise in ihrer Armbeuge – *nackte* Finger, ohne Handschuhe.

Unentwegt berührte er Abigail, und sie vermochte die Vibrationen ihres Körpers nicht zu verhindern. Ebenso wenig konnte sie ihm diese Zärtlichkeiten verbieten, weil ihre Mutter und Mrs Browning auf ein weiteres Zeichen einer psychischen Störung lauerten. Nun wanderten Rainewoods

Finger wieder zu ihrem Hals. Von verwirrenden Emotionen erfasst, legte sie ihren Kopf in den Nacken.

»Miss Smart!«

Als sie Mrs Brownings warnenden Ruf hörte, beugte sie sich hastig vor und schlug Rainewoods Hand weg. »Ich bin müde, Madam – Mama. Fast wäre ich eingeschlafen. Bevor wir die Barretts besuchen, möchte ich mich ein wenig ausruhen.«

Da verkniffen sich Mrs Brownings Lippen erneut. Kurz danach hielt der Wagen vor dem Haus Nummer siebenundvierzig. Abigail atmete erleichtert auf. Diesmal beging sie nicht den Fehler, Rainewoods hilfreiche Hand zu ergreifen. In möglichst würdevoller Haltung kletterte sie aus der Kutsche und betrat die Eingangshalle.

»Miss ...«

Auf der Treppe eilte Abigail an ihrer Zofe vorbei. »Wecken Sie mich in einer halben Stunde, Telly, dann muss ich mich frisch machen.«

»Aber – Miss, brauchen Sie nicht ...«

»Nein, nichts, Telly. In einer halben Stunde.«

Sie spähte nicht über ihre Schulter, um die Reaktion des Mädchens zu beobachten. An ihrem Rücken spürte sie Rainewoods Nähe. Seine vibrierende Energie drängte sie, die Stufen noch schneller hinaufzusteigen.

Sobald sie ihr Zimmer erreicht hatte, warf sie die Tür hinter sich zu und wollte ihn aussperren. Aber er ging einfach durch das Holz.

Wider ihr besseres Wissen presste sie einen bebenden Finger auf seine Brust.

Nur ein paar Sekunden lang hielt er dem Druck stand, als würde sie einen realen Körper berühren, dann glitt ihr

Finger ins Nichts. »Wieso bist du immer noch imstande …? *Was* bist du?«

Langsam bewegte er seinen Kopf hin und her, sein Blick hielt ihren fest. »Das weiß ich nicht.«

»Du kannst die Menschen berühren.«

Mit einer weiteren sanften Geste hielt er ihre Hand an seiner Brust fest. »Nein. Nur dich.«

Reglos stand sie da, als er ihren Zeigefinger umfing. Dann schienen seine Finger ihren Halt zu verlieren und in ihren zu verschwinden.

»Aber ich verstehe nicht …«

»Meinetwegen bist du ins Grayton House gegangen.«

Die Feststellung einer Tatsache. Keine Frage. Mühsam schluckte sie. »Ich dachte, dort würde ich dich vielleicht finden.«

»Deshalb bist du hingegangen.«

»Ich – ich … also, du bist einfach verschwunden. Da wurde ich neugierig«, log sie.

»Irgendwo werde ich festgehalten. Mein Körper. Eben war ich noch bei dir – und im nächsten Moment dort. Jetzt muss ich zurückkehren.«

Ihr Herz pochte schneller. Wegen seiner Worte? Oder weil er ihren Zeigefinger an seine weichen, vollen Lippen drückte? Das wusste sie nicht.

»Was – wohin?«, stammelte sie.

Der gefangene Finger streifte seine Unterlippe. »Wie Erdbeeren schmeckst du.« Seine Stimme nahm einen seltsamen Klang an. In seinen Augen erschien ein noch intensiveres Licht.

»Was?«, würgte sie hervor. »Heute habe ich keine einzige Erdbeere gegessen.«

»Sonderbar, nicht wahr? Mein Lieblingsobst.«

»Ich – ich glaube, irgendwie wurdest du während deiner Abwesenheit verletzt.«

»Nein.« Er hob die Brauen. In seinem Blick erlosch der Glanz, und er trat zurück. »Nur meinem Körper wurde Schaden zugefügt. Ich muss mein sonderbares Gefängnis aufspüren und dorthin zurückkehren, damit ich mich befreien kann. Da gibt es eine seltsame Macht, die an mir zieht und die Dinge in einen traumhaften Schleier hüllt. Das fühle ich.«

Nachdenklich biss Abigail auf ihre Lippen. Diesem neuen Rainewood, der so *aufmerksam* wirkte, misstraute sie. »Was für ein Ort ist das?«

»Das weiß ich nicht. Ich war nicht lange genug dort. Jedenfalls wurden mir Drogen eingeflößt.«

Viele Geister erzählten absurde Geschichten. Manchmal glaubte sie, auf diese Weise würden exzentrische Charaktere versuchen, die Lebenden ein letztes Mal zu amüsieren.

»Aber jetzt bist du hier.« Seine Finger schlangen sich in ihr Nackenhaar. »Oder ich bin wieder bei dir. Und du kannst mir helfen. Auch das spüre ich.« Langsam zog er sie näher zu sich heran. »Die schöne Abigail Smart, mit einer Haut wie Seide und Lippen wie Rosenblätter.«

Plötzlich fürchtete sie, auch sie würde unter den Einfluss von Drogen geraten, als er sie an seine Brust drückte. *Falsch, falsch! Richtig, richtig!,* schrie ihr Gehirn.

Sie riss sich los, und die widersprüchlichen Gefühle verdichteten sich zur Gewissheit. Hastig sprang sie zurück, bis sie gegen eine Wand stieß. »Du bist nicht Valerian Danforth, Lord Rainewood. Wer bist du?«

8

Blitzschnell stand er vor ihr. Aus seiner Kehle drang tiefes, sonores Gelächter. Seine Finger gruben sich wieder in ihr Nackenhaar. »Glaub mir, ich bin es.«

»Niemals würde Rainewood so mit mir reden. Du bist irgendein seltsamer Doppelgänger, der in diese Welt gekommen ist, um mich zu quälen.«

Welch eine beklemmende Erkenntnis, die der echte Rainewood sofort nutzen würde, um sie genüsslich zu verhöhnen …

»Nein. Wie ich zugeben muss, glaube ich inzwischen an einige deiner Märchen. Aber ich kann unmöglich tot sein, solange ich die Fähigkeit besitze, dich zu berühren.« Sein Daumen liebkoste ihre Lippen. »Vielleicht kann ich dich sogar kosten.«

Die Nähe seiner halb materiellen Brust beschleunigte ihren Puls. Verwirrt trat sie zurück und verschanzte sich hinter ihrem Toilettentisch. »Bleib, wo du bist!«

»Warum behandelst du mich so unfreundlich, Abigail?«, fragte er und verschränkte die Arme.

»Seit wann nennst du mich so?« Bedrückt überdachte sie ihre Möglichkeiten. Allzu viele gab es nicht.

»Ja, früher nannte ich dich anders.« Er schlenderte langsam zu ihr und lächelte herausfordernd. »Nicht wahr?«

Zu ihrer Verblüffung hörte sie leise, hektische Atemzüge – ihre eigenen. In ihrem Innern verstärkten sich die widersprüchlichen Gefühle, schmerzhafte Knoten aus nervöser Anspannung und Sehnsucht. Er ging um den Stuhl herum. Dicht vor ihr hielt er inne.

»Du hast mich Smart genannt.«

Mit einem Zeigefinger strich er eine lose Haarsträhne aus ihrer Stirn – eine viel zu intime Geste. »Vor langer Zeit gab ich dir einen anderen Namen.«

Die Knoten schwollen an, zu beklemmender Größe – als würden sie explodieren …

»Bevor dein Bruder starb.«

Seine Augenwinkel verkniffen sich, und er wich einen Schritt zurück. In ihrem Herzen kämpften Erleichterung und Trauer.

»Ja, vor Thornton …« Jetzt klang seine Stimme etwas kühler.

Ein Teil ihres Ichs bedauerte den Verlust der Intimität. Aber nun befand sie sich auf sicherem Terrain, auf einem Schlachtfeld, das sie gut kannte. Wenn er auf diesem Boden agierte, würde sie ihn eher für den richtigen Rainewood halten – oder wenigstens für seinen richtigen Geist.

Dann müsste sie nicht vermuten, ihre Fantasie würde eine Kopie des Valerian heraufbeschwören, den sie sich wünschte. Sie spielte mit der Haarbürste auf ihrem Toilettentisch. »Plötzlich glaubst du an meine Märchen? Und du hoffst auf meine Hilfe.«

»Ich wurde irgendwohin befördert. Da konnte ich wieder *fühlen.*« Die Leidenschaft in seiner Stimme mischte sich mit Zorn. »Vor allem Schmerzen. Diesem Ort muss ich entkommen, und dazu brauche ich dich.«

Nachdenklich kaute sie an ihrer Unterlippe und drehte den Elfenbeingriff der Bürste hin und her. Wie üblich spendete ihr die Berührung Trost und weckte gleichzeitig bittersüße Wehmut.

»Aber *du* glaubst mir *nicht*«, stieß er hervor.

Abigail blickte auf und versuchte sein Mienenspiel zu deuten, ehe er seine Züge mit der eisigen Maske verdeckte, die er seit fast zehn Jahren zur Schau trug. »Jetzt sieht die Situation anders aus, nicht wahr?« Sie drückte es so schlicht wie möglich aus. Doch in ihren Worten schwangen Wut und die Kränkung der Vergangenheit mit. Sein Gesicht blieb völlig ausdruckslos.

Einige Sekunden lang standen sie reglos da, die Parodie eines Patts.

»Glaub einfach, was meine Augen und mein Körper mir erzählt haben, nachdem ich erwacht bin«, schlug er vor.

»Aber ich bin mir nicht einmal sicher, ob ich meinen eigenen Augen und der Wahrnehmung meiner Haut trauen darf. Und ich bin hellwach.«

Er streckte eine Hand aus und ließ sie sinken, als Abigail zurückschreckte. »Und was sagen dir deine Sinne?«

Seufzend schüttelte sie den Kopf. »Weißt du, wo dein Körper sein könnte?«

»Nein.«

»Dann sind wir in ein Dilemma geraten – ganz egal was wir glauben.«

»So oder so, du wirst mich finden.« Nun klang seine Stimme so arrogant wie eh und je.

Dieser Brustton der Überzeugung bewog Abigail, ihn aufmerksamer zu mustern. »Oh, tatsächlich?«

»Immerhin besitzt du das unheimliche Talent, die Dinge so zu manipulieren, dass sie dir gewisse Vorteile bringen. Insbesondere wenn es um *mich* geht«, fügte er sarkastisch hinzu.

»Im Gegensatz zu dir zweifle ich daran.« Was *ihn* betraf, hatte sie sich noch nie irgendwelche Vorteile verschafft.

»Du hast mich im Grayton House gefunden.«

»Nur weil es zu deinen Domizilen gehört. Außerdem sah ich dich dort zum ersten Mal in *diesem Zustand*«, betonte sie.

»Für alle anderen bin ich unsichtbar. Nur du siehst mich. Dafür muss es einen Grund geben. Weil nur *du* mir helfen kannst. Du wirst mich in einen ganzen Mann zurückverwandeln. Das spüre ich.«

Seine Wortwahl krampfte ihr Herz zusammen. Ärgerlich verdrängte sie das Gefühl.

»So oft habe ich versucht, dir das alles zu erklären – in mehreren Phasen unseres Lebens …« Sein frostiger Blick schüchterte sie nicht ein. »In so einem Zustand sehe ich viele Leute. Ja, gewissermaßen bist du eine Anomalie. Aber ich versichere dir, ich sehe Geister seit … Schon sehr lange«, vollendete sie lahm.

Widerwillig erinnerte sie sich an ihren ersten Geist, der in einem kristallklaren Albtraum zum Leben erwacht war.

Rainewood antwortete nicht, und das irritierte sie.

»Was geschah mit Mr Templing? Er verschwand zur gleichen Zeit wie du.«

»O ja.« Er nickte, offenbar eifrig bestrebt, das Thema zu wechseln. »Deshalb sollten wir in sein Haus gehen. Brechen wir ein. Und dann erforschen wir den Spielsalon. Dort muss irgendwas sein. Ich weiß es. Das fühle ich.«

Abigail schüttelte den Kopf, denn sie hatte nicht den leisesten Schimmer, wie es ihnen gelingen mochte, in Templings Haus einzudringen. Geschweige denn in eine Spielhölle. Und wie sollten sie an diesen Orten Hinweise auf Rainewoods Schicksal finden?

Bei dem Gedanken, sie könnte ihn in einem Grab aufspüren, erschauerte sie.

»Da wir gerade von deinem Freund reden …« Sie schnitt eine Grimasse. »Wo sind die Oxting Stables? Nein, eine bessere Frage. Was sind die Oxting Stables?«

»Stallungen zwischen London und Newmarket.«

Erleichtert schloss sie die Augen und öffnete sie wieder. »Oh, Gott sei Dank! Ich dachte, vielleicht hätte ich im Salon deiner Großmutter irgendwas Schlimmes gesagt.«

»Allzu schlimm konnte es nicht gewesen sein, Smart.« Er zuckte die Achseln. »Außer einer elitären Gentlemen-Gruppe weiß niemand Bescheid über die Oxting Stables. Dass du den Namen kennst, musste natürlich seltsam erscheinen.«

Nun, das erklärte die prüfenden Blicke aller Anwesenden. »Diese Information erhielt ich von *dir*.«

Er zuckte die Achseln.

Mahnend hob sie einen Zeigefinger. »Oh, ich habe gemerkt, was du tust. In Zukunft lasse ich mich nicht mehr zwingen, irgendwas zu sagen. Fass mich nie wieder an!«

Ehe ihr bewusst wurde, dass er sich bewegt hatte, stand er vor ihr und strich über ihre Arme. »Das willst du nicht, Smart?«

»Du benutzt mich, Rainewood.« Im Kontrast zu ihren Gefühlen klang ihre Stimme erstaunlich ruhig. »Schon immer hast du's getan. Und jetzt verlangst du, ich soll deine Wünsche erfüllen. Endlich *musst du* glauben, was ich dir stets erzählt habe.«

»Dazu fühle ich mich keineswegs bemüßigt, Smart. Es könnte nach wie vor ein verrückter Traum sein.«

»Nun, dann wirst du in diesem verrückten Traum eine

bittere Enttäuschung erleiden, wenn ich keinen Erfolg erziele.«

»Heute Nacht musst du Templings Haus durchsuchen, Smart.« Seine Stimme nahm einen leisen, schmeichelnden Klang an.

»Obwohl du mir keinen Grund gegeben hast, dir einen Gefallen zu erweisen? Erstens bist du ein Ekel, zweitens möchtest du mich wieder einmal benutzen, so wie es dir beliebt. Und drittens bist du *tot.*«

»Ich werde mich revanchieren.«

»Aber ich will nicht auf Schritt und Tritt von einem lästigen Geist verfolgt werden. Nein, besten Dank.«

»Und wenn ich dir helfe, einen geeigneten Ehemann zu finden?«

Abigail ließ ihre Haarbürste los. »Wie bitte?«

Die Augen umschattet, verschränkte er die Arme vor der Brust. »Ich helfe dir, einen Ehemann zu ergattern. Und ich werde verhindern, dass während deiner Aktivitäten auf dem Heiratsmarkt gewisse *Fakten* ans Licht kommen. Ich werde dich sogar bei einem gesellschaftlichen Ereignis mit meiner allseits begehrten *Aufmerksamkeit* erfreuen.«

Abigail schluckte. »Auf diesen Sarkasmus kann ich verzichten.« Trotzdem war das Angebot verlockend. »Falls du mit meiner Hilfe deine ursprüngliche Lebensform zurückgewinnst – wirst du meine Bemühungen um einen Bräutigam nicht mehr unterminieren, sondern unterstützen?«

»Genau das habe ich gesagt.«

»Ich könnte dir eher glauben, wenn deine Stimme nicht so angewidert klingen würde.«

»Also gut.« Rainewood verzog seine Lippen zu einem Lächeln, das die meisten Leute liebenswürdig und sogar charmant finden würden, hätte es seine Augen erreicht. »Sei versichert, es ist mein sehnlichster Wunsch, dich mit einem dieser Mistkerle vor den Traualtar zu bugsieren, wenn du mich verdammt noch mal von diesem elenden Traum befreist.«

»Leider weißt du nicht, wie man eine geschäftliche Vereinbarung in ein günstiges Licht rückt, Rainewood. Aber ...« Mit einer sittsamen Geste faltete sie die Hände vor der Brust. »Ich akzeptiere das Angebot.«

Immerhin bot ihr das Abkommen einen weiteren Vorteil. Sie durfte sich einreden, Rainewood sei noch nicht tot. Vorerst wollte sie sich nicht vorstellen, er könnte jeden Moment für immer verschwinden.

»Abgemacht«, sagte er.

»Abgemacht.«

Eine Zeit lang starrten sie einander an, und Abigail bewunderte seine Fähigkeit, sogar als Geist so trübselig dreinzuschauen.

»Fangen wir in Templings Haus an«, entschied er.

Um seine Pose nachzuahmen, verschränkte sie die Arme vor der Brust. »Gut. Keine Ahnung, warum ich mir Sorgen mache ... Von Anfang an ist dieser Plan zum Scheitern verurteilt. Ich werde mir niemals Zutritt zu seinem Haus verschaffen.«

»Kein Problem.« Seine Züge entspannten sich, und er schenkte ihr ein Lächeln, das ihre Herzschläge beschleunigte.

»Wieso behauptest du das? Sein Butler wird mir wohl kaum gestatten, das Domizil seines Herrn zu durchsuchen.«

»Nein, aber ich weiß, wo Templing seinen Ersatzschlüssel versteckt.«

Templings Haus aufzusuchen – genauer ausgedrückt, aus dem Ballsaal der Carters zu schleichen – war so schwierig, wie sie es erwartete. Warum hatte sie dieser idiotischen Aktion jemals zugestimmt? Ein attraktives Gesicht, charmante Worte, ein verheißungsvolles Geschäft und eine innere Anspannung, die sich nicht leugnen ließ – dies alles wies auf ernsthafte Verwicklungen hin.

»Uff!«, seufzte sie, als sie vom Rand der niedrigen, mit Efeu bewachsenen Mauer sprang und in dem Gebüsch neben dem Eingang der Carters landete.

»Wie graziös!«, murmelte Rainewood und ging durch die Mauer.

»Halt den Mund!« Abigail wischte ihren Rock ab, zupfte Grashalme aus den Falten und versuchte nicht zu überlegen, was zum Teufel sie hier trieb, *warum* sie es tat und *wieso* sie sich dazu hatte überreden lassen. Wenn sie den Ballsaal mit Blättern und Kletten und kleinen Zweigen an ihrem Kleid wieder betrat, würde sie nicht einmal Mrs Brownings ausgezeichneter Leumund retten. »Für diesen Schwachsinn haben wir fünfzehn Minuten Zeit. Und bisher amüsiere ich mich kein bisschen.«

Rainewood schnaufte und eilte die Straße hinab. Bevor sie ihm folgte, spähte sie verstohlen in beide Richtungen. Templings Haus lag nur einen halben Häuserblock vom Schauplatz des Balls entfernt. Beinahe stolperte sie über einen Stein.

»Mein Gott, Smart, du musst die tollpatschigste, ungeschickteste Frau sein, die …«

Erbost holte sie ihn ein und stieß einen Finger in seine Brust, der in der nächsten Sekunde darin eintauchte. Gerade tief genug, dass er leichenblass wurde.

Nun, vielleicht war das nicht die beste Formulierung, um seine Reaktion zu schildern.

»Ich muss dir nicht helfen«, zischte sie. »Vergiss das nicht. Jetzt habe *ich* das Sagen. Also – halt den Mund!«

Seine Brauen zogen sich zusammen. Aber er ging weiter – diesmal wortlos.

Eine Minute später erreichten sie die Nummer zweiundneunzig. In einem unvermutet hellen Augenblick gelangte Abigail zu einer verspäteten Erkenntnis.

»Heiliger Himmel, jeder könnte die Party vorzeitig verlassen, vorbeifahren und uns sehen …« Verzweifelt schüttelte sie den Kopf und versuchte ihre wachsende Panik zu bezähmen. »*Mich* könnte man sehen, meine ich!«

»Ja, ja, schon gut. Dann wäre dein makelloser Ruf ruiniert.«

»Hör mal, Rainewood, sei nicht noch widerlicher, als du's ohnehin schon bist! Du weißt sehr gut, was …«

Seine Finger streiften ihren Arm, und die leichte Berührung jagte einen Schauer durch ihren ganzen Körper. »Je länger wir hier stehen, desto schlimmere Gefahren drohen deinem Ruf. Da drin liegt der Schlüssel.« Er zeigte auf eine Kübelpflanze rechts von der Tür. »Wenn du ein bisschen drin herumgräbst, wirst du ihn finden.«

»Wenn ich drin herumgrabe?«

Ungeduldig verdrehte er die Augen. »Nun komm schon! Wie du schon gesagt hast: Wir haben nicht die ganze Nacht Zeit.«

Sie sah sich wieder um. Glücklicherweise entdeckte sie niemanden in ihrer unmittelbaren Nähe. Aber wenn ein neugieriger Nachbar aus einem Fenster schaute – oder wenn eine Kutsche vorbeifahren würde …

Dummheit, dein Name ist Abigail.

Sie warf Rainewood einen vernichtenden Blick zu und tauchte ihre Hand in die Blumenerde. Zu ihrer Erleichterung berührte sie sogleich etwas Festes, Kühles, Metallisches und zog den Schlüssel hervor. Nachdem sie über ihre Schulter gespäht hatte, steckte sie ihn ins Schloss und drehte ihn um, stieß die Tür auf und eilte in die Halle. Dicht hinter ihr huschte Rainewood herein, die Stirn konzentriert gerunzelt. Als er die Schwelle überquerte, erschauerte er.

Im ganzen Haus brannte kein einziges Licht. Das hatten sie schon von der Straße aus festgestellt. Rainewood zeigte wortlos zur Treppe. Anscheinend vergaß er, dass sie die Einzige war, die seine Stimme hören konnte. Sie nickte und ging auf unsicheren Beinen zu den Stufen. Wahrscheinlich schliefen die Dienstboten im Untergeschoss, und sie überlegte flüchtig, was sie von der Abwesenheit ihres Herrn halten mochten.

Als sie ihren Fuß auf die erste Stufe setzte, knarrte das Holz. Erschrocken zuckte sie zusammen.

»Fantastisch, Smart! Genau die richtige Methode, um unbemerkt zu bleiben!« Bedauerlicherweise fiel ihm wieder ein, dass er sprechen konnte.

»Verdammter Idiot, nicht alle Leute sind Geister«, fauchte sie und wagte den nächsten Schritt, diesmal näher beim Geländer. Nur das leise Geräusch ihrer Sohle erklang, und sie stieg weiter hinauf. Eine Ewigkeit schien zu verstreichen. Aber schließlich erreichte sie den Treppenabsatz.

»Noch ein Stockwerk.«

Abigail unterdrückte ein Stöhnen. Vorsichtig setzte sie ihren Weg fort und folgte Rainewood in ein Arbeitszimmer mit Kastanienholzmöbeln. Er ging zum Schreibtisch und drehte sich ärgerlich um, weil sie ihn nicht begleitete. Aber ihre Aufmerksamkeit galt den sonderbaren Skulpturen und Bildern. Wer hätte gedacht, dass Mr Templing für das Ballett schwärmte? Gewiss, nackte Ballerinen – aber trotz allem Ballerinen.

»Komm her, Smart, du musst den Inhalt der Schubladen durchsuchen.«

Geistesabwesend schlenderte sie zu Rainewood und inspizierte immer noch die Kunstwerke.

»Beeil dich, Smart, sonst wird man dich erwischen!«

»Tut mir leid, ich wurde nicht zur Einbrecherin ausgebildet. In Zukunft werde ich mir mehr Mühe geben.«

»Sehr gut.«

Am liebsten hätte sie gegen sein Schienbein getreten. Wäre er kein körperloser Geist gewesen, hätte sie es vielleicht getan.

Sie begann in den Papieren zu blättern. Obenauf lagen Notizzettel und Schuldscheine. »Deine Clique wettet viel zu riskant«, murmelte sie. »Oh, jemand schuldet Mr Templing zwanzigtausend Pfund.«

»Wer?«

»Aidan Campbell.«

Ärgerlich schüttelte Rainewood den Kopf. »Verdammter Narr!«

»Heißt das, du würdest diesem Laster *nicht* frönen?«

»So hohe Summen verliere ich nicht.«

»Aber du wettest.«

»Natürlich.«

Abigail verdrehte die Augen. »Dann bist auch du ein Narr.«

Plötzlich knarrte es, und alle Muskeln in ihrem Körper

versteiften sich. Ein kleiner Mann schlich ins Zimmer und flüsterte irgendetwas über Schulden und Fusionen vor sich hin. Nachdem er ein paar unsichtbare Papiere auf dem Schreibtisch studiert hatte, verschwand er durch eine Wand. Erleichtert seufzte sie auf und entspannte sich. Wäre das ein *richtiger* Mann gewesen …

»Schau mal nach, was die Dienstboten machen, Rainewood.«

Ungläubig blinzelte er sie an. »Nein – du weißt ja gar nicht, wonach du suchen sollst.«

»Du auch nicht. Und du kannst nichts anfassen.«

»Was für eine taktlose Bemerkung, Smart!«

»Nur die reine Wahrheit.« Sie bohrte einen Finger in seine Brust. »Und wenn ich erwischt werde, ist es *dein* Pech.«

»Aber …«

»Kein Aber!«

Sekundenlang zögerte er und trat von einem lautlosen Fuß auf den anderen. »Such ein dunkelgrünes Hauptbuch.«

»Ein – was?«

»Ein Buch.«

»Was ein Hauptbuch ist, weiß ich.«

»Dann such ein grünes.«

»Was steht da drin?«

»Willst du mir die ganze Nacht auf die Nerven fallen? Sagtest du nicht, ich soll Wache halten?«

Seine Worte entsprachen genau den Gesprächen, die sie normalerweise führten. Aber seine Augen irrten unstet umher.

Sobald sie dieses Buch fand, würde sie seinen Inhalt gründlich studieren.

»Gut. Verschwinde.«

Vorwurfsvoll starrte er sie an. Dann ging er in den Flur hinaus, und sie vermutete, er würde die Treppe hinabsteigen. Bevor er ihr Blickfeld verließ, betrachtete sie seinen Rücken. Zum ersten Mal, seit sie ihn wiedergefunden hatte, trennten sie sich. Seither hatte er an ihr geklebt wie eine kupplerische Mama am begehrtesten Junggesellen von London.

Welch ein seltsames Gefühl seine Abwesenheit erzeugte! Gar nicht gut ... Sie schüttelte den Kopf, um wieder etwas klarer zu denken, und setzte ihre Suche eifrig fort.

Fünf Minuten später hatte sie zahlreiche Informationen über Rainewood, Templing und die Gewohnheiten ihrer Freunde gefunden, aber kein Hauptbuch. Allmählich befürchtete sie, hier würde es keine interessanten Anhaltspunkte geben. Sie sank in den Sessel hinter dem Schreibtisch. Als sie sich zurücklehnte, stießen ihre Zehen gegen etwas Hartes, und sie beugte sich hinab.

Im Schatten unter dem Tisch sah sie die Umrisse eines Buches. Sie griff danach, legte es auf die Tischplatte und öffnete den Einband.

Keuchend kam in diesem Moment Rainewood ins Zimmer gerannt. »Der Butler kommt. Beeil dich!«

»O Gott ...« Sie stolperte um den Schreibtisch herum, lief auf den Flur und zur Haupttreppe.

Rainewood hielt sie zurück. »Zu spät. Nehmen wir die Hintertreppe.«

»Aber die Haustür ...«

»Dafür haben wir keine Zeit. Ich kenne einen zweiten Ausgang.«

Ehe sie sich in die andere Richtung wenden konnte, umfassten Geisterfinger ihr Handgelenk und glitten in der nächsten Sekunde hindurch. »Hol das Buch.«

»Aber ...«

»Hol es! Schnell!«

Abigail kehrte ins Zimmer zurück, packte das Buch und stürmte zur hinteren Treppe, während auf der Haupttreppe bereits Schritte polterten. Hastig stieg sie hinab und zuckte zusammen, als die unterste Stufe knarrte.

Die Schritte hielten abrupt inne, dann erklangen sie wieder, drei Mal so flink wie zuvor.

Plötzlich drang das Geräusch anderer Schritte aus der Eingangshalle heran. Ganz eindeutig – durch die Vordertür konnten sie nicht entkommen. Und die Hintertür würde, wie bei den meisten Häusern in dieser Gegend, zu einem ummauerten Hof führen. Auch dort würden sie keinen Fluchtweg finden.

Rainewood scheuchte sie durch eine Kammer und in einen Salon, wo sie ein verlockend großes Fenster mit Vorhängen entdeckte. In bedrohlicher Nähe tappten die Schritte auf dem Boden der Halle umher, die anderen holperten die Hintertreppe herab.

Kurz entschlossen öffnete Abigail das Fenster, kletterte hindurch und landete kopfüber im Vorgarten. Sie spuckte Blätter aus, dann riss sie ihren Rock aus den beharrlichen Fangarmen eines immergrünen Strauchs.

Hektisch winkte Rainewood sie zu einem Baum im Nachbargarten. Sie taumelte darauf zu und sprang dahinter. Im selben Moment schwang Templings Haustür auf.

Abigail duckte sich atemlos hinter dem Baumstamm, und Rainewood beobachtete die Tür.

»Verdammt, er kommt her.«

Ihre Angst wuchs. Sicher würde man sie ertappen. Sie presste das Hauptbuch an ihre Brust. Jetzt war sie eine Diebin. Rainewood hatte sie aufgefordert, das Buch mitzunehmen. Und sie hatte gehorcht, ohne Rücksicht auf die Konsequenzen. Zweifellos würde man sie hinter Gitter bringen.

»Wenn ich ›los‹ sage, schleich um den Baum herum«, befahl er.

Sie hörte, wie sich jemand näherte – viel zu schnell.

»Los. Nur ein Schritt.«

Sie trat nach links.

»Noch ein Schritt. Noch einer. Halt.«

Auf der anderen Seite des Baums verstummte das Klicken eines Stiefelabsatzes, der eben noch über den gepflasterten Weg geeilt war. Wenn ein zweiter Diener von der Haustür aus herüberschaute, würde er nur den Butler sehen, weil der Baumstamm Abigail verdeckte.

»Elende Schurken«, murmelte der Butler.

»Nach rechts, Smart, schnell«, verlangte Rainewoods Stimme.

Während sie um den Baum herumhuschte, lief der Butler mit klickenden Stiefeln zum Haus zurück.

»Nun wird er die Wachtposten alarmieren.« Rainewood fluchte. »Komm! Beeil dich!«

Das ließ sie sich nicht zwei Mal sagen. So schnell die Beine sie trugen, rannte sie die Straße hinab. Eine Kutsche fuhr vorbei, und Abigail presste das Kinn auf das Buch an ihrer Brust, ohne das Tempo zu drosseln.

Endlich erreichte sie das Haus der Carters, legte das Buch auf den Mauerrand und zog sich am Ast eines Baums hoch, um darüber zu klettern. Als sie auf der anderen Seite hinabsprang, erklang ein beklemmendes Geräusch – *ratsch*. Offenbar war ihr Abendkleid zerrissen. Schritte, die den Garten durchquerten, übertönten das Rauschen des Blutes in Abigails Ohren. Zitternd schloss sie die Augen und sank zu Boden.

Den Schaden an ihrem Kleid wollte sie gar nicht feststellen und sich auch nicht ausmalen, wie ihr zerzaustes Haar aussah – und ebenso wenig überlegen, wer ihre Klettertour über die Mauer beobachtet hatte.

Nur ein Albtraum … Jeden Moment würde sie erwachen.

Als sich niemand über ihre schreckliche äußere Erscheinung aufregte, öffnete sie vorsichtig die Augen. Rainewood stand vor ihr und sondierte das Terrain. »Jetzt musst du in den Ballsaal zurückkehren.«

»Nein.« Völlig erschöpft schloss sie wieder die Augen und spürte, wie das Blut allmählich langsamer durch ihre Adern floss. »Ich werde mich hier hinlegen und eine Ohnmacht vortäuschen. Sicher wird das einen geringeren Skandal verursachen.«

»Smart, du musst sofort ins Haus gehen. Da kommt jemand.«

Widerstrebend hob Abigail die Lider und schluckte ihre Tränen hinunter. Mit einer Hand stützte sie sich ins Gras, um aufzustehen, mit der anderen tastete sie ihr Kleid ab. Doch sie fand keinen Riss. Sie sah sich um. An einem dornigen Zweig hing ein Streifen ihres Unterrocks. Dieses Indiz durfte sie nicht zurücklassen. Hastig ergriff sie das Stück Stoff und wickelte es unter ihrem Rock um ihr Bein.

»Sehr gut, Smart. Diesen Fetzen solltest du benutzen, um das Buch an deinem Bein festzubinden.«

Ohne Rainewood anzuschauen, verknotete sie den Streifen. »Ich bin so gut wie ruiniert. Also kann ich das verdammte Ding unbesorgt ins Haus tragen, und du musst deinen Teil unserer Vereinbarung gar nicht einhalten.«

»Sei nicht so pessimistisch! Du sieht immer noch präsentabel aus.« Ein geisterhafter Finger strich zerzaustes Haar aus ihrem Gesicht.

Auf dem Gartenweg näherten sich Stimmen. »Was erwartest du denn von ihm? Schon immer hat er getan, was er wollte.«

Hastig nahm sie das Buch von der Mauer, schob es ins Gebüsch und suchte ihr Kleid nach Grasflecken ab. Die Stimmen drangen zwischen Rosenstöcken heran. Dann erschienen Charles Stagen und Basil in ihrem Blickfeld. Als sie Abigail entdeckten, blieben sie abrupt stehen. Sie zwang sich zu lächeln. Doch sie wusste, dass ihr bestenfalls eine Grimasse gelang und schlimmstenfalls eine weinerliche Miene.

Beide Männer schauten sich um, offenbar auf der Suche nach einem Schurken, der sie überfallen oder kompromittiert haben könnte.

»Oh, ich bin nur gestolpert«, erklärte sie. »Entschuldigen Sie mich, ich muss ins Haus zurückkehren.«

Sie wollte an Stagen vorbei.

Aber er hielt ihren Arm fest. »Vielleicht sollten wir vorher diesen Zweig aus Ihrem Haar entfernen, Miss Smart.«

Er griff nach oben, und als seine Hand vor ihren Augen auftauchte, steckte ein winziger Zweig zwischen behandschuhten Fingern.

»Ja, vielen Dank, Mr Stagen«, murmelte sie und wankte davon.

Auf halbem Weg zur Terrasse lehnte sie sich ermattet an

eine Statue und versuchte ihre Nerven zu besänftigen. Zum Glück war ihr eine weitere Begegnung erspart worden. Sehnsüchtig starrte sie zur Mauer zurück. Wenn sie wieder darüber kletterte und unbemerkt die Straße erreichte, könnte sie laufen und laufen – bis sie zusammenbrechen würde.

»Smart, du musst endlich hineingehen«, drängte Rainewood. »Diese alte Hexe sucht dich. Und sie sieht beängstigend aus.«

»Das ist mir egal. Heute Abend habe ich endgültig den Verstand verloren, und man wird mich irgendwo einsperren. In der Irrenanstalt. Im Gefängnis. Was für einen Unterschied macht das schon?«

»Beruhige dich, Smart.« Er umfasste ihren Nacken, zog sie zu sich heran, bevor seine Finger durch sie hindurchglitten, und sie erschauerte. Ärgerlich betrachtete er seine Hand. »Wo ist das Mädchen, das die höchsten Bäume erklommen hat?«

»Tot.« Abigail lachte freudlos. »Zertrampelt. Vernichtet.«

Weil er erstaunlich lange schwieg, hob sie den Kopf. In seinen Augen sah sie einen unergründlichen Ausdruck. »Das glaube ich nicht«, erwiderte er schließlich. »Und du glaubst es auch nicht. Geh jetzt.«

Resignierend richtete sie sich auf. Ein letztes Mal glättete sie ihr Kleid und ihr Haar, bevor sie die Terrassenstufen hinaufstieg – so gelassen, als hätte sie nichts zu verbergen.

Sobald sie den Ballsaal betreten hatte, krallte sich eine klauenartige Hand um ihren Oberarm. »Würden Sie mir erklären, wo Sie die letzte halbe Stunde verbracht haben, Miss Smart?«

In Abigails Gehirn herrschte totale Leere. Blinzelnd schaute sie in Mrs Brownings zornglühendes Gesicht. Dann schweifte ihr Blick zu ihrer Mutter und den neugierigen Gästen ringsum.

»Sie hat getanzt und danach mit uns im Garten geplaudert, Madam.« Hinter Abigail erklang eine aalglatte Stimme. Basil verneigte sich vor Mrs Browning. »Unglücklicherweise rutschte sie im feuchten Gras aus und stürzte. Aber sie hat sich nicht verletzt. Und nun wollten Mr Stagen und ich uns erkundigen, ob es ihr auch wirklich gut geht.«

Abigail wusste nicht, was an den misstrauischen Mienen schlimmer war – die Spekulation, ob sie eine heimliche Liaison mit einem der Gentlemen hatte, oder die Frage, warum sich die beiden ausgerechnet um *Miss Smart* kümmerten.

»Auch ich sah die junge Dame straucheln«, behauptete Gregory Penshard. »Bei diesen Hortensien sollte man ein Warnschild aufstellen. Dort sind schon mehrere Damen ausgeglitten.«

Jetzt nahmen die Gesichter einen anderen Ausdruck an. Penshard würde Stagen, einem Mitglied der Rainewood-Clique, niemals zustimmen – es sei denn, es handelte sich um die Wahrheit, oder er wurde mit gezücktem Schwert dazu gezwungen. Hätte Abigail mit einem der zwei Männer im Garten geturtelt, würde deren Feind ihren Ruf gewiss nicht retten. Dass die Hautevolee diese Tatsache akzeptierte, bewies die Idiotie des gesellschaftlichen Systems.

Doch sie war dadurch gerettet.

»Mr Stagen, Lord Basil und Mr Penshard waren überaus freundlich«, verkündete sie in möglichst ruhigem Ton. »Nun will ich mich frisch machen. Nochmals vielen Dank, Gentlemen.«

Höflich verbeugten sie sich, und die drei Augenpaare zeigten unterschiedliche Emotionen, die jedoch nichts Gutes verhießen. Wenigstens würde sie die peinliche Situation halbwegs unbeschadet überstehen.

Auch ihre Mutter und Mrs Browning dankten ihnen, dann folgten sie Abigail nach oben zur Damentoilette.

Bevor Mrs Browning sich zu ihr wandte, vergewisserte sie sich, dass der Raum leer war. »Von alldem glaube ich kein Wort, Miss Smart. Was haben Sie wirklich gemacht?«

»Ich bin gestürzt, und das ist die reine Wahrheit«, beteuerte Abigail. Sogar mehrmals war sie im feuchten Gras gelandet.

Wie die erhobenen Brauen beider Frauen bekundeten, fanden sie diese Erklärung fragwürdig. Während des restlichen Abends klebten sie fast unentwegt an Abigail, wie Handschuhe an verschwitzter Haut.

»Allmählich treibst du sie zur Verzweiflung«, bemerkte Rainewood.

»Daran bist *du* schuld«, murmelte sie, was sie sofort bereute, als Mrs Browning ihr einen scharfen Blick zuwarf.

Nach einer Weile schüttelte sie ihre Mutter und Mrs Browning vorübergehend ab, indem sie zu einer Gästegruppe trat und mit Edwina Penshard, Phillip Brockwell und Sir Walter Malcolm plauderte. Sie diskutierten über die Wunder der modernen Technik, und sie nickte und lächelte – maßlos erleichtert, weil sie sich endlich auf sicherem Terrain befand.

Auch Gregory gesellte sich ein paar Minuten später hinzu. Die Konversation langweilte ihn. Irgendwie gelang es ihm, sich so zu postieren, dass er zusammen mit Abigail etwas abseits von den anderen stand.

»Miss Smart …«

»Mr Penshard …«

Dicht neben ihr drückte Rainewood seine Verachtung mit einer höhnischen Geste aus.

»Möchten Sie eine Erfrischung zu sich nehmen, Miss Smart?«

Offensichtlich würde Gregory sie nicht so leicht davonkommen lassen. Und da er stets aufpasste, damit seine bissigen Kommentare nicht belauscht wurden, hatte sie nichts gegen seinen Vorschlag einzuwenden. »Bitte.«

Sie schlenderten zum Buffet, wo sich glücklicherweise nur wenige Leute aufhielten.

»Nachdem ich Ihnen vorhin geholfen habe«, begann er und füllte ein Glas, »fühle ich mich zu der Frage berechtigt, warum Sie wirklich in den Garten gegangen sind.«

Strahlend lächelte sie ihn an und nahm das Glas entgegen. »Oh, ich wollte nur ein bisschen frische Luft schnappen.«

»Nun, das war ziemlich unklug – ohne Begleitung …« Gregory schenkte sich ebenfalls ein Glas Punsch ein. Lässig nippte er daran. »Es wäre besser gewesen, Edwina hätte sich Ihnen angeschlossen.«

Während Rainewood um ihn herumwanderte, versuchte Abigail, nicht darauf zu achten. »Ja, ich weiß«, stimmte sie zu und wischte mit ihrer freien Hand über ihren Rock. »Einen solchen Fehler werde ich nicht noch einmal machen.«

»Moment mal«, flüsterte Rainewood. In seinen Augen erschien ein gefährliches Glitzern. »Vor einiger Zeit hat er im Arbeitszimmer von Grayton House einen Doktor erwähnt.«

»Gut.« Als Gregory antwortete, ignorierte sie Rainewood. »Sonst könnten gewissenlose Männer Ihre Naivität ausnutzen, und das möchte ich nicht.«

»Penshard sprach beim Grayton-House-Ball von einem Arzt. Dabei ging es um Experimente – an einem Ort, den er nicht aufsuchen sollte.«

»Äh – ja …« In ihrer Konzentration gestört, beobachtete sie, wie sich zwei dunkelbraune Augenpaare verengten. Das eine fixierte sie, das zweite den Besitzer des anderen. »Aber Lord Basil und Mr Stagen waren sehr freundlich. Natürlich hätte mein Leichtsinn trotzdem zu einer Katastrophe führen können. Nochmals vielen Dank für Ihren Beistand, Sir.«

»Gern geschehen.« Gregory verneigte sich. »Seien Sie in Zukunft aber etwas vorsichtiger, Miss Smart. Man kann nie wissen, wer sich in einem dunklen Garten herumtreibt.« Er leerte sein Glas, stellte es auf den Tisch und entfernte sich. Bestürzt über seine Worte, starrte sie ihm nach.

»Offensichtlich ist es Penshard. *Er* steckt hinter der Attacke bei der Spielhölle.«

»Was?« Abigail sah sich um, voller Sorge, irgendjemandem wäre aufgefallen, dass sie der Punschschüssel eine Frage gestellt hatte. Hastig ergriff sie das Glas, das Gregory gefüllt hatte, und presste ihr Kinn auf die Brust, um die Bewegungen ihrer Lippen zu verbergen. »Wovon faselst du?«

»Von Penshard. Er hat jemanden engagiert, der irgendwelche dunklen Machenschaften mit diesem Doktor abwickelt. Und er hasst mich.«

»Gregory mag ein Hitzkopf sein. Aber er ist kein Mörder.«

»Noch bin ich nicht tot, Smart. Allerdings wollte mich jemand umbringen lassen, davon bin ich überzeugt. Und meine Intuition sagt mir, dass es Penshard war. Immerhin hat er ein perfektes Motiv, und er wäre dazu fähig.«

»Nein, so etwas würde Gregory niemals tun.«

»Doch, natürlich«, widersprach Rainewood verächtlich. »In der Erbfolge steht er nicht allzu weit hinten. Und er ist ein kleiner Schurke. Das war er schon immer.«

»Nur weil du ihn nicht magst …«

»Nicht nur deshalb.« Rainewood schaute weg. »Außerdem steht sein Name auf der Liste.«

Abigail schluckte. »Also ist es wahr – du besitzt diese Liste.«

Beharrlich schwieg er, und dann wurde er von einigen Gästen gerettet, die zum Buffet kamen.

Erst am Ende des Abends, als Abigails Hüterinnen mit der Gastgeberin sprachen, konnte sie ihnen entrinnen. Sie eilte in den Garten, um das verdammte Hauptbuch aus dem Gebüsch zu holen und an ihrem Bein festzubinden. Nach all der Mühe, die sie sich gemacht hatte, wollte sie es nicht zurücklassen. Aber sie fand es nicht. Verwirrt kauerte sie im Gras und tastete den Boden unter dem Strauch ab. Nur Erde, Zweige und Blätter …

Irgendwer hatte das Buch entwendet.

An Abigails Seite stieß Rainewood einen derben Fluch aus.

Seufzend zuckte sie die Achseln. »Nach allem, was ich durchstehen musste, um dieses Buch zu beschaffen, freut es mich nicht, dass es verschwunden ist. Aber es ist sicher kein schwerer Verlust.«

»Das verstehst du nicht, Smart.«

»Oh, da hast du völlig recht, Rainewood.«

»In diesem Hauptbuch steckt ein Teil der Liste.«

Müde schloss sie die Augen. Hinter ihren Lidern entstanden heftige Kopfschmerzen.

Ohne zu antworten, öffnete sie die Augen und erhob sich, wischte ihr Kleid ab und kehrte ins Haus zurück. Mit dieser neuerlichen Exkursion in den Garten hatte sie zum zweiten Mal verkniffene Lippen verursacht. Doch das störte sie nicht sonderlich, während ihre Mutter jammerte, Mrs Browning schimpfte und Rainewood wiederholt Gregory Penshards Vorfahren verunglimpfte. Offenbar hielt er ihn für den Dieb des Hauptbuchs.

Nie zuvor hatte sie den Gedanken, sie könnte sich vor die Räder einer Kutsche werfen, so verlockend gefunden.

Daheim angekommen, wurden sie von hysterischen Dienstboten empfangen. »Mrs Smart, wir wurden beraubt!«

9

Ein Schutzmann nahm die Aussagen des Personals auf und versuchte Mrs Smart zu beruhigen.

»Wenn der liebe Geor … Gerald doch noch leben würde!«, klagte sie. »Dann wäre das niemals passiert.«

Forschend schaute Abigail zu Mrs Browning hinüber. Aber die Frau schien den Versprecher ihrer Arbeitgeberin nicht zu bemerken – viel zu sehr war sie damit beschäftigt, mit zusammengekniffenen Augen den Schaden im Wohnzimmer abzuschätzen.

»Regen Sie sich nicht auf, Ma'am«, bat der Polizist. »Bald werden wir die Übeltäter schnappen. Um wie viel Uhr sind Sie heute Abend weggegangen?«

»Niemals hätte Gerald das zugelassen!«, stöhnte Mrs Smart. »So tapfer und tüchtig war er …«

Wenn sie nicht aufpasste, würde sie sich noch einmal versprechen. In Gegenwart von Mrs Browning wäre das katastrophal. Abigail ballte die Hände. Eindringlich genug hatte sie ihre Mutter vor einem Aufenthalt in London gewarnt. Sie berührte sie an der Schulter. »Komm, Mama, ich bringe dich in dein Zimmer. Sicher wird der gute Constable von Worston alles erfahren, was er wissen muss.«

Schweigend nickte der Butler ihr zu. Er fand sie ebenso seltsam wie die anderen Dienstboten. Aber er benahm sich stets korrekt.

Eine Hand unter dem Ellbogen ihrer Mutter, stieg sie die Stufen hinauf. Auf halber Höhe der Treppe schien Mrs Smart sich zu besinnen und entzog der Tochter ihren Arm. Abigail verdrängte die Kränkung und folgte ihr nach oben, nur zur Sicherheit – falls Mama zusammenbrechen würde. Hinter ihrem Rücken spürte sie Rainewoods Nähe, und Tante Effie schwebte voraus. Wie üblich schwatzte sie vor sich hin.

»Gleich werde ich Tee trinken. Kochend heiß. Mit zwei Stück Zucker und einer Zitronenscheibe. Im Winter bekommt man so selten schmackhafte Zitronen.«

Abigail verbannte sie aus ihren Gedanken. Das wollte sie mit allem und jedem tun.

Nachdem die Mutter einen Gutenachtwunsch gemurmelt hatte, wankte sie bedrückt zu ihrem Zimmer, wo sie von ihrer Zofe erwartet wurde. Bevor das Mädchen die Tür schloss, warf es Abigail einen langen Blick zu.

Obwohl es gefährlich sein mochte, Mrs Browning mit dem Schutzmann und den Dienstboten allein zu lassen –

Abigail war körperlich und seelisch so erschöpft, dass sie sich nicht darum kümmern wollte. Entschlossen ging sie zu ihrem eigenen Zimmer, das nur wenige Schritte entfernt lag.

Der Raum sah chaotisch aus. Über den ganzen Boden verstreut lagen Kleider, alle Schubladen waren entleert worden. Telly eilte umher und versuchte aufzuräumen.

Unbehaglich schaute Abigail sich um. Hier hatten die Einbrecher noch schlimmer gehaust als im Salon. »Wurden auch die anderen Zimmer durchsucht, Telly? Unten in der Halle haben Sie gesagt, Sie würden nichts vermissen. Und deshalb dachte ich …«

»Keine Ahnung, ob was fehlt, Miss. Aber ich glaube es nicht. Ein paar Minuten wird's noch dauern, bis ich Ordnung gemacht habe. Tut mir so leid.«

»Sorgen Sie sich nicht, Telly, Sie leisten ausgezeichnete Arbeit.« Abigail kaute an ihrer Unterlippe. »Mit einem so großen Schaden hatte ich nicht gerechnet.«

»Wie es passiert ist, weiß ich nicht, Miss. Alle Dienstboten waren im Erdgeschoss.« Den Tränen nahe, presste die Zofe ihre bebenden Lippen zusammen.

»Eure Schuld ist es nicht«, versicherte Abigail. Auch in Templings Haus hatte sich das gesamte Personal aufgehalten. Trotzdem war sie ihnen entkommen. Sie bückte sich, hob ihre kostbare Lieblingshaarbürste auf und inspizierte den intarsierten Elfenbeingriff, um festzustellen, ob die Eindringlinge ihn beschädigt hatten. »Ich werde mich hinlegen, wenn es Ihnen recht ist.«

Telly hängte die Kleider, die sie eingesammelt hatte, in den Schrank. »Dann werde ich Ihnen bei der Abendtoilette helfen.«

»Nein, nicht nötig«, erwiderte Abigail. »Ich möchte mich nur ein bisschen ausruhen. Wahrscheinlich wird meine Mutter mich später noch einmal brauchen.«

Vor allem musste sie Kräfte für eine etwaige Begegnung mit Mrs Browning sammeln. Sie sank auf das Bett und schloss die Augen.

»Smart, wir müssen reden.«

»Jetzt will ich nicht mit dir sprechen, Rainewood.«

Etwas Hartes prallte krachend gegen eine Wand. Als sie die Augen öffnete, sah sie Telly zusammenzucken. Sichtlich verstört, hob das Mädchen einen Kleiderbügel auf. »Verzeihen Sie, Miss. Wer immer das ist – weg von mir …«

Seufzend schloss Abigail wieder die Augen. Auf dem Bett spürte sie keinen Druck. Trotzdem fühlte sie, dass Rainewood neben ihr saß, und ihr Herz pochte schneller.

»Hör zu, Smart, jemand hat das Hauptbuch gestohlen.«

»Ja, das weiß ich.«

»Natürlich war es Penshard.« In dieser Anklage schwang eine heftige Abneigung mit.

Sie strich über den Griff ihrer Bürste und schob sie unter die Bettdecke. »Vielleicht. In ein paar Minuten reden wir darüber.« Wenn sie der Zofe, ihrer einzigen Verbündeten, auch traute – irgendetwas ließ sie zögern.

Kurz danach huschte Telly aus dem Zimmer, nachdem sie versprochen hatte, sie würde zurückkommen, wenn ihre Herrin zu Bett gehen wollte.

»Warum glaubst du, es war dein Cousin?«, fragte Abigail, sobald die Tür ins Schloss gefallen war.

»Weil er mich hasst und meinen Tod wünscht.«

»Aber das bedeutet noch lange nicht, dass er versucht haben muss, dich zu ermorden.« Sie beobachtete, wie Rainewood mit der Bettdecke spielte, als könnte er sie berühren. »Wenn du wirklich vermutest, du würdest noch leben – warum sollte dich jemand zwingen, in diesem seltsamen Zustand zu verharren? Wieso beseitigt er dich nicht einfach? Das würde einen Sinn ergeben, falls Gregory es wirklich auf deinen Titel abgesehen hat und dich aus dem Weg räumen möchte.«

»Das weiß ich nicht.« Grüblerische dunkle Augen begegneten ihrem Blick. »Möglicherweise wollen diese Leute meinen perfekten Körper als Lustobjekt verkaufen.«

»Bitte, Rainewood …«, stöhnte sie.

»Aber das spielt keine Rolle. Eine Tatsache steht jedenfalls fest – sie sorgen dafür, dass ich unfähig bin, meinen Zustand zu ändern.«

»Hier gibt es keine Tatsachen.« Abigail drehte sich zur Seite. Auf einen Ellbogen gestützt, schaute sie ihn an. »Warum sollte Gregory das Hauptbuch entwenden? Wie konnte er wissen, dass ich dir helfe? Ich glaube eher, dass ein Dienstbote während des Balls im Garten zu tun hatte und das Buch an sich nahm.«

»Das bezweifle ich. Vielleicht hat jemand gesehen, wie du aus dem Ballsaal der Carters geschlichen und zu Templings Haus gelaufen bist.«

»O Gott, das wäre schrecklich … Hätte ich dir bloß gesagt, du sollst zurückbleiben und aufpassen … Nein, ich hätte gar nicht weggehen dürfen.«

Wieso hatte sie schon wieder diesen Hang entwickelt, in Schwierigkeiten zu geraten?

Der Mann, der neben ihr saß, hielt ihren Blick mit bezwingenden braunen Augen fest. Ja, eindeutig. *Deshalb.*

»Und jetzt wurde dein Haus durchsucht, Smart.«

Neues Unbehagen stieg in ihr auf. »Warum sagst du das?«

»Sei nicht so albern! Es ist doch logisch, dass dich jemand an demselben Abend bestiehlt, an dem du Templing beraubt hast.«

»Niemanden habe ich beraubt – und mir Mr Templings Hauptbuch nur ausgeliehen.« Er zog die Brauen hoch, und sie hob die Hände. »Auf deinen Wunsch, wie ich hinzufügen möchte.«

»Ja, auf den Wunsch eines Mannes, der gar nicht da ist.«

Abigail versuchte aufzustehen. Sicher war es angenehmer, Mrs Browning im Erdgeschoss zu ertragen, als sich mit Rainewood und den Dummheiten auseinanderzusetzen, die sie seinetwegen beging.

»Nein.« Seine Finger umschlangen ihren Arm. »Hör mir zu, Smart.« Er seufzte tief auf. »Was heute geschehen ist, beweist doch, dass wir irgendwelchen unlauteren Aktivitäten auf der Spur sind – und dass wir Fortschritte machen.«

Schweigend wartete sie.

»Und diese Fortschritte machen unsere Gegner nervös.« Einige Sekunden lang streichelten seine Finger die Innenseite ihres Handgelenks, bevor sie hindurchglitten. »Das alles musst du irgendwem erzählen – jemandem, der uns unterstützen, Penshards Haus durchsuchen und ihn beschatten würde.«

»Und wen soll ich darum bitten? Was genau soll ich erklären?«

»Wende dich an Basil. Oder an den Constable da unten. Erzähl einfach, was du gesehen und erlebt hast.«

»Ganz sicher nicht.« Entschlossen schob sie sich durch Rainewood hindurch und sprang auf.

»Das *musst* du tun, Smart!«

»Ach, tatsächlich? Nur drei Leuten habe ich anvertraut, ich könnte Geister sehen. Jedes Mal war es ein schwerer Fehler.« In ihren Augen brannten Tränen. Um sie zu verbergen, wandte sie sich hastig ab. »Jetzt ist meine Zofe der einzige Mensch, der mich nicht für verrückt hält.«

»Auch ich halte dich nicht für verrückt, Smart.«

»Oh …« Abigail lachte heiser und drehte sich um. »Wirklich nicht? *Halt dich von mir fern. Sprich nie wieder mit mir!* Weckt das irgendwelche Erinnerungen in deinem leeren Gehirn, Rainewood?«

»Damals habe ich dir nicht geglaubt«, gestand er tonlos.

»Und plötzlich glaubst du mir? Seien wir doch ehrlich. Du vermutest immer noch, dass dies alles ein Traum ist. Und ich habe gemerkt, wie du mich anschaust, wenn ich andere Geister erwähne.«

»Du kennst mich nicht so gut, wie du glaubst, Abigail.«

»Oh, ich kenne dich sogar sehr gut, Valerian.« Freudlos lächelte sie ihn an.

»Und ich kenne dich.«

»Nein. Würdest du mich kennen, hättest du dich nicht gegen mich gewandt. Dann hättest du Thornton dieses Spiel nicht gestattet. Immerhin wusstest du ganz genau, aus welchem Holz dein Bruder geschnitzt war.«

Wortlos stand er vom Bett auf, kehrte ihr den Rücken und schürte ihren Zorn.

»Da siehst du es! Nicht einmal jetzt willst du deinen Fehler eingestehen.« Sie lief zu ihm und schlug auf seinen Arm.

Da drehte er sich um. Aus irgendwelchen Gründen konnte sie ihn anscheinend länger und nachhaltiger berühren als er sie. »Das mache ich nicht noch einmal durch. Niemandem werde ich erzählen, was geschehen ist.«

Für einen flüchtigen Moment packte er ihre Hand, bis seine Finger wie Nebelschleier hindurchfielen. »Warum nicht? Du bist in Gefahr, also musst du jemanden informieren.«

»Nein.«

»Doch. Ich brauche deine Hilfe, Smart. Aber das schaffst du nicht allein.«

»Warum kümmert's dich, was mir zustoßen könnte?«

Rainewood blickte auf sein Hemd hinab und schnippte eine imaginäre Fluse von seinem Ärmel. »Sei nicht albern ...«

»Du musst andere Mittel und Wege suchen, um irgendwen einzuweihen. Such etwas *Greifbares*.«

»Erzähl es Basil«, verlangte er, ohne ihre Worte zu beachten. »Sicher wird er dir helfen.«

»Vielleicht hat Basil das Hauptbuch entwendet. Hast du schon daran gedacht?«

Mit schmalen Augen starrte er sie an. »Ja. Kein besonders angenehmer Gedanke ... Meinem Bruder will ich nichts Schlimmes zutrauen. Sprich mit ihm!«

Erschöpft ließ sie die Schultern hängen. »Ich kann es nicht, Rainewood. Was mir angetan wurde, weißt du nicht.«

»*Was?*«, stieß er hervor.

Verdammt. Das hatte sie nicht sagen wollen. Niemals. Zu niemandem. »Vergiss es.«

»Nein, erklär es mir.«

Entschieden schüttelte sie den Kopf. »Du weigerst dich,

über deinen Bruder – deine *Brüder* – zu diskutieren. Und mir widerstrebt es genauso.«

Sie starrten sich an und fochten einen Willenskampf aus, beide zu eigensinnig, um klein beizugeben. Deshalb hatten sie ein unschlagbares Gespann gebildet, wann immer sie vor so langer Zeit in Schwierigkeiten geraten waren. Später hatten sie das nicht mehr so vorteilhaft gefunden.

»Glaub mir, Smart, ich werde es herausfinden.«

Ihre Nerven spannten sich an. »Im Augenblick kannst du nicht viel unternehmen, Rainewood.«

Lächelnd trat er vor und strich über ihren Arm, auf jene herausfordernde Art, die er bevorzugte. »Bald werde ich's erfahren, Smart.« Glücklicherweise rutschten seine Finger eine halbe Sekunde später durch ihr Handgelenk hindurch. Wie sie es hasste, wenn er sie berührte …

Und wie sie es hasste, wenn er ihre Sehnsucht nach Dingen weckte, die sie niemals besitzen würde …

Entschlossen wich sie zurück. Nicht nur körperlich entfernte sie sich von ihm. »Ich gehe nicht zu deiner Familie, Rainewood.«

»Dann rede mit dem Constable …«

»Und was genau soll ich ihm sagen? Die Leute glauben, du würdest dich auf dem Land amüsieren oder wärst entführt worden. Und ich würde vermuten, du hurst irgendwo herum – wenn du nicht in deinem ganzen geisterhaften Glanz vor mir stündest. Sobald ich lauthals verkünde, in welchem Zustand du dich befindest, würden alle annehmen, *ich* wäre schuld daran.«

»Aber ich bin kein Geist, mein Körper …«

»Ja.« Sie presste eine Hand auf ihre Stirn. »Daran erinnerst du mich immer wieder.«

Eine sanfte Berührung erzeugte ein Prickeln in ihrem Arm. »Gib einfach nach, Abby.«

Plötzlich schnürte sich ihre Kehle zu, heftige Gefühle erfüllten ihr Herz, bevor ihr die Stimme wieder gehorchte – Emotionen, die sie so lange in ihrem Innern verschlossen hatte.

»Welche Spielhölle hast du zuletzt besucht, Valerian?«

In seinen Augen erschien ein eigenartiger Ausdruck – Genugtuung, vermischt mit Sorge. »Das St. Thomas. Unten bei der Taverne *Zur mutigen Ziege*.«

Sie nickte und ging zum Glockenstrang, um nach Telly zu läuten. Jetzt waren die Gefühle befreit – und ließen sich nicht mehr einfangen.

»Willst du Basil einweihen?«, fragte er und folgte ihr.

»Nein. Heute Nacht gehen wir zu diesem Spielsalon, und du kannst selber nachsehen.«

»Was?« Er versuchte ihr den Glockenstrang zu entreißen. Aber die Schnur durchschnitt seine Hand. »Da darfst du nicht hingehen.«

»Wenn du dich recht entsinnst, hast du das mehrmals von mir verlangt.« Sie zupfte an den Falten ihres Rocks. »Und jetzt besinnst du dich anders?«

»Ja, verdammt noch mal! Sei nicht so furchtbar dumm, Smart!«

Tröstlicher Zorn verdrängte jene Emotionen. »Viel lieber besuche ich eine Spielhölle, als irgendwem zu erzählen, ich sei verrückt. Also? Willst du hingehen oder nicht? Wie ich ahne, hast du bereits erfolglos versucht, Kontakt mit Basil aufzunehmen.«

Zusammengepresste Lippen bestätigten ihre Vermutung.

»Dann komm mit mir. Oder du wirst nicht finden – was immer du dort suchst.« Sie ging zum Schrank und wühlte in ihren Sachen. »Keine Bange, ich weiß mich zu behaupten. Und ich kann sehr gut auf mich selber aufpassen.«

»Im Wald – wenn du dich gegen Eichhörnchen und Hasen verteidigst. Nicht hier. Nicht in der Stadt – wo ich dich beschützen werde.«

Erbost fuhr sie herum. »Warum sorgst du dich plötzlich um mich, Rainewood?«, fauchte sie und versuchte das alte Leid zu verdrängen. »Früher hast du dich nicht um mein Wohl gekümmert.«

»Doch«, flüsterte er.

»Ja, vielleicht. Ein einziges Mal. Aber wenn ich an dein Verhalten in letzter Zeit denke, fällt es mir schwer, an deine einstigen Gefühle zu glauben.«

»Sprich nicht von Gefühlen, Smart, du …«

In diesem Moment kam Telly ins Zimmer. »Ja, Miss? Soll ich Ihnen bei der Abendtoilette helfen?«

»Ist der Constable gegangen? Und Mrs Browning?«

»Ja, der Constable hat das Haus verlassen. Und Mrs Browning ist in ihrem Zimmer.«

»Gut. Nun müssten Sie ein paar Kleidungsstücke für mich beschaffen, Telly.« Beim Gedanken an ein früheres Gespräch unterbrach sie sich kurz. »Männerkleidung.«

»Was? Verdammt …« Doch sie überhörte die tiefe Stimme und konzentrierte sich auf Tellys Gesicht, das Verwirrung und Angst bekundete.

»Können Sie mir die Livree eines Lakaien oder so was Ähnliches besorgen?«

»Nun, ich glaube schon, Miss.«

»Großartig. In einer Stunde würde ich das Zeug brauchen. Ist das möglich?«

Unsicher nickte die Zofe. »Ich werde mein Bestes tun, Miss.«

»Und kein Wort zu irgendwem, Telly! Wenn jemand fragt, was Sie mit den Sachen machen, sagen Sie einfach, Sie müssten sie flicken.«

»Sehr wohl, Miss.« Telly blinzelte und blieb noch eine Weile stehen. Vermutlich hoffte sie, ihre Herrin würde sich anders besinnen. Aber Abigail verscheuchte sie mit einer ungeduldigen Geste.

Nach einem letzten Blick über die Schulter eilte das Mädchen aus dem Zimmer.

»Sogar deine Zofe hält dich für übergeschnappt, Smart.«

Abigail lachte bitter. »Das bin ich ja auch, Rainewood. Vor all den Jahren hattest du recht.«

Da er schwieg, inspizierte sie wieder den Inhalt ihres Schranks, auf der Suche nach einigen Sachen, die sie bei ihrer Mission brauchen könnte.

Eine halbe Stunde später kehrte Telly mit der sauberen Livree eines jungen Lakaien zurück, die sie widerstrebend über die Lehne eines Stuhls hängte. »O Miss, das gefällt mir gar nicht.«

»Wenn jemand nach mir fragt, sagen Sie, mir wäre übel geworden und ich hätte mich übergeben.« Unter solchen Umständen würde ihre Mutter dieses Zimmer niemals betreten. »Nur keine Angst, bevor man mich vermissen wird, bin ich wieder da.«

»Wenn Sie wirklich in dieser Livree weggehen wollen, Miss, nehmen Sie mich wenigstens mit.«

»Ja, natürlich, Abigail, sei nicht so albern!« Die Arme vor

der Brust verschränkt, lehnte Rainewood an einem Bettpfosten. »Wenn du auf diesem Unsinn beharrst, soll deine Zofe dich begleiten.«

»Nein, sie muss hierbleiben und meine Mutter in Sicherheit wiegen.«

»Jetzt schläft Mrs Smart, Miss«, erklärte Telly hastig. »Sie war ganz verzweifelt, und da nahm sie eine ihrer Pillen. Vor morgen früh wird sie nicht erwachen.«

Und sie würde sich ohnehin nicht um Sie sorgen, Miss, nur um ihren Status in der Gesellschaft.

»Warum tust du das, Smart?« Rainewoods Stimme klang leise und ausdruckslos.

In Abigails Augen stiegen neue Tränen. Ja, warum tat sie es? Weil er sie berührt und auf diese besondere Art betrachtet hatte. Deshalb würde sie alles tun, um ihm zu helfen – wie eine törichte junge Debütantin, die sich einbildete, sie hätte eine Chance bei ihm.

Wie schrecklich dumm …

Er hatte sie Abby genannt.

Gewiss, sie könnte ihn ignorieren und jemanden einweihen, der ihr vielleicht helfen würde – falls diese Person nicht für seinen Zustand verantwortlich wäre. Doch damit würde sie sich eine Eintrittskarte in ein Sanatorium einhandeln. Und wenn man sie nicht sofort in eine geschlossene Anstalt einlieferte – oder ihr die Schuld an Rainewoods Verschwinden anlastete –, würde ihre Mutter die Geschichte hören. Und sie würde Abigail, unabhängig von der wechselhaften Begeisterung der Londoner Gesellschaft für übersinnliche Kräfte, wieder in die Obhut des Doktors geben.

Das musste sie verhindern. Alles hatte sie getan, um ihm zu entrinnen. Schaudernd rang sie nach Luft.

Er hatte sie Abby genannt.

Wie auch immer, es war sträflicher Leichtsinn, einen etwas zwielichtigen Stadtteil aufzusuchen, nur von einem gespenstischen Beschützer begleitet. Würde sie ihre Zofe mitnehmen, wäre es nicht viel besser. Aber wenigstens könnten zusätzliche Augen und Ohren wichtige Anhaltspunkte entdecken.

»Also gut, Telly.« Rainewoods Frage blieb unbeantwortet. »Kommen Sie mit. Doch Sie müssen sich ebenfalls verkleiden.«

»Ja, Miss, gleich bin ich wieder da.« Die Zofe knickste und rannte aus dem Zimmer.

Wenig später kam sie mit den Kleidern eines Jungen zurück. (»Von meinem Bruder, Miss.«) Mit Abigails Unterstützung zog sie sich um. (»Auf dem Weg hierher hat mich niemand gesehen.«) Dann half sie ihrer Herrin in die Lakaienlivree.

Die Hose spannte zwischen Abigails Schenkeln, und sie fand es seltsam, den rauen Stoff an der Haut zu spüren. Unsicher hob sie ein Bein und starrte es an.

»So kleidet sich die Arbeiterklasse, Smart«, bemerkte Rainewood. »Natürlich ist das nicht die neueste Mode aus Paris.«

»Irgendwie – fühlt sich die Hose sonderbar an. Sie klebt an meinen Beinen und umschlingt sie beinahe.« Versuchsweise machte sie ein paar Schritte und hielt den lockeren Hosenbund fest.

Telly wühlte in einer Tasche und versprach, ein Strick würde das Problem lösen.

Ohne Unterwäsche ... Daran musste Abigail sich erst einmal gewöhnen. »Ich komme mir nackt vor.«

»Ständig läufst du in diesen Kleidern herum, mit nichts darunter – und jetzt fühlst du dich nackt?«, rief Rainewood ungläubig.

»Unter meinen Kleidern trage ich sehr viel.« Als sie sich irritiert erinnerte, wie oft er sie beim Umziehen beobachtet hatte, stieg ihr heiße Röte in die Wangen.

»Miss?« Ängstlich runzelte Telly die Stirn. »Wir sollten aufbrechen, bevor's zu spät wird. Oder haben Sie sich anders besonnen?«, fragte sie hoffnungsvoll.

»Nein, gehen wir.«

Mit der Hilfe Rainewoods, der ihnen vorauseilte und als Späher fungierte, gelangten sie unbemerkt aus dem Haus. Weiter unten an der Straße winkte Abigail eine Droschke heran. Die Mützen tief in die Stirn gezogen, um ihre Gesichter und Haare zu verstecken, fuhren sie davon. Beinahe erlitt Telly einen hysterischen Anfall, nachdem ihre Herrin dem Kutscher das Ziel genannt hatte. Aber Abigail überhörte die flehende Bitte, sofort umzukehren.

Dass sie sich nicht auf dieses Abenteuer einlassen durfte, wusste sie ohnehin. Es war gefährlich und töricht. Dafür machte sie den Idioten verantwortlich – und diesen eigenartigen Glanz in seinen Augen, als er angekündigt hatte, er würde sie *beschützen.*

Und er hatte sie Abby genannt.

Dummer Mann. Dumme Gedanken.

Der Fahrer hielt in der Nähe der Spielhölle, etwas weiter unten an der Straße. Wenn die Gegend auch nicht völlig indiskutabel war – hier fühlte man sich doch etwas anders als am helllichten Tag auf der Bond Street.

Bevor sie aus der Droschke stiegen, schaute sie Rainewood an. In seinen attraktiven, blassen Zügen las sie erwartungsvolle Anspannung und vielleicht ein gewisses Unbehagen. Telly bezahlte den Kutscher, und er fuhr davon. Langsam entfernten sich die klappernden Hufschläge auf dem Kopfsteinpflaster.

Rainewood eilte zielstrebig voraus. Normalerweise bewegte er sich eher lässig, aber jetzt strahlte er eine erstaunliche Energie aus. Abigail folgte ihm, Seite an Seite mit Telly, und versuchte ihre Umgebung zu ignorieren, doch sie schaute immer wieder verstohlen nach allen Seiten. Bald fand sie das Risiko einer Entdeckung bei Weitem nicht so schlimm wie das Leben und Treiben auf den Gehsteigen und in den Nebengassen. Die meisten Männer sahen ziemlich beunruhigend aus. Entweder schlenderten sie hin und her, oder sie standen in Gruppen beisammen – zweifellos, um unlautere Geschäfte auszuhandeln und illegale Wetten abzuschließen. Einige kopulierten sogar in finsteren Ecken mit vulgären Frauen, andere verrichteten ungeniert ihre Notdurft, mitten auf den Gehsteigen.

Schockiert entschied Abigail, sie dürfte nicht hinstarren. An einem solchen Ort fiel es ihr schwer, Geister und Menschen zu unterscheiden. Jeder schien auf seine eigene Weise in Sinnenlust und Genuss zu schwelgen. Unglaublich, dass Rainewood diesen Stadtteil regelmäßig aufgesucht hatte …

Sie spähte wieder in seine Richtung und musterte seine aufrechte, selbstsichere Haltung. Jetzt war er nicht mehr der etwas boshafte, aber gutmütige Junge, den sie früher gekannt hatte, sondern der arrogante Mann von Welt, an den sie sich erst allmählich gewöhnte.

Aus einer Seitengasse drang das lustvolle Stöhnen einer Frau, und Telly stolperte beinahe. »Hier sollten Sie nicht bleiben, Miss«, wisperte sie, einer Panik nahe.

Diese Meinung teilte Abigail, aber das verschwieg sie ihrer Zofe. Sonst würde das Mädchen sie womöglich gewaltsam davonzerren. Rainewood schien vor Tatendurst zu strotzen, und sie wollte ihn nicht sich selbst überlassen.

Plötzlich hielt er an der Ecke einer schmalen Gasse inne. »Wartet hier, Smart, gleich hole ich euch.«

Abigail griff nach seinem Arm. Wie üblich glitt ihre Hand hindurch. »Wohin gehst du? Ohne mich kannst du nichts unternehmen.«

»Ganz in der Nähe wurden Templing und ich attackiert. Wenn ihr hier herumsteht, wird euch nichts zustoßen. Tut einfach so, als würdet ihr über irgendwas reden – oder streiten. Das müsste dir leichtfallen.«

»Ich …«

Aber da war er bereits verschwunden.

Telly schaute ihre Herrin ängstlich an. »Was ist los, Miss?«

»Nun, er hat gesagt, wir sollen uns unterhalten. Dann ist er weggegangen.«

In wachsender Sorge beobachtete Telly die wenig vertrauenerweckenden Gestalten, die vorbeigingen. »Wie lange müssen wir hier warten?«

Seufzend schüttelte Abigail den Kopf und versuchte erfolglos das Gefühl abzuschütteln, aus allen dunklen Winkeln würden bösartige Augen zu ihnen herüberstarren. »Keine Ahnung …«

Also hatte sie ihn tatsächlich in diesen Stadtteil begleitet. Valerian konnte es kaum fassen … Nein, das stimmte nicht ganz. Das Mädchen, das er früher gekannt hatte, würde so etwas für ihn tun. Doch die Frau, die sie geworden war, würde es nicht wagen. Nicht für ihn. Nicht, nachdem sich ihre Wege getrennt hatten.

Entschlossen verdrängte er den Gedanken an die Ursache der getrennten Wege. Wenn er diese Büchse öffnete, würden alle möglichen Pandora-Flüche auf ihn einstürmen. Und in der Tiefe seines Herzens wusste er, was ihm dann drohen mochte – er würde den Kampf verlieren. Diese verbotene Büchse suchte er zu vergessen. Aber sie drängte sich mit jedem Tag, den er in Abigails Nähe verbrachte, nachdrücklicher in seine Erinnerung. In welcher Welt er sich auch befinden mochte – offenbar konnte sie ihn nicht von seinen Wünschen befreien.

Und mit jedem Tag verstärkte sich der Wunsch, wiedergutzumachen, was Abigail erlitten hatte. Mit jeder Sekunde. Zurückzukehren zu den Gefühlen, die sie empfunden hatten, bevor das Mädchen zur Frau herangewachsen war und der Junge zum Mann …

Nein. Als er um die Ecke bog und durch einen Gentleman mit einem Zylinder hindurchging, schüttelte er den Kopf. Das stimmte nicht. Jetzt verspürte er eine tiefere Sehnsucht, die schon in den letzten gemeinsam erlebten Sommertagen in seinem Unterbewusstsein gelauert hatte. Eine Emotion, deren Intensität ihn vor so langer Zeit erschreckt hatte. Das Verlangen, sie an sich zu binden, nicht nur in freundschaftlicher Zuneigung.

Und dann war Thornton gestorben, und alles hatte sich geändert. Alles.

Während er sich der Spielhölle näherte, presste er die Lippen zusammen. Diese Gedanken an die Vergangenheit waren sinnlos. Nicht einmal seine Gegenwart konnte er kontrollieren. Irgendwo befand sich sein Körper, an einem sonderbaren Ort – sicher noch viel gefährlicher als das Etablissement, das er nun aufsuchte. Und wenn er sein Leben zurückgewann, musste er Celeste Malcolm heiraten – oder eine junge Dame in der gleichen gesellschaftlichen Position. Das erwarteten alle seine Verwandten und Freunde. Er war der Erbe. Und sein Vater, der ihn bis zu Thorntons Tod ignoriert hatte, forderte immer eindringlicher eine baldige Hochzeit.

Deshalb war es unklug, mit Abigail Smart zu tändeln – ganz egal in welcher Lebensform er sich derzeit befand. Obwohl er sich einredete, er würde sie nur unentwegt berühren, weil er ihre Nerven strapazieren wollte – und keineswegs, um seine eigene überwältigende Sehnsucht zu stillen.

Nein, zweifellos war es besser, wenn er sich auf seine Mission konzentrierte – seinen Körper zurückholte – und das Entzücken vergaß, das Abigail ihm bereiten könnte.

Valerian knirschte mit den Zähnen. Vergessen? Sicher müsste es einfacher sein, in jenem verwirrenden Wasserfall, in den er geraten war, nach oben zu schwimmen.

Sichtlich beschwipst und fröhlich schwatzend, wankten mehrere junge Männer aus der Spielhölle. Wenigstens einen müsste er unter Kontrolle bringen. Leider war das unmöglich. Er beobachtete einen Taschendieb, der einem der Betrunkenen mit flinken, geschickten Fingern eine Geldbörse stahl, einem anderen eine Uhr. Dann verschmolz er mit nächtlichen Schatten.

Im schwachen Licht, das aus den Fenstern der Spielhölle fiel, stand ein Mann, den Schirm einer Mütze tief in die Stirn gezogen. Irgendetwas an seiner Haltung kam Valerian bekannt vor. Sekunden später läuteten Alarmglocken in seinem Gehirn.

Diesen Mann hatte er in jener Nacht am Straßenrand gesehen, kurz bevor Templing gestürzt war.

Jetzt näherte sich ein anderer. »Heute Nacht laufen die Geschäfte erstaunlich gut, Evans. Anfangs habe ich mit einer Flaute gerechnet. Aber es klappt besser denn je, weil die jungen Stutzer den älteren nacheifern.« Selbstzufrieden stemmte er seine Hände in die Hüften. »Wie ich gestehen muss – ich hatte nicht erwartet, der Plan würde funktionieren, und ich glaubte sogar, wir würden in einer Zelle von Newgate landen.«

»Halt dein loses Maul, Burns.« Eine leise, gepresste Stimme. »Und jetzt verschwinde, bevor ich dir für immer das Handwerk lege.«

Unbehaglich lachte der Mann namens Burns und ließ seine Arme sinken. »Sei nicht so dramatisch! Dafür gibt's keinen Grund. Hier ist niemand, der uns sehen oder belauschen könnte. Nur die Tölpel lungern herum, die unsere Taschen füllen.« Als er keine Antwort erhielt, schwang eine gewisse Angst in seinem erzwungenen Gelächter mit. »Ich sagte doch nur zum Spaß, ich hätte befürchtet, man würde uns hinter Gitter bringen. Der vornehme Kerl wird dran glauben, wenn's dazu kommt. Und wir tauchen in der Finsternis unter.«

Eine Hand packte ihn am Kragen. »An eines solltest du stets denken: Niemand würde dich vermissen, Burns.«

Dann wurde er losgelassen und taumelte nach hinten. »Ja, schon gut. Nun werde ich mich wieder ums Geschäft kümmern. Heute Nacht sind die Jungs ungemein tüchtig.« Ohne den gefährlicheren Mann aus den Augen zu lassen, wich er ein paar Schritte zurück. Dann wandte er sich ab und floh zur anderen Straßenseite.

Valerian ging auf Evans zu und versuchte sein Gesicht zu mustern. Plötzlich kniff der Mann die Augen zusammen und spähte in seine Richtung.

Für einen kurzen Moment hörte Valerians imaginäres Herz zu schlagen auf, denn er hatte das Gefühl, Evans könnte ihn sehen. Aber dann schweifte der Blick des Mannes zur Seite, zu einer neuen Gruppe, die aus der Spielhölle kam, und er huschte in die Schatten.

Valerian folgte ihm. Da spürte er wieder jenen seltsamen Zug. Je weiter er sich von Abigail entfernte, desto stärker wurde das Gezerre. Fluchend trat er zurück.

Auf der anderen Straßenseite schrie Burns ein paar Jungen an – Taschendiebe und Rumtreiber. Wahrscheinlich ließ er seinen Zorn und die Angst, die Evans ihm eingejagt hatte, an seinen Untergebenen aus. Valerian eilte hinüber, um ihn zu belauschen.

»Findet alles über den Mann raus, der die beiden Kerle erledigt hat. Da kann man gutes Geld herausschlagen. Das weiß ich.«

In Valerians Kopf drehte sich alles. O Gott, ein Hinweis auf seinen Angreifer … »Sag den Namen, verdammt!«, stieß er aus, obwohl er wusste, dass niemand den Befehl hören konnte.

Burns zeigte auf zwei Jungen. »Jimmy, Tony, zum Golden Square. Haltet mich auf dem Laufenden. Und ich will immer noch eure Tageseinnahmen haben, verstanden?«

Mürrisch nickten die beiden.

Am Golden Square wohnte Penshard, ebenso wie viele andere Bekannte. Dort besaß sogar Basil ein Domizil.

Auf lautlosen Sohlen liefen Jimmy und Tony davon und mischten sich unter die Menschenmenge. Valerian wollte ihnen folgen. Aber er wurde erneut zurückgezerrt. Verzweifelt stemmte er sich gegen die unsichtbare Macht, bis ihm seine Erinnerungen zu entgleiten drohten.

Abigail. Er brauchte sie. Damit er den Jungen folgen konnte.

Und wenn das nichts nützte, musste er mit ihrer Hilfe die Londoner Slums erforschen – noch gefährlichere Gebiete.

Er fluchte.

In wilder Wut.

Dann fluchte er noch einmal.

10

»*Was* soll ich tun?«

Entsetzt über Rainewoods Forderung, vergaß Abigail kurzfristig, dass sie in einer dunklen Gasse stand und verdächtige Gestalten vorbeischlenderten.

»Ich brauche dich, weil ich zwei Jungen folgen muss.«

Verwirrt starrte sie ihn an. Telly zupfte an ihrem Ärmel. »Was gibt's, Miss?«

Vorerst ignorierte Abigail die Zofe und konzentrierte sich auf das größere Problem. »Wohin werden wir ihnen folgen?«

»Zum Golden Square. Es ist ohnehin besser, wenn ihr nicht in dieser Gegend bleibt.«

In diesem Moment entdeckte sie einen Mann, der sie beobachtete, eine Mütze tief ins Gesicht gezogen. Da stimmte irgendwas nicht …

»Also gut, ich wollte sowieso von hier verschwinden.« Sie hörte Telly erleichtert seufzen.

»Ja, Miss, bitte, gehen wir – ich besorge uns eine Droschke.«

Während sie einigen Gentlemen begegneten, die Abigail kannte, wandte sie den Kopf ab. Auch Gregory tauchte auf, und sie geriet beinahe in Panik. Rainewoods Augen verengten sich.

»Ah, wie ich sehe, sucht Penshard neue Jagdgründe. Noch ein Anhaltspunkt, der meinen Verdacht auf ihn lenkt.«

»Was ist eigentlich zwischen euch beiden geschehen?« Das interessierte sie seit Jahren. Aber Gregory sprach nicht über dieses Thema, und wegen seines schroffen Wesens hatte sie nicht gewagt, Fragen zu stellen.

»Schon immer wollte er sich die Landgüter meiner Familie aneignen. Er folgte Thornton auf Schritt und Tritt wie ein kleines Hündchen. Und jetzt glaubt er, nach dem Tod meines Vaters würde ich die Ländereien nicht gut verwalten.« Die Stirn gerunzelt, fügte Rainewood hinzu: »Dass er sich hier herumtreibt, passt nicht zu ihm. Oder es ist ein weiterer Beweis für seine unlauteren Absichten.«

Abigail wusste von Gregorys regelmäßigen Besuchen auf dem Landgut, wo sie aufgewachsen war. Doch sie hatten keine Freundschaft geschlossen. In der Kindheit hatten sich ihre Wege nur selten gekreuzt. Rainewood war ihm stets mit unverhohlener Verachtung begegnet. Und Gregory bevorzugte seinen älteren Vetter – Thornton, den Erben. »Wie gern dieser Schwachkopf den kleinen Herzog spielt ...«, hatte Valerian gespottet.

»Schnell!« Telly zeigte auf eine Droschke, die an einer Straßenecke stand. Während sie darauf zulief, tastete Abigail nach dem Geld in ihrer Jackentasche. Nun durfte sie mit einer baldigen Heimkehr rechnen. Welche Schwierigkeiten konnten ihr am Golden Square, der günstigerweise in der Nähe des Smart-Hauses am Hanover Square lag, schon drohen?

Ihr endgültiger gesellschaftlicher Ruin, falls sie in Männerkleidern von einem Mitglied der Hautevolee erkannt wurde …

Offenbar las Rainewood ihre Gedanken. »Keine Bange, wir bleiben in der Droschke«, versprach er, und sie nickte.

Inzwischen hatte Telly die Aufmerksamkeit des Kutschers erregt. Bevor sie in den Wagen kletterte, hüpfte sie nervös von einem Fuß auf den anderen, was ein Mann niemals tun würde. Abigail musterte den Fahrer, einen Mann mit tief liegenden Augen und einem üppigen Schnurrbart.

»Drehen Sie eine Runde auf dem Golden Square«, befahl sie in barschem Ton. »Langsam. Wir wollen mal sehen, was die feinen Pinkel so treiben.«

Achselzuckend zeigte er auf den offenen Wagenschlag. Als sie einstieg, bezwang sie den automatischen Impuls, imaginäre Röcke zu raffen.

An ihren Beinen fühlte sich die Hose immer noch ungewohnt an. Aber man konnte bequemer in eine Kutsche gelangen, wenn man nicht von einer lästigen Stofffülle behindert war – mochte man auch an Frauenkleider gewöhnt sein.

Die Droschke fuhr westwärts nach Mayfair. Um sich von ihrem Unbehagen abzulenken, beobachtete Abigail die fahrigen Hände ihrer Zofe, die sich abwechselnd zusammenpressten, ihren Hemdkragen oder den Türgriff umklammerten oder über den abgewetzten Sitz strichen.

Genauso kribbelig starrte Rainewood vor sich hin. Doch das ließ er sich nicht so deutlich anmerken. Nur seine Finger trommelten lautlos auf die Bank. Und seine Pose wirkte ein bisschen zu lässig. Deshalb wusste Abigail, dass er sich dazu zwang.

Schließlich bog die Kutsche auf den Golden Square. Rainewood richtete sich auf und spähte zum Park in der Mitte hinüber. In gemächlichem Tempo fuhren sie an den Häusern vorbei. Abigail beugte sich vor und betrachtete die Fenster. Beim Anblick einiger bekannter Gesichter lehnte sie sich hastig zurück.

Edwina und Gregory Penshard wohnten an der Nordseite des Platzes. Irgendwo in der Nähe lebte auch Phillip Brockwells Tante. Viele Mitglieder der oberen Gesellschaftsschicht und einige Neureiche bevorzugten diese Adresse.

Nun passierte der Wagen die erste Ecke. Manche Fassaden lagen im Schatten. Hinter anderen Fenstern brannte Licht. Und so fühlte Abigail sich teils ausgeschlossen, teils beobachtet.

»Halt!« An der nächsten Ecke erklang Rainewoods raue Stimme.

Abigail schreckte aus ihren Gedanken auf, klopfte gegen die Droschkenwand hinter ihrem Rücken, und der Fahrer zügelte das Gespann. Fragend schaute sie Rainewood an.

»Da!« Er zeigte auf zwei Männer, die im Park miteinander redeten. Von Bäumen halb verborgen, versuchten sie anscheinend den Eindruck zu erwecken, ihre Anwesenheit wäre nicht ungewöhnlich. Aber ihre Kleidung unterschied sich deutlich von der Eleganz der Leute, die über den Platz gingen. Abigail schaute etwas genauer hin und stellte fest, dass sie jünger sein mussten, als sie zunächst vermutet hatte. Offenbar Straßenjungen, dachte sie. Trotzdem würden sie ihr wohl kaum auffallen, wenn sie modisch gekleidet an ihnen vorbeiginge, weil sie sich so geschickt gegen die Blicke der Passanten abschirmten.

Ein Constable würde die Jungen allerdings bemerken. Etwa ein Dutzend Schritte entfernt, folgte ein Mann, zweifellos ein Wachtposten, einem Parkweg. Sofort verschwanden die beiden zwischen den Bäumen. Der Wächter schlenderte weiter und grüßte ein Paar, das ihm entgegenkam.

Sobald er sich entfernt hatte, tauchten die Jungen wieder auf, so behände, als hätten sie sich gar nicht von der Stelle gerührt.

Unverwandt schauten sie zu einem Haus hinüber und schienen zu warten. Worauf, konnte Abigail sich nicht erklären.

Sie musterte die Fassade. Nummer achtzehn. Die Stirn gerunzelt, erforschte sie ihr Gedächtnis. Wer wohnte in Nummer achtzehn? Bei der Ankunft in London hatte die Mutter ihr die wichtigsten Adressen eingeschärft. Achtzehn, achtzehn ... Sie betrachtete Rainewoods zusammengepresste Lippen, seine unergründliche Miene.

Achtzehn. Ihr Atem stockte. O nein ...

Automatisch berührte sie Rainewoods Arm, den er einfach nur hob, sodass ihre Finger hindurchfielen, und sie legte die Hand in ihren Schoß. Ein paar Sekunden später bedeutete er ihr, dem Kutscher ein Zeichen zu geben, damit er weiterfahren würde. Sie klopfte wieder an die Wand, und die Kutsche setzte ihre langsame Runde rings um den Golden Square fort.

Auch Rainewood ließ das Haus, das die beiden Jungen anstarrten, nicht aus den Augen.

Eine halbe Ewigkeit schien zu verstreichen, bis sie zu der Stelle kamen, wo sie – wie sie zuvor vereinbart hatten – aussteigen würden. Angetrieben von Telly, die der Heimkehr entgegenfieberte, beschleunigte Abigail ihre Schritte. Rainewood blieb an ihrer Seite und schwieg beharrlich.

Nach zehn Minuten erreichten sie das Smart-Haus.

»Öffnen Sie die Tür, Telly, aber treten Sie noch nicht ein«, befahl Abigail.

Die Zofe gehorchte, und Rainewood ging hinein. Wenig später erschien er wieder und nickte. Damit gab er Abigail zu verstehen, die Luft wäre rein. Dunkle Schatten trübten seine Augen.

Während er die Vorhut bildete und das Terrain sondierte, schlichen die beiden Frauen so verstohlen, wie sie das Haus verlassen hatten, durch die Halle und die Treppe hinauf. Im Schlafzimmer befreite Telly ihre Herrin von der Lakaienlivree, so schnell, dass Abigail gar keine Gelegenheit fand, in Rainewoods Anwesenheit verlegen zu werden – obwohl sie unter der Männerkleidung weniger trug denn je, nur ein dünnes Hemd. Aber er war ohnehin in Gedanken versunken, wanderte umher und durch Tante Effie, die wieder einmal vor sich hin schwatzte.

Was ihn bedrückte, wusste Abigail. Aber sie wollte es nicht aussprechen. »Woran denkst du?«, fragte sie und schlüpfte in ihr Negligé. Dann knöpfte sie Tellys Dienstkleidung am Rücken zu. Sobald das erledigt war, eilte die Zofe aus dem Zimmer, nachdem sie versprochen hatte, mit einer Tasse Tee wiederzukommen.

Rainewood schmetterte seine Faust gegen einen Bettpfosten. Hätte er körperliche Kräfte besessen, wäre das Holz unter der Wucht dieses Schlags erzittert. Stattdessen schnellte seine Hand hindurch. »Was Basil mir antun will, glaube ich einfach nicht.«

Beklommen biss Abigail auf ihre Lippen. »Dass die beiden Jungen *sein* Haus beobachtet haben, ist nicht erwiesen.« Allerdings – Lord Basil hatte die Nummer achtzehn gemietet, weil er ein Domizil brauchte, wenn er dem strengen Regiment seiner Großmutter und des Herzogs zumindest zeitweise entrinnen wollte.

»Wer könnte es denn sonst sein? Wäre es Penshard, würde es mich nicht überraschen. Aber Basil ...« Freudlos begann er zu lachen. »Also war es ganz richtig, dass du dich geweigert hast, ihn um Hilfe zu bitten.«

»Deswegen habe ich's nicht abgelehnt. Keine Ahnung, warum du von Basils Schuld überzeugt bist ... Niemals würde dein Bruder ...«

Rainewood schlug noch einmal gegen den Bettpfosten. Diesmal erzeugte er einen Krach, der in Abigails Ohren gellte.

»Und was jetzt, Smart? So lautet die wesentliche Frage. Soll ich die Wahrheit aus ihm herausprügeln?« Selbstironisch schnitt er eine Grimasse. »Dazu bin ich leider nicht fähig.«

»Hast du dir schon überlegt, dass jemand anderer in Basils Haus wohnen könnte? Vielleicht einer seiner oder deiner Freunde?«

Da erhellte sich seine Miene. »Ja, möglicherweise, Smart.« Er wandte sich ab. »Morgen hast du viel zu tun, nicht wahr?«

Seufzend zupfte sie an ihrem Negligé. »Ja.«

Ein Tag voller Verehrer und Verabredungen. Und ein Spaziergang mit Mr Farnswourth auf dem Marktplatz.

In diesem Moment kehrte Telly zurück und brachte ihr eine Tasse Tee, den sie dankbar trank.

»Schlaf jetzt, Smart«, sagte Rainewood leise, »ich werde Wache halten.«

Unglücklicherweise verwandelte sich der sanftmütige Rainewood während der Nacht in den sarkastischen Spötter, den Abigail viel besser kannte.

Sie hatte gedacht, nichts könnte schlimmer werden als ihre ersten Exkursionen mit diversen Verehrern, in Rainewoods Begleitung. Das war ein schwerer Irrtum gewesen. Über alles mokierte er sich, von Mr Farnswourths Kleidung bis zu dessen geistloser Konversation oder die langweiligen Wolken, die am Himmel dahinschwebten.

Nach einer besonders bissigen Tirade, in der er die Vorfahren des Mannes und seine Manieren verhöhnte, ließ sie ihr Retikül fallen. Als Mr Farnswourth sich bückte, um es aufzuheben, schlug sie mit der flachen Hand auf Rainewoods Kopf. »Hör auf!«, zischte sie – außerstande, ihre Entrüstung zu zügeln. »Du hast versprochen, mich bei meiner Suche nach einem Ehemann nicht mehr zu behindern und mir stattdessen zu helfen.«

Anscheinend hatte er ihre Reaktion erhofft, denn er berührte seine misshandelte Stirn und grinste selbstgefällig.

»Was haben Sie gesagt, Miss Smart?« Mr Farnswourth richtete sich auf und überreichte ihr das Täschchen.

»Danke, das war sehr galant von Ihnen, Sir. Sie sind zweifellos der ganze Stolz Ihrer respektablen Familie.« Gewinnend lächelte sie ihn an. Dann kräuselte sie die Lippen, als Rainewood erbost nach Luft schnappte.

Voller Genugtuung plante sie, wie sie *seine* Ahnen und Manieren verdammen würde. Plötzlich wurde an ihrem Arm gezerrt. Ein heftiger Schmerz schoss durch ihr Handgelenk, als ihr das Retikül entrissen wurde, das sie eben erst ergriffen hatte. Schockiert und reglos stand sie da, und es dauerte ein paar Sekunden, bis sie die Erstarrung abschüttelte, bis die Stimme ihr wieder gehorchte.

»Haltet den Dieb!«, schrie sie und rannte dem Mann nach – nein, dem Jungen, der sich geschmeidig einen Weg zwischen den Passanten bahnte, die Tasche an seine Brust gedrückt.

»Haltet den Dieb!«

Ein Mann versuchte den flachsblonden Missetäter festzuhalten.

Aber der Junge wich ihm blitzschnell aus und verschwand in der Menschenmenge. Abigail blieb atemlos stehen. Suchend ließ sie ihren Blick umherschweifen. Hinter sich hörte sie Mr Farnswourth keuchen.

»Alles in Ordnung, Miss Smart?«

»Der Kerl hat mein Retikül gestohlen! Natürlich ist das *nicht* in Ordnung! Da steckt ein neues Taschentuch drin, das mir besonders gut gefällt.«

Unbehaglich trat er von einem Fuß auf den anderen. »Sind Sie verletzt?«

Sie seufzte und schüttelte den schmerzenden Arm, um die Verkrampfung zu lockern, nachdem ihr das Täschchen so gewaltsam entwendet worden war. »Nein, Mr Farnswourth. Vielen Dank für Ihre Sorge.« *Und für die Verfol-*

gung des Diebs, die Sie ohne Zögern aufnahmen, hätte sie am liebsten hinzugefügt.

»Nun, wir sollten sofort einen Schutzmann informieren, Miss Smart.«

»Ja, Mr Farnswourth, das ist wahr. Zum Glück hatte ich nicht viel Geld bei mir …« Sie unterbrach sich, als zwischen zwei Verkaufsständen ein blonder Kopf auftauchte und sofort wieder verschwand. »Da ist er!«, rief sie, deutete zu der Stelle, wo sie den Jungen entdeckt hatte, und lief hinterher. Zorn und Verblüffung halfen ihr, neue Kräfte zu sammeln.

Entschlossen drängte sie sich zwischen den zahlreichen Leuten hindurch, so schnell, wie es ihre Röcke und die eleganten Schuhe gestatteten. Hin und wieder zeigte sich hellblondes Haar.

Rainewood erschien neben Abigails Ellbogen und blieb an ihrer Seite. Offenbar hatte er mittlerweile gemerkt, dass er keinen Atem brauchte, denn er keuchte kein bisschen. »Halt, Smart, ich glaube, ich habe gesehen …«

In diesem Moment packte eine Hand ihren Arm und zerrte sie hinter den Marktstand, zu dem sie den Dieb verfolgt hatte. Sie wurde gegen die Wand gepresst – unfähig, den Angreifer anzuschauen. Jedenfalls war er ein großer Mann, kein Junge. Von wachsender Angst erfasst, rang sie nach Luft. Der Gestank, der die schmale Gasse erfüllte, peinigte ihre Nase. An ihrer Wange spürte sie einen rauen Ziegelstein.

Schmutzige Finger hielten ihr den Mund zu. »Jetzt hab' ich Sie«, drang ein heiseres Flüstern in ihr Ohr.

Ringsum erklangen die Stimmen der geschäftigen Verkäufer. Irgendwer würde sie sehen und ihr helfen. Immerhin befand sie sich in einem ungefährlichen Stadtteil.

Ihr Arm wurde verdreht, übler Mundgeruch wehte ihr ins Gesicht.

»Ah, die berüchtigte Miss Smart – so sehr habe ich mich darauf gefreut, Sie kennenzulernen.« Zu ihrer Linken hörte sie leise Worte. Jemand anderer sprach mit ihr – nicht der Mann, der sie festhielt. In kultiviertem, aber unhöflichem Ton fuhr er fort: »Als ich Sie letzte Nacht sah, war ich völlig verblüfft. Was hatten Sie in jener verrufenen Gegend zu suchen, Miss Smart? Dort sollte sich eine junge Dame Ihres Standes nicht herumtreiben.«

Abigails Furcht steigerte sich zur Panik. Jetzt tauchte Rainewood wieder neben ihr auf. In seinen Augen glitzerte wilde Wut. Erfolglos versuchte er die Finger des Angreifers von ihrem Arm zu lösen. »Verdammt, Smart!«

Plötzlich presste sich etwas Hartes zwischen ihre Rippen. Eine Waffe? »An Ihrer Stelle würde ich nicht schreien«, warnte die kultivierte Stimme. »Wenn man Ihre Leiche findet, sind wir längst über alle Berge.«

Jetzt nahm der andere Mann seine Hand von Abigails Mund und hinterließ einen widerwärtigen Geschmack. Doch sie konzentrierte sich auf Valerian. Er tat sein Bestes, um sie zu retten, und das machte ihr Mut.

»Keine Ahnung, wovon Sie reden, Sir. Bitte, sagen Sie Ihrem Freund, er soll mich loslassen.«

»Vielleicht. Etwas später.« Die leise Stimme, in der eine gewisse Belustigung mitschwang, näherte sich ihrem Ohr. »Was haben Sie bei der St. Thomas-Spielhölle gemacht?«

Neue Angst beschleunigte Abigails Puls. Heftiger denn je zerrte Valerian an der Hand des Angreifers. Aber seine Finger glitten wirkungslos hindurch. »Von diesem Etablissement habe ich nie gehört, Sir.«

»Ach, nein?«

Der Angreifer verdrehte ihr wieder den Arm und jagte qualvolle Schmerzen bis zur Schulter hinauf. An ihrer Wange spürte sie kratzigen Mörtel, und sie wollte von der Wand wegrücken. Doch sie war zwischen dem Mann und den Ziegelsteinen gefangen, seiner überlegenen Kraft wehrlos ausgeliefert. Zudem hatte er sie so postiert, dass er sich nicht einmal besonders anstrengen musste, um sie festzuhalten, weil ihm die Mauer einen Teil der Arbeit abnahm.

Unermüdlich, aber erfolglos schlug Valerian auf den Mann ein und zog an seiner Hand. Über Abigails Kopf hinweg musterte er den zweiten ihrer Gegner und stieß einen wütenden Fluch hervor. Dann berührte er sie, und seine kühlen Finger besänftigten die Haut ihrer Wange, die an die Ziegelwand gepresst wurde, bis seine Finger durch ihr Gesicht glitten. Zärtlich streichelte er ihren Hals.

»Verdammt, Abigail«, wisperte er. Sekundenlang legte er seine Stirn an ihre, bevor er durch sie hindurch verschwand. Tröstliche Geisterfinger liebkosten sie an der anderen Seite und verliehen ihr neue Kraft.

»Lassen Sie mich gehen!«, fauchte sie. »Ich weiß nicht, wovon Sie reden. Und Ihr Freund tut mir weh. Wenn Sie mir keine weiteren Unannehmlichkeiten zumuten, werde ich die Polizei nicht informieren«, sagte sie in den Gestank der schmalen Gasse hinein. Bei jedem Wort streiften ihre Lippen die Ziegelmauer.

»So sicher sind Sie Ihrer Sache? Vielleicht müssten wir eine andere Taktik anwenden, um eine Antwort zu erhalten.«

Der große starke Mann presste sich an sie. Dicht neben

ihrem Ohr erklang boshaftes Gelächter. »Oh, wie nett Sie sich anfühlen, Lady …«

»Wahrscheinlich wollen Sie den Kampf nicht fortsetzen, Miss Smart«, meinte der andere.

Aus ihren Augen quollen Tränen, ihre Glieder erschlafften. Verzweifelt schickte sie ein Gebet zum Himmel und hoffte, irgendjemand würde endlich bemerken, was hier vorging, und ihr helfen.

Der Mann, der sie festhielt, lachte wieder, und seine freie Hand wanderte zu ihrer Hüfte hinab. Langsam streifte er ihren Rock nach oben.

In ihrer panischen Angst erschauerte sie nicht einmal, als Valerian sie wieder berührte. »Zum Teufel, Abigail, beweg dich – lauf weg!«

Sie wollte fragen, wie genau sie das schaffen sollte. Aber vor lauter Entsetzen verschlug es ihr die Sprache.

»Also, warum waren Sie bei der Spielhölle?«, fragte die kultivierte Stimme.

»Sag es ihm!«, verlangte Valerian.

»Ich – ich habe einen Freund gesucht.«

»Das glaube ich nicht. In dieser Gegend lassen sich Ihre Freunde nicht blicken, oder?« Die Hand des anderen Mannes entblößte ihre Beine fast bis zu den Schenkeln hinauf.

»Nun, dieser Freund war verschwunden …«

Plötzlich bewegte sich etwas hinter ihr, die Hand des Angreifers hielt inne.

»Sprechen Sie weiter.«

Verletzter Stolz drängte sie, dem Schurken zu erklären, er solle zur Hölle fahren. Aber alle Instinkte empfahlen ihr, die Wahrheit zu gestehen

»Verdammt noch mal, sag es ihm!« Eine Geisterhand berührte ihre Schulter, schüttelte sie sanft und verschwand.

»Äh – ich – da kursierte ein Gerücht über jemanden, mit dem ich bei gesellschaftlichen Anlässen Probleme hatte. Angeblich war er bei der Spielhölle gesehen worden. Und deshalb wollte ich herausfinden, ob er endlich seine Quittung gekriegt hatte.«

»Ah, nur wegen einer kleinen Klatschgeschichte haben Sie sich dort hingewagt. Das versuchen Sie mir weiszumachen?«

»Weil ich mir Genugtuung verschaffen wollte ... Dieser Mann ist eine Bedrohung. Und – ich wollte einfach nur sehen, was passieren würde. Aber das war eine schlechte Idee. Und ich bin auch nicht lange dort geblieben. Ich habe mit niemandem gesprochen. Das müssten Sie wissen, wenn Sie mich gesehen haben, Sir.« Verzweiflung und Angst ließen ihre Stimme zittern. Trotzdem bemühte sie sich, aufrichtig zu erscheinen. Und es war ja auch keine Lüge. Nur mit Telly und den Droschkenkutschern hatte sie geredet.

Ihren Worten folgte ein längeres Schweigen. »Kluges Mädchen. Und dann sind Sie zwei Jungen nach Mayfair gefolgt. Sonderbar ... Wer hat Sie auf diese Spur gebracht? Beinahe könnte man glauben, eine unsichtbare Macht hätte Ihnen geholfen.«

Zu ihrem Entsetzen erkannte sie, dass dieser Mann viel mehr wusste, als er sollte – als irgendjemand wissen durfte.

»Vielleicht wurden Sie von jemandem begleitet, der Ihnen den Weg wies, Miss Smart. Jetzt sollten Sie eine etwas genauere Erklärung abgeben. Oder ich gestatte dem Mann, der Sie festhält, ein paar vergnügliche Stunden in Ihrer Gesellschaft.«

Diese Worte schien der Schurke bereits für eine Erlaubnis zu halten. Während er Abigail an die Mauer presste, wehrte sie sich mit aller Kraft und trat nach ihm. Mit einem muskulösen Schenkel schob er ihre Beine weiter auseinander.

»Welch ein Kampfgeist …«, bemerkte die zivilisierte Stimme. »So schöne, mutige Frauen findet man selten. Zu schade, dass Ihr *Freund* das nicht so sieht. Oder sollte ich sagen – dass er es nicht früher erkannt hat?«

In kaltem Grauen erstarrte sie.

»Oh, armes Mädchen – verstehen Sie allmählich, worum es geht?« Nicht Valerians besänftigende Finger, sondern die rauen, schwieligen des unsichtbaren Mannes strichen über Abigails exponierte Wange und drückten die andere noch fester an den Mörtel. »Bevor ich Sie zu einem weiteren Verhör wegbringe, muss ich mir Gewissheit verschaffen. In welchem Zustand Sie dieses Ziel erreichen werden – nun, das liegt ganz bei Ihnen, Miss Smart. Sie haben zwanzig Sekunden Zeit.«

»Aber ich weiß nicht, was Sie wollen!«

»Verraten Sie mir, warum Sie letzte Nacht *wirklich* bei der Spielhölle waren.«

»Das habe ich Ihnen bereits erzählt.«

»Nur einen Teil der Wahrheit, Miss Smart. Nicht die Wahrheit, die mich interessiert. Dafür werde ich meinem Freund eine *teilweise* Bezahlung gönnen.«

Verzweifelt schloss sie die Augen, als ihr Kleid noch weiter nach oben gezerrt wurde.

Hektische Geisterfinger berührten ihr Gesicht, und sie hob die Lider. Von unverhohlener Panik erfasst, erwiderte Valerian ihren Blick. Noch nie hatte sie ihn in diesem Zustand gesehen. Nicht einmal, als er zu ihr gekommen war, um ihr vom Tod seines Bruders zu erzählen – und welche Rolle er dabei gespielt hatte.

»Nein, nein, nein, nein, nein.« Sein Gesicht spiegelte etwas Dunkles, Tödliches wider. In Abigails Ohren dröhnten die grausamen Drohungen des Mannes, der hinter ihr stand.

Plötzlich schwang Valerian seinen Arm hoch, seine Faust schien den Kopf des Mannes zu treffen. Abigail schloss wieder die Augen, von einer eigenartigen Ruhe erfasst, obwohl der Mann sich immer fester an sie presste. Was nun geschah, schien sich verlangsamt abzuspielen, ihre Gedanken eilten den Ereignissen voraus, von tiefem inneren Frieden begleitet.

Bedeutete sie Valerian wirklich so viel, dass er um sie kämpfte, mit dieser Panik in den Augen? Dieser Blick drückte viel mehr aus als den Entschluss eines Gentleman, der eine Dame verteidigte. O ja, das Band zwischen ihnen existierte immer noch. Irgendwie hatte sich die Welt verändert, auf eine Weise, die Abigail nicht verstand. Doch die erstaunlichen Gedanken trösteten sie in der leichten Benommenheit, die sie erfasste.

Verwirrt hörte sie einen Krach, wurde wieder an die Ziegel gedrückt. Krümmte sich der Körper des Mannes hinter ihr zusammen? Und dann ließ er sie los. Die rauen Steine schürften ihre Hände auf, die an der Mauer abrutschten, und sie drehte sich um.

Der Länge nach lag der Mann, der sie festgehalten hatte, am Boden, eine Hand um seine Nase gekrallt. Und der andere starrte ihn entsetzt an. Irgendein Überlebensinstinkt bewog sie zu handeln, ohne nachzudenken. Hastig bückte sie sich, ergriff ein Brett, das vor ihren Füßen im Staub lag, und schmetterte es auf den Kopf des Anführers. Einige Sekunden lang schwankte er, bis er zusammenbrach. Mit der gleichen Taktik raubte sie auch dem Mann, der seine Nase umklammerte, die Besinnung.

Valerian berührte seine Stirn. Die andere Hand presste er auf seinen Magen, während er neben den reglosen Gestalten kniete. »Lauf, Abby.« Dann löste er sich in Nichts auf.

Wie von Furien gehetzt, rannte sie davon.

11

Schreie hallten durch seinen Traum. Abrupt schreckte er aus dem Schlaf hoch. Über seinem Gesicht brannte ein grelles Licht, und er blinzelte. Wieder einmal gewann er den beklemmenden Eindruck, seine Augen wären tagelang geschlossen gewesen. So weit wie möglich riss er sie auf.

Er wollte den Mund öffnen und nach Abigail rufen. Aber seine Lippen bewegten sich nicht. Zu seiner Linken erklang ein Geräusch, und er drehte den Kopf in diese Richtung. Obwohl er sich nur um wenige Zentimeter zur Seite wandte, erschien ihm die Anstrengung so gewaltig, dass er erneut blinzeln musste. Nachdem er sich erholt hatte, sah er Templing auf einem Tisch liegen, nur ein paar Schritte entfernt. Ein Mann in einem schmutzigen Kittel beugte sich über ihn, ein beängstigendes Instrument in der Hand.

Vergeblich versuchte Valerian, aufzustehen und dem Freund zu helfen. Seine Arme spannten sich wirkungslos an, sein Körper gehorchte ihm nicht. Als er mühsam den Kopf hob, entdeckte er die Riemen, die seine Handgelenke an einer Liege festbanden.

Templing stieß noch einen Schrei aus. In wachsender Verzweiflung stemmte Valerian sich gegen seine Fesseln. Eine fleischige Hand packte sein Kinn und zerrte es hoch, eine Flüssigkeit rann in seine Kehle, und alles versank wieder in schwarzem Nichts.

12

Ein zweites Mal führte Abigail ihre Mutter und Mrs Browning ins Grayton House, das Rückgrat steifer denn je. Zum Teufel mit der Herzoginwitwe und ihrer verächtlichen Miene! Sie würde Valerian suchen und mit ihm verschwinden, sobald sie ihn gefunden hatte. Dass er nicht hier sein konnte – daran wollte sie gar nicht denken. Und solange sie sich den wahren Grund ihres Besuchs nicht anmerken ließ, würde sie ihren Aufenthalt in diesem Haus, wo sie stets unerwünscht war, tapfer ertragen.

Vorerst war es ihr ohnehin egal, was die Leute von ihr dachten. Die ganze Nacht hatte sie sich rastlos in ihrem Bett umhergeworfen – verfolgt von dem Blick, den Valerian ihr kurz vor seinem Verschwinden zugeworfen hatte. Irgendwie musste sie wieder ins Grayton House gelangen. Und so hatte sie einen Plan geschmiedet. Und wenn sie ihn nicht dort antraf … Nein, das würde sie sich nicht vorstellen.

Mr Farnswourth hatte beinahe einen Herzinfarkt erlitten, als sie aus der Hintergasse gestürmt war. Abigail verschwendete keine Zeit. Höflich bat sie ihn, er möge sie zu ihrer Mutter zurückbringen, und behauptete, sie sei bei ihrer Jagd nach dem Dieb gestürzt.

Zutiefst verlegen – wahrscheinlich wegen seiner mangelnden Initiative bei der Verfolgung des blonden Jungen – erklärte er sich sofort bereit, ihr zu helfen. Er war sehr nett. Doch sie sorgte sich um Valerian, die soeben überstandene Gefahr belastete sie immer noch, und deshalb konnte sie Mr Farnswourth nicht die Wertschätzung bekunden, die er verdiente. Sie meldeten den Diebstahl des Retiküls dem nächstbesten Schutzmann, aber Abigail fürchtete, sie würde es niemals wiedersehen.

Weder dem Polizisten noch Mr Farnswourth hatte sie von der Attacke erzählt. Was das betraf, gab es zu viele offene Fragen, und nicht einmal sie selbst wusste, wo sie Antworten suchen sollte.

»Also wirklich, Miss Smart, ich begreife nicht, was Sie sich von einem weiteren Besuch bei Ihrer Gnaden versprechen«, seufzte Mrs Browning.

»Oh, ich möchte ihr nur meine Aufwartung machen, Madam. Außerdem wurden wir eingeladen.« Das Kinn emporgereckt, hielt Abigail dem prüfenden Blick der Gesellschafterin stand.

Hoffentlich würde Basil nicht ausplaudern, dass sie ihm eine Nachricht mit der Bitte um diese Einladung geschickt hatte. Was er davon hielt, mochte nur der Himmel wissen. Jedenfalls hatte er den kurzen Brief mit einem schlichten Ja beantwortet. Eine Stunde später war die Einladung eingetroffen.

Mrs Brownings Augen kniffen sich zusammen. Aber sie nickte und ging wieder einmal in den Salon mit dem grandiosen, wenn auch etwas zu auffälligen violetten Dekor voraus.

Hinter Abigail trat ihre Mutter ein, offenbar mit ihren

Gedanken ganz woanders. Diesen Eindruck erweckte sie schon seit mehreren Tagen. Als würden böse Ahnungen in ihr aufsteigen, musterte sie unentwegt ihre Tochter.

Davon ließ Abigail sich nicht verunsichern. Mama wusste nichts Genaues, und so würde sie erst einmal abwarten und sie beobachten.

Natürlich musste Abigail den Impuls bezwingen, nach Valerian zu rufen und herauszufinden, ob er sich irgendwo in diesem unheimlich stillen Haus befand und ihre Ankunft herbeisehnte.

Die Herzoginwitwe begrüßte die Besucherinnen ebenso kühl, wie sie sich beim letzten Abschied verhalten hatte. Nur Mrs Browning wurde halbwegs freundlich empfangen, Abigail und ihre Mutter mussten sich mit einem gezwungenen Lächeln begnügen.

»In letzter Zeit werden Sie sehr oft von den Leuten in meiner Umgebung erwähnt, Miss Smart«, begann die Herzoginwitwe und zeigte ihre scharfen Zähne. »Vor allem Basil und einige seiner Freunde haben wohlwollend über Sie gesprochen.«

»Danke, Euer Gnaden.« Abigail neigte den Kopf. Mühelos erriet sie, wie gern die alte Herzogin noch etwas mehr sagen und ihre eigene Meinung über Miss Smart äußern würde. Aber sie durfte die Gesetze der Höflichkeit nicht missachten.

»Nun bin ich neugierig auf Ihre Zukunftspläne.«

»Oh, ich interessiere mich nur für eine erfolgreiche Saison, Euer Gnaden.« Züchtig senkte Abigail die Wimpern. »Und ich fühle mich geehrt, wann immer uns die Londoner Gesellschaft ihre Aufmerksamkeit schenkt.«

Ihre Gastgeberin bedachte sie mit ihrem Vampir-Lächeln.

»Da Sie eine sehr hartnäckige junge Dame sind, werden Sie Ihr Ziel erreichen, spätestens am Ende der Saison. Wie ich höre, bemühen sich Mr Farnswourth und Mr Sourting um Ihre Gunst.«

Aber kein Gentleman, der Rainewood oder Danworth hieß – und diese Namen würde die Gastgeberin auch nicht nennen, obwohl sie in der Luft zu liegen und rings um die automatisch erhobenen Teetassen zu knistern schienen.

»Danke, Euer Gnaden«, murmelte Abigail.

In diesem Moment betrat Lord Basil den Salon. »Ah, Mrs Browning, Mrs Smart, Miss Smart – wie schön, die Damen wiederzusehen!«

Formvollendet verbeugte er sich, bevor er Platz nahm. Abigail beobachtete ihn unbehaglich. Hatte er seinem Bruder wirklich etwas angetan? Es fiel ihr schwer, einem Gentleman, der so liebenswürdig lächelte, eine dermaßen infame Attacke zuzutrauen.

»Miss Smart, ich freue mich schon auf unser Treffen übermorgen«, fügte er hinzu.

Stets hatte er irgendetwas vor der Öffentlichkeit verborgen.

»Ja, ich auch, Lord Basil.« Sie hielt seinen Blick fest, denn sie wollte die Herzoginwitwe nicht anschauen. Nur zu gut wusste sie, welch unverhohlener Missbilligung sie begegnen würde.

»Sicher eine angenehme Abwechslung in dieser verregneten Woche … Bald wird sich das Wetter bessern.«

Den Regen hatte sie kaum bemerkt und die sinkenden Temperaturen an diesem Morgen nur vage registriert. Kein Wunder, drehten sich doch alle ihre Gedanken um Valerians Abwesenheit …

Oder vielleicht sah sie im schlechten Wetter ein Echo ihrer Sorge, ihrer Angst, er würde nicht zurückkehren.

»Abigail.«

Eine klangvolle, bezwingende Stimme, die intensive Gefühle durch ihren ganzen Körper sandte, wie die kunstvoll verschlungenen Fäden einer Stickerei auf kostbarer Seide …

Mechanisch wandte sie ihren Kopf in die Richtung, aus der ihr Name herangedrungen war, und erhob sich halb, um der Stimme entgegenzustreben, deren Besitzer zu berühren, sich zu vergewissern, dass er tatsächlich zu ihr kam. Ein paar Sekunden später riss sie sich zusammen und sank in ihren Sessel zurück.

Aber wie ihre Augen bewiesen, hatten ihre Ohren sie nicht getäuscht. Da stand Valerian. Er erschien ihr dünner, seine Gesichtszüge wirkten scharfkantiger. Oder es lag an ihrer veränderten Wahrnehmung – den Schwindelgefühlen, die sie erfassten, weil die Anspannung in ihrem Innern so abrupt verebbte. Sie zitterte am ganzen Körper.

»Geht es Ihnen nicht gut, Miss Smart?«, fragte die Herzoginwitwe in bissigem Ton.

»Doch, ich bin sogar sehr glücklich.«

Wie albern das klang, wusste Abigail. Aber während Valerian durch die Möbel und seine Großmutter hindurchschlenderte, war ihr das wieder einmal völlig egal.

»Alles in Ordnung? Bist du den Schurken entkommen?« Er streckte eine Hand aus, um ihre Wange zu streicheln.

Vor lauter Erleichterung wollte sie lachen und zugleich schluchzen. »Ja, mit mir ist alles in Ordnung. Ich glaube, Lord Basil hat recht. Bald dürfen wir auf besseres Wetter hoffen.«

Sie konnte nicht aufhören, Valerian anzustarren. Und als seine Finger ihr Gesicht berührten, stockte ihr Atem. *Richtige* Finger glitten über ihre Wange wie eine unerwartete sanfte Welle, die ihre Zehen am Strand umspülten. Erfrischend – ein Gefühl, das einen Schauer bewirkte und alle Sinne schärfte …

»Was …?«

In seinen Zügen spiegelte sich ihre Verwirrung wider.

Dann nahmen sie einen noch intensiveren Ausdruck an. Er streckte seine andere Hand aus und berührte sie, wo immer es möglich war – ihren Hals, ihr Haar, den Stoff der kleinen Ärmel an ihren Schultern.

»Wahnsinn«, flüsterte er und setzte seine Nachforschungen fort. Beinahe färbten sich seine Augen schwarz, während er über die Spitzenborte an ihrem Ausschnitt strich, über den Satin ihrer Schärpe. Immer wieder kehrte er zu Abigails entblößter Haut zurück, als suchte er Gewissheit, indem er ihre Wärme spürte.

»Ja, Miss Smart?«, fragte Basil.

Tatsächlich, es war reiner Wahnsinn, der auch sie befallen hatte. Mit einiger Mühe ordnete sie ihre Gedanken. »Oh, ich – ich habe mir überlegt, was Sie für unser Treffen geplant haben, Lord Basil.«

»Lassen Sie sich überraschen, Miss Smart. Natürlich nichts Unangenehmes … Auch Mrs Browning und Mrs Smart werden die Aktivitäten interessant finden und gern zuschauen – oder sie beteiligen sich sogar selbst daran.«

Da ihr keine passende Antwort einfiel, nickte sie nur. Valerians kühle Finger glitten über ihren Nacken.

»Hoffentlich mögen Sie Überraschungen, Miss Smart«, sagte Basil.

Sein Blick, der sie viel zu aufmerksam musterte, beunruhigte sie.

»Nur erfreuliche Überraschungen, Lord Basil.«

Valerian liebkoste wieder ihre Wange – gewisse Überraschungen schienen sie zu verfolgen.

»Ja, die erfreulichen sind immer besser«, stimmte Basil zu. »Allerdings kann man manchmal nicht voraussehen, auf welcher Seite die Münze landen wird.«

»Berücksichtigen Sie diese Erkenntnis bei Ihren Aktivitäten, Lord Basil?«

»Selbstverständlich.« Nun lächelte er noch charmanter. »Und es fasziniert mich zusehends, *Ihre* Aktivitäten zu beobachten, Miss Smart – insbesondere wenn Sie schwierige Situationen meistern müssen.«

Seine Worte konnten alles bedeuten – vom eher harmlosen Aspekt ihrer Begegnungen mit Valerian bei gesellschaftlichen Anlässen bis zu gefährlicheren Andeutungen.

Plötzlich erstarrte Valerians Hand. »Nachdem wir an Basils Haus vorbeigefahren waren, tauchten diese Männer auf, Abigail. Sie sahen dich. Und sie folgten dir.« Nun stand er ganz dicht vor ihr, seine Stimme nahm einen rauen Klang an. »Was machst du im Grayton House? Hier bist du nicht sicher.«

Abigail schaute ihn entsetzt an. Vorerst durfte sie ihm nicht antworten. Nachdem sie ihre Mission erfüllt und ihn gefunden hatte, trat die Angst, sie müsste hinter den Gittern einer Irrenanstalt schmachten, erneut in den Vordergrund.

Lächelnd wandte sie sich wieder zu Basil. »Oh, ich fühle mich geschmeichelt, Sir. Und ich hoffe, ich werde Sie auch weiterhin beeindrucken.«

»Was Ihnen zweifellos gelingen wird, Miss Smart … Schon jetzt freue ich mich auf Ihre nächsten Aktionen.«

Valerian trat zu seinem Bruder und schlug nach ihm. Aber seine Hand sauste durch Basils Kopf. »Geh nirgendwo mit ihm hin, wenn ihr allein seid, Abigail!«

Das hatte sie auch gar nicht beabsichtigt. Sie presste die Lippen zusammen.

Nun lenkte Mrs Browning die Aufmerksamkeit auf die Herzoginwitwe und schnitt diverse belanglose Themen an. Glücklicherweise dauerte der Besuch – wie üblich – nur fünfzehn Minuten. Abigail verabschiedete sich mit dem wiederholten Versprechen, sie würde Lord Basil in zwei Tagen erwarten und ihn, ebenso wie die Herzogin von Palmbury, schon an diesem Abend auf der Party der Louddons treffen.

»Heute haben Sie sich einigermaßen gut benommen, Miss Smart«, gestand Mrs Browning ihr zu, sobald sie in der Kutsche saßen. »Das hätte ich Ihnen gar nicht zugetraut. Allerdings scheint Lord Basil sich viel mehr für Sie zu interessieren, als ich es dulden dürfte. Es wäre sinnlos, ernsthaft in diese Richtung zu schauen. Aber es wird Ihre anderen Verehrer anspornen.«

Abigails Mutter lächelte geistesabwesend. Seit dem Einbruch in ihr Haus verhielt sie sich ziemlich sonderbar. Und sie warf ihrer Tochter immer wieder angstvolle Blicke zu.

Veränderungen, dachte Abigail.

Ihre Mutter. Valerian. Mrs Browning. Valerians Freunde.

Eine Wende zum Guten oder zum Schlechten?

Valerian berührte sie wieder. In seiner Miene las sie gemischte Gefühle. Anscheinend konnte auch er kaum glauben, dass er sie *wirklich* anfassen konnte, und wollte gar nicht mehr davon lassen. Im Gegensatz zu den früheren flüchtigen Kontakten liebkoste er sie jetzt viel kühner. Sie verstand nicht, was für eine sonderbare Macht ihm das gestattete – und ihr, ihn zu *spüren*.

In der Luft lag eine wachsende knisternde Spannung, während er die Zärtlichkeiten steigerte. Nun erforschte er ihren Körper in geradezu dominanter Weise, und sie musste sich sehr beherrschen, um nicht nach Atem zu ringen oder auf ihrem Sitz gegenüber ihrer Mutter und der strengen Gesellschafterin umherzurutschen. Nur mühsam ordnete sie ihre Gedanken, wenn sie Mrs Brownings Fragen beantwortete.

Zu Hause angekommen, gelang es ihr kaum, in ihr Zimmer zu flüchten und Telly mit bebender Stimme zu entlassen. Dann riss Valerian sie in seine Arme und streichelte ihren Rücken.

»Ich kann nicht glauben, dass du wirklich da bist«, sagte einer von ihnen. Oder beide, Abigail wusste es nicht, konnte ihre Gedanken nicht von ihren Worten trennen, als er seine Finger in ihr Haar schlang und seine Lippen über ihren Hals glitten.

Atemlos legte sie ihren Kopf in den Nacken. Solche Intimitäten hatte sie bisher nicht erlebt und nur bei anderen Paaren beobachtet – immer nur zugeschaut, nie am eigenen Leib genossen, niemals das Wunder einer Berührung auf ihrer nackten Haut. Und ständig hatte sie sich vergeblich nach einem kleinen Beweis der Zuneigung gesehnt, den die Mutter ihr vorenthielt.

Rainewood – nein, Valerian schob ihre Ärmel weiter über ihre Schultern, suchte und fand die empfindsamsten Stellen an ihrem Hals und zeichnete mit einem Finger die Spitzenborte an ihrem Ausschnitt nach, die kaum merklich flatterte. Doch das zarte Gewebe bewegte sich nicht, als er eine Fingerspitze hineinsteckte, und das brach den Bann.

»Spürst du das?«, fragte er.

Spürst du mich?, echote die Stille.

»Wie eine Berührung mit einem Handschuh.« Er ballte seine starken, schmalen Finger, öffnete sie wieder und strich über den Satin an Abigails Taille. »Wie der Wasserfall – glatt, aber gefährlich.«

»Der Wasserfall?«

»Wenn du nicht in meiner Nähe bist, stürzen meine Erinnerungen und mein ganzes Ich einen Wasserfall hinab. Das ist etwas, das ich nicht fühlen, nicht festhalten kann.« Seine Hand kehrte zu ihrer nackten Haut zurück, zu ihrem Hals, und sie erschauerte. »Aber du – da ist alles lebendig und real, sobald ich dich berühre.«

Abigail suchte nach Worten, während er ihren Nacken und ihr Haar streichelte. Allein schon der Gedanke, dass er sich so verhielt, weil er sie brauchte – weil es sonst niemanden gab, an den er sich zu wenden vermochte …

»Gestern hast du diesen Mann niedergeschlagen, Valerian.«

Da unterbrach er seine forschenden Zärtlichkeiten. »Er tat dir weh. Und du bist diesen Schurken unverletzt entkommen.«

Keine Frage, sondern eine Feststellung. Einen Widerspruch würde er nicht akzeptieren.

»Ja.«

Er nickte und zog sie wieder an seine Brust – köstliche Wärme hinter einer kühlen Barriere. Kraftvoll presste sich sein Körper an ihren – aber etwas dünner. Schon immer war er schlank und muskulös gewesen, perfekt proportioniert, so wie es seiner überdurchschnittlichen Größe entsprach. Aber jetzt erschien er ihr zu mager.

»Das alles verstehe ich nicht, Valerian – diese Männer ...«

Ohne sie loszulassen, erstarrte er. »Ich auch nicht. In der Nähe der Spielhölle sah ich die Kerle. Den Namen des Mannes, der dich festhielt, kenne ich nicht. Aber der andere wurde von jemandem Evans genannt. Keine Ahnung, wer die beiden sind ... Aber in jener Gasse kommandierte Evans einen gewissen Burns herum. Und der schickte die zwei Jungen zum Golden Square. Dabei deutete er an, er würde mich kennen.«

Unbehaglich fröstelte sie. »Diesen Evans fand ich gefährlicher. Obwohl der andere ...«

»Ja, ich weiß«, flüsterte Valerian und liebkoste ihren Rücken. Eine Zeit lang schwieg er, dann fuhr er leise fort, die Lippen in ihrem Haar. »Daran bin ich schuld. In diese schreckliche Situation hätte ich dich niemals bringen dürfen.«

Nein, es war ihr eigener Entschluss gewesen. Allerdings keine besonders kluge Entscheidung ... »Was ist danach mit dir geschehen?«

Sein Körper spannte sich an. »Plötzlich kehrte ich zu jenem Ort zurück, wo sie mich gefangen halten. Auch Templing befindet sich dort. Ich sah ihn – gefesselt.«

Erschrocken schaute Abigail zu ihm auf. »Gefesselt? Woran?«

Nun ließ er sie los und wandte sich ab. »An einen Tisch. Ich glaube, jemand führt grausige Experimente mit uns durch.«

Krampfhaft schluckte sie und musterte seine Gestalt. »Das vermutest du wegen deines gegenwärtigen Zustands. Du bist dünner geworden.«

»Schwächer«, betonte er, ging zum Toilettentisch und spielte mit einem Kamm, der sich nicht bewegte. »An jenem Ort kann ich nicht aufstehen, nicht kämpfen. Auch meine Hände sind gefesselt, und ich bin unfähig, irgendetwas zu tun, bevor sie mir immer wieder die Besinnung rauben. Und dann erwache ich jedes Mal im Grayton House.«

Ihre Kehle schnürte sich zu. »Was du mir erzählst – das hört sich so an, als würdest du in einem Krankenhaus festgehalten.«

»Einmal war ich im Hospital. Nein, Bedlam ist es nicht. Zumindest kein Teil dieses Irrenhauses, den ich kenne.« Bevor er sich zu Abigail umdrehte, zögerte er. »Hast du ein anderes dieser Institute besucht?«

»Nur eines.« Sie wich seinem Blick aus. »Eine kleine Nervenheilanstalt.«

»Werden dort Fesselriemen benutzt?«

»Ja.« Viele Dutzend Riemen hatten bereitgelegen, um sie festzubinden. Und der Doktor flüsterte ihr ins Ohr, diese Riemen wären hilfreich, wenn sie sich gegen die Therapie sträubte. In seinen Augen las sie, wie genüsslich er ihren Widerstand brechen würde. Daran hinderte ihn nur die Ermahnung ihrer Mutter. In erstaunlich entschiedenem Ton hatte sie ihn aufgefordert, andere, angenehmere Behandlungsmethoden anzuwenden, bevor er so brutale Maßnahmen ergreifen würde. Zum Beispiel …

Nein, nein, daran wollte sie nicht denken.

»Dort wirst du sicher nicht gefangen gehalten«, sagte sie, als sie merkte, dass sie schon seit einer ganzen Weile ins

Nichts schaute – erstarrt wie ein kleines Tier im Wald am Ende einer Treibjagd.

»Warum glaubst du das?«

»Weil ich dieses sonderbare Gefühl habe ... Sind dir definierbare Gerüche oder Geräusche aufgefallen? Kannst du das Gebäude beschreiben? So viele Krankenhäuser gibt es nicht. Wir müssten eines finden, mit einem bestimmten Raum, der dich an etwas erinnert.«

»Ja.« Mit allen Fingern fuhr durch Valerian durch sein Haar und zerzauste es. Danach glitten die einzelnen Strähnen von selbst wieder an die richtige Stelle. »Weiße Wände, nur wenige Fenster. Mindestens zwei Männer.«

»Damit können wir nicht viel anfangen.«

»Also muss ich dorthin zurückkehren und weitere Informationen sammeln.« Er schloss die Augen, um sich auf diese Mission zu konzentrieren. »Anscheinend ist das nur möglich, wenn du mich provozierst.«

»Ich finde, du solltest nicht mehr verschwinden«, entgegnete Abigail beklommen. »Vielleicht wäre es ein gefährlicher Fehler ...«

»Warum?«

»Jedes Mal, wenn du zurückkommst, siehst du schlechter aus.« Und mit jedem Mal wuchs ihre Angst, er würde sie für immer verlassen.

»Besten Dank, Smart«, erwiderte er sarkastisch. »Wenn ich meinem Martyrium das nächste Mal entrinne, werde ich mehr Wert auf mein Äußeres legen.«

Abigail bezwang den Impuls, ihn zu berühren. Von all den Zweifeln gepeinigt, die Valerian betrafen, verschränkte sie ihre Hände hinter dem Rücken.

Nachdenklich wandte er sich zum Fenster mit den halb

geöffneten Vorhängen. »Bei der Spielhölle sah ich Buchstaben durch eine Glasscheibe. M, A, L.«

»Ein Schild auf der anderen Straßenseite?«

»Ja.«

»Ich werde Telly sagen, sie soll danach suchen.«

Langsam nickte er.

»Heute Abend besuche ich eine Party bei den Louddons«, erklärte Abigail. »Alle deine Freunde werden erscheinen. Vielleicht kannst du sie inzwischen berühren und mit ihnen reden.«

Wohl kaum, dachte sie. Im Grayton House war es ihm nicht gelungen, auf Basils Kopf zu schlagen. Aber so viele Dinge änderten sich …

Sie zögerte. »Auch dein Bruder wird kommen. Wenn wir heute Abend nichts von ihm erfahren, will ich übermorgen versuchen, ihm irgendwelche Informationen zu entlocken. Dann lässt sich das Rätsel womöglich lösen.«

»Bist du in zwei Tagen mit Basil verabredet?«

»Ja. Hast du unser Gespräch nicht gehört?«

»Auf dieses Thema habe ich nicht geachtet.«

»Oh, ich schon. Übermorgen holt er mich ab.«

»Schick ihn weg.«

Verwirrt blinzelte sie ihn an. »Unsinn! Meine Mutter und Mrs Browning werden uns begleiten. Außerdem wird er mir mitten im Hyde Park sicher nichts zuleide tun.«

»So wie dir gestern mitten auf dem Marktplatz nichts zustoßen konnte?«, fauchte Valerian.

»Das …« Sie fuhr mit der Zunge über ihre plötzlich trockenen Lippen. »Nun, das war etwas anderes.«

»Und wenn dich irgendjemand oder irgendetwas von deiner Mutter und ihrer Gesellschafterin trennt?«

»Falls man mich wieder bestiehlt, werde ich dem Dieb nicht nachlaufen.«

»Es gibt zahllose andere Möglichkeiten.«

»Großer Gott, Valerian, ich kann nicht zu leben aufhören, nur weil ich Angst habe.« Schwarzer Humor, dachte Abigail ironisch.

Nach Dr. Myers' Therapie hatte sie geglaubt, ihr Leben wäre beendet. Monatelang stand sie unter Schock, bis sie sich zusammenriss und beschloss, sie würde niemandem je wieder erlauben, eine solche Macht über sie auszuüben – und sie in einen so schrecklichen Zustand zu versetzen. Und sie hatte sich geschworen, sie würde sich nie mehr von ihrer Angst leiten lassen. Zumindest nicht in diesem Ausmaß.

Gewiss, sie musste innerhalb der gesellschaftlichen Schranken leben. Doch diese Gesetze konnten ihr nicht verbieten, Menschen wie Dr. Myers zu meiden.

Vorsicht und Furcht waren zweierlei. Ebenso wie freie Entscheidungen und Diktate.

»Wer mir etwas antun will, kann es überall und jederzeit versuchen«, fügte sie hinzu. »Immerhin bin ich jetzt gewarnt, und ich weiß, worauf ich achten muss.«

Valerians Augen verdunkelten sich. In den braunen Tiefen erschien ein unergründlicher Glanz. »Neuerdings nennst du mich Valerian.«

Abigails Finger spielten mit einer ihrer Spitzenmanschetten. »So heißt du doch, oder?«

»Niemals sprichst du mich ohne Sarkasmus mit meinem Vornamen an.« *Jetzt nicht mehr* … Diese Worte blieben unausgesprochen.

Sie strich über ihren Rock. »Und wenn du dich recht

entsinnst – du hast mich schon lange nicht mehr Abigail genannt.« Als er den Kopf schüttelte, fuhr sie hastig fort, bevor er etwas sagen konnte. »Um auf Basil zurückzukommen …« Über verfängliche Themen wollte sie nicht sprechen. »Es wäre unvernünftig, wenn ich ihm in der Öffentlichkeit aus dem Weg ginge.«

Ärgerlich presste er die Lippen aufeinander.

»Heute Abend gehen wir auf den Ball, Valerian. Mal sehen, ob wir irgendetwas über deinen Bruder oder das Haus Nummer achtzehn erfahren.«

Leise klopfte es an der Tür, und Abigail forderte ihre Zofe auf, einzutreten. An ihrem Hals spürte sie wieder eine leichte Berührung – tröstlich, aber auch fordernd und besitzergreifend.

Welcher Rainewood würde letzten Endes die Oberhand gewinnen? Der alte oder der neue oder eine Kombination von beiden? Oder würde er sie in *jeder* Gestalt bis in alle Ewigkeit quälen?

13

Zielstrebig bahnte sich Abigail einen Weg durch das Gedränge im Ballsaal der Louddons. Valerian folgte ihr wie ein hartnäckiges Haustier, ein überdimensionaler Kater, der ungeduldig wartete, bis sie seinen Futternapf füllen würde.

Als ihr dieser Vergleich durch den Sinn ging, lächelte sie. Würde sie sich in eine der jungen Damen verwandeln, die an seinen Lippen hingen, voller Sehnsucht nach einem freundlichen Wort? Die stolz und glücklich strahlten, wenn er gut gelaunt war und sich tatsächlich zu einem Kompliment herabließ? Aber im Moment befand er sich in miserabler Stimmung.

»Fühlst du dich heute Abend wohl, Smart?« Er strich über die bloße Haut ihres Arms, zupfte an ihrem Ärmel und zog sie näher an sich. Ärgerlich versuchte sie zu kaschieren, dass sie ohne ersichtlichen Grund zurückgewichen war. Aber ihr Herz pochte viel zu schnell, ihre Atemzüge beschleunigten sich.

Bedauerlicherweise war es ihm nicht gelungen, andere Gäste zu berühren oder mit ihnen zu reden. Deshalb konzentrierte er sich wieder auf Abigail, die einzige Person, mit der er Kontakt aufnehmen konnte.

Welch eine Ironie – im Zentrum der klatschsüchtigen, sensationslüsternen Londoner Gesellschaft führten sie rein private Gespräche ...

Valerian neigte sich vor und flüsterte in Abigails Ohr: »Mitten in diesem Saal könnte ich alles Mögliche mit dir machen, und niemand würde es merken.«

Brennend stieg das Blut in ihre Wangen.

»Miss Smart, darf ich mir die Bemerkung erlauben, dass Sie heute Abend ganz besonders zauberhaft aussehen?«

Sie riss sich von Valerian los und nickte Aidan Campbell zu, der vor ihr stehen geblieben war. Seit einer Woche leuchteten seine Augen auf, wann immer sie einander begegneten, und nun erschien ihr sein Blick intensiver denn je.

»Danke, Mr Campbell«, antwortete sie höflich. Dann schaute sie nach allen Seiten, weil sie feststellen wollte, welche Leute sich gerade in der Nähe aufhielten. »So eine angenehme Party, nicht wahr? Und ich genieße das wundervolle Wetter, den Vorboten des Sommers.«

»Wie schön, Miss Smart!«, murmelte er und schenkte ihr ein charmantes Lächeln. »Auch ich ziehe den Sommer allen anderen Jahreszeiten vor.« Das Orchester intonierte einen Walzer, und er verbeugte sich. »Würden Sie mir die Ehre erweisen?«

»Tu das nicht, Abigail!«, mahnte Valerian. Die Augen zu schmalen Schlitzen verengt, fixierte er seinen Freund.

Sie blickte wieder in die Runde und sah schockierte oder ausdruckslose Reaktionen, vor allem in den Mienen der Gentlemen, die Rainewoods Clique angehörten.

»Sicher führt er irgendwas im Schilde«, warnte Valerian noch eindringlicher. Aber in seiner Stimme schwang auch etwas anderes mit.

Vor lauter Verwirrung zuckte Abigail zusammen, als sie erkannte, was Valerian empfand. Strahlend lächelte sie Aidan Campbell an und schürte das Feuer der Eifersucht. »Mit dem größten Vergnügen, Sir.«

Immerhin war sie auf der Suche nach Leuten, die sich eigenartig verhielten, und Campbell zählte eindeutig dazu. Auf dem Tanzparkett konnte er ihr nichts antun, außer Drohungen auszustoßen. Und wenn er sich dazu hinreißen ließ, würde sie der Wahrheit einen Schritt näher kommen. Einen Schritt näher zu dem Ort, wo Valerians gefesselter Körper lag …

Und zu der Gefahr, ihn wieder zu verlieren …

Hastig verdrängte sie diese Gedanken, ergriff den Arm, den Campbell ihr reichte, und ließ sich zur Tanzfläche führen.

Im Dreivierteltakt schmeichelnder Geigenklänge wirbelte er sie dahin. Er war ein ausgezeichneter Tanzpartner. Geübt und voller Selbstvertrauen.

»Sie tanzen sehr gut, Mr Campbell.«

»Oh, Sie ebenfalls, Miss Smart. Wie ich gestehen muss – in den letzten Monaten habe ich die Gelegenheit versäumt, Sie um diese Ehre zu bitten.«

Den Kopf schief gelegt, sah sie zu ihm auf. »Darum hätten Sie mich jederzeit bitten können, Sir. Und wie *ich* gestehen muss – ich bin überrascht, dass Sie es heute Abend getan haben …«

»Wäre ich schon früher so kühn gewesen, hätte es Raine missfallen, nicht wahr?«

Verwirrt hob sie die Brauen. Aber nach der finsteren Miene Valerians zu schließen, der neben ihr dahinglitt, musste sie seinem Freund vermutlich recht geben.

»Keine Ahnung, wovon Sie reden, Mr Campbell …«

»Wissen Sie das wirklich nicht?«

»Nein. Selbst wenn ich es wüsste – tun Sie immer, was Rainewood will?«

Auf seinen Lippen erschien ein heuchlerisches Lächeln. »Meistens. Und ich hege schon seit längerer Zeit den Verdacht, dass er sein Herz an Sie verloren hat, Miss Smart.«

»Oh?« Unwillkürlich versteifte sie sich.

»Ja. Das erkannte ich an der Art und Weise, wie Sie einander begegnen – oder eher *nicht* begegnen, um es treffender auszudrücken. Woran es liegt, kann ich nicht sagen. Jedenfalls war es vor ein paar Tagen unübersehbar.«

»An jenem Abend war Lord Rainewood sehr unfreundlich. Ich empfand seine Gesellschaft als nicht besonders angenehm.«

»Mal sehen, wie du dich später in meiner Gesellschaft fühlen wirst, Abigail«, raunte eine heisere Stimme in ihr Ohr.

»Sind Raine und Sie ein Liebespaar?«

Als sie aus dem Takt kam, half ihr Campbell, den Rhythmus wiederzufinden. »Wie bitte?«

»Ich habe gefragt, ob Raine und Sie ein Liebespaar sind.« Mit verkniffenen Lippen fügte er hinzu: »Es würde ihm ähnlich sehen, eine solche Indiskretion auf diese Weise vertuschen zu wollen.«

»Dieses Gespräch werden wir beenden, Mr Campbell. Danke für den Tanz.« Abigail wollte ihm ihre Hand entziehen. Aber er hielt sie eisern fest.

»Nein, verzeihen Sie mir.« In seiner Bitte schwang ein fast verzweifelter Unterton mit. »Das ist mir einfach herausgerutscht ... Um es endlich zu gestehen – ich bin halb wahnsinnig vor Eifersucht.«

Entgeistert starrte sie ihn an. Aber sie erlaubte ihm, den Tanz fortzusetzen. »Es fällt mir schwer, das zu glauben. Da Sie zu Rainewoods Clique gehören, nahm ich an, für Sie wäre ich unsichtbar – genauso wie für die anderen.«

»Seien Sie versichert, Miss Smart – ich bin einfach nur ein Feigling. Erst jetzt, in Raines Abwesenheit, wage ich mit Ihnen zu tanzen.«

»Um ehrlich zu sein, Sir, ich unterstelle Ihnen unlautere Beweggründe.«

Da funkelten seine Augen, statt sich zu verdunkeln, wie sie es erwartet hatte. »Das leugne ich keineswegs. Vielleicht wünsche ich mir einen zweiten Tanz und demnächst eine gemeinsame Fahrt in den Hyde Park.«

Nun kam sie erneut aus dem Takt. Hinter ihrem Rücken hörte sie Valerian alles Mögliche verfluchen, von Campbells Dummheit bis zu dessen Herkunft.

»Soll es mich amüsieren oder sollte ich mich eher schämen«, seufzte Campbell, »weil Sie anscheinend so wenig von mir halten, dass Sie bei unserem Walzer nicht auf Ihre Schritte achten? Obwohl Sie sich ansonsten so anmutig bewegen?«

»Wie ich zugeben muss, verstehe ich mich selber nicht, Sir, denn Sie haben mich völlig überrascht. Nachdem ich früher Luft für Sie war …«

Er spähte über ihre Schulter. »Das bedaure ich zutiefst. Niemals hätte ich mich meinen Freunden anpassen dürfen, die Sie so schändlich behandelt haben.«

Schöne Worte. Ernsthafte Augen. Trotzdem glaubte sie ihm keine Sekunde lang.

Aber ihre Mutter würde einen Herzanfall erleiden, wenn sie einen so verheißungsvollen Verehrer entmutigte – einen künftigen Viscount. *Wenn ich ihn tatsächlich heirate, würde sie im siebten Himmel schweben* … In dem grünen Hauptbuch hatte Abigail gelesen, dass er bis über die Ohren verschuldet war. Den Großteil dieser Summen schuldete er Valerian. Gewiss wäre es interessant, ihm das Geständnis zu entlocken, warum er ihr plötzlich den Hof machte.

»Falls Sie mir Ihre Aufwartung machen wollen, Mr Campbell – ich würde Sie nicht abweisen.« Aufmerksam beobachtete sie sein wechselndes Mienenspiel. Genugtuung, Freude, leichtes Unbehagen, Verblüffung. Welcher dieser Emotionen sollte sie trauen? Womöglich trieb er nur ein rätselhaftes Spiel mit ihr.

Andererseits … Sie schaute zu einigen Gästen hinüber, die sich am Rand der Tanzfläche versammelt hatten. In den meisten Gesichtern las sie unverhohlene Missbilligung.

»Hast du den Verstand verloren?«, fauchte Valerian. »Sag ihm, du willst nichts mit ihm zu tun haben!«

Liebenswürdig lächelte sie Aidan Campbell an und ließ sich im Dreivierteltakt davonwirbeln – weg von der düster gefurchten Stirn ihres geisterhaften Begleiters. Manche Entschlüsse übten nicht nur *eine* Wirkung aus, im guten oder im schlechten Sinn. Und Valerians Zorn erfüllte sie mit tiefer Befriedigung. Bisher hatte sie Frauen verachtet, die solche boshaften Gefühle empfanden. Aber jetzt ... Ihr Herz jubelte, als sie seinen stechenden Blick im Rücken spürte. Beinahe wurde ihr schwindlig. Oh, danach könnte sie sogar süchtig werden ...

»Das höre ich gern, Miss Smart«, antwortete Campbell sichtlich beglückt. »Bald werde ich Ihnen meine Aufwartung machen.«

Zustimmend neigte sie den Kopf.

»Der ist nur hinter deinem Geld her«, ätzte Valerian und hinterließ eine Spur schaudernder Tanzpartner, die er durchwanderte, um Abigail und Campbell zu folgen.

Geld – der Segen der Smarts oder ihr Fluch, das Einzige, was ihre Position in der Londoner Gesellschaft stärkte ... Vor zwei Generationen waren sie ausgestoßen worden, verarmt und geächtet. Und das neu gewonnene Vermögen hatte ihnen wieder die Türen der besseren Kreise geöffnet.

Mit ihrem Geld hatten sie Mrs Browning und eine Audienz am königlichen Hof erkauft. Abigails Mutter gab es mit vollen Händen aus, um einen ersten sozialen Erfolg zu erzielen. Wenn Rainewood ihnen auch nur halbwegs wohlwollend begegnete, würde er ihren Status untermauern.

Sie schaute an seinem Freund vorbei und starrte ihn erbost an. So lebhaft entsann sie sich ihres Debüts – als wäre es gestern gewesen.

Anscheinend hegte Campbell ähnliche Gedanken. »Gerade habe ich mich an Ihr Debüt erinnert, Miss Smart. An jenem Abend zogen Sie alle Blicke auf sich.«

Sie wollte ihn fragen, seit wann er die aalglatte Zunge eines heuchlerischen Schmeichlers besaß. Stattdessen lachte sie leichthin. »Wie nett von Ihnen, Mr Campbell, aber leider ist es nicht wahr.«

»O doch!«, protestierte er. »Ich glaube, die Leute verstummten und überlegten, welche Stellung Sie im gesellschaftlichen Milieu einnehmen würden. Kein Wunder, Sie sind ja auch ungewöhnlich schön.«

»Wie nett von Ihnen«, wiederholte sie und wusste nicht, wie sie fortfahren sollte. Vielleicht, dass alle Frauen attraktiv waren, sobald sie prall gefüllte Börsen besaßen?

»Warum war Raine am Abend Ihres Debüts so unfreundlich? War er Ihnen böse?«

Mit dieser Frage hatte sie nicht gerechnet. Bisher hatte sie niemand zu stellen gewagt. Um die soziale Position der Smarts einzuschätzen, orientierte man sich an den gesellschaftlichen Ereignissen, zu denen sie eingeladen wurden.

»Oh, ich glaube, Lord Rainewood war einfach nur schlecht gelaunt. Mein Pech …«

»Ja, mag sein …«, sagte Campbell gedehnt, offenbar gegen seine Überzeugung. »Manchmal befallen ihn wechselhafte Stimmungen.«

»Da könnten Sie recht haben, Sir«, antwortete sie in frostigem Ton, um ihren Ärger über diesen Gesprächsstoff zu bekunden.

Geschmeidig schwenkte er sie auf dem Tanzparkett herum. »Wieso wussten Sie eigentlich Bescheid über die Oxting Stables?«

Nachdem er so abrupt ein anderes Thema anschnitt, kam

sie ein drittes Mal aus dem Takt. Aber er hielt sie fest, und sie tanzten weiter. »Irgendwo muss ich davon gehört haben.« Immerhin war das keine Lüge.

»Hm«, murmelte er. »Miss Smart, ich muss gestehen – Sie faszinieren mich.« Nach einer letzten schwungvollen Drehung blieben sie stehen, die Geigen verklangen. »Schon immer haben Sie mein Interesse geweckt.«

Über seine Schulter hinweg sah sie Valerian auftauchen und begegnete seinem düsteren, bedrohlichen Blick. Dann glitt er durch Campbell hindurch, seine hochgewachsene Gestalt verdeckte ihn. Besitzergreifend umfing er Abigails Taille.

»Fühlen Sie sich nicht gut, Miss Smart?«, fragte Campbell irgendwo hinter ihm.

Danach wurde sie in Valerians Gegenwart ziemlich oft gefragt. »Doch ... Es ist nur so stickig hier drin, nicht wahr?« Mit einer behandschuhten Hand fächelte sie sich Kühlung zu und wünschte, sie hätte ihren Fächer nicht zu Hause gelassen.

Nun glitt Valerians Hand an ihrem Rücken nach oben und streichelte ihren Nacken. Inständig hoffte sie, Campbell würde die heiße Röte in ihren Wangen nicht bemerken, die atemlos geöffneten Lippen, die Schweißperlen auf ihrer Stirn. Sie suchte ihre Emotionen zu verbergen. Diesen betörenden Liebkosungen musste sie sich entziehen.

Entschlossen trat sie nach links, und Campbell erschien wieder in ihrem Blickfeld. Seine Augen hatten sich umschattet, und sie erkannte die Anzeichen männlicher Erregung. Oft genug hatte sie diese Leidenschaft in den Gesichtern der Geister gesehen. Was mochte er in *ihrer* Miene lesen, um so zu reagieren?

»Danke für den Tanz, Mr Campbell.«

Ohne sie aus den Augen zu lassen, verbeugte er sich. »Ich habe *Ihnen* zu danken, Miss Smart. Und ich freue mich schon auf ein Wiedersehen. Vielleicht in einer etwas privateren Atmosphäre.«

Abigail nickte ihm zu, und er führte sie zum Rand der Tanzfläche – diesmal viel dichter neben ihr als zu Beginn des Walzers. Entnervt bemerkte sie die forschenden Blicke von Rainewoods Gefolge. So bald wie möglich entschuldigte sie sich bei Campbell und ging zu Phillip, Edwina und Gregory, die mit Sir Walter Malcolm wieder einmal über die Wunderwerke der Technik diskutierten.

»Freut mich, Sie wiederzusehen, Sir Walter«, sagte Abigail. Seit ihrem Debüt war der Gentleman immer sehr nett zu ihr gewesen, obwohl seine Frau und seine Tochter ihr die kalte Schulter zeigten. Ebenso wenig schien ihn zu stören, dass Rainewood sie in der Öffentlichkeit ignorierte.

»Oh, das Vergnügen ist ganz meinerseits, Miss Smart.«

Gutmütig lächelte er sie an. »Vorhin erwähnte Ihre Mutter, dass Sie sich in ein paar Tagen die Ballonflüge anschauen wollen.«

»Ja, das habe ich vor.«

»Ausgezeichnet! Sicher wird Mr Brockwell den Wettbewerb gewinnen, und ich bin schon sehr gespannt auf die erstklassige Konstruktion seines Ballons.«

Dieses Lob trieb das Blut in Phillips Gesicht. »Nun, ich werde mein Bestes tun, Sir Walter.«

»Daran zweifle ich nicht. Dann werde ich Sie beide bald sehen. Und vielleicht auch Miss Penshard?«

Eifrig nickte Edwina. Blonde Löckchen wippten über ihren rosigen Wangen.

Nachdem Sir Walter sich verabschiedet hatte, wandte Edwina sich zu Abigail. »Gerade sah ich Sie mit Mr Campbell tanzen.«

Wie Gregorys düstere Miene verriet, hegte er ganz andere Gedanken als seine Schwester, die immer nur das Gute in den Menschen sah. Und Phillip runzelte einfach nur unbehaglich die Stirn.

»Mr Campbell hatte mich um den Tanz gebeten«, erklärte Abigail schlicht.

Nachdenklich zog Edwina die Brauen zusammen. Aber sie nickte. Dazu ließ Gregory sich nicht herab.

»Trotz der Ereignisse auf dem Malcolm-Ball haben Sie mit ihm getanzt? Nur weil er Sie darum gebeten hat?« Gregory schüttelte den Kopf. »Natürlich verfolgt er ehrlose Interessen.«

Aus den Augenwinkeln sah Abigail, wie Valerian zufrieden lächelte.

»Und was könnte Mr Campbell planen, Sir?«, fragte sie. »Sind Sie nicht neugierig?«

»Nein, weil ich es weiß. An Ihrer Stelle hätte ich ihn in aller Öffentlichkeit geschnitten, Miss Smart, und ihm sein Verhalten mit gleicher Münze heimgezahlt.«

»Sei nicht so streng, Gregory«, mahnte Edwina und legte eine Hand auf seinen Arm. »Wenn uns jemand gekränkt hat, sollten wir ihm großmütig vergeben.«

Die Hand jeder anderen Person hätte er abgeschüttelt. Aber er kräuselte nur die Lippen. »Deine Herzensgüte grenzt an Dummheit, Edwina. Eigentlich hatte ich Miss Smart für klüger gehalten.«

»Tut mir leid, wenn ich Sie enttäusche, Mr Penshard«, fauchte sie.

Offensichtlich wuchs Phillips Unbehagen. Im Gegensatz zu Gregory hatte er Konfrontationen schon immer gehasst.

»Seien Sie bloß vorsichtig, Miss Smart«, warnte Gregory, »und überlegen Sie, mit wem Sie sich einlassen. Wir waren stets Ihre Verbündeten. Deshalb sollten Sie mich nicht ärgern.« Seine grünen Augen schimmerten fast schwarz.

»Entschuldige dich sofort, Gregory!«, befahl Edwina.

»Nein, ganz sicher nicht! Wenn Miss Smart glaubt, sie könnte es mit diesen Männern aufnehmen, nachdem Rainewood von der Bildfläche verschwunden ist, verdient sie unseren Groll.«

Valerian trat einen Schritt näher zu Gregory. »Also hatte ich recht – er weiß etwas.«

»Wie meinen Sie das, Mr Penshard?«, erkundigte sich Abigail. »Nachdem Lord Rainewood verschwunden ist?«

Auch Edwina und Phillip schauten Gregory verwundert an.

Beunruhigt ließ Phillip seinen Blick zwischen Abigail und Gregory hin- und herschweifen.

»Da er das Weite gesucht hat, sollten Sie sich erleichtert fühlen, Miss Smart«, erwiderte Gregory. »Oder trifft meine Vermutung zu? Haben Sie Ihre kindische Schwärmerei für Rainewood noch immer nicht aufgegeben?«

Verstört hielt Abigail den Atem an. »Wie bitte?«

Gregory brach in höhnisches Gelächter aus. »Nun, vielleicht irre ich mich – wo Sie neuerdings mit Campbell tanzen und sich mit Lord Basil verabredet haben.«

Dass ihn der Tanz mit Campbell und die Vereinbarung mit Basil irritierten, überraschte sie nicht. Aber sein scharfer Ton missfiel ihr.

Das Kinn erhoben, starrte sie ihn an. »Versetzen Sie sich doch einmal in die Lage einer Frau, die in dieser Gesellschaft leben muss«, forderte sie ihn möglichst sanft heraus. »Würden *Sie* solche Einladungen ablehnen?«

Mit dieser Attacke schien sie sogar Valerian zu verblüffen.

In Gregorys Augen zeigte sich ein kaltes Glitzern.

Kampflustig straffte sie die Schultern und erinnerte sich an ein Gespräch mit Valerian. »Da fällt mir ein – warum brauchen Sie einen Arzt, Mr Penshard?«

»Mutter sucht dich, Ed.« Energisch ergriff Gregory den Arm seiner Schwester. »Beeil dich!«

Bevor Edwina sich pflichtbewusst abwandte, sah sie ihn erstaunt an.

»Nehmen Sie sich in Acht, Miss Smart«, mahnte Gregory und ging mit seiner Schwester davon.

Seufzend drehte Abigail sich zu Phillip um, der Edwina hingerissen nachschaute. »Mr Brockwell?«

»Ja?«, murmelte er und erweckte den Eindruck, er würde jeden Moment die Besinnung verlieren und in die Kübelpflanzen fallen.

»Teilen Sie Mr Penshards Meinung? Sollte ich den Mitgliedern von Lord Rainewoods Clique aus dem Weg gehen?«

»Das – das weiß ich nicht, Miss Smart ...« Verlegen suchte Phillip nach Worten. »Diese Gentlemen waren nicht besonders nett zu uns. Aber Sie müssen natürlich tun, was Sie für richtig halten. Entschuldigen Sie mich jetzt ...«

Hastig ergriff er die Flucht. Abigail blieb allein am Rand der Tanzfläche stehen und kam sich ein bisschen verloren vor.

Bevor sie irgendetwas zu Valerian sagen konnte, tauchten Campbell und Mr Stagen vor ihr auf.

»Diesen Kummer möchte ich nicht in Ihren schönen Augen sehen, Miss Smart.« Campbell lächelte galant. »Lassen Sie sich aufheitern.«

Von Phillip, Edwina und Gregory verlassen, musste sie sich gegen Rainewoods Clique behaupten. Unvermittelt befand sie sich in einer verkehrten Welt, und sie wusste nicht, wohin sie geraten war.

Während der restlichen Party und auf der Heimfahrt verhehlte Valerian seine miserable Laune nicht. Dass Campbell sich plötzlich so hartnäckig um Abigail bemühte, ärgerte ihn maßlos.

»Vielleicht interessiert er sich einfach nur für mich.« Sie warf ihre Stola aufs Bett. »Falls es dir entgangen ist – *so* schrecklich bin ich gar nicht.« Nur ein bisschen verrückt. »Außerdem würde er mir eine sichere Position in der Gesellschaft bieten.« Diese Bemerkung konnte sie sich nicht verkneifen.

»Was *ich* dir bieten würde, wäre tausend Mal besser.«

Sie wollte widersprechen. Aber ehe sie wusste, wie ihr geschah, verschloss ihr ein leidenschaftlicher Kuss den Mund.

14

Abigails Lippen *wirklich zu spüren* – das erschütterte ihn noch tiefer als seine Fähigkeit, sie zu küssen. Der Gedanke an einen Kuss und die Realität – welch ein Unterschied …

In der Vergangenheit hatten sie sich nur ein einziges Mal geküsst – in einem Augenblick trügerischer Glückseligkeit, bevor ihre Welt eingestürzt war.

Damit ließ sich dieser Kuss nicht vergleichen, abgesehen von Valerians heißem Entzücken, das er empfand, als Abigails Atem stockte, als sie die Lippen öffnete und seine Glut erwiderte.

Wie weicher Samt fühlten sich ihre Lippen an. Noch stärker berauschte ihn die Kraft ihrer Persönlichkeit, die er nie zuvor so intensiv wahrgenommen hatte. Wie aus eigenem Antrieb schlangen sich seine Finger in ihr Nackenhaar, und er zog sie an seine Brust. Da hörte er einen halb erstickten Laut, auf den sein Körper sofort reagierte. So fest wie nur möglich wollte er sich an Abigail pressen und sie zum Bett drängen – alles vereinen, was die innigste Intimität ersehnte.

Stattdessen entfernte er seine Hand von ihrem Nacken, streichelte ihren Hals und den Stoff des Kleids auf ihrer Schulter. Unter seinen Fingern, die ihre nackte Haut suchten, schien der Satin zu vibrieren.

Stundenlang könnte er seine Finger über ihren Arm gleiten lassen. Glatt wie Seide, weich wie Vlies. Aus den kostbarsten Stoffen, die man auf dieser Welt fand, musste Abigails Haut bestehen. Das gehörte zu den Gründen, die ihn stets bewogen, sie zu liebkosen. Aber jetzt – nach seiner wachsenden Sehnsucht während der letzten Tage und Wochen – hatte er das seltsame Gefühl, er würde den Mond berühren, wenn er in vollem Glanz ganz tief über dem Horizont schwebte.

Dann beendete sie den Kuss und hauchte, ihre Wange an seiner: »Valerian, ich bin mir nicht sicher, ob …«

»Ob das eine gute Idee ist?«, flüsterte er in ihr Ohr.

Zitternd nickte sie.

»Es ist sogar eine großartige Idee.« Die Lippen an ihrem Hals, atmete er ihren Duft ein. Sie roch nach milder, frischer Seife und reizte all seine Sinne, die nun erwachten – trotz seiner Angst, er hätte sie für immer verloren.

Zärtlich küsste er die Stelle seitlich unterhalb ihres Kinns, wo ihr Puls raste, und sie rang nach Luft. Um ihm den Zugang zu erleichtern, legte sie den Kopf in den Nacken. Er strich über ihren Rücken, umfasste ihre Hüfte und drückte sie an seinen Schenkel. Automatisch spreizte sie die Beine und schmiegte sich noch fester an ihn.

O Gott, sie trieb ihn zum Wahnsinn. Obwohl sie in solchen Situationen zweifellos unerfahren war, erhitzte sie sein Blut und feuerte ihn an, noch mehr zu wagen – immer mehr, bis sie ihm alles schenken würde.

Mit seiner freien Hand strich er über die zarte Haut ihres Arms, hinab zu ihrem Handschuh, dessen Rand er umfasste. Diese Barriere musste verschwinden – so wie *alle* Barrieren, die ihn von ihr trennten. Ja, er würde sich von dem Dämon befreien, der ihn beharrlich verfolgte, seit er alt genug geworden war, um den Unterschied zwischen der abenteuerlustigen Freundin seiner Kindheit und der erwachsenen Frau zu erkennen.

In der Entfernung des Handschuhs lag ein symbolischer Sinn. Als würde er alles repräsentieren, was Abigail und Valerian entzweite – kindliche Spiele kleiner Erwachsener, die ihren Rollen zu entsprechen suchten; veränderte Umstände und falsche Entscheidungen, die unweigerlich zum Bruch geführt hatten.

Wenn er ihr den Handschuh auszog, würde er den Zwist

besiegen. Er würde sein Herz für Dinge öffnen, die er vor langer Zeit ausgesperrt hatte – anfangs zu verletzt und verwirrt, um anders zu handeln, und später zu eigensinnig, um sich seinen Fehler einzugestehen.

Entschlossen zerrte er an dem Handschuh. Aber bevor er ihn entfernen konnte, glitten seine Finger hindurch. Einige Sekunden lang hielt er inne. Nein, sie mussten von dem Stoff hinabgerutscht sein. Er ließ sie wieder über Abigails Arm nach oben wandern, löste seine Lippen von ihrem Hals und schaute sie an, sah verschleierte, halb geschlossene Augen. Sie hatte den Kopf noch immer in den Nacken gelegt.

Mit seiner anderen Hand strich er wieder über ihren Rücken und presste sie an seinen Körper. Ihre Lider flatterten und senkten sich. Dann öffnete sie die Augen und starrte in seine. Wie immer forderte sie ihn heraus.

Da er nichts anderes tun konnte, küsste er sie noch einmal, drückte sie gegen die Lehne des Stuhls vor dem Toilettentisch, sodass sie sich noch fester aneinanderschmiegten. Seine Finger umfassten ihren Nacken. Hungrig kostete seine Zunge ihren Mund.

Alles in seinem Innern drängte ihn, Abigails hinderliche Kleidung zu entfernen. Ausnahmsweise schwieg der analytische Teil seines Gehirns und erforschte die Hintergründe seiner Sehnsucht nicht. Zu sehr lenkte ihn das wundervolle Gefühl seiner Sinnenlust ab. Solche Emotionen hatte er sich versagt, seit er in den Traum geraten war.

Nun versuchte Valerian erneut, ihr den Handschuh auszuziehen. Ohne Erfolg, seine Finger durchdrangen den Stoff.

Seine Lippen ließen ihre los, sein Blick schweifte zu ihrem Handgelenk hinab. Nur heftige Atemzüge und die tickende Uhr auf dem Kaminsims durchbrachen die Stille. Er fuhr mit einer behutsamen Fingerspitze über den Rand des Handschuhs, die warme Haut.

Dann schob er den Finger unter den Handschuh, um die bisher unberührte Haut zu erkunden. Unbewusst bäumte Abigail sich auf und stöhnte leise.

An seiner empfindsamen Fingerspitze, direkt unterhalb des Nagels, spürte er den Rand des Handschuhs – die gedämpfte Textur von Seide, nicht den vibrierenden Puls. Um intensivere Emotionen zu gewinnen, rieb er seinen Knöchel am Stoff.

Da glitt sein Finger hindurch.

Sein Körper erstarrte.

»Was – was stimmt denn nicht?«

Er hörte den unsicheren Klang ihrer Frage, registrierte ihre Anspannung. Stets war die Ahnung eines Kampfs fühlbar, der auf ihn wartete. Zu lange beobachtete er Abigail schon, zu lange las er ihre Gedanken, um nicht zu wissen, dass ein Teil von ihr erwartete, er würde das Spiel fortsetzen, das er nach ihrer Meinung immer noch spielte. Offenbar nahm sie an, er würde etwas Unwiderrufliches tun.

Entnervt trat er zurück. Nicht nur entnervt, weil er zwar ihre Haut berühren konnte, aber ansonsten nur sehr wenig. Genauso irritierte ihn der Gedanke an alles, was immer noch zwischen ihnen stand.

Was er verursacht, was sie weiterentwickelt hatte.

Er öffnete den Mund. Aber der kühlere Teil seines Gehirns kam ihm zu Hilfe. »Ich kann deine Kleidung nicht berühren. Oder nur für wenige Sekunden. Nicht lange genug, um dich auszuziehen.«

In ihre ohnehin schon erhitzten Wangen stieg brennende Röte, eine reizvolle Farbe neben den glänzenden Augen und den vollen, vom Küssen geschwollenen Lippen.

»Oh …« Verlegen zupfte sie an einem ihrer Ärmel.

»Warum ist es unmöglich?«

»Das weiß ich nicht.« Ihr Gesicht färbte sich noch dunkler, und sie erschien ihm begehrenswerter denn je.

Nun eilte Telly herein. Hätte sie das Zimmer ein paar Minuten früher betreten, wäre es furchtbar peinlich gewesen. Valerian schaute Abigail an, die ihr Haar glättete und nach Fassung rang. Manchmal glaubte er sie besser zu kennen als sich selbst.

Die Zofe half ihr beim Auskleiden. Einerseits genoss er die zauberhafte Szene, andererseits erzeugte sie einen bitteren Geschmack in seinem Mund. Gewiss, wunderbarerweise konnte er sie berühren, aber nicht intensiv genug, um zu vergessen, in welchem Zustand er sich befand. Würde er diese verfluchte Geistergestalt für immer beibehalten? Oder wenn die Männer, die eine so rätselhafte Macht über ihn ausübten, ihr grausiges Experiment beendeten – würde er dann verschwinden? So wie jene Gespenster, die Abigail erwähnt hatte?

Wie der Geist seines Bruders.

Die Manschetten der Puffärmel blieben an Abigails Handgelenken hängen, als Telly ihr das Kleid über den Kopf streifen wollte. Sekundenlang war sie gefesselt.

Nachdenklich rieb er seine eigenen Handgelenke. Wie sollte er herausfinden, wo er gefangen gehalten wurde, ohne Abigail in neue Gefahr zu bringen? Trotz allem, was er ihr in den letzten Jahren angetan hatte, wollte sie ihm helfen, so gut sie es vermochte.

Ihre Blicke trafen sich. Dann musterte sie sein Handgelenk, über das er ärgerlich strich. In ihren Augen las er, was sie empfand – Mitleid und Entschlossenheit. Er ließ seine Hände sinken und ging zum Fenster, durchquerte die Vorhänge und schaute zur Straße hinaus. Während er Abigail den Rücken kehrte, ignorierte er das leise Gespräch, das sie mit ihrer Zofe führte, in seine eigenen morbiden Gedanken vertieft.

Schließlich hörte er die Tür ins Schloss fallen, eine sanfte Hand berührte seinen Rücken. »Wie Telly mir soeben erzählt hat, gibt es in der Gegend bei der Spielhölle mindestens ein Dutzend Schilder mit Namen, die mit M, A, L anfangen. Oder die Buchstaben stehen woanders in den Aufschriften. Die meisten dieser Etablissements sind Pubs und Tavernen. Morgen können wir uns dort umsehen.«

Würde es am nächsten Tag zu spät sein? Zögernd nickte er, und seine Sorge um Abigail – niemals verflogen, aber in den vergangenen Jahren von Zorn und Bitterkeit überlagert – steigerte sich zur Qual.

»Telly sagte, ein Lakai habe ihr geholfen, die Schilder zu lesen. Weder sie selbst noch ihr Begleiter entdeckten ein Hospital oder eine Irrenanstalt. Morgen fahren wir in der Kutsche hin – nur wenn Mama und Mrs Browning nichts merken. Sonst würden sie zu viele Fragen stellen.«

»Warum hältst du es mit ihr aus?«

»Weil sie meine Mutter ist«, erwiderte Abigail.

»Nein.« Valerian drehte sich zu ihr um. »Deine Mutter meine ich nicht, obwohl sie dir ebenfalls zu schaffen macht. Nach meiner Ansicht wirft Mrs Browning größere Probleme auf.«

Sie kehrte zum Toilettentisch zurück, ergriff ihre Bürste und strich über die Borsten. Im Hintergrund seines Bewusstseins weckte diese Geste eine vage Erinnerung. »Mrs Browning hat uns in die Gesellschaft eingeführt«, betonte Abigail. »Eigentlich sollte man sich fragen, wie sie es mit *uns* aushält.«

»Nun, ich glaube, die Smarts könnten eine bessere Fürsprecherin finden.«

Nachdem sie sich abgewandt hatte, umspielte ein spöttisches Lächeln ihre Lippen, das Valerian nicht sehen sollte. »Nein, das können wir nicht, denn Mrs Browning bietet uns viel mehr, als wir erhoffen durften.«

Er runzelte die Stirn, und Abigail ließ die Bürste fallen. Dann begegnete sie seinem Blick im Spiegel.

»Suchst du Streit?«, fragte sie.

Stimmte das? Ja, normalerweise, wann immer er mit ihr diskutierte. Zweifellos zog er es vor, zu streiten und sich zu ärgern, statt gefährlichen Gefühlen nachzugeben.

»Ermüdet es dich noch immer nicht, Valerian?« Sie wischte über das Spiegelglas, und er sah ihr Gesicht etwas deutlicher. Traurig und forschend. »Wünschst du dir niemals, die Dinge würden sich ändern?«

»Inzwischen sind die Dinge anders geworden«, antwortete er automatisch.

Sie lachte freudlos. »Ja. Aber für wie lange?«

»Was meinst du?« Seine Augen verengten sich. »Weißt du, welches Schicksal mich erwartet?«

Vielleicht belog sie ihn schon die ganze Zeit, diese traumhafte Inkarnation von Abigail Smart, führte ihn an der Nase herum und wusste ganz genau, was mit ihm geschehen würde.

In ihren Geistergeschichten zeigte sich die *reale* Abigail, die ihm die Tatsache verhehlte, dass sein Körper bereits starb. Bald würde er verschwinden und denselben Ort aufsuchen wie all die anderen Geister, wo immer das sein mochte.

Noch nie hatte ihn der Gedanke an den Tod fasziniert, weil ihm das Sterben wie eine Niederlage erschien, ein schmähliches Versagen. Etwas, was er nicht kontrollieren konnte. So wie der Tod seines Bruders. Unnötig. Ein Ereignis, das er hätte verhindern müssen.

Die Augen geschlossen, betastete Abigail wieder die Bürste auf dem Toilettentisch. »Ich habe nur gemeint – nichts bleibt so, wie es ist. Weil sich alles ändert. Auf nichts darf man sich verlassen.«

»Doch, auf sehr viele Dinge. Prestige, Herkunft, auch auf die Tatsache, dass im Parlament immer brillante Männer und ein paar Idioten sitzen werden.«

»Wie nachhaltig dich das Kriterium der Herkunft beeinflusst … Bei jeder Gelegenheit erwähnst du sie, um deine Mitmenschen zu degradieren oder mit Komplimenten zu beglücken.«

»In unserer Welt ist sie von großer Bedeutung. Und jemanden, der in dieser Welt lebt, sollte das nicht überraschen.« Als er Abigails Blick im Spiegel suchte, verzerrte die unregelmäßige Glasscheibe ihr Gesicht.

»Sei nicht so ein Rüpel, Valerian«, mahnte sie und schaute auf den Tisch hinab.

Wieder einmal verblüffte ihn die Freude, die er empfand, wann immer sie ihn mit seinem Vornamen anredete. Aber die Freude erlosch, während er über eine passende Antwort nachdachte.

»Welchen Unterschied macht es denn?« Er knirschte mit den Zähnen, im Bewusstsein seiner Lüge. Zwischen ihnen bestand ein gewaltiger Unterschied. »Um deine Herkunft musst du dich wohl kaum sorgen, daran ist nicht zu rütteln.«

Abrupt hob sie den Kopf.

Valerian gab vor, ihre Reaktion nicht zu bemerken. »Oder vielleicht sagt dir deine Intuition, du solltest warten, du bist noch nicht bereit für eine Ehe. In diesem Fall …«, ungeduldig klopfte er auf seinen Schenkel, »… solltest du deinem Instinkt gehorchen und dich nicht überstürzt verloben.«

Diese Empfehlung fand er geradezu genial. Seit über einem Jahr zögerte er seine Verlobung hinaus, und er glaubte manchmal sogar, das könnte bis in alle Ewigkeit so weitergehen. Doch er wusste, sein Vater würde bald ein Machtwort sprechen.

Abigail lachte wieder. Auch diesmal schwang keine Heiterkeit in ihrer Stimme mit. Ihr Blick schweifte zur Haarbürste hinab, und deshalb las er nichts in ihren Augen. »Natürlich würde meine Mutter gegen deinen Ratschlag protestieren.«

»Aber sie kann dich nicht zu einer Heirat zwingen.« Ein alberner Einwand, denn er gestand sich ein, auch er würde seine Pflicht in absehbarer Zeit erfüllen müssen. So wie jeder Mann seiner Gesellschaftsschicht.

»Nein …« Dieser gedehnten Antwort schien ein »aber« zu fehlen.

»Als ich mich das letzte Mal danach erkundigte, musste die Braut nicht einwilligen.«

»Zur Eheschließung«, sagte sie tonlos.

»Ja, wozu sonst?«

»Gewiss.« Vage hob sie eine Hand. »Zur Eheschließung.«

»Was verheimlichst du mir, Abigail?«

»Nichts.«

»Und warum deutest du ständig irgendetwas an – als würdest du wünschen, ich wüsste es?«

»Was, das soll ich wünschen? Großartig! Du bist der Letzte, mit dem ich meine Geheimnisse teilen möchte.«

»Warum? Immerhin habe ich sie gehütet, oder?«

Herausfordernd straffte sie die Schultern und ging zum Bett. »Morgen suchen wir das Schild mit diesen Buchstaben. Und übermorgen treffen wir Basil. Hoffentlich werden wir dann herausfinden, was zum Teufel hinter alldem steckt – um deine Ausdrucksweise zu gebrauchen. Vielleicht spüren wir deinen Körper auf – du gewinnst ihn zurück und kannst deine Ein-Mann-Schreckenskampagne gegen die Gesellschaft fortsetzen.«

»Soll ich mich über das schmeichelhafte Kompliment freuen, dass du mir zutraust, die Gesellschaft ganz allein in Angst und Schrecken zu versetzen? Oder soll ich mich ärgern, weil du meine Frage ignorierst?« Erbost verschränkte er die Arme vor der Brust. Nun verdrängte sein Zorn alle anderen Gefühle.

Sie schwieg. Und sie drehte sich auch nicht um.

»Abigail …«

Da wandte sie sich zu ihm, musterte ihn mit müden Augen und unterbrach ihn, ehe er formulieren konnte, was er sagen wollte. »Nein. Morgen können wir streiten. Bitte. Jetzt muss ich schlafen.«

Valerians Groll kämpfte mit den seltsamen, sanfteren

Emotionen, die sie immer wieder in ihm erregte. Hinter seiner Stirn gerieten die geplanten Worte durcheinander.

»Also gut.«

Er beobachtete, wie sie einschlief. Bald hörte er tiefe, gleichmäßige Atemzüge und legte sich zu ihr, umarmte sie und spürte ihre Herzschläge an seiner leblosen Brust.

Als Abigail erwachte, war Valerian verschwunden. Zweifellos trieb er sich im Haus herum. Sie streckte sich. Dann starrte sie nachdenklich zur Zimmerdecke hinauf. Letzte Nacht hatte er sie geküsst – *wirklich* geküsst.

Und der Kuss hatte jenen ersten bei Weitem übertroffen. Damals war sie erst dreizehn gewesen und er fünfzehn. Deshalb ließen sich die beiden Küsse wohl kaum vergleichen. Unfassbar, dass die Gefühle einer Dreizehnjährigen nicht so verwirrend gewesen waren wie die überwältigenden Emotionen einer erwachsenen Frau. Und doch – vor all den Jahren hatte sie geglaubt, ihre ganze Welt würde einstürzen.

Sie schlug die Bettdecke zurück und schwang die Beine über den Bettrand. Erstaunlicherweise war Telly noch nicht erschienen, um sie zu wecken. Zwischen den Vorhängen, die an manchen Stellen nicht richtig geschlossen waren, drang bereits helles Tageslicht herein.

Eine Zeit lang hielt sie inne und lauschte den Schritten der Dienstboten, die ihre Aufgaben erfüllten, einem leisen Gespräch irgendwo in der Eingangshalle, den Vögeln, die eine lebhafte Melodie vor den Fenstern zwitscherten.

Tante Effie saß in ihrer Ecke, schaute versonnen vor sich hin und hob ihre Teetasse. Für gewöhnlich schwatzte sie um diese Tageszeit.

»Stimmt was nicht, Tante Effie?«, fragte Abigail geistesabwesend, ohne eine Antwort zu erwarten, und stand auf.

»Alles in Ordnung.«

Verblüfft wandte sich Abigail zu der Erscheinung, die plötzlich grinste und ihre Teetasse schwenkte.

»Oh, ich habe nur an meine Zitronen gedacht. Grauenhafter Winter. Aber der Frühling rückt näher, die Blumen sind so schön. Und die Zitronen duften verlockend. Bald, bald wird der Sommer Einzug halten.«

Abigail blinzelte verwundert. So hatte Effie noch nie gesprochen. Normalerweise blieb sie ihrer Routine hartnäckig treu, seit Abigail vor Jahren in dieses Haus gezogen und sie zu einer »Tante« befördert hatte.

»Schon immer habe ich den Sommer geliebt«, antwortete Abigail vorsichtig. Welche Reaktion sie erzielen würde, wusste sie nicht.

»O ja, Liebes.« Der Geist schaute ihr direkt in die Augen. »Das glaube ich dir. Schöne Erinnerungen, nicht wahr?«

Trotz ihrer Überraschung erkannte Abigail, dass sie mit den Sommertagen der Vergangenheit fast nur angenehme Erinnerungen verband. Übermütige Spiele mit Valerian, das ungeduldige Warten auf seine Rückkehr aus der Schule, die wenigen kostbaren Jahre zwischen dem Beginn seines Studiums und dem Ende ihrer Freundschaft …

»Sicher wirst du noch viele schöne Erinnerungen sammeln, Liebes.« Effie nippte an ihrem Tee und musterte Abigail über den Rand der Tasse hinweg.

»Oh, ich …« Abigail fuhr mit der Zunge über ihre Lippen. »Warum redest du plötzlich so seltsam mit mir, Tante Effie?«

Den Kopf schief gelegt, öffnete der Geist den Mund, um zu antworten.

In diesem Moment stürmte Valerian zur Tür hinein. »Da unten fragt ein Mann nach dir. So wie er aussieht, gefällt er mir ganz und gar nicht.«

»Also wirklich, Valerian, du hast versprochen, meine Heiratsabsichten zu unterstützen.«

»Das ist kein Verehrer.«

In seiner Stimme schwang irgendetwas mit, das böse Ahnungen hervorrief.

»Grässlicher Winter.« Tante Effie schüttelte den Kopf und begann über ihren Lieblingstee und Mabel zu plappern, so wie immer. Als hätte sich nichts geändert.

Die Stirn gerunzelt, wandte Abigail sich zu Valerian. »Das verstehe ich nicht. Will mir ein Gentleman seine Aufwartung machen? Oder ist es der Constable?«

Sie dachte an das gestohlene Hauptbuch. Spielte es eine Rolle, dass man eine Diebesbeute nur für wenige Minuten besessen hatte?

»Weder noch. Beeil dich, zieh dich an. Dann lauf die Hintertreppe hinunter und schleich aus dem Haus.«

»Wozu?«, fragte sie bestürzt.

»Das sagte ich doch, der Mann gefällt mir nicht. Deine Mutter ließ Mrs Browning ausrichten, für diesen Vormittag würdest du deine Verabredungen absagen, weil du krank bist. Und kurz danach tauchte dieser Mann auf.«

Kalte Angst stieg in ihr hoch. Doch sie bekämpfte das Gefühl, bevor es sich zur Panik steigern konnte. »Wie sieht er aus?«

»Klein, mit braunem Haar.« Seufzend winkte Valerian ab. »Eher unscheinbar. In einer größeren Menschenmenge würde er mir nicht auffallen. Aber ich fand seine Augen – irgendwie unheimlich.«

»Hält er einen Stock in der Hand?« Bitte, nein.

»Ja.« Valerians Augen kniffen sich zusammen. »Mit einem Silbergriff – in der Form einer Schlange.«

Ringsum drehte sich der Raum.

»Was zum Teufel, Abigail …«

Genau die richtigen Worte. Entsetzt schaute sie zu Valerian auf, der ihre Arme festhielt, als sie schwankte.

»Offenbar kennst du ihn. Wer ist er?«

Ihr Gelächter klang fast hysterisch. »Oh, nicht so wichtig …«

In diesem Moment klopfte es an der Tür. »Miss?«

»Sag deiner Zofe, sie soll dir zur Flucht verhelfen«, forderte er.

Sie wollte gehorchen. Doch da wurde die Tür geöffnet, und ihre Mutter stand auf der Schwelle.

»Abigail, du musst dich sofort anziehen«, befahl sie, sichtlich nervös.

»Nein.«

»Abigail!«

»Warum, Mama?« Nur ein schwaches Flüstern.

Wieso Abigail Bescheid wusste, fragte die Mutter nicht. »Weil du Hilfe brauchst. Wenn du erkannt hast, wer dich unten erwartet, sind deine Probleme noch immer ungelöst. Du hast mich belogen.«

»Bitte …« Verzweifelt schüttelte Abigail den Kopf.

Mrs Smart wich dem Blick ihrer Tochter aus. »Glaub mir, so ist es am besten. Alles wird sich zum Guten wenden, du wirst glücklich sein. Erinnerst du dich an die Zeit, als du so glücklich warst?«

»*Jetzt* bin ich glücklich, Mama.«

»Nein, schon sehr lange bist du unglücklich, Abigail. Lass dir helfen. Sicher wird er alles in Ordnung bringen.«

»Schick ihn weg! Dann wirst *du* alles in Ordnung bringen.« Abigails Stimme klang immer hysterischer. »Was er tun will, weißt du doch.«

Über Mrs Smarts Miene glitt ein Schatten. »Das darf er nicht, ich habe es ihm gesagt. Er wird nur mit dir reden. Vielleicht ein paar Übungen …«

»Erklär mir sofort, was da vorgeht«, flüsterte Valerian in Abigails Ohr.

»Nein.« Diesen Protest richtete sie auch an ihre Mutter. »Schick ihn weg, Mama.«

»Das werde ich *nicht* tun.« Entschlossen hob ihre Mutter das Kinn. »Mrs Browning schöpft ohnehin schon Verdacht. Bald wird sie mir Fragen stellen, die ich nicht beantworten kann.«

Über Abigails Rücken rann ein eisiger Schauer. »Es war deine Idee, Mutter – das alles war *dein* Plan. Was wirst du tun, wenn ich *nicht* mit ihm rede? Kehren wir aufs Land zurück? Verlassen wir die Londoner Gesellschaft? Nur *du* interessierst dich für diese Leute. Mir sind sie egal.«

Sekundenlang presste Mrs Smart die Lippen zusammen, ihre Augen verdunkelten sich. »Es geschieht nur zu deinem Wohl. Begreifst du denn nicht, was für ein wundervolles Leben du führen wirst?«

Mühsam schluckte Abigail ihre Tränen hinunter. »O ja, ich begreife, was *du* dir wünschst. Und du wirst dein Ziel erreichen. Lass den Dingen einfach ihren Lauf.«

»Ganz bestimmt wird er dir helfen«, prophezeite Mrs Smart im Brustton der Überzeugung. »Du musst dich nur von diesem Fluch befreien. Dann wird es dir besser gehen …«

»Viel, viel besser.«

Beinahe blieb Abigails Herz stehen, als der braunhaarige, unscheinbare Mann an ihrer Mutter vorbei ins Zimmer trat. In seinen dunklen Augen lag ein stechender, berechnender Ausdruck. Seine selbstsichere Haltung verlangte bedingungslosen Gehorsam. Rhythmisch klopfte sein Spazierstock auf den Boden.

»Wer ist das?«, fragte Valerian.

»So lange ist es her, nicht wahr, Miss Smart?« Der Mann stellte eine Tasche neben den Toilettentisch, knöpfte seine linke Hemdmanschette auf und krempelte den Ärmel hoch.

»Bitte, Dr. Myers«, mahnte Mrs Smart leise, »Sie sollten im Salon warten.«

Der Doktor schenkte ihr ein schmieriges Lächeln. »Da ich Miss Smart sehr gut kenne, nahm ich an, mein Besuch würde sie nicht stören.«

»Doch!«, fauchte Abigail. »Verschwinden Sie!«

»Oh, immer noch so kampflustig.« Nun krempelte er den rechten Ärmel hoch. »Viel zu lange haben wir uns nicht gesehen, Miss Smart.«

»Mama, sag ihm, er soll gehen.«

»Mrs Smart, Sie wissen doch, dass es nur zum Wohl Ihrer Tochter geschieht«, betonte der Doktor. »Wenn Sie uns allein lassen, kommen wir viel besser voran. Natürlich werde ich mein Versprechen halten.« Er lächelte wieder. Kein angenehmes Lächeln.

Aber die Mutter nickte. Ohne Abigails flehenden Blick zu erwidern, wandte sie sich ab.

»Das werde ich dir nie verzeihen, Mama.«

»Eines Tages wirst du mir danken, Abigail.« Nach kurzem Zögern ging Mrs Smart in den Flur und schloss die Tür hinter sich. Auf der anderen Seite drehte sich ein Schlüssel im Schloss.

»Verrat mir endlich, wer das ist, Smart!«, stieß Valerian aus und schüttelte Abigails Arme.

Mitfühlend seufzte Effie in ihrer Ecke und schwebte durch die Wand davon.

»Gehen Sie, Dr. Myers«, forderte Abigail. »Ich habe Sie nicht in mein Schlafzimmer eingeladen, und das würde sich auch gar nicht schicken.«

»Oh, wir müssen unsere Bekanntschaft erneuern, Miss Smart. Bedenken Sie, was Ihnen entgehen wird, wenn Sie sich meiner Therapie nicht unterziehen.« Der Blick des Doktors schweifte zum Bett, und Abigail umklammerte sekundenlang Valerians Arm, bevor sie sich losriss.

»Von Ihren Behandlungsmethoden halte ich nichts. An Ihnen ist mir *alles* zuwider.« Sie wanderte zum Toilettentisch – scheinbar, um einige Gegenstände zu ordnen, während sie in Wirklichkeit eine brauchbare Waffe suchte. Im Spiegel beobachtete sie den Eindringling. Niemals durfte man Dr. Myers aus den Augen lassen, das wäre zu gefährlich.

»Sollen wir mit dem langweiligsten Teil der Prozedur anfangen?« Er schlenderte zu ihr, und sie wich automatisch zurück. Lächelnd zog er den Stuhl unter dem Toilettentisch hervor und setzte sich, ein Bein an seinen Spazierstock gelehnt. Dann stellte er seine Tasche auf die Tischplatte. »Mit den Fragen?«

Schweigend ging sie zum anderen Ende des Zimmers, auf

der Suche nach einem Gegenstand, der ihr als Waffe dienen könnte.

»Sehen Sie immer noch Geister, Miss Smart?«

»Nein, nur Idioten.«

Valerian wanderte um den Mann herum und musterte ihn. Ruckartig hob er den Kopf, nachdem der Doktor von Geistern gesprochen hatte. Aber klugerweise verzichtete er auf einen Kommentar. Erleichtert atmete Abigail auf.

»Daran zweifelt Ihre Mutter«, entgegnete der Arzt. »Anscheinend vermutet sie, die Therapie, die ich letztes Mal anwandte, hätte Sie nicht von dem bösen Fluch befreit.«

»Nun, in letzter Zeit war sie ziemlich nervös. In einem Monat geht die Saison zu Ende, und Mama steht unter wachsendem Druck.«

»Ach ja …« Dr. Myers lächelte wieder. »Weil Sie heiraten und die gesellschaftliche Position der Smarts festigen müssen.«

Darauf antwortete sie nicht.

»Sehr interessant, Ihr Fall, Miss Smart«, bemerkte er, öffnete seine Tasche und durchwühlte den Inhalt. »Mein Vater kannte Ihre Mutter in ihrer frühen Jugend. Damals erblühte sie gerade zur Frau. Ein schönes Mädchen, hat er mir erzählt. So wie Sie.«

Abigail entdeckte ihre Schere, die auf dem Nachttisch neben einem Buch lag, ergriff sie und versteckte sie zwischen den Falten ihres Nachthemds.

Jetzt nahm Dr. Myers etwas aus seiner Tasche – einen langen, dünnen Lederriemen. »Ich habe Ihrer Mutter versprochen, den letzten Teil der Therapie nicht durchzuführen. Aber letzten Endes wird es unvermeidlich sein. Das weiß sie. Allerdings konnte sie sich bisher nicht dazu durchringen, mir die Erlaubnis zu erteilen. Nun, vielleicht ist es auch gar nicht nötig, wenn Sie mir alles gestehen, Miss Smart.«

»Es gibt nichts zu sagen, und ich werde mich Ihrer Behandlung nicht unterziehen.«

»Ah, immer noch die süße Unschuld, zauberhaft ...« Er grinste zufrieden. »Also, Miss Smart, sind die Geistererscheinungen tatsächlich verschwunden, oder haben Sie Ihre Mutter belogen? Wie Sie sicher wissen, habe ich Ihnen nie geglaubt.«

»Das weiß ich«, zischte sie. »Und es interessiert Sie auch gar nicht, denn Sie wollen nur Ihre vollständige Therapie anwenden. Sie sind ein irrsinniger Fanatiker! Viel verrückter als ich!«

»Oh, geben Sie Ihre Geisteskrankheit zu?«

Verächtlich lachte sie. »Nur *Ihren* Wahnsinn.«

»Aber das ...«

Ehe sie es verhindern konnte, stieß Valerian seine Faust durch den Kopf des Doktors. »Ich mag ihn nicht. Wie soll ich ihn bloß loswerden?«

Dr. Myers runzelte die Stirn. »Ah, kühle Luft. Offenbar ist der Geist hier. In diesem Zimmer. Verraten Sie mir seinen Namen.«

Unbehaglich spürte Abigail, wie sich ihr Rückgrat versteifte. Sensitive Menschen konnten die Nähe von Geistern wahrnehmen – wie einen Nebelschleier, der die Haut streifte, nicht nur die Kälte, die sie verströmten. Und der Mann, der vor ihr saß, hatte sich diese Fähigkeit angeeignet. Damit verdiente er seinen Lebensunterhalt.

»Eine bedeutsame Persönlichkeit?« Dr. Myers lächelte selbstgefällig. »Oder sind Sie einfach nur nervös, Miss Smart? Sagen Sie mir, wer es ist.«

Abigail schwieg.

»Also habe ich recht, und Sie müssen es gar nicht bestätigen. Wie ist der Geist zu Ihnen gelangt? Spukt er in diesem Haus? Oder verfolgt er Sie?«

»Keine Ahnung, wovon Sie reden …«

»Ts, ts, ts …« Dr. Myers legte den Kopf schief. »Nur der *Tod* konnte ihn heraufbeschworen haben. Sicher waren Sie hocherfreut.«

In ihrem Gehirn dröhnten tausend Alarmglocken. Er wusste es. Irgendwie *wusste* er es. »Sie sind wirklich wahnsinnig.«

»Dann passen wir gut zusammen, nicht wahr? Ich habe Ihnen verschiedene Methoden angeboten, die unsere Wahnvorstellungen vereinen könnten. Aber das haben Sie beharrlich abgelehnt.«

Myers zog noch einen Riemen aus seiner Tasche. Und eine Flasche. Abigail erstarrte, ihr Blick suchte Valerian. Mit ihrer ganzen inneren Kraft bedeutete sie ihm, dass er sich entfernen sollte. Zögernd ging er zum Fenster.

»Erinnern Sie sich, was ich mit Ihrem letzten Geist tat, Miss Smart? Zumindest mit dem letzten, dessen Anwesenheit Sie zugaben? Zum Glück besitze ich nützliche Hilfsmittel.« Er schraubte den Verschluss der Flasche ab und roch daran. »So traurig sind Sie gewesen. Aber für Sie war es am besten. Niemand kann es ertragen, sein Leben lang mit Geistern zu reden.«

»Wieso wissen Sie das? Obwohl Sie nicht einmal ein *halbes* Leben verdienen?«

Nun lächelte er wieder. »Ich glaube, diesen Geist mögen Sie ganz besonders. Aber Sie haben alle in Ihr Herz geschlossen. So ein einsames Mädchen sind Sie. Und Sie waren so verzweifelt, weil Ihnen der neue Erbe des Herzogs die Freundschaft aufgekündigt hatte. Deshalb wandten Sie sich an Gefährten, die Ihnen Trost spenden konnten. An die Geister …« Er schüttelte den Inhalt der Flasche. »Zeigen Sie mir dieses Gespenst, Miss Smart. Dann werden wir Fortschritte erzielen. Wenn Sie mit mir zusammenarbeiten, klappt es viel besser.«

»Nein. Wie ich bereits gesagt habe – ich sehe keine Geister.«

Myers' Lächeln vertiefte sich. »Natürlich nicht.« Er stand auf und begann umherzuwandern. Als er in Valerians Nähe geriet, versuchte sie sich nichts anmerken zu lassen.

»Was für eine Flüssigkeit ist das, Abigail?«, fragte Valerian und musterte die Flasche.

Eine direkte Antwort durfte sie ihm nicht geben. »Warum glauben Sie, die Geister würden in der Hölle verschwinden, wenn sie mit diesem Gebräu übergossen werden, Doktor?«

»Weil ich entsprechende Erfahrungen gesammelt habe. Oh, und dank Ihrer aufschlussreichen Reaktion, nachdem ich Ihre Freundin getötet hatte. Sie ist nie zurückgekehrt, nicht wahr?«

»Wie niederträchtig Sie sind …«

»Eher brillant.«

Valerian durchquerte das Bett und blieb hinter Abigail stehen. »Was bedeutet das? Kann er Geister töten? Hat er deine Freundin ermordet?«

»Falls Sie wünschen, dass Ihr neuer *Freund* am Leben bleibt, sollten wir die Alternativen erörtern«, schlug der Verrückte vor. »Natürlich würde man mich streng dafür bestrafen. Doch es würde sich lohnen. Seien Sie versichert, ich biete Ihnen eine bessere Möglichkeit an, Miss Smart. Beenden Sie die Therapie, das wird Sie heilen …« Er schwenkte die Flasche durch die Luft, und als ein Tropfen zu Boden fiel, stieg Dampf empor. »Von allem.«

»Nein.« Abigails Gedanken überschlugen sich. Wer würde ihn bestrafen? Warum? Wie viele Leute wussten Bescheid? Was mochte da vorgehen?

»Ts, ts. Lassen Sie ihn doch zur Hölle fahren.«

»Raus!« Während sie Myers anstarrte, richtete sie den Befehl an Valerian. »Raus! Sofort!«

Verständnisvoll lächelte der Doktor. »Oh, ich habe für Barrieren gesorgt, die das verhindern. Fenchel und Knoblauch, eine heimtückische Kombination.«

Hinter Abigail begann Valerian langsam zu sprechen. »Ich kann nicht gehen. Da gibt es tatsächlich eine Barriere, ich spüre sie.«

Aber Tante Effie war geflüchtet. In ihrer Ecke musste sich eine kleine Lücke befinden, die der Doktor übersehen hatte. Vielleicht ein Riss in der Mauer, durch den sie in den Nebenraum geeilt war.

Um Valerian Zeit zu geben, wandte sie sich wieder an Myers. »Also nahmen Sie an, ein Geist würde mir folgen.«

»Gewiss.« Ohne den Kopf zu bewegen, ließ er den Blick durch den Raum schweifen. »Wie ich den Berichten entnahm, sprechen Sie seit Tagen mit einem Geist. Das wurde mehrfach bestätigt.«

Berichte? Ihr Blut gefror wie ein Teich im Winter. Zuerst die seichten Stellen am Ufer, dann glitt das Eis blitzschnell zum Zentrum …

»Welche Berichte meinen Sie? Wer informiert Sie?«

»Nun, das spielt wohl kaum eine Rolle. Ich wünschte, man hätte mir schon früher Bescheid gegeben. So unschuldig sind Sie gar nicht, Miss Smart.« Myers grinste höhnisch. »Heute kam ich hierher, um genauere Informationen zu sammeln. Und ich finde, ich müsste mit der Prozedur anfangen, die *Ihren* Part in diesem Drama für immer beendet. Falls ich damit das Missfallen gewisser Leute errege, werde ich meine Strafe akzeptieren.«

»Vielleicht sollten Sie tun, was sie von Ihnen verlangen.« Sie griff hinter ihren Rücken, umfasste Valerians Hand und zeigte mit einem seiner Finger in Effies Ecke. Dabei schirmte sie mit ihrem Körper das Manöver ab. »Dann werden Sie das alles unversehrt überstehen, Doktor.«

»Versuchen Sie mir zu drohen? Wundervoll!«

»Nein, ich kann dich nicht verlassen«, flüsterte Valerian heiser, als fürchtete er, mit einer lauteren Stimme würde er den Arzt zu sich locken.

»Bitte!«, drängte sie. »Mir wird nichts zustoßen.«

»Ich verlasse dich nicht.«

»Ist er da drüben, Miss Smart? Vielleicht ganz in Ihrer Nähe?«

Myers ging zu ihr, und sie ließ Valerians Finger los. Mit der anderen Hand umklammerte sie die Schere.

»Doktor Myers, ich werde Ihnen nicht gestatten, mich zu berühren. Und Sie täuschen sich, wenn Sie glauben, ich würde immer noch an meiner – Schwäche leiden. Warum sollte ich Ihren Besuch riskieren? Dafür verabscheue ich Sie viel zu sehr.«

»Haben Sie mich nicht vermisst? Oh, wie schmerzlich Sie mich kränken! Nun, hin und wieder begeht jeder einen Fehler. Bis vor Kurzem haben Sie Ihrem Namen alle Ehre gemacht, Miss *Smart*. Wie war das mit diesem Geist, der Sie veranlasst hat, sich zu offenbaren? Ich bin neugierig. Zu gern würde ich das wissen. Bilden Sie sich ein, Sie wären verliebt? In einen Ersatz für den jungen Lord, der Sie vor langer Zeit abgewiesen hat?«

Falls sie sich gedemütigt fühlte – diese Emotion wurde von einem heftigen Zorn besiegt, der sie in den Abgrund zu reißen drohte. »Wie raffiniert Sie Ihr Spiel mit mir treiben, *Doktor*. Aber jetzt bin ich nicht mehr das naive Mädchen, das ich einmal war.«

»Über diese Trauer und den Schmerz kamen Sie wohl nie hinweg, nicht wahr? So wunderbar war es, das alles zu beobachten. Davon wollte ich Sie heilen.«

»Nein, Sie wollten mit mir spielen.«

Lächelnd zuckte Myers die Achseln. »Nun ja, meine Schwäche. Spielen wir …«

Er sandte einen Strahl aus der Flasche in Valerians Richtung, und Abigail sprang hastig dazwischen. Brennend traf die Flüssigkeit ihre Haut. Valerian schnellte durch den Mann, ohne eine Verletzung zu bewirken. Nur ganz leicht erschauerte der Doktor und grinste noch breiter.

»Kommen Sie her, Geist! Nur eine kleine Begegnung. Dann werde ich Miss Smart von ihrer Krankheit kurieren. Zum Teufel mit den Konsequenzen!« Myers begann seine Krawatte zu lockern. »Es sei denn, Sie möchten mit ansehen, wie ich sie auf physische Weise von ihrem Leid erlöse – bevor ich Sie aus ihren Gedanken verbanne und Ihre Existenz beende. Vor allem Letzteres wird mich mit schierer Genugtuung erfüllen. Wissen Sie, es gibt einen Grund, warum solche Krankheiten vor allem bei Frauen ausbrechen. Diese erfreuliche Phase muss ich einfach nur beenden, und – *voilà*. Ich konnte Miss Smarts Reaktion auf den Tod ihrer einstigen Freundin beobachten. Also kann ich diesmal eine Ausnahme machen. Ein anderes Amüsement, wenn ich Sie in ihren Gedanken lösche.«

Noch einmal raste Valerian durch ihn hindurch, um einen Kontakt zu erzeugen, und der Doktor schüttelte die Flasche. Abigail schrie auf, als die Flüssigkeit in alle Richtungen spritzte und Valerian beinahe traf. Nur um Haaresbreite entging er der Attacke und warf sich zu Boden. Sofort erhob er sich wieder, in geduckter Defensive.

Unentwegt schweifte der Blick des Doktors durch das Zimmer. Das grausige Lächeln verzerrte seine Lippen immer noch, während er ein Ende des Riemens ergriff, den er auf den Tisch gelegt hatte.

Die Schere zwischen den Falten ihres Rocks verborgen, ging Abigail auf ihn zu. »Ich werde Ihnen nicht erlauben, noch jemanden zu verletzen.«

»Nur Geduld, meine Liebe, nur Geduld.« Er schwenkte den Riemen zu ihr, und Valerian stürzte sich auf ihn. Irgendwie erwartete der Doktor den Angriff und sprühte noch etwas Flüssigkeit aus der Flasche. Mit seiner anderen Hand packte er Abigails Arm und zog sie zu sich heran. Die Flüssigkeit schien Valerian zu treffen. Schreiend zückte sie die Schere.

Mit beiden Händen umschlang er den Hals des Arztes, die Männer fielen zu Boden und rissen Abigail mit sich. Beim Aufprall ihres Handgelenks entglitt ihr die Schere.

Atemlos beobachtete sie, wie Valerian den Kopf des Doktors auf das harte Holz schmetterte.

Valerians Gesicht verzerrte sich plötzlich. Und dann verschwand er.

Die brennende Flüssigkeit jagte eine wirbelnde Rauchwolke durch den Raum und umkreiste Dr. Myers reglose Gestalt.

»Nein!« Abigail sprang auf. Verzweifelt schaute sie sich um. Aber Valerian ließ sich nirgendwo blicken.

In ihrer Kehle blieb ein Schluchzen stecken. Von kaltem Entsetzen erfasst, begann sie zu schreien.

15

Schreie weckten ihn. Diesmal andere Schreie. Schriller. Es klang so, als hätte jemand etwas Wichtiges verloren. Nicht die Schmerzensschreie, an die er gewöhnt war, die er stets hörte, wenn er in dieser wahnwitzigen Welt erwachte. Seine zweite Wahrnehmung galt dem harten, kalten Boden, auf dem er lag, mit dem Gesicht nach unten.

Vielleicht ein Keller? Hatten sie ihn losgebunden und hier herabgeworfen? Neue Kräfte durchströmten ihn. Wenn er sich endlich wieder in seinem Körper befand, konnte er zu Abigail zurückkehren und ihr helfen. Sein letzter klarer Gedanke war mörderischer Zorn gewesen, nachdem der verrückte Doktor eine Barriere errichtet hatte, um ihn festzuhalten.

Eigentlich hatte er geglaubt, er wäre der Flüssigkeit entronnen. Aber möglicherweise hatte sie ihn doch benetzt und in seinen Körper zurückgeführt.

Valerian stand auf und staunte, weil seine Glieder einwandfrei funktionierten. Kein Muskelschwund. Er schaute sich um und entdeckte ein Weinfass und Vorräte, die anscheinend in diesem Raum gelagert und gekühlt wurden.

Eindeutig ein Keller, vermutlich im Haus seines Entführers.

Zu seiner Verblüffung stolperte er nicht, als er zur Tür ging. Die eisige Kälte spürte er kaum. Er versuchte die Klinke hinabzudrücken, seine Finger berührten frostigen Stahl und zuckten zurück.

Plötzlich schrie eine Frau. Abigail. Großer Gott. Auch sie war in die Gewalt der Feinde geraten. Eingesperrt …

Er rüttelte an der Klinke. Verzweifelt sah er seine Finger hindurchgleiten.

Also war er immer noch ein Geist.

Die Schreie hallten durch das obere Stockwerk, Füße polterten im Laufschritt. *Offenbar hielt er sich immer noch in Abigails Haus auf.*

Und der Verrückte war immer noch da oben. Valerian konzentrierte sich und glitt durch die Tür. Dann rannte er die Treppe zur Küche hinauf. Die Dienstboten reagierten unterschiedlich auf den Lärm im Oberstock. Unbehaglich, überrascht oder schockiert. Und einige ignorierten den Aufruhr. Stoisch erfüllten sie ihre Pflichten.

»Das geht uns nichts an«, erklärte eine ältere Frau den verstörten Dienstmädchen. »Macht euch wieder an die Arbeit!«

»Aber Mrs …«

»Keine Widerrede! Wie sonderbar sie ist, wissen wir alle. Darum dürft ihr euch nicht kümmern. Sollen *die* für sie sorgen!«

Normalerweise achtete Valerian nicht auf das Personal. Aber jetzt überlegte er, wie er die Leute bestrafen würde – wenn er seine richtige Gestalt jemals wiedererlangte.

Er lief durch die Halle und zwei weitere Treppenfluchten

hinauf, an einem Dienstmädchen vorbei, das aufgeregt nach unten taumelte. Schließlich erreichte er Abigails offene Zimmertür. Voller Genugtuung sah er den Doktor immer noch am Boden liegen.

»Beruhige dich doch, Abigail!«, flehte Mrs Smart.

»Nein, Mama, ich werde mich *nicht* beruhigen!«, fauchte Abigail. »Schaff mir den Schurken aus den Augen! Und wenn du ihn noch einmal hierher holst, laufe ich davon. Dann siehst du mich nie wieder, und ich werde dich nie mehr meine Mutter nennen.«

»O Abigail«, jammerte Mrs Smart sichtlich gekränkt. Aber Valerian empfand kein Mitleid. »Bitte, mein Kind …«

»Nein!« Wütend trat Abigail gegen den bewusstlosen Mann, und ihre Mutter schnappte entsetzt nach Luft. »Verschwinde!«

»Du bist verrückt.«

»Allerdings, ich bin verrückt. Das ist es doch, was du hören willst, nicht wahr, Mama? Was du mir jahrelang eingeredet hast?«

»Unsinn, ich wollte nur, dass du glücklich wirst.«

Abigail lachte höhnisch. »Nur *dein* Glück interessiert dich, nicht meines. Und was deine Pläne betraf, hatte ich wenig zu sagen. Nichts davon beglückt mich.«

»Aber du hast Erfolg.« Beschwörend hob Mrs Smart ihre Hände. »Denk doch an die gesellschaftliche Position, die du errungen hast.«

»Und wie lange werde ich sie genießen? Noch vierzehn Tage?«

»Lord Rainewood ist verschwunden. Jetzt kann er deine Chancen nicht mehr verderben.«

»O Mama …« Plötzlich klang Abigails Stimme gefährlich ruhig. »Hast du etwas mit seinem Verschwinden zu tun?«

Erschrocken zuckte Valerian zusammen.

»Wie sollte ich?«, erwiderte Mrs Smart und ließ ihre Arme sinken. Ihre Verwirrung wirkte echt. »Sicher amüsiert er sich irgendwo …«

»Hast du jemanden engagiert, der ihn beseitigen – der ihn ermorden sollte?«

»Um Himmels willen, du machst mir Angst.«

»Tatsächlich?« Valerian beobachtete, wie Abigail über ihr Nachthemd strich. »Lass Dr. Myers wegbringen, Mama. Oder ich rede nie wieder mit dir. Du kannst mich in eine geschlossene Anstalt einliefern. Dann werden wir ja sehen, wie du deine gesellschaftliche Stellung zu retten versuchst. Seltsam – ich habe nie bedacht, dass dich die Sorge um deinen guten Ruf daran hindern könnte, mich für wahnsinnig zu erklären. Dadurch hättest du ebenso viel zu verlieren wie ich. Und jetzt? Mir ist alles egal. Welchen Sinn hätte es, irgendwas zu befürchten?« Seufzend ging sie zum Fenster.

»Mrs Smart?« Der Butler erschien in der Tür.

»Ja, ja …« Mit einer fahrigen Geste glättete Abigails Mutter ihr Haar. »Schaffen Sie diesen Mann weg. Am besten verfrachten Sie ihn in eine Droschke.«

»Sehr wohl, Madam.« Er schnippte mit den Fingern, und zwei Lakaien eilten ins Zimmer, packten den Doktor unter den Achseln und schleiften ihn hinaus.

Nun wandte sie sich wieder zu ihrer Tochter. »Abigail, heute Abend haben wir eine Verabredung mit …«

»Sag sie ab.«

»Aber …«

»Sag sie ab.«

»Also gut.« Mrs Smart schien ihre Nerven zu besänftigen und erweckte den Eindruck, sie hätte die Vereinbarung ohnehin nicht einhalten wollen. »Dann werde ich Mrs Browning Bescheid geben, mit der Begründung, du wärst unpässlich. Später müssen wir uns noch einmal unterhalten.«

Darauf antwortete Abigail nicht. Sie wartete einfach nur, bis ihre Mutter den Raum verließ.

Als Valerian eintrat, bemerkte er, dass das Türschloss aufgebrochen war.

Zitternd lehnte Abigail ihre Stirn an die Fensterscheibe. Widersprüchliche Gefühle erfassten ihn. Einerseits wollte er sie trösten, andererseits anschreien und schütteln und auffordern, etwas zu unternehmen.

»Soll ich hinuntergehen und ihn noch einmal zusammenschlagen?«

Abrupt drehte sie sich um – so schnell, dass sie schwankte. »Valerian ...«, hauchte sie.

»Wen hast du denn erwartet?« Er bemühte sich um einen beiläufigen Ton, mit mäßigem Erfolg.

Sie rannte zu ihm, umarmte ihn und legte den Kopf auf seine Schulter. »Oh, ich dachte, du wärst verschwunden.«

»Das war ich ja auch.« Eine Zeit lang hatte er geglaubt, er wäre in seinen Körper zurückgekehrt, die Freude genossen, wieder ein ganzer Mann zu sein, und danach eine schmerzliche Enttäuschung erlitten. »Ich bin in den Keller hinabgefallen. Welch ein ungemütlicher Ort!«

»Nein, ich nahm an, du wärst *wirklich* verschwunden.«

Da erkannte er die Bedeutung der Worte, die sie zu ihrer Mutter gesagt hatte. Automatisch umfing er sie noch fester. »Nein.«

»Hat Myers dich nicht mit dem Gift besprüht?«

»Nein.«

»Gott sei Dank ...« Ihre Stimme brach.

Was er darauf antworten sollte, wusste er nicht. Unbehagen vermischte sich mit dem verzweifelten Bedürfnis, Abigail zu beschützen. »Was genau befand sich in dieser Flasche?«

»Keine Ahnung – irgendwas Schreckliches.«

»Hat er schon vorher jemanden verletzt?«

»Ja«, flüsterte sie. »Da war ein anderer Geist, nicht so wie du – keiner, den ich berühren, mit dem ich sprechen konnte. Aber eine Gefährtin, die mir half ...«

»Auf welche Weise?«

»Ich fühlte mich nicht mehr so einsam.«

Schmerzhaft krampfte sich sein Magen zusammen.

»Und dann hat er sie – weggeschickt«, fügte sie tonlos hinzu.

»Was hat er dir angetan?«

Ihr Körper versteifte sich. »Darüber will ich nicht reden.«

»Ist er ...« Valerian schluckte. »Ist er über dich hergefallen?«

»Nein«, wisperte sie. »Das versuchte er, und er behauptete, damit würde er mich vollends kurieren. Nur er allein wäre dazu fähig. Aber ich hielt ihn lange genug hin und versicherte meiner Mutter, ich sei genesen. Ob sie mir geglaubt hat, weiß ich nicht. Jedenfalls wies sie Myers an, die Therapie zu beenden. Ich nahm an, sie konnte seine Methoden nicht länger ertragen.« Freudlos lachte sie. »Doch das war offensichtlich ein Irrtum, weil sie ihn heute zurückgeholt hat.«

»Du hättest ihn anzeigen müssen.«

»Bei wem?«, fragte sie, rückte ein wenig von ihm ab und runzelte die Stirn. »Wer würde mir denn glauben? Wahrscheinlich würde man mich in die nächstbeste Zelle werfen und in eine Zwangsjacke stecken – eine Kreatur, die begafft und verspottet wird.«

»Das würde niemand tun.«

Sie befreite sich von Valerians Armen. Aber ihre Finger spielten mit seinem Hemdkragen. »*Du* hast es getan.«

»Ja. Weil ich ein Idiot war.«

Mit diesem Geständnis entlockte er ihr ein schwaches Lächeln.

»Ein Wunder, dass du dem Doktor keine Konkurrenz machst ... Wenn du verlauten lässt, du könntest mit Geistern sprechen, würden die Leute vor deinem Haus Schlange stehen. Da würdest du eine Menge Geld einheimsen.«

»Gewiss, die Hautevolee liebt Geister und Wahrsagerinnen – zumindest, solange der Reiz des Neuen besteht. Aber wenn jemand versucht, sich in der Gesellschaft zu etablieren? Vielleicht würde man diesen ›Hokuspokus‹ bei einer älteren Dame akzeptieren. Aber bei einer jungen Frau, die heiraten will? Nein, das würde nicht in die Pläne meiner Mutter passen.«

»Wenn du ein Vermögen verdienst, müsstest du nicht heiraten.« Diesen Gedanken fand er geradezu brillant.

»Oh, die Smarts besitzen schon ein Vermögen. Doch das scheint nicht zu genügen.« Abigails Hand sank von seinem Kragen. Dann ging sie zum Toilettentisch und stellte den umgekippten Stuhl auf. »Ich sehne mich nach frischer Luft. Gehen wir. Suchen wir deinen Körper.«

»Das ist zu gefährlich.«

»Nicht einmal in meinen eigenen vier Wänden bin ich sicher!«, stieß sie hervor.

Valerian beobachtete schweigend, wie sie nach ihrer Zofe läutete.

Nachdenklich spielte sie mit den Quasten des Glockenstrangs. »Du hast Dr. Myers niedergeschlagen und bist durch die Etage in den Keller hinabgefallen.«

»Ja, das sagte ich.«

»Wie ist es geschehen?«

»Ich warf mich auf ihn …«

»Nein, wieso bist du nicht verschwunden? Wie konntest du ihn berühren und trotzdem hierbleiben? So etwas ist nie zuvor passiert.«

Valerian hatte an *sie* gedacht – und sie nicht verlassen wollen. Stärker als alles andere war der Wunsch gewesen, sie zu retten. Er hatte sich einen Zufluchtsort vorgestellt – und ihr Gesicht war erschienen.

»Keine Ahnung«, erwiderte er leichthin. »Verstehst du etwas von solchen Dingen?«

Sie zog die Brauen zusammen. Doch die Ankunft der Zofe bewahrte ihn vor weiteren Fragen. Sie klopfte an und trat ein.

»Jetzt fahren wir weg, Telly«, erklärte Abigail. »Lassen Sie den Wagen anspannen. Dagegen wird meine Mutter nichts einwenden.«

Da war Valerian sich nicht so sicher. Auch Telly schien daran zu zweifeln. Trotzdem nickte sie und eilte davon.

Erstaunlicherweise behielt Abigail recht. Eine halbe Stunde später wartete die Kutsche vor dem Haus.

Sie stiegen ein und steuerten ihr erstes Ziel an.

»Wie viele Häuser stehen auf Ihrer Liste, Telly?«, fragte Abigail.

»Dreißig, Miss. Ziemlich populär, diese drei Buchstaben. Malfolks, Mallings, Remallards …«

»Nun, wir müssen ein Schild nach dem anderen abhaken.«

Systematisch gingen sie die Liste durch. Hin und wieder äußerte Valerian seine Meinung. Und jedes Mal, wenn Abigail mit ihm sprach, zuckte Telly zusammen. Er beobachtete, wie die Zofe ihre Herrin anstarrte. Da stimmte irgendetwas nicht. Dieses Mädchen musste er im Auge behalten. Vielleicht würde er Telly beschatten, wenn sie ins Smart-Haus zurückkehrten.

Nachdem sie fünfzehn Adressen erforscht hatten, dinierten sie in einem gemütlichen Hotel in der Nähe des Strands. Beinahe roch Valerian die saftige Entenkeule, die Abigail nachdenklich verzehrte.

Erstklassige Speisen waren stets selbstverständlich gewesen. Darauf hatte er nie geachtet. Schlechtes Essen war ungewöhnlich. Wenn er seinen Körper zurückeroberte, würde die erste Mahlzeit exquisit sein.

Danach erkundeten sie noch zehn weitere Adressen, bevor sie in der Abenddämmerung zurückfuhren.

»Morgen früh schauen wir uns die restlichen fünf Häuser an«, entschied Abigail.

»Aber Ihre Verabredung, Miss …«

»Vorher haben wir genug Zeit, Telly. Heute konnten wir fünfundzwanzig Adressen abhaken. Ziemlich anstrengend. Aber die letzten fünf liegen nahe beisammen. Die werden wir in einer halben Stunde erledigen.«

»Also gut, Miss.« Telly blinzelte nervös. »Wenn ich auch glaube, Sie sollten sich mehr auf Ihre Heiratsaussichten konzentrieren und …«

»Danke, Telly«, fiel Abigail ihr mit frostiger Stimme ins Wort. »Keine Bange, das werde ich tun.«

Während der restlichen Fahrt schwieg die Zofe.

Mrs Smart wartete in der Halle. Wahrscheinlich hatte sie im vorderen Salon gesessen und nach der Kutsche Ausschau gehalten. »Abigail, ich möchte mit dir über den heutigen Tag und die Zukunft sprechen.«

Wohlweislich eilte Telly davon, und Valerian fühlte sich hin- und hergerissen. Sollte er ihr auf den Fersen bleiben oder die Diskussion zwischen Mutter und Tochter belauschen?

»Vielleicht morgen, Mama«, entgegnete Abigail.

Doch die Mutter versperrte ihr den Weg. »Wir könnten jemand anderen engagieren, der sich besser eignen würde …«

»Gute Nacht, Mama.«

Abigail ging an ihr vorbei und stieg die Stufen hinauf. Einige Sekunden lang beobachtete Valerian ihre Mutter und überlegte, ob er ihr folgen sollte, als sie in den hinteren Teil des Hauses ging.

Aber Abigails steife Schultern erleichterten ihm die Entscheidung, und er begleitete sie nach oben.

Wortlos legte sie ihre Pelisse ab. Er öffnete den Mund, um etwas zu sagen – obwohl er nicht wusste, was. Dann kam Telly herein. »So früh gehen Sie zu Bett, Miss? Ja, eine gute Idee.« Sie half ihrer Herrin, die Kleider mit einem Nachthemd zu vertauschen. »Soll ich Ihnen einen Becher warme Milch bringen?«

»Nein danke, Telly. Sicher werde ich bald einschlafen. Bis morgen.«

Zögernd nickte Telly und verließ das Zimmer.

»Deine Zofe sorgt sich um dich.« Oder etwas anderes steckte dahinter. Das musste Valerian herausfinden.

»Oh, sie wünscht sich einfach nur, ich würde einen netten jungen Mann finden«, sagte Abigail geistesabwesend. »Davon redet sie immer wieder.«

Plötzlich stieg wilde Eifersucht in ihm auf. »Soviel ich weiß, hast du sehr viele Verehrer. Oft genug war ich dabei, wenn du sie getroffen hast.« Und er hatte sein Bestes getan, um sie alle in die Flucht zu schlagen.

»Ja, ich weiß, du hasst meine Verabredungen.« Abigail lächelte voller Wehmut. »Vielleicht merkst du, wie lästig diese Gentlemen sind, wenn du sie aus der weiblichen Perspektive betrachtest.«

»Dann solltest du sie nicht wiedersehen.«

Ungeduldig verdrehte sie die Augen, und er dachte an das Rendezvous, das für den nächsten Tag geplant war – und das er ganz besonders fürchtete.

»Du solltest nicht mit Basil ausgehen.«

»Darüber haben wir schon gesprochen. Meine Mutter und Mrs Browning werden uns begleiten.«

»Aber du weißt nicht, was er vorhat. Womöglich wird er dir etwas antun.«

»Er ist dein Bruder.«

»Umso schlimmer.« Valerian schnitt eine Grimasse und gestand sich seine Schuld an Abigails Situation ein.

Eine Zeit lang schwieg sie und musterte ihn mit ihren schönen blauen Augen. »Gewiss, Basil hat sich eigenartig benommen. Trotzdem glaube ich nicht, dass er dir schaden möchte. Wahrscheinlich werden wir ihn von jeder Schuld freisprechen.«

Und mich?

Statt diese Frage auszusprechen, erwiderte er: »Deine Zuversicht kann ich nicht teilen.«

»Weil jemand versucht, *dir* zu schaden.«

»Dir auch«, betonte er. »Meinetwegen. Und das ist unerträglich.«

Abigail spielte mit ihrer Haarbürste, wie so oft, wenn sie vor dem Toilettentisch stand. Aus einer plötzlichen Eingebung heraus musterte er den Griff etwas genauer. Den hatte er bisher kaum beachtet und sich nur dafür interessiert, was sie sagte, wenn sie darüber strich.

Und jetzt kam ihm die Bürste bekannt vor. Abrupt hob er den Kopf. Aber Abigail schaute weg.

»Sobald wir deinen Körper finden, werden sich alle Verehrer von mir abwenden.«

Die Erinnerung an einen Kuriositätenladen in Windsor kehrte zurück. Vollgestopft mit Trödel und persönlichen Gebrauchsgegenständen. Während seines dritten Jahrs in Eton. Der Duft von Tabakpfeifen, Salben und Parfüms. Rasierzeug und Accessoires für Gentlemen. Aber auch kostbare Geschenke für Frauen.

Nur mit halbem Ohr hörte er Abigail sprechen. »Es nützt nichts, den Dingen nachzuhängen, die sich nicht ändern werden.«

Eine Rosenholzkassette, darin eine Haarbürste mit Elfenbeingriff. Impulsiv erworben, auf die linkische, ungeschickte Art, die ihn in seiner Jugend so oft überwältigt hatte.

»Es ist mir schon mal schlechter gegangen«, fuhr sie fort.

Und die Verlegenheit, als einer seiner Zimmerkameraden die Bürste gefunden hatte …

»Wenn wir uns auch nähergekommen sind, Valerian, du wirst wieder frei sein.«

Er hatte überlegt, die Haarbürste in die Themse zu werfen. *Sich selber* in die Themse zu stürzen. Stattdessen hatte er die Bürste unter seinen Kleidern vergraben und sich gelobt, sie möglichst bald loszuwerden. Auch die unangenehmen Gedanken, die sich damit verbanden.

»Frei, um in dein altes Leben zurückzukehren.«

Doch er hatte das verdammte Ding behalten und nach Hause mitgenommen, tief unten in seiner Truhe verborgen. Unbeholfen überreichte er Abigail das Geschenk. An ihrem Geburtstag. Welch ein peinlicher Moment. Vergeblich suchte er nach Worten. Und er hatte sich gelobt, so etwas nie wieder zu tun.

»Alles wird wieder so sein wie früher. Wie es sein sollte.«

Dummerweise hatte er im darauf folgenden Herbst auch noch den passenden Kamm gekauft. Und der lag immer noch ganz hinten in seinem Schrank.

»Da bin ich mir sicher.« Ihre sanfte Stimme unterbrach die Erinnerungen. Er starrte die Bürste an, die Finger, die den Griff streichelten. »Abigail …«

Eine Hand berührte seine Brust, sandte sonderbare Gefühle durch sein Inneres – Emotionen, die mit den Erinnerungen zusammenhingen, neue Gefühle, alte Gefühle. Von neuer Intensität erfüllt.

In ihrem Gesicht las er unverhohlene Sehnsucht. Ein Gesicht, das ihm nur selten verhehlte, was sie empfand. Er liebte es, sie herauszufordern, Zorn und Leidenschaft zu sehen. Zu *spüren*, was sie ausstrahlte nach all den Jahren, die er nicht in ihrer Nähe verbracht hatte. Ein Fegefeuer, das er selbst geschaffen hatte, mit seinem Verhalten. Ein ungeschickter Junge auf der Schwelle zum Mannesalter – unfähig, seine Gefühle zu meistern. Und ein Mann, im Bewusstsein seiner neuen Kraft – unfähig, seinen Stolz zu bezwingen.

Ihre andere Hand spielte mit den Bändern ihres Nachthemds. »Noch hat der neue Tag nicht begonnen. Heute Nacht – heute Nacht sollst du mich berühren.«

Was sie riskierte, wusste sie. Doch es war ihr egal. Sie sah das Verlangen in seinen Augen, erkannte die ausdrucksvolle Sprache seines Köpers. Und sie konnte nicht leugnen, wie lange sie schon wünschte, er würde sie berühren.

»Nur ein wenig«, wisperte sie. »Nur damit ich mich lebendig fühle. Damit ich spüre, dass du immer noch hier bist, bei mir.«

Seine Augen verdunkelten sich.

Als sie an einem Band zog, glitt das Nachthemd über ihre Schultern.

»Abigail«, begann er mit heiserer Stimme, »was …«

»Was ich denke? Gar nichts.« Die Hand immer noch auf seiner Brust, trat sie näher zu ihm. »Und du sollst auch nichts denken.«

Er war hier, und er *lebte*. Zumindest in ihrem Wahnsinn. Sie strich über sein Hemd, das sich niemals änderte, das stets im selben Zustand blieb wie bei jenem Ball, seit dem ihn die Londoner Gesellschaft vermisste.

Bisher hatte sie sich nicht gefragt, wie er seine äußere Erscheinung kontrollierte. Sicher unbewusst. Dass sein

Aussehen seine Gefühlslage reflektierte, konnte er in dieser Gestalt offenbar nicht verhindern. Bedrückt, wenn er aus seinem mysteriösen Gefängnis zurückkehrte, und dann viel lebhafter, wenn er von Zorn oder Leidenschaft erfasst wurde.

Ihre Finger streiften die Knöpfe, das Hemd verschwand. Plötzlich berührte sie glatte Haut, die sich kühl anfühlte. Wie eine heiße Tasse Tee, die sie erwärmt hatte und die dann in der Luft des Zimmers erkaltet war – eine Nebenwirkung seines Aufenthalts in einer Zwischenwelt. Sein stockender Atem ermutigte Abigail, und sie streichelte seine muskulöse Brust, das Kraushaar.

»Meine Kleider?«

»Die hast du abgelegt.« Sie schaute nicht weg. Unablässig tauchte ihr Blick in seine Augen, die statt des üblichen Zynismus wachsende Glut verrieten. »Ich konnte beobachten, wie neue Geister ihre Kleidung blitzschnell wechseln. Manchmal sehr oft, bis sie sich endlich für einen bestimmten Stil entscheiden.«

Nun hob er eine Hand, eine zaudernde Geste, die nicht zu ihm passte. »Abigail …«

»Wirst du mich berühren, Valerian?«

Seine Hand ergriff den Zopf, der über ihrer Schulter hing. »Das weiß ich nicht. Ist das alles *Wirklichkeit?*«

»So wirklich, wie wir es ermöglichen«, erwiderte sie, öffnete noch eine Schleife an ihrem Nachthemd und entblößte etwas mehr von ihrer nackten Haut.

Seine Finger glätteten das Ende des Zopfs. Dann umfasste er Abigails Nacken, bog ihren Kopf nach hinten und zog sie näher zu sich heran. »Wie ein Traum.« Behutsam nahm er sie in die Arme. Die Augen geschlossen, spürte sie seine

Lippen auf ihren. Während sie die Konturen ihres Mundes nachzeichneten, schmolz der letzte Rest des geteilten Widerstands dahin.

Im Himmel. Vielleicht war das ihr Himmel, Valerian ganz für sich allein zu besitzen – Valerian, der sie liebkoste und von ihr abhängig war. Welch ein verführerischer Gedanke ...

Immer leidenschaftlicher küsste er sie. Dann wanderten seine Lippen über ihren Hals und hinterließen eine brennende Spur – ein seltsamer Kontrast zu seinen kühlen Händen, die das Feuer ihrer Haut noch schürten.

Er streichelte ihre Schultern, seine Finger näherten sich der Vertiefung zwischen ihren Brüsten, und sie spürte, wie die Knospen anschwollen. Was für ein ungewohntes Gefühl, das heißes Entzücken verhieß, wenn sie – irgendetwas tun würde.

Entschlossen zupfte Valerian am Ende des dritten Bands. Dabei strich er über ihre linke Brust und steigerte die lustvollen Emotionen. »Ich freue mich auf den Anblick, der mich unter dieser Schleife erwartet. Bisher hast du dich nicht von deinem Nachthemd getrennt. Und jetzt werde ich dich vollends entkleiden.«

Doch das Band flatterte zwischen seinen Fingern und verweigerte ihm den Dienst, so wie der Handschuh, den er ihr nicht hatte ausziehen können. Einige Sekunden lang hielt er inne. Das Gesicht an seinen Hals gepresst, die Lider gesenkt, rang Abigail nach Luft und hoffte, er würde diesmal nicht zurückweichen.

Sanfte, schützende, aber auch besitzergreifende Finger umschlossen ihre Hand, die auf seiner Brust lag, und führten sie zu der Schleife. Dabei streiften sie ihren Busen, die erhärtete Knospe. Mit ihrem Daumen und ihrem Zeigefinger kniff Valerian das Band zusammen. Atemlos beobachtete sie, wie er es langsam von ihrem Körper entfernte.

Auf diese Weise öffnete er die Schleife. Abigail schaute auf, ihr Herz pochte schneller. Nein, er zog sich nicht zurück. Und sein Blick bekundete, dass er diese Möglichkeit nicht einmal erwog. Bald würde sie nackt vor ihm stehen. Selbst wenn er sie veranlassen musste, sich überall zu berühren, um dieses Ziel zu erreichen.

»Soll ich auf deine Verblüffung hinweisen – oder einfach nur in der Hitze deiner Wangen schwelgen?«, fragte er und neigte sich zu ihrem Hals hinab.

Ihre Hüften an seine Schenkel gelehnt, legte sie den Kopf in den Nacken und erleichterte Valerian die verzehrenden Küsse. Er führte ihre Hand durch das Tal zwischen ihren Brüsten zum Bauch hinab, zur nächsten Schleife des Nachthemds. Wieder benutzte er Abigails Daumen und Zeigefinger, löste die zwei Bänder, und das Hemd glitt weiter auseinander.

Tiefer und tiefer wanderten ihre Finger hinab, zu ihrer intimsten Zone, zu schwelendem Feuer. »Hast du dich jemals selbst berührt, Abigail?«, fragte er und drückte ihre Hand gegen ihren Venushügel. »Wenn du die Geister beobachtet hast? Du sagtest, das würdest du tun. Wolltest du ihren Aktivitäten nacheifern?«

Da sie nicht antworten und kaum atmen konnte, schüttelte sie nur den Kopf.

»Erstaunlich ... Wo du doch eins der kühnsten Geschöpfe bist, die ich kenne.«

Nein, wann immer ihre Finger zwischen ihre Beine geglitten waren, hatte sie's zu verwerflich gefunden. Und wegen ihrer vergeblichen Sehnsucht nach der körperlichen Nähe anderer Menschen hatte sie geglaubt, sie wäre es ganz einfach nicht wert, berührt zu werden. Nicht einmal von ihrer eigenen Hand.

Jetzt presste Valerian ihre Fingerknöchel noch fester an das Zentrum der Hitze, seine Lippen streiften ihr Ohr. »Ich möchte sehen, wie du dich berührst, Abigail. Aber vor allem wünsche *ich* mir, dich zu berühren.«

Mit der Hilfe ihrer Hand riss er die letzte Schleife auseinander, ließ sie los, und das Nachthemd fiel zu Boden. Darunter trug sie ein dünnes Hemd. Valerian streichelte sie, und sie zitterte, weil sie schockiert war – und weil ihr Körper es verlangte.

Seine Finger zeichneten die Konturen ihres Venushügels nach, das Hemd bildete nur eine geringfügige Barriere und fachte die Hitze sogar an, während der zarte Stoff an ihrer Haut gerieben wurde. Lautlos öffnete sie die Lippen, ihre Augen suchten Valerians Blick.

Seine freie Hand umfasste ihren Hinterkopf, und er zog sie zu sich heran, um sie zu küssen – mit der ganzen Leidenschaft, die sie erträumt hatte. Zielstrebig setzten seine Finger die aufreizenden Liebkosungen fort, schienen sie zu verbrennen, erweckten irgendetwas in ihrem Innern, das ungeduldig vibrierte. Zwei Finger presste er fester an das Hemd. Durch das dünne Material berührten sie ihre Haut, das krause Schamhaar, und die Vibrationen verstärkten sich zu einem fast schmerzhaften Pochen.

Aus Abigails Kehle rang sich ein leises Seufzen. Valerian saugte ihren Atem ein, seine Lippen verstärkten den Druck. Als seine Zunge mit ihrer spielte, entlockte er ihr ein lustvolles Stöhnen. Zwischen ihren Fingern wiederholte eine

Fingerspitze den betörenden Rhythmus seiner Zunge und drang in sie ein.

Was sie jetzt empfand, raubte ihr beinahe die Besinnung. Sie schlang ihre Finger in Valerians Haar, zog ihn näher zu sich heran – das Einzige, was sie tun konnte, wenn sie die Vollendung des erotischen Wahnsinns erwirken wollte. Ja, sie musste sich möglichst eng an ihn schmiegen und ihn zwingen, das unerträgliche Pochen zu stillen.

Nun ließ er sie los. Enttäuscht blinzelte sie. Aber seine geschwollenen Lippen, das zerzauste Haar und die heftigen Atemzüge, die seine nackte Brust bewegten, beruhigten sie sofort. Nein, er würde sie nicht verlassen. Er lehnte sich an einen Bettpfosten, die Augen immer noch voller Glut, die er jedoch zu bezähmen schien. »Zieh dein Hemd aus.«

»Wie bitte?«, flüsterte sie – unfähig, die richtigen Worte zu finden und auszudrücken, was sie wirklich aussprechen wollte. Die Frage, warum er sie nicht mehr berührte, die Forderung, er möge sie wieder liebkosen, ein wildes Verlangen, das sie vielleicht mit einem schroffen Befehl unterstreichen müsste …

»Zieh dein Hemd aus.«

Sie sah den Glanz in seinen dunklen Augen, seine Fäuste in den Armen, die er vor der Brust verschränkt hatte. Nach kurzem Zögern beugte sie sich zum Saum ihres Hemds hinab, streifte es langsam über die Knie und die Schenkel hinauf. Als sie den Körperteil erreichte, den sie bisher nur ihrer Mutter und ihrer Zofe gezeigt hatte, hielt sie verlegen inne.

»Zieh dein Hemd aus, Abigail.«

Voller Scheu schaute sie Valerian an, las die Herausforderung in seiner Miene, den sanften Spott. Doch er machte sich nicht über sie lustig und wollte nur abwarten, ob sie kühn genug war, seinen Wunsch zu erfüllen. Da zog sie das Hemd über ihren Bauch nach oben, über die Brüste, die leicht angehoben wurden und wieder hinabwippten, und schließlich über ihren Kopf.

Bevor sie seinem Blick wieder begegnete, umklammerte sie das Hemd. Sie sah die Flammen in seinen Augen, beobachtete einen Schritt in ihre Richtung, ehe er sich beherrschte und stehen blieb. Nun spürte sie andere Vibrationen in ihrem Körper – den Stolz einer begehrenswerten Frau – und ließ das Hemd zu Boden fallen.

Endlich eilte er zu ihr und hob sie hoch, legte sie auf das Bett und spreizte ihre Beine. Er küsste sie wieder, in wachsender Sehnsucht. Mit beiden Händen umfasste er ihren Kopf, und seine Küsse drangen bis in die Tiefen ihrer Seele. Dann glitten seine Lippen nach unten, und er nahm die Spitze ihrer rechten Brust in den Mund. Ein lautloser Schrei verengte ihre Kehle. Überwältigt von unbeschreiblichen Gefühlen, bäumte sie sich auf. Hungrig saugte er an der Knospe. Abigail bebte am ganzen Körper und wusste nicht, wie lange sie diese süße Qual ertragen würde.

»O Valerian«, stöhnte sie, als seine Lippen zur anderen Brust überwechselten.

Seine Hand wanderte zu ihrer Hüfte hinab, über den Bauch zwischen ihre Schenkel, in ihre feuchte Wärme. Atemlos spannte Abigail sich an und spürte, wie ein Finger ganz langsam in sie eindrang – zwei Zentimeter tief, immer tiefer.

Die Hände in sein Haar gekrallt, zuckte sie unkontrollierbar, während er an ihrer linken Brust saugte und seinen Finger in ihrer Weiblichkeit bewegte. Bald schwoll die Hitze zu hellen Flammen an, und sie verwandelten sich spiralenförmig zu einem schmerzhaften Pfeil, auf einen einzigen Punkt konzentriert.

Schneller und schneller kreiste der Finger in ihrem Schoß, und sie hob ihre Hüften, um den lockenden Pfeil zu empfangen, sehnte ihn begierig herbei. Das Feuer loderte ihm entgegen, der Finger krümmte sich. Und alles explodierte.

16

Abigail erwachte und streckte sich. Als sie merkte, dass Valerian nicht mehr neben ihr lag, geriet sie sofort in Panik.

»Ah, Zitronen. Die erste sah ich an einem Zweig hängen. Man muss sie hegen und pflegen. Sonst welken sie dahin.«

»Tante Effie?« Bestürzt über den Anblick des Geistes, setzte sich Abigail im Bett auf.

An Effies altmodischem Kleid knisterte der Saum, verschwand und knisterte wieder. Abigail schlug ihre Decke zurück und eilte zu der Stelle hinüber, wo die Erscheinung saß.

»Was ist mit dir geschehen, Tante Effie? Hat dieser Mann dich gestern verletzt?«

»Nein, Liebes. Nun beginnt die Reifezeit der Zitronen.« Effie lächelte sanft. »So wundervoll sind sie, und du musst sie nicht fürchten.«

Abigail kniete nieder und streckte eine Hand nach Effie aus. Wie üblich glitten ihre Finger durch die ätherische Gestalt hindurch. »Warum fängst du plötzlich an, richtig mit mir zu reden? Und wieso kann ich dich nicht berühren?«

»Du bist an einem Scheideweg angelangt. Und ich befinde mich in deiner Reichweite.«

»Was meinst du?«

Effie nippte an ihrem Tee. »Das weiß ich nicht. Nur eins kann ich dir sagen – du stehst vor einem Scheideweg. Zitronen, mein Liebes.«

»Aber – warum jetzt?«

Effie nahm noch einen Schluck Tee.

»Geht es um Lord Rainewood?«

»Ach, Liebes, ich bin nur ein Geist.« Effie legte den Kopf schief. »Und ich sehe nur die Zitronen in deiner Reichweite. Ungepflückt drohen sie herabzufallen. Dann werden sie verfaulen.«

»Miss?«

Abigail drehte sich zu Telly um, die neben dem Toilettentisch stand. Wie lange mochte die Zofe schon dort warten?

»Ja, Telly?«

»Ihre Mutter möchte wissen, ob Sie die Verabredung mit Lord Basil einhalten wollen.«

Seufzend wandte Abigail sich wieder zu Effie, die ihren Tee trank. »Teilen Sie ihr mit, das habe ich vor.«

»Sehr wohl, Miss, ich werde ihr Bescheid geben. Danach komme ich zurück und helfe Ihnen bei der Morgentoilette.« Telly huschte aus dem Zimmer.

»Oh, endlich bist du aufgestanden.« Irgendwann und irgendwie war Valerian eingetroffen.

Beschämt erhob sie sich und spürte brennendes Blut in ihren Wangen. Was sollte sie ihm sagen?

Sie strich über ihr Nachthemd und dachte an andere Hände, die den Stoff berührt hatten. »Ja …«

»So verlegen, Abigail?« Er hob ihr Kinn. Dann schweifte sein Blick an ihr vorbei zum Toilettentisch. In seinen dunkelbraunen Augen erschien ein eigenartiges Licht. »Dazu hast du keinen Grund.«

Bevor sie antworten oder etwas *wirklich* Peinliches tun konnte, kehrte Telly zurück. Erleichtert atmete Abigail auf, denn sie hätte sich vielleicht an Valerians Brust geworfen und geheime Gedanken laut ausgesprochen.

Mit der Hilfe ihrer Zofe wusch sie sich und schlüpfte in ein Morgenkleid. Dabei versuchte sie belanglose Konversation zu machen, abwechselnd mit Telly und Valerian. Das fiel ihr schwer, weil das Mädchen ständig zusammenzuckte. Warum? Das musste sie später herausfinden.

Abigail stieg die Treppe hinab und betrat den Salon, wo ihre Mutter und Mrs Browning Tee tranken.

Die Hände vor der Brust gefaltet, erklärte sie so ruhig wie möglich: »Ich muss in die Bond Street fahren und neue Bänder kaufen.«

»Ausgeschlossen«, protestierte Mrs Browning. »Nachdem Sie gestern bei allen gesellschaftlichen Ereignissen durch Abwesenheit geglänzt haben, wird man heute keine Verspätung akzeptieren.«

Abigail wandte sich lächelnd zu ihrer Mutter.

»Beeil dich, mein Kind«, mahnte Mrs Smart in sanftem Ton.

Schockiert starrte Mrs Browning ihre Arbeitgeberin an. In diesem Haushalt war sie noch nie überstimmt worden. »Also, ich – ich – bitte, Madam …«, stotterte sie.

Mit perversem Vergnügen registrierte Abigail diese Reaktion. »Danke, Mama. Sorg dich nicht, wir werden rechtzeitig zurückkommen.«

Sie holte Telly und ging mit ihr zur Haustür. Als sie merkte, dass Mrs Browning ihr in die Halle gefolgt war, drehte sie sich um und beobachtete, wie Valerian an ihr vorbeischlenderte. Höhnisch grinste er die Gesellschaftsdame an und machte eine obszöne Geste in ihre Richtung. Nur zu gern hätte Abigail ihr Geld für die Bänder geopfert, wenn die Frau sehen könnte, was er tat.

Wenig später winkte sie eine Droschke heran, und sie stiegen ein. Nun verfluchte sie ihren dummen Entschluss, am Vortag die Kutsche der Smarts zu benutzen. Andererseits – der Fahrer würde an diesem Morgen nicht wissen, warum die Erkundungstour fortgesetzt wurde.

Von den letzten fünf Adressen auf Tellys Liste erwiesen sich die beiden ersten als bedeutungslos. Doch die dritte, O'Malley's Tavern, lag direkt gegenüber einem Gebäude, das anscheinend leer stand. In einem Fenster spiegelte sich das Schild des Gasthauses.

»Nun sollten wir …«, begann Abigail.

»Nein, das verbiete ich«, fiel Valerian ihr ins Wort.

»Es wäre eine Möglichkeit.«

»Während deiner Ausfahrt werde ich mir überlegen, wie ich mich hier umsehen kann – falls es nötig ist.« Seine Mundwinkel zogen sich nach unten. »Jedenfalls wirst du dich von diesem Haus fernhalten.«

»Aber …«

»Dafür haben wir ohnehin keine Zeit. Bring deine Mutter und diese Xanthippe, die ihr engagiert habt, nicht vollends zur Verzweiflung. Jetzt werden wir an den beiden letzten Adressen vorbeifahren, dann kehren wir zurück.«

Widerstrebend gab sie sich geschlagen und beauftragte Telly, dem Fahrer die zwei Ziele zu nennen, zur sichtlichen

Erleichterung der Zofe. An diesen Gebäuden gab es nichts Besonderes zu entdecken.

Also lag die Vermutung nahe, dass Valerians Körper in dem Haus gegenüber der O'Malley's Tavern lag. Bei dem Gedanken, sie würden ihn bald finden, schlug Abigails Herz schneller.

»Ich werde mich über die Taverne und die nähere Umgebung erkundigen, Miss«, schlug die Zofe vor.

»Ausgezeichnet, Telly.«

»Ja, lass das deine Zofe machen.« Valerian lehnte sich auf seiner Sitzbank zurück. Mit dieser Pose bekundete er ausdrucksvoll, er würde erwarten, dass Abigail seine Anordnungen befolgte.

Erbost starrte sie ihn an. Gewisse Dinge würden sich wohl niemals ändern.

Gerade noch rechtzeitig erreichten sie das Smart-Haus. In aller Eile zog Abigail sich um und wurde von Mrs Browning wegen der Verspätung getadelt. Die Gesellschafterin wollte wissen, welche Läden sie mit ihrer Zofe besucht hatte, und die Bänder sehen. Glücklicherweise hatte Valerian ihr empfohlen, vor der Rückkehr einige zu kaufen.

So wie in den letzten Tagen schwieg Mrs Smart. Abigail fürchtete immer noch, Mama würde Dr. Myers anweisen, die Therapie fortzusetzen. Doch die immer engere Beziehung zu Valerian und die Suche nach seinem Körper drängten diese Angst in den Hintergrund ihres Bewusstseins.

Etwa eine halbe Stunde später fuhr Basil in einer der offenen Familienkutschen vor.

Schwungvoll betrat er die Halle und begrüßte die Damen mit einem charmanten Lächeln. »Miss Smart, ich freue mich auf unsere Spazierfahrt. Hoffentlich wird Ihnen meine Überraschung gefallen.«

Das hoffte sie auch. Sie ging ein Risiko ein, wenn sie ihn begleitete. Deutlich genug hörte und spürte sie Valerians Missbilligung.

»Wenn Sie mir die Frage gestatten, Lord Basil …«, begann Mrs Browning. »Wohin fahren wir?«

»Zu den Steckenpferdrennen im Park. Da werden wir ein paar vertrauten Gesichtern begegnen. Und wenn wir wollen, probieren wir die Holzpferde aus. Aber besser nicht, um uns an den Wettrennen zu beteiligen – es sei denn, eine der Damen ist wagemutig genug.« Noch ein gewinnendes Lächeln.

Valerian schnaufte verächtlich. Die Augen zu schmalen Schlitzen verengt, ging er um seinen Bruder herum. Auch Mrs Browning war nicht sonderlich entzückt.

»Oh, das ist wundervoll, Lord Basil!« Erleichtert erwiderte Abigail sein Lächeln. Im Park, inmitten einer großen Menschenmenge, würde ihr nichts zustoßen. Dort würde sie viele Bekannte treffen.

Unauffällig nickte sie Valerian zu, um ihm zu bedeuten, seine Sorge wäre unbegründet. Aber seine Miene hellte sich nicht auf.

»Nun, ich hoffe, Sie interessieren sich für die Rennen, Miss Smart«, bemerkte Basil, nachdem sie in seiner Kutsche Platz genommen hatten. Fachkundig steuerte er das Gespann durch die Straßen, und Abigail wunderte sich, weil er die Schwäche und Krankheiten seiner Kindheit so gut überwunden hatte. »Ich dachte mir, Sie würden dieses Rennen gern verfolgen«, fügte er hinzu.

Bevor er vollends genesen war, hatte sie mit ihrer Mutter

den Landsitz verlassen, um nach London zu übersiedeln. Diese Maßnahme ergriff Mrs Smart im Bestreben nach der ersehnten gesellschaftlichen Anerkennung. Und Abigail wurde von Sorgen und Dämonen befreit. Deshalb protestierte sie nicht.

Das hätte sie getan, wäre ihr bewusst gewesen, was sie in London erleiden würde – Dr. Myers' Therapie.

»O ja, Sir«, bestätigte sie. »Wie ich gestehen muss, faszinieren mich solche Rennen.« Dass Mrs Browning diese Amüsements plebejisch fand, erwähnte sie nicht. Aus diesem Grund hatte sie bisher darauf verzichten müssen. Nur Lord Basils Status und die Einladung, die er in Gegenwart der Herzoginwitwe ausgesprochen hatte, bewogen die Gesellschafterin, ein grimmiges Lächeln beizubehalten.

»Grandios, Miss Smart! Sicher können wir einen Startplatz für Sie ergattern. Für Damen werden eigene Rennen veranstaltet.«

»Nein!« Valerians scharfe Stimme drang an Mrs Browning vorbei, hinter der er saß. Unkontrollierbar zitterte die Frau, was ihn zu erfreuen schien. Abigail fand es immer noch verwirrend, die beiden Gesichter so dicht beisammen zu sehen wie auf einer Kinderzeichnung. »Untersteh dich, an so einem Rennen teilzunehmen, Smart!«

Strahlend lächelte sie Lord Basil an. »Oh, es würde mir Spaß machen, Sir. Aber ich fürchte, damit würde ich meiner Mutter Angst einjagen. Ständig sorgt sie sich um mich.«

Schweigend nickte Mrs Smart. Aber Abigail hatte ihre Worte an Valerian gerichtet, und sein Blick drohte ihr grausame Rache an.

»Schwärmen Sie für solche Rennen, Lord Basil?«, fragte sie. »Insbesondere für die Steckenpferd-Wettbewerbe?« Bisher hatte sie nicht gehört, er würde sich mit Sport und Spiel beschäftigen.

»Eher für die Wissenschaft. Vor allem die modernen Wissenschaften beeindrucken mich. Ich finde Johnsons Leistung großartig. Und ich bin schon gespannt, was als Nächstes passieren wird. Diese stählernen Monstren auf Schienen sind in aller Munde. Können Sie sich das vorstellen, Miss Smart? Bald werden wir auf Schienen dahinrasen – doppelt so schnell wie die Pferde, ohne an zahlreichen Stationen anzuhalten.«

»Darüber sollten Sie mit Mr Brockwell sprechen. Auch er liebt alles, was mit der Mechanik zusammenhängt.«

»Oh, das habe ich bereits getan«, antwortete er zu Abigails Verblüffung. »Nur weil mein Bruder eine Unterhaltung mit Mr Brockwell überflüssig findet – oder fand, muss ich seinem Beispiel nicht folgen.« Seine Stimme klang ruhig. Aber seine Finger krampften sich um die Zügel und zitterten beinahe.

Valerian murmelte einen derben Fluch vor sich hin.

»Da haben Sie völlig recht, Sir.« Was Abigail von der seltsamen Vergangenheitsform halten sollte, wusste sie nicht. Doch sie ging nicht darauf ein, weil das Thema allgemeines Unbehagen erregen würde.

Mrs Browning rückte ihren Schal zurecht, um sich vor einem kalten Luftzug zu schützen, den nur sie verspürte. Die Augen voller Kummer, starrte Abigails Mutter aus dem offenen Wagen, während Basil über Brockwells Klugheit sprach, seine vielseitigen Interessen und die *Young Scientist's Society* lobte. Erneut murmelte Valerian einen Kommentar, seine Lippen bewegten sich auf Mrs Brownings hoher Stirn, seine Augen spähten aus ihrem hochgetürmten Haar.

Plötzlich hatte Abigail das bestürzende Gefühl, sie wäre hinter die Gitter von Bedlam gelangt und würde die Irrenanstalt nie mehr verlassen.

Im Park hatten sich unzählige Menschen versammelt. Ausnahmslos waren Valerians und Basils Freunde erschienen. Abigail staunte, weil sie auch andere Gesichter entdeckte – Gregory und Phillip sowie einige Frauen und Männer, die sie bei diesem Wettkampf nicht erwartet hätte. Andererseits schwärmte die Hautevolee derzeit für kunstvoll geschnitzte Steckenpferde und wollte sich solche Ereignisse nicht entgehen lassen. Und nach Basils anerkennendem Kommentar über Phillips Begeisterung für so viele verschiedene Dinge hätte sie vielleicht mit der Anwesenheit des jungen Mannes rechnen müssen.

Gregory warf ihr einen finsteren Blick zu, als sie mit Basils Hilfe aus dem Wagen stieg, und Phillip kaute an seiner Unterlippe.

Lächelnd winkte sie ihm zu. Dann kaute sie an ihrer eigenen Lippe, weil er die Geste nur zögernd erwiderte. Dass Gregory sie nicht beachtete, ignorierte sie und wartete, bis Lord Basil ihrer Mutter und Mrs Browning beim Aussteigen geholfen hatte.

Die Zuschauer umringten fünf Steckenpferde, die von Dienstboten festgehalten wurden. Auf dem glatten Holz lagen fantasievolle Sättel. Eine wagemutige Dame ritt auf einem Steckenpferd umher, das ihren Röcken angepasst war. Mit graziösen Schritten bewegte sie ihr hübsches Ross. Unter anderen Umständen hätte sich auch Abigail sehr gern an einem der Wettrennen beteiligt – wäre sie nicht von so vielen Leuten taxiert worden und sicher gewesen, dass niemand schlecht von ihr dachte.

Selbstgefällig schwelgte die Dame in der Aufmerksamkeit junger Lebemänner und Dandys, die hingerissen beobachteten, wie ihre Röcke die Fußknöchel streiften – offenbar in der Hoffnung, etwas mehr zu sehen.

Mr Stagen ging den Neuankömmlingen entgegen und trug eine ausdruckslose Miene zur Schau. Rhythmisch klopfte sein Gehstock auf den Boden. »Lord Basil, Miss Smart.« Auch die beiden älteren Damen begrüßte er höflich. »Was für ein schönes Wetter für diesen Wettkampf, nicht wahr? Anscheinend müssen wir keinen Regenguss befürchten.«

Noch nie war er Abigail unhöflich begegnet. Doch er hatte sie stets aus der Ferne gemustert – wenigstens ohne zu bekunden, was er von ihr hielt. Erst seit Valerians Verschwinden sprach er mit ihr.

Möglichst unbefangen lächelte sie ihn an, als wäre es ganz normal, dass sie miteinander plauderten. »Wer wird denn an dem Rennen teilnehmen?«, fragte sie. Um diesen Aspekt der Klatschgeschichten hatte sie sich nicht gekümmert, da sie mit zu vielen anderen Dingen beschäftigt war.

»Oh, sehr viele Gentlemen – und sogar ein paar mutige Damen, falls Sie mitmachen wollen, Miss Smart.« Er zeigte zu der Frau hinüber, die immer noch auf ihrem hölzernen Pferd umherhopste. »Hier würde sich niemand mokieren, wenn Sie's versuchen.«

Seine Augen nahmen einen durchdringenden Ausdruck an. Fragend, forschend, anklagend? Vielleicht eine Mischung von all diesen Möglichkeiten.

Früher war Valerian der unumstrittene Anführer der Clique gewesen. Und Templing die boshafte Natter. Seit dem

Verschwinden der beiden wirkte die Gruppe ziemlich zurückhaltend.

»Das glaube ich auch.« Abigail hielt seinem Blick stand. Wie sie seiner Attitüde zu entnehmen glaubte, würde er sich stets auf Valerians Seite schlagen. Was allerdings nicht bedeutete, dass er sie ebenfalls unterstützen würde ...

Stagen neigte den Kopf zur Seite. »Außerdem soll ein spezieller Kampf stattfinden, denn Campbell und Penshard haben eine Wette abgeschlossen.«

Erstaunt schaute sie zu Gregory hinüber, der scheinbar gelangweilt seine Fingernägel inspizierte.

»Warum?«

»Eine Herausforderung. Die Einzelheiten kenne ich nicht.« Stagen wirbelte seinen Spazierstock im Sand herum, und Abigails Augen verengten sich.

Zweifellos wusste er ganz genau, um welche Herausforderung es ging und wie es dazu gekommen war. »Ich verstehe.«

»Am besten erkundigen Sie sich bei Penshard«, empfahl er ihr, den Kopf immer noch schief gelegt, mit derselben forschenden Miene. Doch sein Blick erschien ihr nicht mehr so scharf.

»Vielleicht sollte ich das tun. Aber ein Gentleman spricht nur ungern mit einer Dame über seine Wetten.« Abigail versuchte Stagens neue entspannte Haltung zu prüfen. »Oder über andere Dinge, die er – fragwürdig findet.«

»Vorsicht, Abigail«, warnte Valerian irgendwo hinter ihr, »Stagen wird dich strecken und vierteilen.«

»Ja, das stimmt, Miss Smart.« Der Spazierstock rotierte wieder im Sand. »Aber jemand anderer könnte Sie informieren – eventuell Ihre Freundin, Miss Penshard?«

»Die Reiter des ersten Rennens, bitte an den Start!«

Abigail beobachtete, wie fünf Männer die Steckenpferde aus den Händen ihrer Dienstboten entgegennahmen und sich entlang der Startlinie aufstellten, die man durch den Sand gezogen hatte.

Dann stiegen sie auf ihre hölzernen Pferde.

Lächelnd drängte sich Campbell zwischen den Leuten hindurch in Abigails Richtung. Valerian murmelte etwas Unverständliches, und Stagens Attitüde änderte sich erneut. Wachsam schaute er dem Mann entgegen.

»Los!«

Die Reiter sprinteten auf der Rennbahn dahin. Als einer der Gentlemen das Tempo forcierte, stolperte er über die Stange seines Holzpferds und stürzte. Die Zuschauer lachten, und einer seiner Freunde lief zu ihm, um festzustellen, ob er verletzt war.

Währenddessen rasten die vier anderen einen Hang hinauf und auf der anderen Seite hinunter. Zwei holten mit immer längeren Schritten einen Vorsprung heraus, ihre beiden Gegner taten ihr Bestes, um mitzuhalten.

Jubelnd feuerte das Publikum die Reiter an, ein paar Männer liefen am Rand der Rennbahn hinterher.

Campbell hatte sich einen Weg durch die Menge gebahnt. Nun blieb er neben Abigail stehen. Eine vertraute Hand streckte sich aus, versuchte ihn wegzustoßen und griff ins Leere.

Campbell runzelte die Stirn. »Miss Smart.«

»Mr Campbell.«

»Welch eine Freude, Sie hier anzutreffen!« Er schaute Basil an, der die Brauen hob. Auch Stagen bekundete seine Missbilligung.

»Oh, das Vergnügen ist ganz auf meiner Seite, Mr Campbell«, erwiderte Abigail. Plötzlich fühlte sie sich wie in einem seltsamen Traum, aus dem es kein Entrinnen gab. All diese Männer – Valerians Freunde – hatten sie vor seinem Verschwinden ignoriert, als würde sie an einer gefährlichen ansteckenden Krankheit leiden. »Werden Sie an einem Rennen teilnehmen?«

»Darauf habe ich mich an den letzten zwei Tagen im Johnson's vorbereitet, also bin ich gut gerüstet.«

In Johnsons Reitschule. Hatte Gregory dort ebenfalls trainiert?

»Wie lobenswert, Mr Campbell«, mischte sich Mrs Browning ein. »Nach meiner Ansicht ist das besser, als durch die Straßen zu reiten, was bedauerlicherweise manche Gentlemen tun.«

Campbell verneigte sich vor ihr. »Danke, Mrs Browning.« Aber Abigail sah, wie er den Blick senkte. Sicher pflegte auch er durch London zu galoppieren und den Verkehr zu behindern, wie so viele übermütige Idioten.

Jetzt erklang ohrenbetäubendes Geschrei, und sie merkte, dass sie nicht auf das Ende des ersten Rennens geachtet hatte. Campbell trat näher zu ihr, und Valerian berührte ihren Rücken. »Diesen Mann musst du loswerden, Abigail. Irgendwas führt er im Schilde. Glaub mir, ich kenne ihn.«

Mit all diesen Männern war er zur Schule gegangen. Deshalb hatte er sich damals verändert. Das durfte sie nicht vergessen.

»Was halten Sie von diesen Geräten, Miss Smart?«, fragte Campbell und zeigte auf die Steckenpferde.

»Nun, sie sehen ziemlich abenteuerlich aus.«

»Suchen Sie ein Abenteuer? Möchten Sie einen Ritt wagen?«

Offenbar schwang in seiner Stimme irgendetwas mit, das Stagens Augen verdunkelte. Hinter ihr stieß Valerian einen Fluch aus.

Während Basil mit einem Bekannten die stilistischen Unterschiede zwischen zwei Holzpferden erörterte, schaute er in die andere Richtung. Mrs Browning unterhielt sich mit einer Frau zu ihrer Linken. Offenbar hatte keiner von beiden Campbells Frage gehört.

»Vielleicht eines Tages, Sir. Heute bin ich leider schlecht vorbereitet.«

»Aber es macht großen Spaß – ein richtiges Abenteuer. Und wie ich gehört habe, interessieren Sie sich für abenteuerliche Ereignisse.«

»Ich habe Miss Smart bereits angeboten, ein Steckenpferd für sie zu beschaffen«, verkündete Basil und drehte sich zu ihnen um. Neben seinem Fuß zog Stagens Spazierstock langsame Kreise im Sand. »Müsstest du nicht die nötigen Vorbereitungen für dein Rennen treffen?«

»Ja, das sollte ich tun.« Campbell lächelte charmant und warf den Kopf in den Nacken. »Aber ich konnte der Versuchung, diese schöne Dame um eine Gunst zu bitten, nicht widerstehen. Sie soll bei meinem Rennen an mich denken und mir Glück wünschen.«

Sie schaute in seine Augen, die offenherzig und unschuldig wirkten. Den Kopf schief gelegt, wartete Basil. Und Stagen zeichnete mit seinem Stock Spiralen in den Sand – so gelassen, als hätte er gar nicht versucht, Seine Lordschaft auf die Konversation zwischen Abigail und Campbell hinzuweisen.

»Das kann ich Ihnen natürlich nicht anbieten, Mr Campbell, da ich mit Lord Basil hierhergekommen bin«, erklärte sie so freundlich, wie es ihr in dieser eigenartigen Situation möglich war, für die ihr die nötige Erfahrung fehlte.

»Ach, das würde Danforth nicht stören. Nicht wahr, mein Freund? Er beteiligt sich nicht an den Rennen. Also braucht er keine Gefährtin, die ihm Glück bringen würde.«

»Wenn Sie ihm den Gefallen erweisen wollen, Miss Smart«, sagte Basil, ohne Campbell aus den Augen zu lassen, »müssen Sie keine Rücksicht auf mich nehmen.«

Ihre Mutter und Mrs Browning sprachen immer noch mit einigen Damen auf der anderen Seite. Unsicher wandte Abigail sich wieder zu den Gentlemen.

»Ja, sorgen Sie für Campbells Glück, Miss Smart.« Zu ihrer Rechten ertönte eine neue Stimme. Gregory hatte sich hinzugesellt. »Das hat er bitter nötig.«

Campbell grinste selbstgefällig. »Diese Wette werde ich gewinnen, Penshard.«

»Daran zweifle ich, Campbell. In letzter Zeit hatten Sie nur Pech in den Spielsalons. Deshalb sollten Sie lieber nicht wetten.«

Campbells Miene verdüsterte sich. Nachdem er Abigail einen kurzen Blick zugeworfen hatte, starrte er Gregory mit schmalen Augen an. »Versuchen Sie mit Männern zu spielen, Penshard? Darin waren Sie nie besonders gut, weder in der Schule noch anderswo.«

»Hier sehe ich keine Männer«, entgegnete Gregory sanft.

Nun mischte sich Mrs Browning erneut ein. »Gibt es irgendwelche Schwierigkeiten, Gentlemen?« Einige Leute, die in der Nähe standen, wandten sich zu ihnen, um festzustellen, was da geschah.

Abigail überlegte, ob sie je zuvor so erleichtert gewesen war, wenn sie diese autoritäre Stimme gehört hatte. Alle Blicke der Umstehenden schweiften neugierig von einem Mitglied der kleinen Gruppe zum anderen.

»Oh, ich habe Miss Smart nur um einen Gefallen ersucht«, antwortete Campbell und setzte wieder sein gewinnendes Lächeln auf.

»Erfüllen Sie ihm den Wunsch, falls es schicklich ist«, sagte Mrs Browning mit einer knappen Geste in Abigails Richtung.

Unfähig, einen klaren Gedanken zu fassen, musterte Abigail die Gesichter ringsum und zupfte nervös an einem der Bänder, die sie an diesem Morgen gekauft hatte. Dann nickte sie.

»Ah, ein eindeutiger Sieg!«, triumphierte Campbell und verbeugte sich vor ihr. Als eine laute Stimme die nächsten Reiter aufrief, ging er zur Startlinie.

Gregory schaute sie mit unergründlichen Augen an, ehe er sich entfernte.

»In welcher Beziehung stehst du zu Penshard?«, fragte Valerian hinter ihr in scharfem Ton.

Basil und Stagen beobachteten sie. So wie auch alle anderen. Seine Lordschaft lächelte rätselhaft. »Nun wird Campbell sich einbilden, eine Glückssträhne würde ihn begünstigen. Natürlich ahnt er nicht, was wirklich mit ihm passieren wird.«

»Bitte, Sir, ich entschuldige mich, falls Sie selbst wollten, dass ich …«, begann Abigail.

Abwehrend hob er eine Hand. »Nein, ich nehme nicht

an den Wettkämpfen teil. Mir genügt das Vergnügen Ihrer Gesellschaft während des Ereignisses. Darauf muss Campbell verzichten.«

Abigail wusste nicht, was sie denken sollte. Beabsichtigte Lord Basil ernsthaft, um sie zu werben? Wohl kaum. Ihr Geld brauchte er nicht. Und abgesehen von einer gewissen neutralen Zuneigung schien sie ihn nicht zu interessieren, zumindest nicht in amouröser Hinsicht.

Zudem würden sein Vater und seine Großmutter eine solche Verbindung niemals gestatten. Die Herzoginwitwe würde drohen, ihn aus dem Schoß der Familie zu verstoßen – und diese Drohung vielleicht sogar wahr machen.

Also blieben nur wenige andere Möglichkeiten übrig, die sein Interesse erklären könnten …

Die nächsten fünf Reiter nahmen ihre Plätze an der Startlinie ein. Die Stirn gefurcht, stand Gregory neben der Rennbahn und schaute zu. Also musste der »spezielle« Wettkampf erst gegen Ende der Veranstaltung stattfinden.

»Los!«

Während die Reiter über den Sand sprangen, spürte Abigail, wie eine vertraute Hand nach ihrer griff. Valerians Finger schlangen sich in ihre, ihr Atem stockte. Im Geschrei des Publikums ging ihr Seufzen unter.

Zu ihrer Rechten beobachtete Basil das Rennen und bemerkte ihre Nervosität nicht. Sie wollte Valerian erbost anfauchen und fragen, was er bezweckte. Doch sie durfte sich nicht umdrehen. Selbst wenn sie flüsterte, würde irgendjemand sehen, dass sie mit der Luft sprach – oder mit den Bäumen hinter ihrem Rücken.

»Genießt du das Spektakel, Abigail?« Seine Lippen streiften ihr Ohrläppchen. »Und die Aufmerksamkeit, die du erregst? Deine Konversation mit Basil, Penshard, Campbell und den anderen? Und dass du immer mehr Verehrer anlockst, um mich zu ärgern?«

Sie fühlte seine Hand an ihrer Taille, den leichten Druck. Dann glitten seine Finger durch das Kleid, das Korsett, das Hemd und berührten ihre nackte Haut. Welch ein raffinierter Trick ... Damit hatte sie nicht gerechnet, nachdem er unfähig gewesen war, sie auszuziehen. Ihr Herz pochte noch schneller, als die Steckenpferdreiter über die Rennbahn rasten. Unbehindert von ihrer Kleidung, wanderte Valerians Hand über ihren Bauch nach unten. »Suchst du ein Abenteuer?«, wisperte er in ihr Ohr. »Jetzt werde ich dir ein richtiges Abenteuer zeigen.«

Ein Finger drang in ihre Weiblichkeit ein. Automatisch reagierte ihr Körper, und sie rang nach Luft. Nun schien er fortzufahren, wo er letzte Nacht aufgehört hatte.

Ringsum jubelte die Menschenmenge, ohne wahrzunehmen, in welchen Zustand Abigail geriet. Sie lehnte an Valerians Brust. Rhythmisch bewegte er seinen Finger, sein Daumen rieb eine besondere Stelle, die heiße Wellen durch ihren ganzen Körper jagte.

Einer der Reiter preschte vor den anderen der Ziellinie entgegen, vom gellenden Geschrei der enthusiastischen Zuschauer begleitet. In Abigails Nähe reckten alle Leute die Hälse und beobachteten seinen Sieg. Sie versuchte von Valerian wegzurücken und ihre Gefühle unter Kontrolle zu bringen. Da steigerte er das Tempo der aufreizenden Manipulationen. Hilflos sank sie wieder an seine Brust.

Mit dem Zeigefinger und dem Daumen seiner anderen Hand stimulierte er eine Knospe ihres Busens. Behutsam zupfte er daran. »Ein solches Abenteuer würde dir dein dilettantischer Mr Sourting oder Farnswourth wohl kaum bieten.« Sein Daumen strich etwas fester über die erhärtete Spitze. »Und du würdest ganz sicher nicht so heftig zittern, wenn Basil oder Campbell, Stagen oder Penshard dich berührten.«

Weiche Lippen pressten sich an ihren Hals, seine Zunge liebkoste eine empfindsame Stelle unterhalb ihres Kinns.

»Habe ich recht, Abigail? Inmitten dieser Menschenmenge werde ich dich zum Gipfel der Lust führen. Und du wirst ein viel interessanteres Abenteuer erleben als dieses banale kleine Amüsement, das die anderen Leute begeistert.«

Nun erreichten die Reiter das Ende des Abhangs. Mit rasenden Sprüngen, die Köpfe im Nacken, überquerten sie die Ziellinie.

Erschöpft und glücklich schrien sie auf. In vollen Zügen genossen sie ihren Triumph.

Ohrenbetäubender Beifall belohnte ihre Leistung. Atemlos hob Abigail die Hände, klatschte ebenfalls und versuchte die wilden Zuckungen ihres Körpers zu überspielen. Seinen Mund an ihrem Hals, weckte Valerian wachsende Schwindelgefühle, und sie glaubte davonzuwirbeln – so wie früher, wenn sie mit ihm auf sommerlichen Wiesen umhergetollt war. Keine Sorgen, keine Pflichten, kein Tod. Nur unschuldige Freude und Glück …

Unwillkürlich drückte sie sich an Valerians Hand, während er den Rhythmus seiner Bewegungen verlangsamte. Nach einer kleinen Weile entfernte er seine Finger und legte seine Hand besitzergreifend auf ihre Hüfte.

Als Basil sie angrinste, gelang ihr ein halbwegs normales Lächeln. Seine Lippen formten Worte. Gab er Kommentare über das Rennen ab – oder über Campbells Sieg – oder über Abigails glühende, von Leidenschaft gerötete Wangen?

Bloß nicht Letzteres, hoffte sie inständig. Starke Finger streichelten ihre Hüfte und zogen sie nach hinten, an den Körper dieses Mannes, an einen Geist, *an den Fluch ihrer Existenz, der sie bis in alle Ewigkeit quälen würde.*

Lachend erklommen die Reiter den Hang, wischten ihre Hosen ab und niesten im Staub, den sie aufgewirbelt hatten. Dienstboten rannten herbei und holten die Holzpferde für das nächste Rennen.

Das Gesicht erhitzt, strich sich Campbell das zerzauste Haar aus der Stirn. An seiner Hose und den Stiefeln klebten Staub und Erdreich.

Mrs Browning schnaufte und wartete, bis Basil sich zu Stagen wandte, bevor sie vorschlug: »Jetzt sollten wir gehen. Ich fürchte, es wird bald regnen. Kann man diese sonderbaren Pferde auch bei schlechtem Wetter benutzen? Warum Sie dieses alberne Drama sehen wollten, verstehe ich wirklich nicht, Miss Smart.«

Verächtlich stieß Valerian eine Faust in ihren Arm, bis sie erschauerte und beiseitetrat. Jemand versuchte die Lücke im Gedränge zu nutzen. Dann murmelte er etwas über die Kälte und mied Mrs Brownings Nähe.

Valerian postierte sich links von Abigail. Zufrieden lächelte er und hob ihr Kinn.

»Wollen wir uns noch ein Abenteuer gönnen, Abigail?«

17

Voller Genugtuung beobachtete er, wie sich die Röte in ihren Wangen noch vertiefte. Angesichts ihrer geöffneten Lippen und der verschleierten Augen musste er in diesem Moment nicht befürchten, sie könnte an irgendeinen anderen Mann denken.

Er berührte ihre Stirn, strich eine Locke zur Seite, und sie senkte die Wimpern. Einfach zauberhaft ... Als er sie – vor so langer Zeit – zum ersten Mal zwischen den Bäumen hatte tanzen sehen, war sie ihm wie eine Waldnymphe erschienen.

Nun öffnete sie die Augen, und die unverhohlenen Emotionen in den blauen Tiefen bedrohten den Teil seiner Seele, den er so lange verschlossen und ignoriert hatte. In seiner Fantasie tauchte das Bild eines Kamms auf, ebenfalls seit Jahren unter Verschluss.

»Miss Smart«, erklang eine unwillkommene Stimme, »Sie haben mir tatsächlich Glück gebracht. Unglaublich, wie lange ich gebraucht habe, um Ihre Gunst zu werben ...«

Sie riss ihren Blick von Valerian los, und irgendetwas in ihm fühlte sich beraubt und kühlte ab – wie heiße Haut, die auf kaltes Leder traf.

»Darf ich Ihnen zu Ihrem Sieg gratulieren, Mr Campbell?«

Dass sie sich auch nur eine Sekunde lang auf das Rennen konzentriert hatte, missfiel Valerian gründlich. Und dass sie sich für Campbells Erfolg interessierte! Plötzlich sah er in dem Mann, den er so lange für einen Freund gehalten hatte, einen widerwärtigen Feind.

»Meinen Triumph verdanke ich einzig und allein Ihren guten Wünschen, Miss Smart.«

Als künftiger Viscount hatte Campbell in Eton von Anfang an zu den Anführern seiner Altersgruppe gehört. Um diese Clique hatte Valerian sich kaum gekümmert, ein unbeachteter zweiter Sohn, dem die soziale Hierarchie gleichgültig gewesen war. Viel stärker interessierte er sich für das Militär, für Abenteuer auf hoher See oder wissenschaftliche Forschungen als für die spießigen Regeln des Parlaments und die gesellschaftliche Etikette. Doch er erfüllte seine Pflichten, so wie es von ihm verlangt wurde. Denn er hatte gehofft, auf diese Weise würde er eines Tages die Möglichkeit erhalten, zu tun, was er wollte.

»Auch ohne meine Glückwünsche hätten Sie gewonnen, Mr Campbell. Offenbar sind Sie ein Meister in diesem Sport.«

»So etwas erwartet man von einem Gentleman in meiner Position, Miss Smart«, erwiderte Campbell und grinste breit. »In allem und jedem muss ich Spitzenleistungen vollbringen.«

Valerian bedauerte zutiefst, dass seine Faust durch ihn hindurchrutschte.

»Musst du dich nicht auf deinen Wettkampf mit Penshard vorbereiten, Campbell?«, fragte Basil, und Valerian fühlte sich etwas enger mit seinem jüngeren Bruder verbunden.

Früher hatte eine wechselhafte Beziehung zwischen ihnen bestanden. Wegen seiner häufigen Krankheiten konnte Basil nicht an den Spielen teilnehmen, die Valerian bevorzugte, und klammerte sich an die Mutter. Aber nachdem Thornton …

Der Erstgeborene des Herzogs war der perfekte Erbe gewesen. Eine solche Vollkommenheit vermochte Valerian nicht zu erreichen, und er versuchte es auch gar nicht, bis er gezwungen wurde, die Position des künftigen Familienoberhauptes zu übernehmen. Den älteren Bruder hatte er nie gemocht. Thornton war charmant, wann immer es seinen Zwecken diente. Doch er konnte auch bösartig und in seiner Selbstsucht skrupellos sein. Kein Wunder, da er von seinem Vater und der Großmutter übermäßig verwöhnt worden war ...

Aber nicht einmal ein *unvollkommener* Bruder hätte sich so wie Thornton verhalten dürfen. Mehrmals war er zumindest bereit gewesen, Valerian bei gefährlichen Abenteuern sterben zu lassen. Für solche Zwischenfälle versprach er den Beteiligten sehr viel Geld.

Vor nichts schreckte er zurück, um zu verhindern, dass Valerian eine führende Rolle in der Londoner Gesellschaft spielen würde. Denn Thornton wollte sie allein regieren, mit eiserner Faust.

Damals hatten Valerian und Abigail oft von den weiten Reisen gesprochen, die sie unternehmen würden. Von den Löwen, die sie jagen würden. Von den Meeren, über die sie segeln würden. Erst später bemerkte er die Unterschiede, die zwischen ihnen bestanden – außer ihren Kleidern, ihren verdammten Röcken, die gerafft werden mussten oder an Zweigen hängen blieben. Da sah er in ihr nicht mehr die Gefährtin, die mit ihm durch dick und dünn ging.

Und als sich herausgestellt hatte, dass sie verschiedene Abenteuer in dieser Welt erleben würden, war Thornton gestorben – unter dramatischen Umständen. Seit jenem Tag wartete ein anderes Schicksal auf Valerian.

Eine Zukunft, in der er seine Jugendträume und -ideale vergessen musste.

An jenen Ereignissen war Campbell beteiligt gewesen. Mit schmalen Augen beobachtete Valerian, wie der »Freund« mit Abigail plauderte und sie zu umgarnen suchte, bevor er seinen Platz für das nächste Rennen einnehmen musste.

Da Campbells Vater krank und anspruchslos war, brauchte der Sohn nicht die gleichen Erwartungen zu erfüllen wie Valerian. Natürlich verband sich auch der künftige Titel eines Viscount mit gewissen Pflichten.

Vor langer Zeit hatte Campbell die Haarbürste entdeckt und schallend gelacht …

»Oh, da möchte ich mich nicht beeilen, Danforth«, erwiderte Campbell, an Basil gewandt, »wenn ich mich mit einer so schönen Dame unterhalte.«

Nur ein Jahr nach Thorntons Tod war Valerian zum Anführer der Clique avanciert. Ob Campbell ihm das verziehen hatte, wusste er nicht. Nicht dass er sich in diesem Moment darum sorgte – am liebsten würde er den Mann erdrosseln. Aber Aidan war dem Kommando des künftigen Herzogs gefolgt und ein gelehriger Schüler gewesen.

Nach dem Tod der Mutter hatte Valerian eine etwas engere Beziehung zu Basil aufgebaut. Nun waren sie die beiden letzten vernünftigen Mitglieder des Haushalts.

Kaum zu glauben, Basil könnte meinen Tod wünschen … Andererseits – womöglich hatten die Probleme der Jugend den jüngeren Bruder stärker beeinflusst, als Valerian es vermutet hatte.

»Viel Glück, Mr Campbell.«

»Wenn mich Ihre guten Wünsche unterstützen, muss ich gewinnen, Miss Smart.« Campbell lächelte Abigail strahlend an, ging davon, um sich für den Kampf gegen Penshard zu rüsten, und Valerian hoffte, der Schurke würde auf sein Schandmaul fallen.

Anscheinend wollte Basil das Wort an Abigail richten, doch dann spähte er schweigend zur Ziellinie. Seine Mundwinkel zogen sich ganz leicht nach unten. Nur wer ihn sehr gut kannte, würde es bemerken.

Aber er interessierte sich nicht für Abigail. Was das betraf, konnte Valerian seinen Bruder richtig einschätzen. Wenn ihm das auch in anderen Belangen misslang – Basil machte ihr sicher nicht den Hof.

Aber warum ärgerte er sich dann über Campbells Bemühungen um Abigails Gunst?

Sie lehnte sich wieder an Valerians Brust und sandte Feuerströme durch seine Adern. Automatisch wanderte seine Hand zu ihrem Nacken und streichelte den Haaransatz über der zarten Haut.

Niemals suchte Abigail Smart Trost und Schutz. Stolz, hoch aufgerichtet und würdevoll widerstand sie allen Stürmen des Lebens. Vor langer Zeit hatte sie ihn aus ihrer Nähe verbannt. Und seither bewog sie ihn unentwegt, ihr seine Aufmerksamkeit zu schenken.

Nein, das stimmte nicht. Eine mahnende innere Stimme appellierte an sein Gewissen und erinnerte ihn daran, wie lange er geglaubt hatte, er wäre ihr gleichgültig. Fraglos hatte er die Behauptung seines Vaters und seiner Großmutter akzeptiert, sie sei ein Emporkömmling. Abigails Briefe ignorierte er. Allein schon der Gedanke an sie erzürnte ihn. In allen passenden oder unpassenden Situationen hatte er die Möglichkeit, er könnte ihr vielleicht doch etwas bedeuten, gegen sie verwendet.

Valerian drückte sich an sie. Nur ein bisschen. Weil sie an ihm lehnte. Ein sanfter Kontakt, ein Spiel.

Natürlich suchte er selbst *keinen* Trost.

Er hatte die Ausbildung eines Mitglieds des Hochadels genossen, eines künftigen Herzogs. Inzwischen war er über den Tod seines Bruders hinweg, auch über die Rolle, die er dabei gespielt hatte. Denn er musste dem Rainewood-Standard entsprechen. Gleichzeitig wehrte er sich dagegen.

Mit eiserner Faust hatte Thornton regiert.

Und Valerian war ein würdiger Nachfolger seines Bruders geworden.

Nein. Energisch verdrängte er diese Gedanken und berührte Abigail wieder. Sie verkörperte eine der letzten Erinnerungen an die Tatsache, dass er Thornton *nicht* glich. Dass er stets anders gewesen war.

Dafür hatte er sie früher gehasst. Vor nicht allzu langer Zeit.

Viel länger hatte er sie dafür geliebt.

Er umfasste ihre Schulter. Und jetzt?

Jetzt konnte er die Gefühle, die sich mit ihr verbanden, nicht mehr identifizieren. Er war sein verhasster Bruder geworden.

Als Abigail spürte, wie Valerian hinter ihr erstarrte, konnte sie ihn nicht fragen, was ihn bewegte. Denn Basil begann wieder zu sprechen, und der Kampf zwischen Campbell und Gregory würde jeden Moment anfangen.

»Seien Sie vorsichtig, Miss Smart.« Basil beobachtete die beiden Reiter. Aber seine leise Stimme drang zu ihr.

»Oh, ich versuche immer, auf mich aufzupassen, Lord Basil.«

»Ausgezeichnet. Ich möchte nicht mit ansehen, wie Sie zur Schachfigur in einem Spiel werden, das schon viel länger dauert, als Sie ahnen.«

Aufmerksam musterte sie sein Profil. »Was meinen Sie, Sir?«

»Alten Groll. Gefährliche Avancen. Von gewissen Seiten, die Sie womöglich gar nicht wahrnehmen.«

»Verlierst du die Geduld mit deinem Hausgast, Danforth?«, fragte Stagen an Basils anderer Seite.

Erstaunt hob Abigail die Brauen. »Hausgast?«

»Für ein paar Wochen wohnt Campbell bei Danforth«, erklärte Stagen beiläufig, als hätte er ihr soeben keine äußerst wichtige Information geliefert. »Dazu veranlassen ihn Reparaturarbeiten in seinem eigenen Haus.«

Valerian umfasste ihre Schulter noch fester, und der Druck beschleunigte ihren Puls. Wenn Campbell bei Basil in der Nummer achtzehn am Golden Square wohnte …

»Genießt er Ihre Gastfreundschaft schon lange, Lord Basil?«, erkundigte sie sich in unschuldigem Ton. »Manchmal können einem solche Hausgäste ganz schrecklich zur Last fallen.«

Basil lächelte. Aber er gab ihr keine Antwort.

»Vor jenem Abend hat er nicht bei ihm gewohnt«, flüsterte Valerian in ihr Haar. »Sonst hätte ich davon erfahren.«

Nun erklang ein Pfiff, und sie wandten sich zur Startlinie, wo Campbell und Gregory auf ihre Steckenpferde stiegen und in Stellung gingen. Was sie miteinander sprachen, hörte Abigail nicht. Doch sie sah, wie Campbell den Kopf zuversichtlich in den Nacken warf. Dann sagte Gregory etwas, und das Grinsen seines Gegners erlosch.

Der Rennleiter ermahnte sie zur Aufmerksamkeit. Dann gab er das Zeichen zum Start.

Da sprangen sie vor und folgten der Rennbahn, so schnell die langen Schritte sie trugen. In halsbrecherischer Geschwindigkeit überquerten sie den kleinen Hügel, über die hölzernen Pferdeköpfe geneigt, und rasten den Hang hinab, auf die Ziellinie zu.

Die Menschenmenge johlte, Geldscheine wanderten von einer Hand in die andere, als letzte Wetten abgeschlossen wurden. Zweifellos rechnete man mit einer sehr knappen Entscheidung.

Seite an Seite rasten die Reiter zur Ziellinie. Jeder der beiden könnte gewinnen, dachte Abigail. Aus den Augenwinkeln sah sie Valerians ausdruckslose Miene. Aber er beobachtete das Rennen viel zu angespannt, um sich zu langweilen.

Das Ziel rückte immer näher. Noch zwanzig Schritte, noch fünfzehn. Aufgeregt hielt Abigail den Atem an. Noch zehn Schritte, noch fünf.

Plötzlich bog Gregorys Steckenpferd nach rechts. Campbell geriet aus dem Gleichgewicht, als er seinem Kontrahenten auszuweichen suchte.

In einer Staubwolke überschlug er sich mitsamt seinem Holzpferd, und Gregory überquerte die Ziellinie.

Schreiend stürmte das Publikum zu ihm und riss Abigail mit sich. Gregory stieg ab und überreichte das Pferd einem der wartenden Lakaien. Mittlerweile hatte Campbell sich aufgerappelt. Er wischte den Sand von seiner Hose. Dann ging er sichtlich erbost auf seinen Gegner zu, und die Zuschauer rannten noch schneller zu den beiden. Diese Konfrontation wollten sie aus nächster Nähe miterleben.

Phillip eilte an Gregorys Seite, und Stagen packte Campbell am Jackett.

Die Fäuste geballt, versuchte Campbell sich loszureißen. »Verdammt, Penshard, Sie sind schuld an meiner Niederlage! Elender Betrüger!«

»Unsinn, Sie haben die Kontrolle über Ihr Steckenpferd verloren.«

»Sie haben mich absichtlich angerempelt!«

Seufzend breitete Gregory die Arme aus. »Nein, ich habe Sie gar nicht angerührt. Aber Sie konnten nicht mit Ihrem Pferd umgehen.«

Zornesröte verdunkelte Campbells Gesicht. »Zur Hölle mit Ihnen! Ich fordere Sie …«

Da zerrte Stagen an dem staubigen Jackett. Campbell verstummte mitten im Satz.

Als Stagen ihm etwas ins Ohr flüsterte, drängte sich die Menge näher heran, um zu lauschen und herauszufinden, wohin der Zwischenfall führen mochte.

Campbell schüttelte Stagens Hand ab, rückte sein Jackett zurecht und zupfte an den Aufschlägen. »Bei den Ballonflügen werde ich Sie herausfordern, Penshard. Ich verdopple den Wetteinsatz. Und Sie dürfen sich einen Ballon aussuchen.«

Wie Abigail unschwer erriet, hatte er vor Stagens Intervention eine gefährlichere Herausforderung geplant.

Gregory grinste spöttisch. »Anscheinend sind Sie unbelehrbar, Campbell. Immer wieder wollen Sie verlieren … Also gut, ich treffe meine Wahl schon jetzt und entscheide mich für Brockwells Konstruktion.«

Nervös trat Phillip von einem Fuß auf den anderen, als alle Blicke in seine Richtung schweiften. Aber er hielt seine Stellung.

»Großartig! Ich freue mich schon darauf, Sie beide vernichtend zu schlagen. Morgen wird Sie ein Kurier über meine Wahl informieren.« Campbell klopfte auf seine Hose, wirbelte noch eine Staubwolke auf und ging davon. Sekundenlang musterte Stagen das Publikum, ehe er seinem Freund folgte.

Basil zog die Brauen zusammen. Doch er schaute seinem Hausgast nicht nach und wandte sich zu Abigail. »Nun, das war ziemlich aufregend. Ich muss mich entschuldigen, weil der Nachmittag ein so unerfreuliches Ende fand, Miss Smart. Wollen wir gehen?«

Hinter ihr richtete Valerian sich auf. »Mal sehen, ob ich Campbell und Stagen einholen kann. Dann treffen wir uns in der Kutsche.«

Abigail nickte Basil zu. »Einverstanden, Sir. Und Sie sollten sich keine Sorgen machen, dass ich die bedauerlichen Ereignisse mit ansah. Sicher werden sich die Klatschbasen den Mund zerreißen.«

Nur zu gern brachen auch ihre Mutter und Mrs Browning auf. Es dauerte fünf Minuten, bis sie sich einen Weg durch das Gedränge gebahnt hatten und den wartenden Wagen ansteuerten. Abigail ging an Basils Seite, Mrs Smart und die Gesellschafterin folgten ihnen im respektablen Abstand von zehn Schritten.

»Verzeihen Sie Campbell, Miss Smart«, bat Basil. »Leider neigt er zum Jähzorn.«

»Ja, er war wütend genug, Mr Penshard erneut herauszufordern.«

»Auch das ist eine idiotische Wette.«

Verwundert warf sie ihm einen Seitenblick zu. »Was meinen Sie?«

»Brockwells Ballon ist allen anderen überlegen – sogar revolutionär. Deshalb wird Penshard mühelos gewinnen.«

»Heutzutage scheinen alberne Wetten auf der Tagesordnung zu stehen.«

»Allerdings«, bestätigte Basil und erwiderte ihren Blick.

»Warum haben Sie mich zu einem Steckenpferdrennen eingeladen, Sir?«

»Einerseits aus Neugier. Dieses Ereignis wollte ich mir nicht entgehen lassen. Und weil ich eine alte Freundin meines Bruders Rainewood schätze.«

»Wir sind wohl kaum Freunde, Sir«, entgegnete sie tonlos.

»Manchmal neigt Valerian zum gleichen Jähzorn wie Campbell. Aber falls er uns wieder einmal mit seiner Anwesenheit beehrt, sollten Sie ihn etwas genauer beobachten, Miss Smart.«

»Wie meinen Sie das? Falls er uns wieder einmal mit seiner Anwesenheit beehrt?« Nervös strich sie über die Falten ihres Rocks. »Warum sollte er sich fernhalten?«

»Keine Ahnung.« Prüfend schaute er sie an. »Wissen *Sie's* vielleicht?«

Freudlos lachte sie. »Als würde Lord Rainewood mich in seine Pläne einweihen …« Sie sah Valerian auf sich zulaufen. In Fleisch und Blut würde Rainewood sie niemals ins Vertrauen ziehen – oder so erstaunlich schnell zu ihr zurückkehren.

»Etwas anderes würde mich überraschen.«

Durchdringend starrte sie ihn an. »Allzu gut verstehe ich mich nicht mit Ihrem Bruder, Lord Basil. Vielleicht müssten Sie das besser wissen als sonst jemand.«

»Grollen Sie ihm tatsächlich?« Inzwischen hatten sie die Kutsche erreicht, und Valerian erschien an Abigails Seite.

»Darüber habe ich mich oft gewundert.«

Sie ergriff seine Hand, und er half ihr in den Wagen. Auch ihrer Mutter und Mrs Browning war er behilflich.

»Da gibt es nichts, was Sie verwundern müsste, Sir. Was Lord Rainewood von mir hält, gab er mir eindeutig zu verstehen.«

»Ah, Sie dürfen nicht nur beurteilen, was sich an der Oberfläche zeigt, Miss Smart. Gewiss, dazu neigt die Londoner Hautevolee. Aber einige Personen sehen viel mehr.«

Valerian hörte kaum zu, während er in die Kutsche kletterte. Offenbar fiel ihm das immer schwerer. Doch er schaffte es, solange er sich in Abigails Nähe befand.

In diesem Moment war sie froh, dass er anderweitig beschäftigt war.

»Sicher registrieren diese Leute eine erbitterte Feindschaft, Lord Basil«, bemerkte sie.

»Hm«, lautete die wenig aufschlussreiche Antwort.

Mittlerweile hatte Valerian das Innere des Wagens erreicht und postierte sich seufzend hinter Mrs Brownings Gestalt. Aus den Augenwinkeln sah Abigail die Frau erschauern.

Valerian neigte sich vor, bis seine Lippen ihr Ohr erreichten. »Irgendetwas hält Campbell geheim – etwas viel Wichtigeres, als wir vermuten. Und er wohnt bei Basil. Also müssen wir das Haus durchsuchen.« Er klopfte mit einem Finger auf die Rückenlehne der Sitzbank. »Lass was in der Kutsche zurück.«

Während Basil sein Augenmerk auf das Gespann richtete, stopfte Abigail ihre Stola in einen Spalt unter der Polsterung ihres Sitzes – tief genug, damit Seine Lordschaft nichts bemerken würde, wenn sie ausstieg. Aber wenn jemand das Wageninnere inspizierte, würde ihm die zerknüllte Seide auffallen, und sie konnte die vergessene Stola zum Vorwand nehmen, um das Haus Nummer achtzehn am Golden Square aufzusuchen.

Hinter ihrer Mutter und Mrs Browning stieg sie aus. »Vielen Dank für den wunderbaren Nachmittag, Lord Basil. Trotz jener unangenehmen Szene fand ich das Steckenpferdrennen sehr amüsant.«

»Es war mir ein Vergnügen, Miss Smart.« Lächelnd verneigte er sich. Doch sie las eine sonderbare Wachsamkeit in seinem Blick. »Vielleicht sehen wir uns bald wieder?«

Sie spürte den forschenden Blick ihrer Mutter, die vermutlich hoffte, die Tochter würde diese Chance nutzen. »Ja, das würde mich freuen«, antwortete Abigail.

Obwohl Mrs Browning ungehalten die Stirn runzelte, nickte sie Basil zu. »Guten Tag, Eure Lordschaft.« Sobald sie die Halle erreicht hatten, verkündete sie: »Ich wünsche mit Ihnen beiden zu sprechen.«

Pflichtbewusst folgte Abigail den zwei Frauen in den Salon. Valerian wich ihr nicht von der Seite. Mrs Browning schloss die Tür.

»Wenn ich auch nicht völlig von Mr Penshard und Mr Campbell überzeugt bin«, begann sie, »so wären beide Herren doch erstrebenswerte Partien – trotz des peinlichen Auftritts am Ende des Rennens. Beide wirken interessiert. Ich glaube, Sie sollten sich auf Verehrer konzentrieren, die Ihnen tatsächlich einen Antrag machen werden, Miss Smart.«

Worauf sie hinauswollte, verstand Abigail nur zu gut. Sie

hob die Brauen. »Heißt das, Lord Basil wird nicht um meine Hand anhalten?«

»Das wissen Sie doch …« *Albernes Mädchen* – diese Worte blieben unausgesprochen. »Das würde die Herzogin von Palmbury niemals zulassen.«

»Wenn Abigail den jungen Mann mag«, wandte Mrs Smart mit sanfter Stimme ein, »sollte sie ihm seine Avancen gestatten. Was kann es schon schaden?«

Abigail schaute ihre Mutter an, die ihrem Blick auswich, und nickte.

Sichtlich erbost über diesen Angriff auf ihre Autorität, räusperte sich Mrs Browning. »Nun, wie ich bereits sagte – wir sollten unsere Bemühungen auf Gentlemen richten, die ernsthafte Absichten hegen. Zweifellos wäre eine große Auswahl erfreulich. Doch wir müssen die Dinge realistisch einschätzen.«

»Das wird Abigail selbst entscheiden«, entgegnete Mrs Smart.

Mrs Brownings Lippen verkniffen sich. »Haben Sie mich eingestellt, damit ich Ihnen mit Rat und Tat zur Seite stehe, Madam?«

»Ja.«

Triumphierend beobachtete Abigail, wie die einsilbige Antwort der Gesellschafterin den Atem nahm. Zum ersten Mal hatte Mama der Frau klargemacht, dass ihre Ratschläge nicht unbedingt befolgt werden mussten.

»Nun gut.« Mrs Browning lächelte – ein Haifischlächeln, wie es Valerians Großmutter perfektioniert hatte. »Wollen wir die Gästeliste für den Ball heute Abend durchsehen?«

So langweilig war der Ball gewesen. Und Abigail zu aufgewühlt, um alles zu verkraften, was auf sie einstürmte … Campbell entschuldigte sich bei ihr, weil er das Rennen nicht gewonnen hatte, und demonstrierte in aller Öffentlichkeit, dass er ihre Gunst immer noch genoss.

Natürlich wurde das von allen Klatschmäulern registriert. Den ganzen Abend war Valerian in miserabler Stimmung. Besitzergreifend wich er nicht von Abigails Seite und stieß grausame Drohungen aus, die Campbells diversen Körperteilen und seinem Erbe galten.

Und jetzt, kurz vor dem Morgengrauen, würde sie wieder einmal in ein Haus schleichen, um Nachforschungen anzustellen, nur von einem Geist begleitet. Wenn Telly das herausfand, würde sie ihr niemals verzeihen. Erst nachdem der ganze Haushalt eingeschlafen war, verließ Abigail ihr Zimmer. Sollte die Zofe die Abwesenheit ihrer Herrin feststellen, würden auch andere Bewohner davon erfahren. Dann würde Abigail in ernsthafte Schwierigkeiten geraten.

Mit Valerians Hilfe stieg sie die Treppe im Haus Nummer achtzehn hinauf und erreichte den ersten Stock. Weiter oben erklangen Stimmen. Valerian zeigte auf eine Tür zur Rechten. »Da drin wird deine Stola liegen. Ebenso wie Basils persönliche Dokumente. Such danach. Wenn man dich ertappt, wäre deine Stola eine dürftige Rechtfertigung für dein Eindringen. Aber irgendwie können wir sie als Ausrede benutzen. Inzwischen gehe ich nach oben und belausche die beiden.« Bevor er sich abwandte, verfinsterte sich seine Miene.

In Basils Arbeitszimmer herrschte extreme Ordnung – auf eine Art und Weise, die jeden entmutigen musste, der hier herumschnüffeln wollte. Die einzelnen Gegenstände befanden sich nicht an den Stellen, wo man sie normalerweise vermuten würde. Trotzdem würde Abigail zumindest wissen, wonach sie suchen musste, wenn sie ein interessantes Schubfach fand.

Zwischen einigen Papieren entdeckte sie einen detaillierten Bericht über Valerians Aktivitäten vor seinem Verschwinden. Ihr Magen krampfte sich zusammen. Und dann fand sie einen Aktenordner mit Aufzeichnungen von drei Polizisten und zwei Privatdetektiven. Alle fahndeten nach Lord Rainewood.

Auf einer Liste der Verdächtigen, die möglicherweise mit Valerians Verschwinden zu tun hatte, las Abigail ihren eigenen Namen. In ihrem Zimmer oder in ihrem Haus habe man bei einer Durchsuchung nichts gefunden, lautete eine Randbemerkung. Am Ende dieses Blatts besiegelte die Unterschrift der Herzoginwitwe, dass sie diese Fahndung veranlasst hatte. Impulsiv wollte Abigail diese Seite zerknüllen – und strich sie wieder glatt. Wenigstens wusste sie nun, warum ihr Zimmer verwüstet worden war. Und von wem.

Ihre Finger berührten glattes Leder, und sie zog ein grünes Buch zwischen zwei Papierstapeln hervor. Templings Hauptbuch. Mühsam schluckte sie. Das alles erklärte Basils plötzliches Interesse an ihr – das er erst bekundet hatte, nachdem sie einige Dinge wiederholt hatte, die nur Valerian wissen konnte. Wahrscheinlich hatte seine Großmutter ihm eingeredet, Miss Smart trage die Schuld an Valerians Verschwinden. Schon immer hatte sie Abigail gehasst.

Also suchte Basil nach seinem Bruder. Und er war nicht verantwortlich für Valerians Abwesenheit.

Ihr Finger strich über den Rand des ledernen Einbands.

Nur ein Blick. Nur um zu sehen – um herauszufinden, ob ihre Angst begründet war …

Entschlossen öffnete sie das Buch. Namen und Daten.

Verschiedene Notizen. Sie blätterte die beiden ersten Seiten um, überflog die Eintragungen nur flüchtig, versuchte die skandalösen Informationen nicht zu beachten – nicht der Versuchung zu erliegen, sie könnte ihr Wissen irgendwann in spontanem Zorn nutzen.

Nach der dritten Seite starrte sie auf leeres Pergament.

In diesem Buch wurde ihr Name nicht erwähnt. Erleichtert atmete sie auf und steckte das Buch zwischen die Papiere zurück. Die Last der Geheimnisse lag auf ihren Schultern.

Neben der Tür stand ein Stuhl, über der Lehne hing ihre Stola. Aber Abigail griff nicht danach. Sonst würde sie verraten, dass sie zu nächtlicher Stunde in Basils Haus eingedrungen war.

Sie stieg die Treppe hinauf und sah Valerian an einem Türrahmen lehnen. Die Fäuste unter den verschränkten Armen geballt, spähte er in das Zimmer.

»Ganz sicher wird Raine mich töten«, lallte Campbell, der offensichtlich betrunken war.

Abigail trat näher und schaute an Valerian vorbei.

»Bisher hat er nichts unternommen.« Basil füllte das Glas seines Hausgasts nach. »Wann hast du ihn zuletzt gesehen?«

»Auf dem Malcolm-Ball.« Campbell trank das Glas zur Hälfte leer.

»Und was hat er da getan?«

»Verdammt, was für eine Rolle spielt das jetzt noch? Wenn er jemals zurückkommt, bin ich tot.«

»Vielleicht wird uns die Art und Weise seines Verschwindens verraten, ob du das befürchten musst.«

»Ist das etwa wichtig? Worauf es ankommt – ich bin hinter seiner Liebsten her. Glaub mir, Danforth, die beiden waren zusammen. Hast du ihre Blicke bemerkt, wenn sie dachten, niemand würde sie beobachten?« Stöhnend legte Campbell den Kopf an die Lehne seines Stuhls. »Nun?«

»Ja«, bestätigte Basil in ruhigem Ton. »Aber sie sind kein Paar. Daran wird sich auch nichts ändern.«

»Wieso weißt du das?« Campbell zeigte mit einem Finger auf ihn.

»Oh, da bin ich mir ziemlich sicher.« Basil schenkte ihm noch etwas Wein ein.

Die Lippen zusammengepresst, belauschte Abigail das Gespräch.

»Bald wird er das Malcolm-Mädchen heiraten. Valerian kennt seine Pflichten.«

»Trotzdem wird er mich ermorden«, klagte Campbell.

»Würdest du's verdienen?« Basil musterte ihn gespannt.

Obwohl Abigail das Thema dieser Konversation äußerst unangenehm fand, bewunderte sie die Raffinesse, mit der Basil Informationen über Valerians Verschwinden zu erlangen suchte.

»Einige Männer sind hinter dir her, nicht wahr?«, fügte er hinzu.

Lässig winkte Campbell ab. »Nur wegen ein paar geringfügiger Schulden. Das werde ich demnächst in Ordnung bringen.«

»Auf welche Weise?«

»Darum musst du dich nicht sorgen, mein Freund.«

»Schon in meiner frühen Jugend habe ich gelernt, mir

keine überflüssigen Sorgen zu machen, Campbell. Zu viele Dinge liegen außerhalb meiner Kontrolle. Aber ich bin neugierig.«

»Fall mir nicht auf die Nerven.« Campbell strich über seine halb geschlossen Augen. »Bald wird das alles erledigt. Und jetzt brauche ich meinen Schlaf.«

Nur wenige Sekunden später begann er zu schnarchen, den Kopf an der Lehne des Stuhls, die Lippen geöffnet.

Basil beobachtete ihn eine Zeit lang. »Narr«, murmelte er und stand auf.

Um nicht entdeckt zu werden, huschte Abigail zur Seite, als er einen angrenzenden Raum betrat.

In der plötzlichen Stille erregte sie mit dieser Bewegung Valerians Aufmerksamkeit. Er deutete auf ein anderes Zimmer, sie schlich hinein, und er folgte ihr. Hastig schloss er die Tür. Auf der Treppe erklangen Schritte und bekundeten, dass Basil sich in den zweiten Stock zurückzog.

»Er versucht dich aufzuspüren«, wisperte sie und berichtete von den Papieren, die sie gefunden hatte. »Also kann er dein Verschwinden nicht inszeniert haben. Und ich glaube, er würde uns helfen. Die Fragen, die er Campbell gestellt hat … Nun, ich …« Sie schluckte. »Wenn ich Basil von dir erzähle …«

»Nein«, lautete die knappe Antwort.

»Neulich wolltest du …«

»Das war vorher«, unterbrach er sie und umklammerte ihre Arme. »Bevor ich wusste, was da gespielt wird. Du wirst ihm nichts verraten. Verstanden?«

»Aber …«

»Nein! Weder dieser Doktor noch sonst jemand soll dir meinetwegen etwas antun. Das ist mein letztes Wort.« Erbost über seinen gebieterischen Ton, schnappte sie nach Luft, und er strich liebkosend über ihre Arme. »Immerhin ist es *mein* Schicksal, um das es hier geht.« In seine Augen trat tiefe Trauer. »Für die Widrigkeiten meines Lebens darfst du nicht bestraft werden.«

Nicht noch einmal – eine unausgesprochene Ergänzung, die Abigail erahnte.

Sie seufzte, hoffnungsvoll und gleichzeitig bedrückt, weil sie fühlte, die Vertrautheit würde bald ein Ende finden. »Was wirst du unternehmen?«

»Das weiß ich nicht.« Er ließ ihre Arme los. »Auf keinen Fall will ich, dass du Campbells Zimmer durchsuchst. Dabei könntest du ertappt werden. Wage dich nicht einmal in seine Nähe! Mit Basil würden wir uns verständigen. Aber wenn Campbell merkt, was hinter deinen Nachforschungen steckt, wäre es gefährlich. Außerdem – wenn du meinen Bruder richtig einschätzt, hat er die Sachen seines Hausgasts sicher schon durchstöbert.«

Abigail nickte. »Gut, dann schauen wir uns beim O'Malley's um.«

»Nein, das kommt gar nicht in Frage.«

»Aber es ist die einzige Möglichkeit.« Sie drehte sich um. Gedankenlos öffnete sie die Tür – ehe Valerian Zeit fand, festzustellen, ob die Luft rein war. Bei dem Anblick, der sich ihr bot, erstarrte sie.

Schwankend lehnte Aidan Campbell am Geländer der Treppe, offenbar in der Absicht, hinabzusteigen. Als er sich zur Tür wandte, riss er verblüfft die Augen auf.

»Welch ein unerwartetes Glück, Miss Smart!«, rief er und grinste schief. »Ganz egal was Raine dazu sagt – ich werde meine Verlobung mit Ihnen in vollen Zügen genießen!« Mit ausgestreckten Armen stolperte er auf sie zu.

18

Gerade noch rechtzeitig sprang sie zur Seite und verhinderte einen Zusammenstoß. Campbell richtete sich auf. Mit glasigen Augen starrte er sie an, und sie starrte zurück. Nur das Knarren eines Bodenbretts in der oberen Etage, wo Basil umherging, durchbrach die Stille.

Valerian fluchte lauthals. Aber seine Stimme dröhnte nur in Abigails Ohren.

»Miss Smart?« Campbells verschleierter Blick schweifte über ihre Gestalt, die zu große Hose, das Männerhemd, blieb an ihrem Busen hängen und wanderte wieder zu ihren Beinen hinab.

Nun war sie verloren.

»Wahrscheinlich träume ich«, fügte er hinzu.

Abigail blinzelte. Ja, vielleicht war das die Rettung – ein rettender Strohhalm, den sie ergreifen musste …

»Doch das kann ich mir nicht vorstellen. Mal sehen …« Er tastete nach ihr, und alle Hoffnung begann zu schwinden. Wenn er sie berührte, wäre es vorbei – endgültig.

Sie brach in perlendes Gelächter aus, das ziemlich hysterisch klang. Blitzschnell wich sie zurück. »Frohe Weihnachten, Aidan! Die Geschenke dürfen wir noch nicht auspacken. Zuerst werden wir unser Festmahl genießen.« Anmutig knickste sie und klatschte in die Hände.

»Abigail!«, warnte Valerian.

Sekundenlang schielte Campbell und stützte sich mit einer Hand an den Türrahmen. »Weihnachten? Wo hängt der Mistelzweig?«

»Unten in der Halle.« Übermütig begann sie zu tanzen. »Hast du nicht gesagt, du willst die Truthahnfedern hier oben bewundern?« Sie zeigte auf ein sonderbares Gebilde aus Federn, das eine Wand des Zimmers schmückte. Von welchem Vogel es stammte, wusste sie nicht. Doch das spielte keine Rolle, denn sie musste den Betrunkenen nur davon überzeugen, dass sie gar nicht existierte. »Aidan, Aidan, Aidan und seine Truthahnfedern!«

In dieser peinlichen Situation wäre sie vor Verlegenheit gestorben, hätte sie nicht die Konsequenzen befürchtet, wenn ihre Possen die angestrebte Wirkung verfehlten.

»Mag ich Truthahnfedern? Das wusste ich gar nicht. Aber *Sie* mag ich ganz sicher, Miss Smart.« Erneut versuchte Campbell nach ihr zu greifen. Als sie davonhüpfte, strauchelte er.

»Erst nach dem Fest.«

»Feiern wir unser eigenes Fest.« Flehend hielt er ihr eine Hand hin. »Heiraten Sie mich, Abigail Smart. Dann gebe ich Ihnen alles, was Sie von Raine nicht bekommen.«

Sie schwankte, und Valerians Faust durchstieß Campbells Brust.

»Nein – nicht vor dem *Weihnachtsfest*!«, betonte sie. Ihre Stimme klang immer nervöser. »Da unten wartet der Mistelzweig!«

»Wenn Sie wirklich hier wären, würde ich Sie kompromittieren und zwingen, mich zu heiraten«, lallte Campbell. »Endlich würde ich Raine übertrumpfen, den Namen meiner Familie retten und ihr Vermögen zurückgewinnen …« In der Absicht, seinen Plan in die Tat umzusetzen, taumelte er zu ihr. Sie tänzelte davon, verzweifelt bemüht, ihre Rolle zu spielen und nicht zu schreien.

»Diesen Schurken bringe ich um.« Dicht hinter ihr ertönte eine leise Stimme. Aber sie drehte sich nicht zu Valerian um, weil sie Campbell im Auge behalten musste.

»Bald wird Raine sein Fett abkriegen!«, prophezeite Campbell.

Sie stolperte wieder. Aber sie entfernte sich noch weiter von ihm. »Hast du's ihm schon mal so richtig gegeben?«

»Bisher noch nicht. Ständig hat der Bastard alles gewonnen.«

»Willst du ihm etwas antun, Aidan?«

»So müde ... Muss schlafen ...« Er wankte vorwärts und schaffte es gerade noch bis zum Sofa in der Mitte des Zimmers, bevor er zusammenbrach.

»Verlass das Haus, Abigail!«, flüsterte Valerian heiser.

»Aber ...«

»Sofort!«

Sie eilte zur Tür hinaus. Hinter ihr stöhnte Campbell, dann verstummte er.

Nicht allzu leise rannte sie die Stufen hinab – glücklicherweise hielten in der Halle keine Dienstboten Wache – und riss die Haustür auf.

Atemlos erreichte sie den Gehsteig vor der Nummer achtzehn. Die geliehene Männerhose flatterte um ihre Beine und behinderte sie viel mehr als die gewohnten Röcke, machten ihr die Absurdität ihrer Verkleidung, ihrer Aktivitäten, ihres Lebens bewusst. An ihrer Seite spähte Valerian in alle Richtungen, die Stirn gefurcht.

Diese Exkursion war schiefgegangen.

»Jetzt ist endgültig Schluss«, entschied er. »Keine weiteren Nachforschungen.«

»Aber ich glaube, Campbell war nahe daran, irgendetwas zu gestehen«, wandte sie ein, während sie weiterlief, den Kopf gesenkt, wenn ihr Passanten entgegenschlenderten. Meistens sahen die Leute, was sie erwarteten. Und Abigail Smart, zu nächtlicher Stunde in der Kleidung eines Lakaien, gehörte gewiss nicht zu dieser Kategorie. Deshalb war Vorsicht geboten. Sonst würde sie ihren Ruf rettungslos ruinieren.

Das hätte sie in Basils Haus beinahe getan. Bei diesem Gedanken fröstelte sie.

»Und wenn schon, Abigail? Du wirst dich nicht mehr in Gefahr bringen.«

»Was wäre denn das Schlimmste, das passieren könnte? Meine Verlobung mit Campbell, die Mama und Mrs Browning in einen Glückstaumel versetzen würde?«

»Hör mal, das ist kein bisschen komisch«, fauchte Valerian.

»Ich habe auch gar nicht versucht, dich zu amüsieren«, konterte sie.

Abrupt hielt er inne und schaute sie an. Seine Züge verhärteten sich. »Wenn es das ist, was du …«

Als er verstummte, folgte sie seinem Blick. Ihre Hände erstarrten, gefolgt vom Rest ihres Körpers.

Auf der anderen Straßenseite stand Dr. Myers. Langsam verzogen sich seine Lippen zu einem triumphierenden Grinsen.

»O mein Gott«, hörte sie jemanden sagen, ein Echo ihrer eigenen Lippen.

»Lauf weg, Abigail!«

Doch das konnte sie nicht tun. Diesem Mann durfte sie nicht den Rücken kehren – davor warnten sie alle ihre Überlebensinstinkte. Jetzt trat Myers hinter einer Hecke hervor und durch eine Gartenpforte auf den Gehsteig. Mit zielstrebigen Schritten überquerte er die Straße.

Da beherzigte sie Valerians Rat und rannte los.

»Haltet den Dieb!«, gellte die verhasste Stimme. Blindlings stürmte sie weiter, eine Parodie ihrer eigenen Verfolgungsjagd vor wenigen Tagen auf dem Markt – auf der Spur des Jungen, der ihr Retikül gestohlen hatte.

Fremde Hände streckten sich nach ihr aus – Hände, die einem Mitmenschen halfen, einen Dieb zu fangen. Als jemand ihr Hemd ergriff, riss sie sich los und stürmte weiter.

Bedauerlicherweise packte ein anderer Mann etwas fester zu, hielt sie fest und zerriss das Hemd an ihrer Schulter.

Abigail schaute auf und sofort wieder nach unten, als sie Sir Walter Malcolm erkannte.

Nun war sie rettungslos verloren.

»Danke, Sir«, erklang die verhasste Stimme. »Alles Weitere werde ich übernehmen.«

»Offensichtlich ist der Junge kaum alt genug, um zu wissen, was er tut. Gehen Sie nicht zu streng mit ihm ins Gericht«, mahnte Sir Walter. »Man sollte ihm eine Gelegenheit geben, sich zu bessern.«

»Ja, natürlich«, antwortete die ölig-glatte Stimme. »Ich werde ihm ins Gewissen reden. Nochmals – vielen Dank für Ihre Hilfe.«

Myers umfasste Abigails Nacken und schob sie zum Rand des Platzes. Das ließ sie geschehen, denn sie konnte Sir Walter nicht bitten, sie zu identifizieren. Auch die anderen Leute auf dem Golden Square, die das Spektakel neugierig beobachteten, durften das Gesicht des »Diebs« nicht sehen. Also musste sie sich, so wie zuvor, allein mit dem Doktor auseinandersetzen.

»Welch ein glücklicher Zufall, Miss Smart«, murmelte er, während er sie in eine finstere Seitengasse zerrte. Bis hierher drang das Licht der Gaslampen nicht, die den Platz erhellten. »Ich weiß nicht, ob ich Sie zu Ihrer Mutter bringen oder die Angelegenheit sofort erledigen soll. Zumindest müsste ich Mrs Smart über Ihre Eskapade informieren.«

Schmerzhaft packte er ihr Kinn, als sie sich von seinem Griff befreien wollte.

»Oh, ich könnte nach Belieben Spuren an Ihrem Körper hinterlassen. Jetzt befinden Sie sich außerhalb Ihres Hauses. Ihre Mutter wird Sie nicht retten – nicht dass sie es versuchen würde ...«

Den flüchtigen Gedanken, Mama würde ihr trotz allem helfen, verscheuchten Myers' Finger, die ihr erhobenes Handgelenk umklammerten. Sein Körper fesselte ihren anderen Arm. An seinem Hals sah sie dunkle Flecken.

»Süße Rache – was für wunderbare Worte!« Der Arzt lachte leise. »Ja, diese Spuren verdanke ich Ihrem schurkischen Geist, Abigail Smart. Dafür werden *Sie* büßen.«

Verzweifelt schaute sie in alle Richtungen. Aber Valerian ließ sich nirgendwo blicken.

Myers folgte ihrem Blick. »Wie ich feststelle, bin ich ihn nicht losgeworden. Noch eine Aufgabe, die ich erfüllen muss, wenn ich mit Ihnen fertig bin. Nun werden Sie ...«

Doch sie gestattete ihm nicht, den Satz zu vollenden. Blitzschnell hob sie ihr behostes, von den üblichen Röcken unbedecktes Knie und rammte es zwischen seine Schenkel. Als er sich ächzend krümmte, traf das Knie mit voller Wucht seine Stirn.

Sie war nicht zusammen mit Valerian aufgewachsen, der Geißel des Landguts in Devonshire, ohne irgendetwas zu lernen.

Fluchend sank der Doktor zu Boden. Sie sah sich wieder um. Doch sie entdeckte Valerian noch immer nicht. Beklommen spähte sie nach unten. Sie musste nach Hause laufen, bevor Myers sich erholen und ihr folgen oder – noch schlimmer – sie zum Hanover Square prügeln und ihrer Mutter präsentieren würde, ebenso den Dienstboten. Die würden Mrs Browning ganz sicher informieren. Und dann wäre Abigail Smarts gesellschaftlicher Ruin besiegelt.

Mama wäre entsetzt und würde sie endgültig in eine geschlossene Anstalt bringen, um sie vor sich selbst zu schützen. Womöglich würde sie sogar glauben, unter Myers' Aufsicht wäre ihre wahnsinnige Tochter am besten aufgehoben.

Gequält schloss sie die Augen und dachte an alles, was der Mann ihr angetan hatte. Dann hob sie die Lider und trat mit ihrem geborgten Stiefel gegen den Kopf des Doktors, der reglos liegen blieb. O Gott, was hatte sie getan? Bestürzt erschauerte sie.

»Abigail.«

Beinahe weinte sie vor Erleichterung, als Valerian an der Ecke der Gasse erschien.

»Zwei Männer kommen hierher«, erklärte er, »du musst verschwinden.«

Das ließ sie sich nicht zwei Mal sagen. Sie lief zum Golden Square und hielt eine Droschke an.

Erst in der Sicherheit ihres Zimmers wagte sie zu zittern. Valerian umfasste ihre Schultern, und sie lehnte sich an ihn.

Jetzt brauchte sie seinen Trost – brauchte *ihn*.

Es fiel ihr schwer, sich das einzugestehen, nachdem er ihr damals so unerbittlich den Rücken gekehrt hatte.

Doch sie konnte es nicht leugnen, sie begehrte ihn. Offenbar gehörte auch sie zu seinen idiotischen Lakaien, die glaubten, die Sonne würde aufgehen, wann immer er strahlend lächelte.

Sie versteifte sich, denn ihr Stolz befahl ihr, sie sollte seinen Arm abschütteln, ihm nicht erlauben, sie noch einmal zu verletzen, so wie vor all den Jahren.

Da liebkoste er ihren Nacken. »Als Myers dich wegzerrte, blieb mir das Herz stehen.«

Entschlossen riss sie sich los und bezwang die fast unwiderstehliche Versuchung, ihm alles zu geben – ihren Körper, ihre Seele, ihr ganzes Ich. Sie trat zurück und schaute ihn an. »Weißt du, wer diese beiden Männer sind?«

Valerians Hände sanken hinab, ein Schatten verdüsterte seine Augen. »Nur einen erkannte ich – den Mann, der dich damals auf dem Markt festhielt. Den anderen habe ich nie zuvor gesehen.«

Nun versuchte sie ihr Schaudern zu unterdrücken. Dies war das Leben, das die Mutter ihr hatte ersparen wollen – das Schicksal eines Mädchens, das auf der Straße davonlaufen musste, um sich zu retten.

»Anscheinend ist der Doktor von dir besessen«, meinte Valerian.

»Ja«, stimmte sie zu und lachte freudlos. »Kaum zu glauben.«

Er inspizierte sein Jackett. Langsam strich er darüber. »Nein, eigentlich nicht.«

»Sei vorsichtig, Valerian«, mahnte sie betont beiläufig, um die angespannte Atmosphäre zu lockern, die das Zimmer plötzlich erfüllte. »Sonst könnte ich fast glauben, ich würde dir etwas bedeuten.«

»Nein, vielleicht wirst du merken, dass du mir immer wichtig warst. Daran hat sich nichts geändert – niemals.«

Sie erstarrte und schaute ihn an, erwartete kühle Ironie in seiner Miene zu lesen, eine Geste zu beobachten, mit der er einen grausamen Scherz bekunden würde.

Aber er warf nur einen kurzen Blick auf den Toilettentisch. Dann ging er zum Bett und berührte das geschnitzte Holz eines Pfostens.

»Wie schwierig ist es doch, einen Fehler einzugestehen, Abigail – die Angst zuzugeben, die mich damals beherrscht hat … Mit fünfzehn bin ich so schrecklich verwirrt gewesen.«

Das war der Valerian, den sie früher gekannt hatte – bereit, seine Seele zu offenbaren, die inneren Bastionen seiner Defensive niederzureißen.

Inbrünstig wünschte sie, dies wäre der *echte* Valerian, kein Trugbild, das entschwinden würde.

»Viel einfacher war es, das alles in meiner Brust zu verschließen, Abby.«

Ihr Herz pochte schneller. Automatisch bewegten sich ihre Füße und führten sie zu ihm. Sie legte eine Hand auf seine Schulter, zaudernd und unsicher. »Welch ein furchtbares Jahr war das damals – dein Bruder …«

Unter ihren Fingern spannten sich seine Muskeln an. »Ja, Thornton. Weißt du – manchmal, wenn ich dich anschaue, sehe ich den Jungen, der ich vor Thorntons Tod war. In der Zeit, ehe ich seinen Platz einnahm. Voll und ganz.« Die letzten Worte sprach er so leise aus, dass Abigail sie kaum verstand.

»Nein, du bist nicht Thornton.«

Er drehte sich um, ihre Hand fiel von seiner Schulter herab. Behutsam hob er ihr Kinn, und seine Augen schienen ihre zu durchbohren. »Doch, Abigail, ich bin genauso wie er. Ich hüllte mich in seinen Mantel, als wäre es mein Geburtsrecht – was es niemals gewesen ist. Alles, was vorher zu meinem Leben gehörte, verdrängte ich – alles, was mich daran gehindert hätte, den perfekten Erben zu verkörpern.«

»Schon immer warst du der perfekte Erbe.«

»Verteidigst du mich?« Er lachte heiser. »Trotz meines Verhaltens?«

»Nun ja …« Sie biss sich auf die Lippen. »Natürlich hast du Dinge getan, die ich unverzeihlich finde. Aber ich kann nicht anders – ich muss dem Jungen vergeben, den ich so lange kannte. Den ich wie einen Bruder liebte.«

Valerian ließ ihr Kinn los. »Darin lag ein Teil des Problems, nicht wahr?«

»Was meinst du?«, fragte sie verwirrt.

»Du hast mich als deinen Bruder betrachtet.«

»Oh, ich …« Abigail schluckte mühsam. Was sie jetzt aussprechen müsste – dazu fehlte ihr der Mut, weil die Vergangenheit so düster und die künftige Beziehung zwischen ihnen so ungewiss war. Dann berührte er eine Manschette ihres Männerhemds, und sie holte tief Atem. »So sah ich dich schon vor unserer Entzweiung nicht mehr. Vor jenem einzigen kurzen Kuss.«

Nur ein flüchtiger Kuss nach einem besonders weiten gemeinsamen Sprung, Hand in Hand auf einer goldenen Sommerwiese … Lachend waren sie umhergetanzt, als hätten sie das Leben und die Freundschaft feiern wollen, und dann ins Gras gesunken. Ein impulsiver Kuss auf rosige Lippen …

»Interessant.« Die dunkelbraunen Augen voller unverhohlener Emotionen, umfasste er ihren Nacken. »Auch ich sah schon lange keine Schwester mehr in dir.«

Ein Teil von ihr hatte es gewusst – oder zumindest gehofft. Darauf hatte sie sich irgendwie verlassen. Sonst wäre sie nicht zu ihm gegangen, um seine Hilfe zu erbitten. Und da hatte sie ungläubig eine kalte Abfuhr erhalten. »Aber du hast mich zurückgewiesen und …«

»Ja, ich weiß es nur zu gut.« Valerian lehnte seine Stirn an ihre. »Wie verwirrt ich damals war – das verstehst du nicht. Jener Verrat … Und ich fühlte mich in verschiedene Richtungen gezerrt.«

»Jetzt wirst du nirgendwohin gezerrt, du sitzt hier fest.«

»Hier *will* ich sein.«

Prüfend schaute sie in seine Augen und suchte die Antworten, die sie sich wünschte. Sie sah nur einen Geist. Vorerst musste es genügen. »Auch ich will, dass du hier bist.« Sie strich über seine Schultern, die schmaler geworden waren und trotzdem Kraft und Entschlossenheit bezeugten, Arroganz und einen Anflug aristokratischer Verachtung für die Widrigkeiten dieser Welt. Dadurch wirkte er umso attraktiver. Die Lockung des Verbotenen. Oder die Schwäche des weiblichen Wesens, den Mann zu wählen, der die größte Kraft und Dominanz bewies …

Seine Lippen suchten ihre, und sie verlor sich beinahe

in süßem Entzücken. Nur beinahe, denn Raine strahlte zu viel Härte und Autorität aus, um süßes Entzücken zu erzeugen.

Und diese Erkenntnis warf erneut die Frage auf, ob der veränderte Valerian, seine Rückkehr zu dem jüngeren, freieren Gefährten auf der Schwelle zum Mann, der Fehler zugab und um Verzeihung bat, der Realität entsprach.

Seine Hände glitten zu ihren Hüften hinab, und sie schmiegte sich an ihn.

Wenn er wirklich ein Geist auf der Suche nach der Erfüllung seiner Existenz war, würde er für immer verschwinden, sobald er sein Ziel erreichte. Auch der hassenswerte Thornton war nach dem Ende seiner Suche verschwunden.

Abigail schlang ihre Finger in Valerians Haar und erwiderte den Kuss mit der ganzen Leidenschaft, die sie aufzubieten vermochte.

Und wenn er sich tatsächlich geändert hatte? Wenn sein Körper irgendwo da draußen wartete, bis er sich wieder mit seinem Geist vereinen konnte? Würde er sich in den alten Rainewood zurückverwandeln, den hochmütigen Anführer der Hautevolee?

Oder würde der neue Valerian auch weiterhin dem Jungen gleichen, den sie geliebt hatte?

Als er sie an seine Schenkel drückte, errötete sie, von betörenden Gefühlen in den unteren Regionen ihres Bauchs erfasst.

Was würde geschehen, wenn er seinen Körper niemals wieder zurückgewann? Würde er für immer bei ihr bleiben, auch weiterhin imstande, mit ihr zu sprechen und sie zu berühren? Nur sie allein? Ein verführerischer Gedanke, den sie vergessen musste. Sonst würde sie womöglich eine

Dummheit begehen und ihn bei der Suche nach seiner realen Gestalt behindern.

Das durfte sie nicht tun – solange es die Chance gab, dass er sein richtiges Leben wiedererlangen konnte.

Aufreizend presste sie sich an ihn wie jene wollüstigen weiblichen Geister, die sie so oft beobachtet hatte, an ihre Liebhaber.

Nein, sie durfte ihm sein wahres Leben nicht verweigern. Nicht dem Jungen, den sie geliebt hatte – nicht dem Mann, den sie wieder zu lieben begann. Ohne Zögern schob sie ihre Hand unter seinen Hosenbund.

Mit zwei Fingerspitzen spürte sie das harte Zeichen seines Verlangens.

Sein Zustand könnte gegen ihn verwendet werden, so wie er ihn ursprünglich gegen sie verwendet hatte …

»Zieh dich aus«, flüsterte sie in sein Ohr.

Sofort verschwand seine gesamte Kleidung. Abigail trat zurück. Zufrieden las sie die Bestürzung in seinen Augen.

»Was …?«

Dass er unfähig war, seine Kleider zu kontrollieren, ermutigte Abigail, und sie zog seinen Kopf wieder zu sich heran – in der beglückenden Gewissheit, er würde sie genauso begehren wie sie ihn. Oder vielleicht empfand er noch mehr für sie als körperliche Lust. Das musste sie herausfinden. Aber in diesem Moment zählte nur der Gedanke an die physische Vereinigung, der sie seit zehn Jahren verfolgte.

Den Kopf in den Nacken gelegt, fühlte sie sich plötzlich so frei wie schon lange nicht mehr. Ganz egal was die Zukunft auch bringen mochte – jetzt würde sie ihre Fantasien verwirklichen. »Wollen wir noch ein Abenteuer genießen, Valerian?«

Seine Augen verschleierten sich, und sie umfasste seine pulsierende Männlichkeit, wandte die Technik an, die sie bei den Liebesspielen der Geister mit angesehen und niemals selbst ausprobiert hatte.

Langsam bewegte sie ihre Finger auf und ab, voller Genugtuung lächelte sie, als Valerian erbebte.

»Abigail ...« In seiner Stimme schwang eine Warnung mit. Aber während sie den Druck ihrer Finger allmählich verstärkte, wurde sie belohnt, denn er stöhnte atemlos, presste sich noch fester in ihre Hand und griff nach ihr.

Durch das Männerhemd hindurch streichelte er ihre Brüste, seine Daumen durchdrangen den Stoff über den Knospen. Von heißen Gefühlen betört, ließ sie ihn beinahe los. Doch sie beherrschte sich und setzte die intime Liebkosung fort.

Dabei prägte sie sich alle Laute ein, die aus seiner Kehle drangen, jede Emotion, die seine schönen dunklen Augen widerspiegelten. Um seine Reaktionen zu beantworten, änderte sie das Tempo und die Intensität ihrer Stimulation. Erneut wurde sie belohnt – diesmal mit einem Kuss. So verzehrend küsste er sie, als wäre sie die einzige Frau, die er jemals begehrt hatte.

»Weder Celeste Malcolm noch die Freudenmädchen deiner Vergangenheit würden dich so heftig erschauern lassen.« Ihre Lippen näherten sich seinem Ohr. »Habe ich recht, Valerian?«

Da drängte er sie an den Bettpfosten und hielt ihre Hand zwischen beiden Körpern gefangen, umschlang sie so fest, dass ihre Fingerknöchel ihre eigene Hitze spürten und ein Feuer zwischen ihren Beinen entfachten.

»Willst du mich zum Wahnsinn treiben, Abigail? Soll ich

dich anflehen, mich in dir aufzunehmen – so tief, dass wir vielleicht nie mehr getrennt werden?«

Er hob sie ein wenig hoch, rieb sich an ihr, und ihre Männerhose bildete kaum eine Barriere. Dann ergriff er ihre Hand, benutzte ihre Finger und löste die Verschnürung am Hosenbund. Um Platz zu machen, wich Valerian ein wenig zurück. Das zu große Beinkleid landete am Boden. Unterhalb des Hemds war sie nackt, und er strich zärtlich über ihre Hüften.

»Was willst du, Abigail? Wohin soll uns dieses Abenteuer führen?«

Die Entscheidung fiel ihr nicht schwer, trotz ihrer Bedenken, die seinem Zustand galten. Viel zu sehnsüchtig begehrte sie ihn, viel zu lange hatte sie auf die Erfüllung ihrer Wunschträume gewartet. Langsam öffnete sie die Knöpfe des Hemds, während er sich wieder an sie presste, streifte es über ihre Arme hinab und ließ es zu Boden fallen, auf die zerknüllte Hose.

In Valerians Augen sah sie Flammen lodern. Er rückte ein wenig von ihr ab, streichelte ihren Bauch und die unteren Wölbungen ihres Busens. Ganz dicht standen sie voreinander, fast Haut an Haut.

Zahlreiche Geister hatte sie beim Liebesakt beobachtet. Und so wusste sie, was unbefangen gezeigte Nacktheit für den Partner bedeutete. Deshalb verbannte sie ihre Scheu, die Sorge, ob ihre Reize einem kritischen Betrachter nicht genügen mochten. An den Bettpfosten gelehnt, straffte sie die Schultern, reckte ihre linke Brust vor, in Valerians Hand. Auch die rechte umschloss er, und Abigail schwelgte in köstlicher Ekstase.

Sie berührte wieder seine Männlichkeit, die sie nahe ihrer intimsten Zone spürte. »Jetzt möchte ich, dass du mich anflehst.«

Stöhnend verschloss er ihre Lippen mit einem atemberaubenden Kuss. Eine seiner Hände spielte mit einer Brustwarze, die andere wanderte zwischen ihre Schenkel. Statt der sanften Zärtlichkeiten, die sie bereits kannte, drang sein Finger so tief wie möglich in sie ein.

Erschauernd umfasste sie ihn noch fester, neigte sich nach hinten und verstand endlich, warum die weiblichen Geister solche kühnen Stimulationen liebten.

»Nun werde ich in dir versinken, Abigail, und du wirst es niemals vergessen.«

Sie schlang beide Arme um seinen Hals, schob seine Hand weg und näherte sein hartes Glied jenem Teil von ihr, der es am dringendsten ersehnte, in dem ein unerträgliches Feuer brannte. »Ja, Valerian, auch ich flehe dich an.«

Als er kraftvoll mit ihr verschmolz, schrie sie beinahe auf, von intensiven Empfindungen überwältigt. Nur die Sterne, die vor ihren Augen tanzten, verhinderten einen Schrei, der Tote erweckt hätte.

Valerians Lippen pressten sich wieder auf ihre, und er zog sich zurück, um erneut vorzustoßen. Da gab sie ihren Emotionen nach und stöhnte unkontrolliert.

Das Holz des Pfostens drückte sich in ihren Rücken. Ohne den Kontakt zu unterbrechen, hob Valerian sie hoch und sank mit ihr auf die Bettdecke. Durch die heftige Bewegung hatte sich die Vereinigung etwas gelockert, was er sofort berichtigte.

An seine Schultern geklammert, bestand sie nur mehr aus reinen Gefühlen. Harmonisch passte sie sich seinem Rhythmus an, den er lustvoll beschleunigte.

»Abigail«, flüsterte er und drang so tief in sie ein, dass sie glaubte, ihre Seele würde ihn aufnehmen.

Alle Fragen, die sein Körper stellte, beantwortete sie mit ihren Augen, die seinen Blick festhielten und eigene Fragen ausdrückten. Jeder einzelne ihrer Nerven stand in Flammen.

»Ja«, hauchte er.

Da bäumte sie sich auf, im Bann ihrer wiederentdeckten, endlich erfüllten Liebe.

19

Valerian beobachtete ihren Schlaf. Wie verdammt kompliziert das Leben doch war ... Selbst wenn er tatsächlich aus einem Traum erwachen sollte, so wie er es in den letzten Wochen erhofft hatte, wusste er nicht, ob er wünschte, dass alles wieder so wie früher wäre.

Doch, so musste es sein. Wegen der Pflichten, die mit seinem Status zusammenhingen.

Und welchen Preis würde er dafür bezahlen?

Abigail bewegte sich, das üppige honigbraune Haar auf dem Kissen ausgebreitet. So wild, so freizügig – ganz anders als der Zopf, den die Zofe normalerweise flocht. Er berührte eine Strähne. Dann zog er seine Hand zurück.

Für ihn war Abigail nicht geschaffen. Das wusste er, hatte es immer gewusst, seit er die Position des Erben eingenommen hatte. Dagegen hatte sich sein Herz verzweifelt gesträubt. Und es zählte zu den Gründen, warum er sie aus seinem Leben verbannt hatte. Sonst wäre die Versuchung zu groß gewesen.

Viele Vorwände hatte es gegeben, viele Gründe, um ohne sie zu leben. Jetzt erschienen ihm alle banal und sinnlos. Welchem Standard musste er denn entsprechen? Vor welcher Angst lief er davon? Was für ein Mann war er in den letzten zehn Jahren geworden?

Wenn jene geheime Liste jemals ans Licht der Öffentlichkeit gelangte, würde man Abigail in Acht und Bann tun. Dafür würde seine Großmutter sorgen, bis zu ihrem letzten Atemzug.

Wieder einmal spürte er die seltsame Macht, die an ihm zerrte. Ein Teil von ihm wollte ihr gehorchen und wusste, er würde in seinen Körper zurückkehren, wenn er sich nicht mehr an seine jetzige Existenz klammerte. Und ein anderer Teil flüsterte ihm zu, er würde alles verlieren, was er gewonnen hatte, wenn er der Macht folgte.

Seufzend ergriff er eine seidige honigbraune Haarsträhne, und sie glitt zwischen seinen Fingern hindurch.

Sein Verlobungsvertrag war bereits abgefasst – schon seit langer Zeit – und wartete nur darauf, bis er sein Zögern beenden würde. Gewiss wäre Celeste Malcolm eine perfekt geeignete Braut. Er musste nur aufwachen, das Dokument unterzeichnen und zur anberaumten Stunde in der festgelegten Kirche erscheinen.

Danach würde er so weiterleben wie in den vergangenen zehn Jahren, an der Spitze der oberen Gesellschaftsschicht, in einer noch besseren Position. Und er würde Thornton mit dessen eigenen Waffen schlagen.

Abigail drehte sich zur Seite, eine Wange in ihrer Hand.

Viel einfacher wäre ein Leben zusammen mit *ihr*.

Ein Leben, das er sich versagt hatte, ein Leben voller Liebe und Gelächter. Ein Leben, das ihm gestatten würde, seine

Seele zu öffnen und ihr sein ganzes Herz zu schenken. Dann würde er ihr wieder die Macht zugestehen, die sie früher auf ihn ausgeübt und die er ihr entrissen hatte. Weil er so sicher gewesen war, sie hätte ihn verraten – ausgelacht und sich gegen ihn gewandt.

Einen so tiefen Schmerz wollte er nie wieder empfinden.

Er berührte wieder die schimmernde Haarsträhne. Konnte er weiterleben, ohne Abigail neben sich zu spüren?

Welchen Preis musste man für die Liebe bezahlen?

Auf den Zweigen vor dem Fenster zwitscherten einige Vögel und weckten Abigail. Wie üblich war Valerian verschwunden. Wahrscheinlich versuchte er irgendwo im Haus ein Dienstmädchen zu erschrecken. Ein paar Minuten nachdem sie erwacht war kehrte er stets zurück, als wüsste er ganz genau, wann sie die Augen aufschlug.

Sie streckte sich und läutete nach Telly, bevor sie ihre Beine über die Bettkante schwang.

An diesem Morgen sah Tante Effie schlechter aus denn je. Verschwommen, in knisternden Kleidern. Abigail öffnete den Mund, um etwas zu sagen. Doch sie schwieg, weil sie Schritte auf der Treppe hörte.

Leise, ein wenig zaudernd klopfte es an der Tür. »Herein, Telly!« Sie stand auf und wandte sich zum Toilettentisch. Da sah sie im Spiegel, dass es nicht ihre Zofe war, die das Zimmer betreten hatte.

»Mama!«

Lautlos schloss ihre Mutter die Tür hinter sich. Abigail beobachtete sie. Und plötzlich wünschte sie, Valerian wäre hier, statt im Haus umherzustreifen und zu unternehmen – was immer er tun mochte, wenn sie schlief.

»Abigail …«

»Guten Morgen, Mama. Ich habe Telly erwartet. Heute möchte ich den Tag möglichst früh beginnen.«

Ihre Mutter ging zum Toilettentisch. Geistesabwesend spielte sie mit einigen Gegenständen und ordnete sie. Als sie die kostbare Haarbürste mit dem Elfenbeingriff berührte, zuckte Abigail zusammen. Niemals hatte Mama sich erkundigt, woher diese Bürste stammte, und sie immer nur angestarrt, in all den Jahren.

»Wie geht es dir, mein Kind?«

»Danke, gut.« Abigail wartete verwundert. Was hatte die Mutter zu ihr geführt?

»Heute Morgen habe ich Dr. Myers einen Brief geschickt.«

Abigail hielt den Atem an. Also hatte der Doktor ihre Mutter über die Ereignisse der letzten Nacht informiert, seine Drohung wahr gemacht. Sie hatte nicht vermutet, Mama würde ihm ohne Beweise glauben. Irgendwie war der natürliche Optimismus, den sie einst besessen hatte, in ihre Gedankenwelt zurückgekehrt. Doch es konnte gefährlich werden, wenn man auf ein günstiges Schicksal vertraute.

Beklommen überlegte sie, was sie einpacken und wohin sie sich nach einer überstürzten Abreise wenden würde. Nun erschien ihr Valerians leichtfertiger Vorschlag, sie solle in Männerkleidung auf den Kontinent flüchten, gar nicht mehr so verrückt. Viel verrückter wäre es, hierzubleiben und die Einlieferung in eine geschlossene Anstalt zu riskieren.

Dann bezähmte sie die aufsteigende Panik und zwang sich zur Ruhe. Die gefürchtete Konfrontation mit ihrer Mutter würde endlich beginnen. Beinahe fühlte sich Abigail erleichtert, weil eine Entscheidung getroffen werden musste. Und die würde bei *ihr* liegen.

»Oh, ich verstehe.«

»Tatsächlich?«

Im Spiegel sah sie die Augen ihrer Mutter, die sich schlossen, traurig und müde. »Nein, nicht wirklich. Das weißt du, Mama«, antwortete sie so gelassen wie möglich. »Eigentlich dachte ich, was das betrifft, hätten wir uns geeinigt.«

»Ja, das haben wir …«, bestätigte Mrs Smart in sanftem Ton. »Ich schrieb ihm, wir würden seine Dienste nicht länger brauchen. Nie mehr.«

Abrupt sank Abigail auf das Bett und umklammerte die Spitzenborte der Decke. Durfte sie ihren Ohren trauen? »Du – du wirst mich nicht zwingen, seine Behandlung zu akzeptieren?«

»Nein.« Unsicher öffnete ihre Mutter die Augen, die sich mit schimmernden Tränen füllten.

Abigail erwartete, sie würde eine maßlose Erleichterung empfinden. Stattdessen fühlte sie sich wie betäubt. »Das – das begreife ich nicht.«

»Ja, ich weiß. Nun muss ich dir einiges erklären, es ist an der Zeit.«

Solche Erklärungen hätte Abigail vor zwei Wochen herbeigesehnt. Aber inzwischen hatte sich zu viel geändert.

Zögernd wandte sich Mrs Smart vom Spiegel ab und ging zum Bett – ganz langsam und vorsichtig, als fürchtete sie, ihre Tochter würde davonlaufen. Das tat Abigail nicht, und die Mutter setzte sich zu ihr.

»Vor langer Zeit verliebte ich mich in einen jungen Burschen. Jene törichte Jugendliebe, wenn die Seele und der Körper eben erst erblühen …«

Mit diesem Geständnis hatte Abigail nicht gerechnet. Aber sie nickte und bedeutete ihrer Mutter, fortzufahren.

»Auch der Junge schien sich für mich zu interessieren. Ach, du weißt ja, was für ein Interesse das ist – die Hoffnung auf ein kurzes, schnelles Getümmel im Heu und die Bereitschaft, fast alles zu tun, um dieses Ziel zu erreichen …« Verlegen unterbrach sich Mrs Smart. Nach einer kleinen Weile hob sie ihr Kinn. »Nun, schließlich erlaubte ich ihm einen Kuss. Und es war reine Magie.«

Flüchtig lächelte sie, und Abigails Neugier erwachte. Bisher hatte ihre Mutter solche Worte nur benutzt, um über den Vater zu sprechen.

»Und dann …« Mrs Smarts Finger krallten sich um den Rand der Bettdecke. »Dann sah ich meinen Ersten.«

Abigail erstarrte. Das verstand sie sofort – ein Echo ihrer eigenen Vergangenheit. Sie öffnete den Mund. Doch es dauerte einige Sekunden, bis ihr die Stimme gehorchte. »Du hast Geister gesehen?«

»Ja«, wisperte die Mutter.

So viele Gefühle erfüllten Abigails Herz, und es fiel ihr schwer, alle zu identifizieren – Erleichterung, Hoffnung, Verwirrung, Zorn. »Du wusstest es … Die ganze Zeit hast du es gewusst.«

»Natürlich.« Die Mutter wich ihrem Blick aus. »Wie konnte es mir verborgen bleiben?«

»Und warum hast du es nie erwähnt?«, fragte Abigail vorwurfsvoll. »Für mich wäre es so wichtig gewesen, mit jemandem darüber zu reden.«

»Das weiß ich. Aber ich dachte, es wäre einfacher, wenn du dich von dem Fluch befreien würdest. Je eher, desto besser. Bevor du betört würdest.«

»Betört?«

»Ja. So wie ich.« Jetzt schaute Mrs Smart in die Augen ihrer Tochter. »Unsere Familie arbeitete für die Smarts. Immer fanden sie ein freundliches Wort für mich. Sogar im Tod … Alle ihre Geheimnisse teilten sie mit mir – alles, was ich brauchte.« Sie senkte die Wimpern. »Und ich wollte nicht, dass du in die gleiche Falle tappst und dich zu sehr für einen Geist interessierst – an Dinge glaubst, die außerhalb deiner Kontrolle liegen, und einen Teil von dir selbst verlierst.«

»Aber du hast Vater geheiratet.«

»Ja, und doch – alles, was ich über die Smarts wusste … Stets war es da, im Hintergrund meines Bewusstseins, wartete es und lockte es mich. Als ich geheilt wurde, verschwanden sie aus meinem Leben. Doch das Wissen und die Erinnerungen blieben zurück.«

Der richtige Name, Travers – verloren in der Vergangenheit, von der Mutter geschickt ausgemerzt … Ihre ganze Raffinesse hatte sie aufgeboten, um George Travers zu heiraten, einen netten Mann aus der gesellschaftlichen Mittelschicht mit moderatem Einkommen. Später erbte er ein Vermögen, das er durch kluge Investments mehrte. Und so war die Familie zu beträchtlichem Reichtum gelangt, der das Täuschungsmanöver der »Smarts« seit fast zwei Jahrzehnten finanzierte.

»Warum Dr. Myers?«

»Auch sein Vater war ein Arzt.« Mrs Smarts Faust ballte sich noch fester zusammen. »All seine Geheimnisse vertraute er dem Sohn an. Und er befreite mich von der Welt, die mir zu viel bedeutet hatte.«

Als Abigail die Anspannung ihrer Mutter spürte, verdichtete sich ihre böse Ahnung zur Gewissheit. »Zwang er dich zu einer intimen Beziehung?«

»O Abigail ...« Ihre Mutter lächelte gequält. »Nein, er zwang mich nicht – er erklärte mir, es müsse zu meinem eigenen Wohl geschehen. Es passierte nur ein paar Mal, und er behielt recht. Danach verschwanden die Visionen, ich war geheilt.«

»Also hat er dich ausgenutzt!«

»Niemals.« Entschieden schüttelte Mrs Smart den Kopf. »Natürlich war es unangenehm – aber ich ertrug es.«

Unwillkürlich stellte Abigail sich vor, wie eine junge Frau – in diesem Zusammenhang wollte sie nicht an ihre Mutter denken – in ein Zimmer gezerrt wurde, und ein Mann mit Myers' Grinsen fiel über sie her. Verzweifelt und hilflos lag das Mädchen unter ihm ...

»Für mich sei es am besten, beteuerte er. Davon überzeugte er mich. Auch später dachte ich, es wäre richtig. Als du Lord Rainewood in dein Herz geschlossen hattest – und zurückgewiesen wurdest ... Ich nahm an, daran wären die Geister schuld. Natürlich wollte ich, dass du wieder glücklich wirst. Und Dr. Myers versicherte mir, es gäbe auch andere wirksame Behandlungsmethoden.«

»Keine *guten* Methoden, Mama. Was der alte Dr. Myers dir angetan hat, war falsch.«

Mit zitternden Fingern strich Mrs Smart über ihr perfekt hochgestecktes Haar. »Damals ging ich bereitwillig auf seinen Vorschlag ein. Und ich wurde tatsächlich kuriert.«

Inständig wünschte Abigail, sie könnte den älteren Myers aufspüren und töten. Die Miene ihrer Mutter hatte sie auch bei anderen Frauen gesehen – bei Frauen, die sich manipulieren ließen, zu scheu, um Nein zu sagen, zu gestehen, sie würden solche Intimitäten widerwärtig finden. Lächelnd nahmen sie alles hin, trotz ihres Unbehagens.

»Auch mir wolltest du das zumuten«, warf Abigail ihrer Mutter vor.

»Oh – ich …«

Mrs Smarts Stimme versagte. Plötzlich erkannte Abigail die Wahrheit. *Für mich hat sie jene Therapie stets abgelehnt. Obwohl sie jetzt behauptet, bei ihr hätte die Behandlung gewirkt. Darauf ging sie freiwillig ein. Doch sie war unfähig, auch ihre Tochter einer solchen Qual auszuliefern …*

»Nein«, erwiderte die Mutter schließlich. »Beinahe hätte er's getan, nicht wahr? Obwohl er mir versprach, darauf zu verzichten …« Gepeinigt schloss sie die Augen. »Er redete mir ein, wenn ich die Therapie ablehne, dürfte ich dich nicht mehr anfassen, bis du genesen würdest. O Gott, ich wollte dich doch nur glücklich sehen …«

Abigail berührte den Arm ihrer Mutter – eine bloße Hand auf der Haut zwischen dem Ärmel und dem Handschuh. Wie üblich erwartete sie, Mama würde sich ihr entziehen. Doch das tat sie nicht.

»Niemals wollte ich, Abigail …«

»Das weiß ich, Mama.«

»O Abigail, ich dachte, wenn du nicht berührt würdest, wärst du unempfänglicher für die Geister. Dann würdest du jene Therapie nicht brauchen.« Nun streckte die Mutter ihre andere Hand nach ihr aus. »Das hat er mir erzählt, und …« Bedrückt senkte sie ihren Blick. »War auch das eine Lüge?«

Plötzlich nahm sie ihre Tochter in die Arme. Die Augen geschlossen, erwartete Abigail, Mama würde sie sofort wieder loslassen. Teils erleichtert, teils verlegen spürte sie, wie sie noch inniger umschlungen wurde.

»Es tut mir so leid, Abigail ... Auf diesen Weg hätte ich uns niemals führen dürfen. Ich dachte, ich müsste mein Wissen über die Smarts nicht nutzen. Doch – ich wollte dir etwas Besseres bieten, als es mir vergönnt war, bevor ich deinen Vater kennenlernte. Ein angenehmeres Leben.«

Wehmütig erinnerte sich Abigail an die ersten Jahre ihrer exklusiven Ausbildung. In jener Schule war sie für eine Position erzogen worden, die ihrer Herkunft nicht entsprach. Man brachte ihr Manieren und Kenntnisse bei, die sich *echte* Mitglieder der gehobenen Gesellschaftsschicht ganz nebenbei aneigneten – in Internaten, im Elternhaus, von gleichgestellten Menschen umgeben. Das alles lernte sie zielstrebig und entschlossen – als müsste sie sich vor jemandem behaupten, von dessen Existenz sie noch gar nichts ahnte.

Und dann waren sie aufs Land gezogen, in die Heimat eines Jungen, nur wenige Jahre älter, attraktiv und faszinierend. Übermütig genoss er das Leben, unbehelligt von seiner Familie.

So inbrünstig wünschte sie sich, ihm zu gefallen. Eifriger denn je stürzte sie sich in ihre Studien, getrieben von der Hoffnung, in diesen schönen braunen Augen Zuneigung oder sogar Liebe zu lesen.

Sie drückte ihre Mutter noch fester an sich und spähte über ihre Schulter hinweg. Und da sah sie die braunen Augen – dunkel und intensiv wie nie zuvor. Und voller Zorn.

Mühsam rang sie nach Luft. Wie lange er schon dastand und lauschte, spielte keine Rolle. Eine einzige Sekunde wäre zu lange gewesen. Und wie seine Miene verriet, hatte er den Raum schon vor einer ganzen Weile betreten.

Nun rückte die Mutter ein wenig von ihr ab. »Allzu schlimm war es nicht, Abigail, oder? So viele Gentlemen machen dir den Hof. Du kannst einen wählen – und aufs Land zurückkehren, wenn du das möchtest. Mittlerweile bist du wirklich und wahrhaftig ein Teil dieser vornehmen Welt.«

Liebevoll strich sie über das Haar ihrer Tochter. Aber Abigail konnte ihren Blick nicht von der Erscheinung neben der Tür losreißen, von dem Gesicht mit den schmalen Augen und den zusammengepressten Lippen.

»Glaub mir, die Smarts waren eine gute Familie. Sicher hätte es ihnen nichts ausgemacht, dass ich ihren Namen annahm. Das weiß ich.« Mit einer fahrigen Geste betastete die Mutter wieder ihr eigenes Haar. »Und ich habe an alles gedacht, niemand wird die Wahrheit jemals herausfinden.«

Abigail konnte nicht sprechen – konnte keine Antwort aus ihrer verengten Kehle hervorwürgen. Wütend starrte Valerian zu ihr herüber, während ihre Mutter immer neue Geheimnisse enthüllte – eines schrecklicher als das andere.

»Und wir werden Mittel und Wege finden, damit deine Kinder nicht unter dem Fluch leiden müssen.« Hastig hob Mrs Smart eine Hand. »Natürlich auf andere Weise. Nur keine Bange, es wird uns gelingen.«

Von besudelter Abstammung. Ja, das trifft auf mich zu, dachte Abigail bedrückt. Auf den Platz in der Gesellschaft, den sie jetzt einnahm, hatte sie kein Recht. Nicht nur das – wahrscheinlich würde sie verfluchte Kinder zur Welt bringen und das doppelt beschmutzte Blut an sie weitergeben.

In den dunklen Augen, die sie zu durchbohren schienen, las sie ihre Verdammung.

Energisch bekämpfte sie ihre Tränen. Die Mutter berührte sie wieder. Nur mühsam widerstand Abigail dem Impuls, den Kopf an Mamas Schulter zu lehnen und nie wieder aufzublicken.

»Sehen wir uns eine Stunde vor dem ersten Besuch, mein Kind?«

Unfähig zu sprechen, nickte Abigail. Ihre Mutter verabschiedete sich und verließ das Zimmer, sichtlich befreit, nachdem sie sich alles von der Seele geredet hatte.

Und Abigail spürte das Gewicht von tausend Tonnen auf ihren Schultern.

In diesem Moment konnte sie den vernichtenden Blick der braunen Augen nicht erwidern, die in der Nacht vor heißem Verlangen nach ihr geglüht hatten. Und die sie jetzt mit dem erneuerten Hass eines Tages betrachteten, der so lange zurücklag …

So lebhaft und frisch war die Erinnerung, wie der Morgentau, der an ihrer Fensterscheibe glänzte.

Sie saß auf einer umgestürzten Eiche, in dem Wäldchen, wo sie sich regelmäßig mit Valerian traf. Stattdessen schlenderte Thornton Danforth, sein älterer Bruder, zu ihr. Unsicher erhob sie sich. »Mylord …«

Als er einige Schritte vor ihr stehen blieb, inspizierte er sie mit kalten, grausamen Augen. »Soeben spürte ich eine Macht, die mich hierher zog. Das muss an dir liegen, weil du mich sehen kannst. Ein kleiner Niemand! Wie befremdlich …«

Herausfordernd hob sie das Kinn. Sie mochte den Erben

nicht, weil er Valerian so schlecht behandelte. Mit ihr ging er nicht viel freundlicher um, und sie fühlte sich stets sehr unbehaglich in seiner Gegenwart.

Seine Augen verengten sich zu schmalen Schlitzen. »Interessant, dass mich ausgerechnet Valerians Schoßhündchen hierher holt.«

In wachsender Sorge blinzelte sie und trat von einem Fuß auf den anderen. Am liebsten wäre sie auf die andere Seite des Baumstamms gestiegen und zurückgewichen. Aber diese Genugtuung missgönnte sie ihm.

»Du wirst mir helfen«, fügte er hinzu.

Aus ihrer Kehle drang ein sonderbares Gelächter. Hysterisch. Hatte Valerians Bruder den Verstand verloren? »Sicher finden Sie ein Dienstmädchen, das Ihnen besser helfen kann, Mylord«, erwiderte sie und zeigte in die Richtung des Gutshauses.

»Abby?«

Erleichtert atmete sie auf, als Valerians dunkler Kopf zwischen den Bäumen auftauchte.

Er kam etwas näher, einen verstörten Ausdruck in seinem jungenhaften Gesicht, das sie neuerdings attraktiver fand denn je. Wie gern wäre sie ihm entgegengeeilt – ein Wunsch, der mit jedem Tag stärker wurde.

In seinen Augen leuchtete es auf. Aber er wirkte immer noch beunruhigt. »Gott sei Dank, du bist der einzige Mensch, der mich nicht hasst. Ich muss dir etwas erzählen.«

Sie warf einen nervösen Blick auf Thornton. »Vielleicht sollten wir spazieren gehen.«

»Nein, das muss ich mir sofort von der Seele reden. Hier belauscht uns niemand.«

»Dein Bruder«, platzte sie heraus und deutete auf den jungen Mann.

Schmerzlich stöhnte Valerian und zog die Brauen zusammen. »Wieso weißt du schon Bescheid?«

Abigail starrte ihn an. Dann zeigte sie wieder auf Thornton, und Valerian schaute in die Richtung ihres Fingers. Verwirrt schüttelte er den Kopf.

»Jetzt sind sie alle im Haus, Abby. So zornig und anklagend haben sie mich gemustert. Das hielt ich nicht aus und lief weg. Ich muss dir erzählen, was …«

»Nicht hier«, zischte sie.

»Warum nicht?« Ärger und Ungeduld verdrängten seine komplizierteren Emotionen. »Was ist in letzter Zeit los mit dir? Ständig errötest du und stellst seltsame Forderungen.«

Abigail biss gekränkt auf ihre Lippen und spürte, wie brennendes Blut in ihre Wangen stieg. Normalerweise hätte sie sich verteidigt. Aber in Thorntons Gegenwart konnte sie nicht freimütig sprechen – obwohl ihr Freund ihn nicht zu sehen schien.

Was immer sie sagen mochte – sein Bruder würde Valerian dafür bestrafen.

»Dein Bruder«, flüsterte sie.

Verständnislos hob Valerian die Brauen.

Sie wies noch einmal auf Thornton, der ihr ein höhnisches, diabolisches Lächeln schenkte.

»Hör mal, Abigail, dein Benehmen ist nicht amüsant«, mahnte Valerian.

»Das weiß ich!«

»Wer konnte ahnen, *wie* amüsant das alles sein würde?«, murmelte Thornton. »Die kleine Miss Niemand, im Zwang ihres Wahnsinns …«

»Was? Schweigen Sie!«

»Bist du gestolpert und auf den Kopf gefallen, Abby?« Vorsichtig ging Valerian auf sie zu und streckte eine Hand aus, um ihre Stirn zu berühren.

»Nein, natürlich nicht, schau doch!«, rief sie und deutete wieder auf Thornton.

»Was denn?«

Eine warme Hand strich über ihre Schläfe. »Bist du krank, Miss Niemand? Du schwitzt.«

Erbost schlug sie Thorntons Finger weg. »Hier draußen ist es ziemlich heiß ... Was geht hier vor? Verschwinde lieber, Valerian, entferne dich von deinem Bruder!« In heller Wut starrte sie Thornton an. »Kein Mann auf dieser Welt könnte widerwärtiger sein!«

In Valerians Körper spannten sich alle Muskeln an. »Was redest du da?«

»Zweifellos wird er einen miserablen Herzog abgeben«, bemerkte Thornton geringschätzig und fixierte Valerian. »Der Ruin unserer Dynastie ...«

»Für diese Bosheit werden Sie bezahlen!«, fauchte Abigail Thornton an. »*Sie,* ein nichtswürdiger künftiger Herzog, werden Ihrer Familie Schande machen!«

»Was – was soll das?«, stammelte Valerian verstört.

Statt zu antworten, streifte sie ihn mit einem kurzen Blick. Was Thornton gesagt hatte, wollte sie nicht wiederholen. Schon immer hatte sie das Spiel, »jemanden zu ignorieren«, albern gefunden, obwohl sie es manchmal spielten, um die Gouvernanten zu ärgern.

»Also glaubst auch du, ich wäre schuld daran.« In Valerians Stimme schwang ein sonderbarer Unterton mit. »Und du vermutest, ich wäre ein schrecklicher Herzog.«

»Mit diesem Spiel stellst du meine Geduld auf eine harte Probe, Valerian.« Abigail zeigte wieder auf Thornton, und ihre wegwerfende Geste drückte unmissverständlich aus, was sie von diesem Idioten und jedem Zeitvertreib hielt, der ihn einbezog.

»Eigentlich dachte ich, gerade *du* würdest dich auf meine Seite stellen«, stieß Valerian zwischen zusammengebissenen Zähnen hervor.

Sie verdrehte die Augen – zutiefst entrüstet, weil er seinem Bruder den beleidigenden Hohn nicht vergalt und seinen Ärger darüber an *ihr* ausließ. »Hör auf mit diesem Spiel!«, befahl sie und deutete auf den Pfad, der sie von Thornton und dem Landsitz wegführen würde, in ein Gebiet, das nur sie beide allein zu erforschen pflegten.

Aber Valerian beobachtete sie nur mit einer ausdruckslosen, unergründlichen Miene, die sie noch nie gesehen hatte. »Vielleicht haben die Jungen in der Schule recht.«

»Was?«

»Jetzt muss ich gehen.«

»Aber …«

Doch er hatte sich bereits abgewandt, eilte davon und schlug herabhängende Zweige beiseite, die ihm den Weg versperrten.

Mit schmalen Augen starrte sie ihm nach, noch zorniger als zuvor über seine bösartigen Hänseleien. Welchen Unfug trieb Valerian mit ihr? Schon seit einiger Zeit verhielt er sich merkwürdig, und was er ihr soeben zugemutet hatte, schürte ihre Verwirrung.

»Einfach wundervoll, das hätte ich selber nicht besser machen können«, verkündete Thornton, und Abigail versuchte ihn mit einem messerscharfen Blick zu ermorden.

Erst am späteren Nachmittag erfuhr sie, dass Thornton – während sie den Gedanken, ihn zu töten, erstrebenswert gefunden hatte – bereits gestorben war. Sein Pferd hatte ihn abgeworfen, und er hatte sich das Genick gebrochen. Bei einem Wettrennen mit Valerian.

Die Schuld an dem tragischen Unfall wurde Valerian angelastet. Aber der Herzog und die Herzoginwitwe erkannten schon bald ihr Dilemma. Nach Thorntons Tod brauchten sie einen neuen Erben, und so unterbanden sie die Klatschgeschichten.

Vor lauter Entsetzen verlor Abigail beinahe den Verstand, als Thorntons Geist sie weiterhin verfolgte und verspottete, ihr befahl, dies oder jenes für ihn zu tun, und prophezeite, Valerian würde nie wieder mit ihr reden.

Mehrere Tage verstrichen, ehe sie eine Gelegenheit fand, mit Valerian zu sprechen. Verängstigt suchte sie Trost bei ihrem Freund. Aber er hatte sich verändert. Mit kalter Miene wies er sie zurück. Mochten sein Vater und seine Großmutter ihn zuvor auch kaum beachtet haben – jetzt ließen sie den Zweitgeborenen nicht mehr aus den Augen und gestatteten ihm nicht, auch nur den geringsten Fehler zu begehen. Immerhin war es nur eine Frage der Zeit, bis Basil, der kranke Schwächling, sterben würde. Also brauchten sie Valerian, und plötzlich schien er bereitwillig die Position des perfekten Erben einnehmen zu wollen.

Emotionslos hörte er sich Abigails Geschichten von den Geistern an, von Thorntons Ränkespiel, und erteilte ihr eine Abfuhr. Dann ersuchte er seine Großmutter, ihr die Tür zu weisen. »Du bist verrückt«, lauteten seine Abschiedsworte. »Sprich nie wieder mit mir.« Und dieser grausame

Befehl verfolgte sie viel nachhaltiger, als es irgendwelchen Geistern gelungen wäre.

Ein Dutzend Briefe wurde ungeöffnet zurückgeschickt. Entschlossen verwehrten ihr die Dienstboten den Zutritt zum Haus seines Vaters. Wenig später kehrte Valerian nach Eton zurück. Seine Ferien verbrachte er nicht mehr daheim. Zahlreiche Geister tauchten auf, rückten ihr zu Leibe und trieben sie tatsächlich beinahe in den Wahnsinn. In dieser Zeit, wo sie so dringenden Zuspruch ihres besten Freundes gebraucht hätte, stieß sie auf kaltes Schweigen. Valerian ließ sie im Stich. So wie er glaubte, *sie* hätte ihn an jenem Tag verraten und verlassen.

Inbrünstig hoffte sie, Thornton würde im tiefsten Höllenfeuer schmoren.

Abigail presste eine Hand auf ihre Stirn. Was für schreckliche Ereignisse ... Wäre sie bloß nicht so jung und dumm gewesen ... Hätte sie bloß nicht begonnen, auf Zehenspitzen um Valerian herumzuschleichen. Dass er ihr viel mehr bedeutete als nur ein Freund – diese Gefühle hatte sie verheimlicht und nicht gewusst, wie sie damit umgehen sollte.

Hätte er sich bloß nicht seiner Familie zugewandt, statt Abigail eine Gelegenheit zu einer Erklärung zu geben ... Dass sie zur Frau erblühte, war ein Fluch. Und es hatte ein Hindernis zwischen ihnen errichtet, das die sozialen Unterschiede noch vergrößerte.

Reglos stand er neben der Tür, und Abigail schaute ihn wehmütig an. »Jetzt weißt du es.«

»Du bist nicht Abigail Smart.«

»Trotzdem bin ich die Gleiche wie eh und je«, erwiderte sie und lächelte gequält.

»Wirklich?«

»Von einer Tatsache abgesehen.« All die verächtlichen Worte, die sie in der Gesellschaft gehört hatte, gingen ihr durch den Sinn. »Dass ich eine gewöhnliche Bürgerliche bin.«

»Nein, du bist nicht gewöhnlich.«

»Hast du nicht zugehört?«

Wieder einmal verdüsterten sich seine Augen. »Doch.«

So wütend sah er aus. Wie er reagieren würde, hatte sie stets gewusst – und immer gefürchtet, er würde eines Tages von dem Doppelspiel erfahren.

»Tut mir leid«, flüsterte sie und senkte ihre Lider.

»Mir auch. Hätte ich gewusst, was deine Mutter dir antun würde, wäre ich mit dir weggelaufen.«

Ruckartig hob sie den Kopf. »Was?«

Telly eilte ins Zimmer, um ihr bei der Morgentoilette zu helfen, dicht gefolgt von der Hausherrin. Dadurch wurde ihm eine Antwort erspart. Nach einem unheilvollen Blick in Mrs Smarts Richtung ging er zum Bett, um die weiteren Ereignisse zu beobachten.

Über eine Stunde verging, bis Abigail endlich angezogen und frisiert war. Und in dieser Zeit wünschte sie nur eins, nämlich Valerian mit Fragen zu bestürmen.

»Wegen unseres Gesprächs sind wir etwas spät dran, Abigail«, seufzte ihre Mutter. »Und wir haben noch so viele Verabredungen vor dem Malcolm-Ball heute Abend. Nun, das lässt sich nicht ändern.« Sie streichelte die Wange ihrer Tochter, zog ihre Hand zurück und berührte sie erneut. »Trotzdem bin ich froh, weil ich mir alles von der Seele geredet habe«, wisperte sie, damit Telly nichts hörte. »Und so erleichtert, nachdem du endlich Bescheid weißt. Deshalb werden wir uns in Zukunft sicher viel besser verstehen.« Sie straffte die Schultern. »Mittlerweile müsste die Kutsche vor dem Haus stehen. In ein paar Minuten sehen wir uns unten, mein Kind.«

Abigail nickte und wartete, bis auch Telly das Zimmer verließ. Allzu viel Zeit blieb ihr nicht, allein mit Valerian.

Offenbar hatte ihn das Täuschungsmanöver nicht erstaunt. Überwältigende Gefühle verengten ihre Kehle. Nur eine einzige Frage musste sie stellen.

»Was hast du mit der Liste gemacht, Valerian?«

Er wandte sich ab. »Die verbrannte ich, sobald ich deinen Namen gelesen hatte.«

20

»Wie ich gehört habe, soll heute Abend eine wichtige Neuigkeit verkündet werden«, bemerkte Mrs Browning auf der Fahrt zum Malcolm-Ball. »Und man erwartet, dass Lord Rainewood endlich wieder erscheint.«

Abigail richtete sich kerzengerade auf, und Valerian, der neben dem Kutschenfenster saß, zuckte zusammen.

»Fast zwei Wochen lang ließ er sich bei keinem gesellschaftlichen Ereignis blicken«, würgte sie hervor.

»Diesen Ball wird er besuchen – falls er bei seiner Verlobung ein Wörtchen mitreden will.«

Während Valerian einen vulgären Fluch hervorstieß, schluckte Abigail mühsam. »Also – wird man heute Abend eine Verlobung bekannt geben?«

»Natürlich«, bestätigte Mrs Browning im Brustton der

Überzeugung. »Und ich hoffe, Sie werden der Herzoginwitwe mit angemessener Hochachtung begegnen, wenn Sie ihr gratulieren, Miss Smart. Dass Lord Basil Ihnen den Hof macht, scheint ihr zu missfallen. Trotzdem werden wir höflich bleiben.«

»Zu uns ist sie nicht besonders höflich.« Diesen Einwand konnte Abigail sich nicht verkneifen.

»Immerhin ist sie eine Herzogin! Das müssen Sie berücksichtigen, Miss Smart.« Die Lippen gekräuselt, schüttelte Mrs Browning den Kopf. »Noch nie haben Sie den Spitzen der Gesellschaft den nötigen Respekt erwiesen. Als hätten Sie nicht von Geburt an gelernt, welchen Platz Sie in der sozialen Hierarchie einnehmen!«

Abigail lächelte müde, und das Gelächter ihrer Mutter klang etwas zu schrill.

»Hätten wir die Ballonflüge beobachtet, wären wir sofort über die neuesten Entwicklungen informiert worden«, seufzte Browning enttäuscht. »Da sprachen sich alle aktuellen Klatschgeschichten herum, die mir erst später zu Ohren kamen.«

»Ist bei diesem Wettkampf etwas Interessantes passiert?«, fragte Abigail.

»Nun, Mr Campbell hat Mr Brockwells Ballon ruiniert. Das nahm Mr Penshard ihm verständlicherweise übel, und ein lautstarker Streit brach aus.«

Abigail presste eine Hand auf ihren Mund. »Oh, der arme Mr Brockwell!«

»Ja, er war am Boden zerstört. Das alles hätte ich lieber mit eigenen Augen beobachtet. Leider musste ich mich mit Letties Schilderung der dramatischen Ereignisse begnügen. Wie grauenhaft …«

»Haben Sie sonst noch was herausgefunden, Mrs Browning?«

»Erstaunlicherweise konnte Mr Brockwell seinen Ballon reparieren. Der stieg tatsächlich in die Luft, und er gewann den Wettbewerb. Anscheinend ist er jetzt der ganze Stolz der *Young Scientist's Society*. Warum die Leute für dieses mechanische Zeug schwärmen, werde ich nie begreifen. Mit einer guten Tasse Tee und dem Austausch von Neuigkeiten verbringt man die Nachmittage viel angenehmer. Zum Beispiel erfährt man auf diese Weise, welche Verlobungen stattfinden werden, und das ist wesentlich wichtiger.«

Schweren Herzens schwieg Abigail. Die nächsten Klatschgeschichten hörte sie nur mit halbem Ohr. Schließlich bog die Kutsche in die Zufahrt des Malcolm-Hauses, wo bereits zahlreiche Wagen standen.

Im hell erleuchteten, extravagant eingerichteten Ballsaal konnte sie die Geister noch leichter ausmachen als normalerweise. Seufzend hörte sie ihre schwachen Stimmen und das Knistern ihrer Kleidung, sah die fahlen Gesichter.

Sie ging an zwei weiblichen Geistern vorbei und belauschte ein Gespräch.

»Bald werden wir einander verlieren«, sagte eine der Frauen.

»Das weiß ich, Margaret.« Die andere tätschelte den Arm der Freundin. »Irgendwann passiert es uns allen.«

Abigail hätte gern gefragt, was genau sie damit meinten, denn sie glaubte, die beiden würden antworten. Aber Mrs Browning drängte sie in Mr Farnswourths Richtung.

Als Abigail über ihre Schulter spähte, begegnete sie Margarets traurigen Augen. Unwillkürlich zuckte sie zusammen und ahnte, dass sie sich im Lauf des Abends noch öfter dazu veranlasst sehen würde.

Bei Celeste Malcolms Anblick wuchs diese Überzeugung. Von mehreren Gästen umringt, stand die junge Dame in der Mitte des Saals und lächelte selbstgefällig. Offenbar wollte sie bekunden, das Gerücht über die baldige Verlobung würde sich bewahrheiten.

»Lady Tenning, Miss Jones' Cousine zweiten Grades, hörte es von ihrer Zofe, die mit Lady Marples Zofe befreundet ist«, berichtete Mrs Browning. »Und Lady Marple erfuhr von Mrs Fortening, deren Ehemann habe ein Dokument auf Sir Walter Malcolms Schreibtisch gesehen. Dieses Papier besagt, der Palmbury-Erbe würde sich mit Celeste Malcolm verloben. Welch ein beneidenswertes Mädchen!«

Anscheinend drehten sich alle Gespräche im Saal um die Verlobung und Valerian. Einige Leute erinnerten sich an den Streit zwischen Abigail und Lord Rainewood kurz vor seiner »Abreise«. Wann immer sein Name erwähnt wurde, schauten sie zu ihr herüber und beobachteten ihre Reaktion. Entschlossen zwang sie sich zu einem strahlenden Lächeln.

Bei der Ankunft im Ballsaal hatte Valerian sich von ihrer Seite entfernt, um Informationen zu sammeln. Hin und wieder tauchte er in ihrem Blickfeld auf. Doch er kehrte erst zu ihr zurück, als er beängstigend blass wurde und ihre belebende Nähe brauchte.

Daran mochte sie nicht denken – dass er womöglich für immer verschwinden würde, so wie die anderen Geister. Dass die intime Beziehung dies bewirken könnte, und er würde sie verlassen, bevor sie seinen Körper fanden …

Während Abigails zwanzigster Konversation über Lord Rainewood und Miss Malcolms fabelhaftes Glück schwoll das Stimmengewirr, das den ganzen Saal erfüllte, plötzlich an.

»Habt ihr es schon gehört?«

»Nein, was?«

»Mr Campbell wurde überfallen! Beinahe hätten die Schurken ihn entführt! In letzter Sekunde hat ihn ein Constable gerettet!«

»O Gott!«

Abigail wartete, bis die Einzelheiten zu ihr drangen. Gespannt beugten sich ihre Mutter und Mrs Browning vor. Lady Orton entfaltete ihren Fächer und schwenkte ihn durch die Luft, bevor sie die Neuigkeiten voller Sensationslust weitererzählte.

»Als Mr Campbell zum Hafen ging, griffen ihn zehn Männer an. Obwohl er sich tapfer wehrte, streckten ihn die Faustschläge nieder. Dann versuchten sie ihn wegzuzerren – zu entführen! Unglaublich, nicht wahr?«

»Ach, der arme Mann!«, klagte Mrs Smart. »Wurden die Verbrecher festgenommen?«

»Nein, aber die Polizei wird zweifellos nach ihnen fahnden. Können Sie sich vorstellen, warum Mr Campbell attackiert wurde?«

Valerian, der neben Abigail stand, schnaufte verächtlich. »Dafür gibt es tausend Gründe, und es werden jeden Tag mehr.«

»Natürlich nicht«, entgegnete Mrs Browning. »Immerhin ist Mr Campbell ein respektabler Bürger.«

Abigail dachte an seine Schuldenlast. »Was hatte er im Hafen zu suchen?«

Da verstummte die Gruppe ringsum, alle wandten sich zu ihr.

Lady Malcolm versteifte sich. »Das weiß ich nicht. Vielleicht ging er einfach nur spazieren. Und letzten Endes ist es ja auch *seine* Sache.«

»Sicher spielt es keine Rolle, warum er den Hafen aufgesucht hat«, meinte Mrs Browning. »Dass Mr Campbell *überhaupt* irgendwo überfallen wurde, ist unerträglich. Diese Schurken muss man streng bestrafen. Niemals dürften sich so *gewöhnliche* Leute an ehrbaren Gentlemen vergreifen.«

»Ach, wahrscheinlich wird man die Übeltäter nicht schnappen«, bemerkte eine der Frauen. »Heutzutage ist die Polizei gar nicht mehr fähig, uns zu beschützen, und diese Gauner laufen ungehindert in den Straßen herum.«

»Geht es Mr Campbell gut?«, erkundigte sich Abigail bei Lady Orton.

Mrs Browning nickte, sichtlich zufrieden mit dieser Frage. »In letzter Zeit hat er Miss Smart seine besondere Aufmerksamkeit geschenkt.«

Die Lippen zusammengepresst, wartete Abigail auf die Antwort.

»Ja, es geht ihm gut«, mischte sich eine andere Dame ein. »Er liegt zwar im Bett, aber er empfängt Besucher. Falls Sie sich persönlich über seinen Zustand informieren möchten, Miss Smart …«

»Was für eine großartige Idee!«, sagte Mrs Browning.

»Mr Campbell erholt sich in Lord Basils Haus«, erklärte die Dame.

Auf der anderen Seite des Saals sprach Basil mit einigen Gästen. Offenbar versuchten sie ihm weitere Einzelheiten über den Zwischenfall zu entlocken. Er lächelte charmant. Aber Abigail wusste, dass Valerians aalglatter Bruder nur verraten würde, was er für angemessen hielt.

Sie entschuldigte sich und ging in die Richtung der Damentoilette. Lautlos wie ein Geist erschien Mr Stagen an ihrer Seite. »Guten Abend, Miss Smart.«

»Mr Stagen ...«

»Haben Sie schon etwas von unserem gemeinsamen Freund gehört?«

»Von Mr Campbell? Nein, ich erfuhr nur, dass er attackiert wurde und das Bett hütet. Hoffentlich geht es ihm bald besser.«

»Ach ja, Mr *Campbell* ... In ein paar Tagen ist er sicher wieder auf den Beinen – und bereit, die Damen erneut zu umgarnen. Verzweifeln Sie nicht.«

Verblüfft schaute sie ihn an. »Wenn Sie nicht über Mr Campbell sprechen – wen haben Sie denn gemeint?«

»Lord Rainewood.«

Schon wieder zuckte sie zusammen. »Er ist *Ihr* Freund, Mr Stagen. Und ich glaube, er wird sich niemals für *meinen* Freund halten.«

»Nein?«

»Nein.«

Während er neben ihr dahinschlenderte, trommelten seine Finger auf den Griff seines Spazierstocks. »Seltsam, wie gewisse Dinge im Rückblick eine neue Bedeutung annehmen ... Wenn ich mich recht entsinne, erzählte er früher oft von einem Mädchen, das in der Nähe seines Landsitzes wohnte – und das er sehr gern mochte. Deshalb machten ihm die Jungen die Hölle heiß – insbesondere als die Mädchen sich von unsereins zu unterscheiden begannen.« Er lächelte. »Natürlich haben einige von uns diesen Unterschied schon immer erkannt. Und Raine wurde bestaunt, weil er mit einem Mädchen befreundet war – noch dazu mit einem, das wir nie gesehen hatten.«

»Interessant, Mr Stagen«, erwiderte sie kühl. »Aber ich verstehe nicht, was das mit *mir* zu tun hat.«

»Oh, wirklich nicht?«, fragte er gedehnt und blieb stehen. Da ihr nichts anderes übrig blieb, folgte sie seinem Beispiel. »Wie ich mich erinnere, nannte er seine Freundin ›Abby‹. Das rutschte ihm nur ein einziges Mal heraus. Merkwürdig, nicht wahr?«

»Sehr merkwürdig. Andererseits – in diesem Land gibt es vermutlich viele Abbys.«

»Nun, die standen Raine wohl kaum so nahe wie Sie, Miss Smart.«

Sie dachte an Mrs Brownings Äußerung über *gewöhnliche* Leute. »Sicher wäre es unter seiner Würde, mich zu beachten.«

»Hm.« Mr Stagen räusperte sich. »Da fällt mir ein, was auf dem Ball der Cruppers passiert ist.«

Das wusste sie nur zu gut. Beinahe wäre sie das Opfer eines peinlichen Streichs geworden, den sich Valerians Freunde ausgedacht hatten. Irgendwie war *er* in die Schusslinie geraten.

»Ja, welch ein Pech für Lord Rainewood.« An jenem Abend hatte sie boshaft gelächelt.

»Nein, das war kein Pech. Der perfekt vorbereitete Streich sollte die erste Dame in Weiß treffen, die den Saal betreten würde. Wer auf die Idee kam, werde ich natürlich nicht ausplaudern. Jedenfalls hätte es planmäßig verlaufen müssen.«

»Nicht dass es unbefriedigend gewesen wäre, Va – Lord Rainewood triefnass zu sehen ... Aber wie hängt das alles mit *mir* zusammen?«

»Jemand hat Sie davor bewahrt, in die Falle zu tappen.«

Damals hatte sie geglaubt, sie wäre von Gregory gerettet worden – oder von Phillip, in Gregorys Auftrag. »Behaupten Sie bloß nicht, Sie hätten mir die Blamage erspart, Mr Stagen!«

»Nein, ich nicht.«

Sekundenlang nahm ihr sein vielsagender Blick den Atem. »Soll das heißen – Lord Rainewood hätte den Streich sabotiert und sich an meiner Stelle lächerlich gemacht?«

»Ja, allerdings.«

»So etwas würde er für jede Dame tun.«

»Für keine andere.«

Ganz sicher für seine Verlobte. Weil er ein Ehrenmann war. Abigail lachte gekünstelt. »Da irren Sie sich, Sir.«

»Gewiss nicht. Es ging ihm immer nur um Sie.«

Betont lässig hob sie die Schultern und winkte ab. »Wie nett, Mr Stagen, Sie schmeicheln mir. Aber Lord Rainewood weiß wohl kaum, dass ich existiere.«

»Das meinen Sie nicht ernst – wo er doch nur Augen für Sie hat, sobald Sie in seiner Nähe sind. Und Raine ist sehr eifersüchtig. Wenn sich jemand für etwas interessiert, das er als sein Eigentum betrachtet, gefällt ihm das ganz und gar nicht.«

»Welch eine rege Fantasie Sie haben, Sir ... Übrigens – auf dem Ball der Cruppers hätte er den Streich unterbinden können, ohne die Zielscheibe abzugeben.«

»Was geschehen sollte, fand er erst wenige Minuten davor heraus«, entgegnete er grinsend. »Niemand außer ihm darf Sie anrühren.«

Verwirrt schluckte sie. »So ein Unsinn, Va – Lord Rainewood rührt mich nicht an.«

Stagen hob nachdenklich die Brauen. »Wenn auch eine eigenartige Beziehung zwischen Ihnen besteht – es *ist* eine Beziehung. Das bemerken allerdings nur die Leute, die genau hinschauen.«

Als ihre Gedanken zum Ball der Cruppers zurückkehrten, sah sie die Ereignisse in neuem Licht. Atemlos war Valerian dicht vor ihr aufgetaucht und mit einem Eimer Wasser übergossen worden. Lebhaft erinnerte sie sich an ihre Erleichterung. Wie schrecklich und demütigend wäre es gewesen, hätte sie vor all den Gästen in einem klatschnassen weißen Kleid dagestanden …

Valerian war in helle Wut geraten. Und sie hatte vermutet, er wäre dem albernen Streich *versehentlich* zum Opfer gefallen.

»Warum erzählen Sie mir das alles, Mr Stagen?«

»Weil ich dachte, Sie wüssten etwas mehr über Raines Abwesenheit, als Sie verraten wollen.«

»Ach ja, Sie behalten mich ebenso wie Lord Basil im Auge.«

Stagen lächelte schwach. »Seien Sie versichert, keiner von uns glaubt, Sie wären verantwortlich für Raines Verschwinden. Zumindest jetzt nicht mehr. Aber eins steht fest – Sie wissen mehr, als Sie zugeben.«

Aufmerksam beobachtete sie sein Gesicht. »Wenn ich wüsste, wo Lord Rainewood sich aufhält, würde ich's Ihnen mitteilen. Anscheinend sind Sie um sein Wohl besorgt.«

Wo sich Valerians Körper befindet, wusste sie tatsächlich

nicht. Und wenn sie auf den unsichtbaren Mann zeigte, der zwischen den Gästen umherwanderte, würde Stagen an ihrem Verstand zweifeln.

»Sehr gut, Miss Smart. Das dachte ich mir, auf Sie können wir uns verlassen.«

»Warum?« Nur mühsam verbarg sie ihre Nervosität.

»Weil ich mich entsinne, wie Sie Raine angeschaut haben – wann immer Sie ihm begegnet sind.« Höflich verneigte er sich. »Guten Abend, Miss Smart.«

Verstört starrte sie ihm nach.

Wenige Sekunden später erschien Valerian an ihrer Seite. »Was hat Stagen gewollt?«, fragte er mit gepresster Stimme.

»Er sucht dich. Hast du etwas herausgefunden?«

Schweigend schüttelte er den Kopf.

»Jetzt werde ich mit Phillip reden.«

»Warum?«

»Da gibt es etwas, das mich neugierig gemacht hat.«

Abigail brauchte ein paar Antworten. Bedeutete sie dem *anderen* Valerian, den sie bis vor zwei Wochen gekannt hatte, wirklich so viel? War es möglich, dass die beiden ein und derselbe waren?

Zwischen zwei Frauen, die fröhlich schwatzten, hob Phillip voller Unbehagen ein Weinglas an die Lippen. Abigail ging zu ihm und lächelte, als sie ihn erleichtert aufatmen sah.

»Guten Abend, Mr Brockwell.«

»Auch Ihnen wünsche ich einen guten Abend, Miss Smart.«

An ihrer Seite spürte sie Valerian. Doch sie schaute ihn nicht an. »Ich möchte Ihnen eine Frage stellen.«

Eifrig nickte er, sichtlich beglückt, weil er den beiden Damen nicht mehr zuhören musste.

»Erinnern Sie sich an den Ball bei den Cruppers? Damals wurde Lord Rainewood übel mitgespielt.«

Sofort verflog seine eifrige Bereitschaft, mit ihr zu sprechen, und er nickte. »Diesen üblen Streich wollte man *Ihnen* zumuten, nicht wahr?«

»Ja.« Abigail fühlte, wie Valerian neben ihr erstarrte. »Daran wurden diese boshaften Gentlemen gehindert. Hatten Sie irgendetwas damit zu tun, Sir?«

»Nein, aber ich war froh, weil Ihnen die niederträchtige Attacke erspart blieb.«

»Danke. Und Mr Penshard?«

»Sicher hat er sich auch darüber gefreut.«

»Nein, ich meine, ob er für meine Rettung gesorgt hat.«

Phillip schüttelte den Kopf. »Soviel ich mich erinnere, stand er die ganze Zeit neben mir.«

»Oh – vielen Dank, Mr Brockwell.« Hatte Valerian sich *absichtlich* mit Wasser überschütten lassen? Um ihr die Blamage zu ersparen?

»Ständig treiben diese Männer Unfug und beschwören Probleme herauf«, stieß Phillip ungewohnt heftig hervor. »Ein Wunder, dass sie noch nie in ernsthafte Schwierigkeiten geraten sind.«

Die beiden Frauen schienen sich plötzlich für das Gespräch zu interessieren.

»Heute wurde Mr Campbell überfallen«, sagte die eine Dame. »Könnte jemand auch Lord Rainewood und Mr Templing niedergeschlagen haben?«

Phillip wurde blass.

»Nun, das würde erklären, warum die beiden nicht hier

sind«, bemerkte die andere. »Trotz des Geredes über die geplante Verlobung. Wie schrecklich ... Aber der Herzog hat erklärt, Lord Rainewood sei aufs Land gefahren, um irgendetwas mit dem Gutsverwalter zu regeln.«

»Und Mr Templing?«

»Vielleicht hat er ihn begleitet? Oh, wenn ich mir andere Möglichkeiten vorstelle ... Danach muss ich Lady Malcolm fragen.«

Die zwei Frauen redeten weiter. Aber Abigail hörte nicht zu und hatte nur mehr Augen für Phillip, der an seinem Jackett zupfte und immer elender aussah. »Mr Brockwell?«

Die Augen zusammengekniffen, schaute er sie an und räusperte sich. »Ja, Miss Smart?«

»Hier drin ist es ziemlich heiß, nicht wahr?« Sie fächelte sich Kühlung zu und schaute direkt in seine Augen.

Da nickte er und verstand den Sinn ihrer Frage. »Allerdings. Möchten Sie mich zum Buffet begleiten?«

»Sehr gern.« Sie legte eine Hand auf seinen Arm und ließ sich davonführen. Sobald sie aus der Hörweite der zwei Frauen geraten waren, fragte sie: »Haben Sie etwas damit zu tun, Phillip?«

»Womit?«

»Mit dem Angriff auf Mr Campbell.«

»Natürlich nicht!«

»Aber er hat Ihren Ballon ruiniert.«

»Den konnte ich reparieren. Die Mitglieder der Society waren hellauf begeistert.«

»Hätte man *meinen* Ballon zerstört, wäre ich wütend gewesen – und fest entschlossen, den Missetäter zu bestrafen. Vielleicht mit einem Schlag auf den Kopf?«

»Glauben Sie mir, ich habe Campbell nichts angetan!« Nun erschienen rote Flecken auf Phillips bleichen Wangen.

Abigail ließ ihn nicht aus den Augen. »Aber jemand anderem?«

Sofort verschwanden die Flecken. »Das – das habe ich nicht gesagt.«

»Nur angedeutet. Also, was taten Sie? Hatten Sie bei Lord Rainewoods Verschwinden Ihre Hand im Spiel?«

»Selbstverständlich nicht«, versicherte er und fuhr mit der Zungenspitze über seine Lippen.

Fluchend schwang Valerian seine Faust, die durch Phillips Kopf glitt.

Nun begann Phillip am ganzen Körper zu zittern. Abigail öffnete den Mund, schloss ihn und öffnete ihn erneut.

»O Phillip, was haben Sie getan?«

Hektisch sah er sich um. Dann führte er sie in eine Ecke des Ballsaals.

Valerian eilte hinterher. »Sei nicht so dumm, Abigail!«, fauchte er.

Doch sie war keineswegs dumm – sie folgte Phillip nur aus der Hörweite anderer Gäste.

Einem Zusammenbruch nahe, gestand er: »Nur ein kleiner Schlag auf den Kopf … Ich – ich durfte Rainewood nicht erlauben, diese Liste zu veröffentlichen. Ihm selber würde sie vielleicht nicht schaden. Aber seinen Freunden – Templing, Campbell. Diese Wetten. Das musste ich tun. Edwina … Und …«, stotterte er unglücklich. »Aber sonst tat ich nichts, das schwöre ich. Ich suchte in Rainewoods und Templings Taschen nach der Liste. Und als ich sie nicht fand, ließ ich die beiden liegen.«

Abigails Kehle war wie zugeschnürt. »Wo?«, würgte sie hervor.

»Auf der Straße.«

»O Phillip!«

»Wahrscheinlich sind sie aufgewacht und aufs Land gefahren. Und da erholen sie sich jetzt«, fügte er verzweifelt hinzu. »Niemand hätte sie angerührt, nachdem sie auf der Straße zusammengebrochen waren. Den Erben eines Herzogs – niemals!«

»Aber Sie ließen Rainewood und Templing in einem verrufenen Stadtteil liegen. Jeder Schurke hätte sie entführen können.«

»Nein, das hätte niemand gewagt. Außerdem schickte ich der Polizei eine anonyme Nachricht, nur zur Sicherheit …« Er unterbrach sich und musterte sie mit schmalen Augen. »Wieso wissen Sie, welcher Stadtteil es war, Miss Smart?«

Neben ihr erklang ein neuer Fluch, und sie blinzelte. »Oh, das nehme ich an – weil die beiden Gentlemen zuletzt in der Nähe einer Spielhölle beobachtet wurden.«

»Jedenfalls versichere ich Ihnen, Miss Smart – es konnte ihnen nichts zustoßen«, betonte Phillip. Aber seine bebende Stimme verriet eine gewisse Skepsis.

Bevor sie noch ein unbedachtes Wort äußern konnte, holte sie tief Atem. »Und wieso wurden sie später nicht mehr gesehen?«

»Wie ich sagte …«

Sie legte eine Hand auf seinen Arm, und Valerian stöhnte. »Daran glauben Sie selber nicht, Mr Brockwell.«

Gepeinigt kaute er an seiner Unterlippe. »So oder so, ich musste es tun. Sonst hätte ich Edwina nie wiedersehen dürfen. Dafür wollte ihre Mutter sorgen.«

Verwundert überlegte Abigail, in welchem Zusammenhang sein Name auf der Liste stehen mochte.

»Keine Ahnung, was geschah, nachdem ich die beiden verlassen hatte …«, fuhr er fort. »Ich war mir sicher, sie würden bald zu sich kommen. Das müssen Sie mir glauben.«

Und aus irgendwelchen Gründen glaubte sie ihm. »Sie wohnen doch bei Ihrer Tante am Golden Square, nicht wahr?«

»Ja«, bestätigte er überrascht.

Sie nickte. »Immer noch in der Nummer zwanzig?«

»Ja.«

Obwohl sie Valerian nicht anschaute, spürte sie seine Erleichterung wie eine intensive warme Welle.

Basil war es nicht gewesen. Auch nicht Campbell. Nicht einmal Gregory.

O Phillip …

21

»Was Brockwell getan hat, musst du allen Leuten erzählen!«

Das verlangte Valerian schon seit einer Stunde, während die Gäste immer noch auf die Bekanntgabe seiner Verlobung warteten. Selbst wenn der künftige Bräutigam nicht im Ballsaal erschien – der Herzog ergriff mehrmals Celeste Malcolms Hand, womit er unmissverständlich bekundete, er würde diese Verbindung gutheißen. Eifrig tuschelten die Klatschbasen, und jedes einzelne Wort bohrte sich wie ein Dolch in Abigails Herz.

Erleichtert seufzte sie auf, als sie endlich ihr Zimmer betrat. »Phillip hat dich nicht entführt, Valerian.«

»Aber er schlug Templing und mich nieder, also brachte er mich in diese Situation.«

Das ließ sich nicht bestreiten. »Wegen der verdammten Liste! In deinen jetzigen Zustand hat dich jemand anderer versetzt. Begreifst du's denn nicht?«

»Dass uns irgendwelche Skandaljournalisten oder gemeine Diebe an eine mysteriöse Fabrik verkauft haben, in der Seelen von Körpern getrennt werden? Ja. Und dafür muss Brockwell bestraft werden.«

»Im Moment gefällt es mir auch nicht, was Phillip getan hat.«

»Ach, es gefällt dir nicht? Es *gefällt* dir nicht?«

Ärgerlich starrte sie ihn an.

»Soll der Kerl ungeschoren davonkommen? Das kannst du dir nicht ernsthaft wünschen.«

»Natürlich nicht. Phillip versprach mir, er würde jemanden einweihen. Wahrscheinlich Sir Walter. Ich glaube, seine Schuldgefühle plagen ihn schon die ganze Zeit. Gewiss, man muss ihn zur Rechenschaft ziehen. Aber wenn wir diese Prozedur beschleunigen, werden wir nichts gewinnen. Was geschah, nachdem er deinen Freund und dich niedergeschlagen hatte, weiß er nicht.«

»Oh, vielleicht lügt er. Hast du an diese Möglichkeit gedacht, allwissende Abigail Smart?«

»Ja, selbstverständlich. Doch das hätte ich gemerkt. Dazu neigt er nicht.«

»Jedenfalls neigte er dazu, uns anzugreifen.«

»Und die anderen Attacken? Die Schurken auf dem Markt? Die Männer bei der Spielhölle? Die haben auf dich gewartet, Valerian. Nach allem, was du erzählt hast, wurdest du aus einem ganz bestimmten Grund entführt.«

Als er den Mund öffnete, wusste sie nicht, ob er ihre Meinung teilte oder widersprechen wollte. Plötzlich zitterte und flimmerte er und verschwand.

Schmerzliches Stöhnen und Schreie weckten ihn. Diesmal lag er nicht in Abigails Keller, sondern in einem Gebäude oder Hospital – oder wo immer er gefangen gehalten wurde. Irgendetwas Scharfes, Spitzes durchfuhr ihn, und er stemmte sich gegen seine Fesseln. Dann wandte er sich zu der Stelle, wo er Templing das letzte Mal gesehen hatte. Aber sein Blick suchte den Freund vergeblich.

In einer Fensterscheibe entdeckte er sein Spiegelbild, starrte es sekundenlang an und fluchte stumm. Mit all seinen Kräften zerrte er an den Fesseln.

Eine Hand packte sein Kinn. Verzweifelt dachte er an sein Zuhause. Aber statt des Grayton House erschien Abigails Gesicht vor seinem geistigen Auge – seine engste Vertraute …

Offensichtlich gab es einen Zusammenhang zwischen der Liste, Dr. Myers, den Attacken.

Die brutale Hand riss seine Lippen auseinander und goss die widerliche Flüssigkeit auf seine Zunge. Doch es gelang ihm, den Großteil auszuspucken.

Schon immer war sie seine engste Vertraute gewesen. Sogar nachdem sich ihre Wege getrennt hatten, war niemand anderer an ihre Stelle getreten.

Bedrückt erinnerte er sich an ihr Entsetzen, als sie aus dem Landsitz seiner Familie geschickt worden war – als sie erfolglos versucht hatte, mit ihm zu reden.

Die gnadenlosen Finger zwangen ihn, die Flüssigkeit zu schlucken.

O Gott, er musste nach Hause fliehen …

Die Zähne zusammengebissen, wanderte Abigail in ihrem Zimmer umher. Qualvolle Sorge erfüllte ihr Herz. Würde auch sie ein drittes Mal einen Vorwand finden, um ins Grayton House zu gelangen? Und wenn ja – würde sie Valerian dort antreffen?

So nahe war sie daran, seinen Körper zu finden – oder ihn für immer zu verlieren. Vorhin hatte er ungewöhnlich heftig gezittert, ehe er verschwunden war – ein schlechtes Zeichen.

Vielleicht sollte sie ihm folgen und ihn freigeben und gehen lassen.

Sie hörte Schritte hinter sich und machte sich Vorwürfe, weil sie so unaufmerksam gewesen war und nicht auf die Ankunft ihrer Zofe geachtet hatte.

»Heute Abend gehen wir ins O'Malley's, Telly. Ich brauche Ihre Hilfe.«

»Nein, du gehst nirgendwohin.«

Verwirrt fuhr sie herum und griff sich an die Kehle, trat vor und wich wieder zurück. »Wieso …«, wisperte sie.

Valerian lehnte am Bettpfosten, sichtlich erschöpft. »Ich bin zu meinem Körper zurückgekehrt – und dann hier gelandet.«

»Oh.«

»Ich war nicht im O'Malley's.«

»Oh?«

»Dieses Schild habe ich falsch gelesen.«

»Und wo warst du? Gehen wir hin …«

»Nein.«

Abigail blinzelte. »Warum nicht?«

Mit glanzlosen Augen erwiderte er ihren Blick. »Weil es zu gefährlich ist.«

»Valerian ...«

»Nein.« Er holte tief Atem. »Hör zu, Abigail, ich bin ...«

Telly eilte zur Tür herein. »Möchten Sie zu Bett gehen, Miss?«

Ärgerlich presste Valerian die Lippen zusammen und trommelte mit seinen Fingern auf den Bettpfosten. Dieses Geräusch konnte anscheinend nur Abigail hören – nach wie vor nur sie, falls Tellys unveränderte, erwartungsvolle Miene diese Schlussfolgerung gestattete.

Tante Effie erschauerte in ihrer Ecke.

»Ja, Telly«, stimmte Abigail zu. Als sie sich von ihrer Zofe aus dem Ballkleid und der Unterwäsche helfen ließ, betrachtete sie die Haarbürste auf dem Toilettentisch. Die Zofe streifte ihr das Nachthemd über den Kopf.

In all den Jahren hatte Abigail die Bürste behalten, niemals fähig, sich davon zu trennen – nicht einmal in den Zeiten ihrer schmerzlichsten Verzweiflung über Valerians Grausamkeit. O ja, ein paar Mal hatte sie versucht, die Bürste wegzuwerfen – und sie immer wieder aus dem Abfalleimer geholt und auf den Toilettentisch zurückgelegt.

Während Telly ihre Pflichten erfüllte, schwieg Abigail. Sie fragte sich, ob ein weiterer Streit mit Valerian sein neuerliches Verschwinden bewirken mochte. Eines Tages würde er nicht mehr zurückkehren. Das wusste sie, und sie fürchtete sich davor. Irgendwann würde er sie endgültig verlassen – entweder durch seinen Tod oder wegen des gesellschaftlichen Unterschieds.

Telly faltete die Kleidung ihrer Herrin zusammen, und Abigail nahm die Sachen des Lakaien aus einem Schubfach.

»Sind Sie immer noch mit Ihrem neuen Geist zusammen, Miss?«

Angesichts der Umstände eine etwas unglückliche Wortwahl … »Machen Sie sich Sorgen, Telly?«

»Ein bisschen, Miss. Gerade habe ich mir überlegt, ob wir wieder weggehen werden. In der ganzen Stadt redet man über Leute, die neuerdings auf den Straßen verschwinden. Einfach so … Ohne eine Nachricht zu hinterlassen …«

»Ob ich ausgehen werde, habe ich noch nicht entschieden, Telly. Machen Sie sich keine Sorgen.«

»Also gut, Miss. Soll ich Ihnen einen Becher warme Milch bringen, während Sie darüber nachdenken? Gleich bin ich wieder da.«

»Ja, Telly, danke.«

Die Augen zusammengekniffen, beobachtete Valerian, wie die Zofe aus dem Zimmer ging. Dann schlich er ihr nach.

Eine Zeit lang saß Abigail auf dem Bett und strich über das Männerhemd. Was konnte sie tun, um alles in Ordnung zu bringen? Für Valerian und sich selbst?

Valerian folgte der Zofe die Treppe hinab und in den Hinterhof. Im Schatten wartete ein Mann.

»Nun?«

»Vielleicht wird sie weggehen. Wenn sie sich dazu entschließt, werde ich sie natürlich begleiten.«

»Ja, klar.« Der Mann legte eine Hand auf Tellys Schulter. »Was für eine pflichtbewusste Dienerin du bist …«

Sie neigte sich zu ihm, spielte mit dem Kragen seines Jacketts und seinem Hemd. Also keine flüchtige Bekanntschaft – diese neckischen Gesten wiesen auf eine engere Beziehung hin. »Dauernd redet sie mit den Geistern, die Ärmste.«

»Ermutigst du sie dazu?«

»Nun, ich kann nichts sagen. Ansonsten ist sie eine wundervolle Herrin. Nur weil sie ein bisschen verrückt ist – das hat nicht viel zu bedeuten. Sie behandelt mich sehr freundlich und schenkt mir ihre Kleider, wenn sie die nicht mehr tragen will. Neulich abends hatte ich eins an, und ich glaube, es gefiel dir. Ein schönes Kleid, nicht wahr?«

Grinsend packte er ihre Hüften und zog sie an sich. »Alles, was du anhast – oder nicht anhast – gefällt mir.«

Telly kicherte und rang nach Luft, als er sich an ihr rieb.

»Redet sie immer noch mit diesem – Mann?«

»Ja, die arme Miss … Wahrscheinlich war sie mal in ihn verliebt, und nun bildet sie sich ein, er wäre bei ihr. Hoffentlich bringt er sie nicht vollends um den Verstand, wenn er wieder in Wirklichkeit auftaucht.«

»Darum musst du dich nicht sorgen«, erwiderte er, raffte ihre Röcke und zerrte sie nach oben.

Aufmerksam prägte Valerian sich ein, wie der Mann aussah, in möglichst vielen Einzelheiten.

»Nein? Aber sie hat sich ständig über ihn beschwert – Rainewood hier, Rainewood da … Und nun bemüht sie sich so sehr um ihn, obwohl's ihn nur in ihrer Fantasie gibt. Wenn der richtige Lord Rainewood von seiner Reise zurückkommt, wird sie nicht wissen, was sie mit ihrem Geist machen soll.«

Also ahnt die Zofe nichts von den mysteriösen Ereignissen, dachte Valerian. Wenn sie auch ein Doppelspiel mit ihrer Herrin trieb – sie wusste nicht, was für gefährliche Informationen sie ausplauderte.

»Falls das passiert, kannst du deinen Zigeuner-Hokuspokus anwenden und ihr helfen.«

Immerhin besaß Telly genug Anstand, um verlegen auf ihre Lippen zu beißen. »Wenn du mich damit hänselst – das hasse ich. Sei versichert, Roland, sie ist eine großartige Herrin. Und ich will nicht, dass sie mir kündigt, nur weil sie ein bisschen spinnt. Das wissen wir alle. Ich hoffe nur, sie wird einen netten, reichen Mann heiraten, der zu ihr passt. Die vornehmen Leute sind ja alle übergeschnappt. Schon seit Generationen.«

Valerian knirschte mit den Zähnen. Nicht einmal die einzige Person in diesem Haus, die Abigail beistand, war vertrauenswürdig.

»Oh, ganz bestimmt wird deine Herrin irgendwann ihr Glück finden.«

»Das wünsche ich ihr … Vermutlich kann ich sie heute Nacht dran hindern, noch mal wegzugehen.«

»Tu das, meine Süße. Du willst doch nicht, dass ihr was zustößt? Dass die arme Frau schutzlos in den Straßen herumirrt?«

»O Gott, nein!«

»Braves Mädchen. Halt sie in ihrem Zimmer fest. Das O'Malley's liegt zwar in keiner allzu üblen Gegend, aber man weiß nie, worauf man sich einlässt«, warnte Roland und kniff in Tellys Brüste. »Da muss man vorsichtig sein.

Will sie sich immer noch in der Umgebung dieser Taverne umsehen?«

»Ja.«

Er presste sie noch fester an sich. »Eine bessere Zofe als dich würde sie niemals kriegen. Morgen suchen wir ein anderes Haus aus, da soll sie rumstöbern und ein ungefährliches Abenteuer genießen. Morgen. Einverstanden?«

Stöhnend erwiderte Telly seinen fordernden Kuss.

Er schob eine Hand unter ihre Röcke, und ihr Atem stockte.

»Wenn du ihr nicht einreden kannst, bis morgen zu warten, schick mir eine Nachricht«, sagte er. »Dann werde ich auf euch aufpassen.«

»Wie gut du bist, Roland …«

Nun öffnete er seine Hose. Unsanft drängte er Telly an eine Hecke. »So ist's recht … Und falls irgendwas passiert, wende dich zuerst an mich.«

»Ja …«

Als er kraftvoll in sie eindrang, sank sie zwischen die Zweige und warf ihren Kopf in den Nacken. Hingebungsvoll schlang sie die Arme um seinen Hals und klammerte sich an ihn, während er schnaufend immer brutaler zustieß.

Aus einem nahen Fenster spähten zwei Lakaien, die Gesichter an die Glasscheibe gedrückt.

Valerian blickte wieder zu dem kopulierenden Paar hinüber. Unwillkürlich malte er sich aus, wie Abigail ihren Kopf ekstatisch zurücklegen würde.

In seiner frühen Jugend hätte er die Szene vielleicht reizvoll gefunden und begeistert zugeschaut, ebenso wie die beiden faszinierten Lakaien. Aber jetzt wünschte er sich nur, er wäre wieder in Abigails Zimmer.

Nach einem letzten groben Stoß ächzte Roland, und Telly quietschte an seinen Lippen. Er ließ sie los und tätschelte ihr Hinterteil. »Morgen komme ich wieder, wenn ich dich heute Nacht nicht mehr sehe.«

Mit glasigen Augen starrte sie ihn an und nickte. Während er über die Hofmauer kletterte, wankte sie ins Haus zurück, immer noch außer Atem, die Wangen hochrot. Valerian folgte ihr in die Küche, wo sie die versprochene Milch wärmte, und dann nach oben zu Abigails Zimmer. Den Becher in einer Hand, glättete sie mit der anderen ihre Röcke und klopfte an die Tür.

Dicht hinter ihr überquerte Valerian die Schwelle, und Abigail öffnete den Mund.

»Sag nichts zu deiner Zofe«, mahnte er hastig, »erklär ihr nur, du würdest in dieser Nacht daheimbleiben.«

Zunächst fürchtete er, sie würde widersprechen. Doch dann wandte sie sich zu dem Mädchen. »Heute Nacht gehe ich nicht mehr aus, Telly. Dazu habe ich mich inzwischen entschlossen.«

»Oh, sehr gut, Miss!« Telly stellte den Milchbecher auf den Toilettentisch. Dabei schaute sie in den Spiegel und zuckte zusammen. In ihrem Haar steckten winzige Zweige. Aber Abigail bemerkte nichts.

Die Zofe ergriff das Männerhemd und die Hose, als wollte sie beides zur Wäsche bringen. Kluges Mädchen …

Einerseits wünschte Valerian, Telly würde die Sachen davontragen, damit ihre Herrin nicht ausgehen konnte. Andererseits wusste er, Abigail würde sich notfalls auch in Frauenkleidung auf die Straße wagen und in Gefahr begeben.

»Abigail!«, rief er, um ihre Aufmerksamkeit zu erregen.

Da sah sie, was das Mädchen plante. »Nein, Telly, lassen Sie das Zeug hier.«

»Aber – Miss ...«

»Keine Bange, ich werde sie nicht anziehen. Ich will sie nur hier behalten, falls etwas Unvorhergesehenes passiert. Zum Beispiel könnte dieser Mann wieder hereinkommen, der neulich schon einmal hier war. Verstehen Sie das?«

Da der Zofe die Worte fehlten, zuckte sie nur die Achseln.

Abigail runzelte die Stirn. »Gute Nacht, Telly.«

»Gute Nacht, Miss«, murmelte Telly, legte die Kleider über eine Stuhllehne und verließ das Zimmer.

Sobald ihre Schritte im Flur verhallt waren, drehte Abigail sich zu Valerian um. »Was soll das alles? Was willst du mir sagen?«

Er öffnete den Mund und schloss ihn wieder. Sollte er ihr von Tellys Doppelspiel erzählen? Dass die Zofe ihre Herrin für verrückt hielt? Mit wenigen Worten könnte er die Existenz des Mädchens vernichten. »Ich möchte Telly einfach nicht in unserer Nähe haben.«

»Aber du wolltest doch ...«

»Ja, ich erinnere mich.« Abrupt trat er ans Fenster. Die Zofe gab vermutlich schon sehr lange Informationen an diesen Mann weiter und berichtete ihm vom jeweiligen Zustand ihrer Herrin. Auf diese Weise hatte er ebenso wie seine Komplizen erfahren, Abigail würde Geister sehen.

Sekundenlang blieb der Atem in seiner Kehle stecken. Deshalb wussten die Feinde, an wen sie sich heranmachen mussten.

Er schaute Abigail wieder an. So stark und stolz sah sie aus, so tapfer verbarg sie ihre Verletzlichkeit. Sie glaubte, die Zofe wäre der einzige Mensch, der ihre Geistervisionen akzeptierte. Stattdessen wurde sie von Telly so schmählich hintergangen. Ihre Mutter zählte kaum. Viel zu lange hütete sie schon das schändliche Geheimnis.

Allein schon der Gedanke, dass Abigail von niemandem ernst genommen wurde …

»Tut mir leid, dass ich dir nicht geglaubt habe, Abby.«

Auch sie hielt den Atem an und presste eine Hand auf ihre Brust.

Verdammt wollte er sein, wenn er sich nicht plötzlich vor ihr auf die Knie werfen und um Verzeihung bitten wollte … »Ich werde es wiedergutmachen. Eines Tages. Das verspreche ich dir.«

Verwirrt zog sie die Brauen hoch. Aber sie nickte. Ihre Wangen röteten sich, und sie erschien ihm begehrenswerter denn je. »Danke«, sagte sie leise. Ihre Augen strahlten, und in den blauen Tiefen las er ein zögerndes Glück.

Nur mühsam bezwang er den Impuls, die Ungerechtigkeit des Schicksals und die vergeudete Zeit lauthals zu verfluchen.

Plötzlich nahm ihr Gesicht einen anderen Ausdruck an, wachsende Sorge verdrängte die Freude.

»O Valerian, du beginnst wieder zu zittern – nur an den Umrissen deiner Gestalt …«

Auch er spürte die Macht, die an ihm zerrte. »Nun muss ich gehen.«

Sie nickte und ergriff die Kleidung des Lakaien. »Das habe ich erwartet. Natürlich begleite ich dich.«

»Nein, du musst hierbleiben.«

Seelenruhig erwiderte sie seinen Blick. »Ohne mich kannst du nicht fortgehen.«

»Irgendwie werde ich Mittel und Wege finden, das ist mir schon einmal gelungen.«

Energisch schüttelte sie den Kopf und ging zu ihm. »Nein, du wirst dich verirren.«

»Damit muss ich rechnen.«

Beschwörend legte sie eine Hand auf seinen Ärmel. »Sei vernünftig! Womöglich kannst du nicht zurückkommen, und du wirst dich in einen Geist verwandeln, der ziellos umherwandert.«

»Ja, vielleicht. Trotzdem werde ich zurückkehren. Das verspreche ich. Auch du musst mir etwas versprechen, Abigail. Du wirst mir folgen. Das sehe ich dir an. Aber …« Er wandte sich zum Fenster. »Bleib in der Droschke, wenn wir bei dem Haus ankommen.«

»Warum?«

»Weil du in Gefahr bist.«

»Das weiß ich.«

»Nein, du …« Valerian holte tief Luft. »Versprich es mir, oder ich bleibe einfach hier stehen, bis ich verschwinde.«

Erschrocken wich sie zurück. »Nein.«

»Doch. Versprich es mir.«

»Also gut«, seufzte sie.

»Ich werde dich beim Wort nehmen, Abigail. Bist du bereit?«

»Ja, ich bin bereit.« Er sah, wie sie die Schultern straffte. Hastig schlüpfte sie in die Kleidung des Lakaien. »Immer war ich bereit.«

Unter welchem Stern waren sie zueinander geführt worden? Unter einem guten oder schlechten?

»Ich auch.«

Damit beantwortete er nicht nur eine Frage. Abigails Lippen öffneten sich, ihre Augen leuchteten noch heller. Doch sie nickte nur, bevor sie aus dem Zimmer schlichen.

22

Beinahe gewann er den Eindruck, jetzt hätte er die Wahrheit entdeckt, würde sie akzeptieren und der fremden Macht folgen, wohin sie ihn auch ziehen mochte.

»Wohin fahren wir?«, fragte Abigail.

»Zur *Lamppost Tavern.*«

Sie warf ihm einen scharfen Blick zu. »Ach, jetzt verstehe ich – du hattest die Buchstaben in der falschen Reihenfolge gelesen? Wegen der Spiegelung im Fenster.«

Schon immer hatte sie erstaunlich schnell die richtigen Schlüsse gezogen. »Ja«, bestätigte er.

»Konntest du das ganze Schild sehen?«

»Ja.«

Eine Zeit lang schwieg sie, während die Droschke über das Kopfsteinpflaster polterte. »In welchem Zustand warst du damals?«

»Immer noch lebendig.«

Sie nickte und biss auf ihre Unterlippe. »Oh, das ist gut.«

In seiner Brust ballte sich irgendetwas zusammen und drängte nach draußen. Aber die letzten Reste seines Eigensinns hielten es zurück. Und so nickte er ebenfalls, und er spürte die angespannte Atmosphäre im Wagen.

»Valerian, du sollst wissen …«

»Das weiß ich, Abigail.«

Wieder nickte sie. Statt zu verebben, wuchs die Anspannung.

Um zu verhindern, dass sie verfolgt wurden, hatten sie ihr Bestes getan. Er hatte zwei Männer gesehen, die das Smart-Haus beobachteten. Ob sie mit Roland unter einer Decke steckten, mit dem Herzog oder anderen Mächten, wusste er nicht. Jedenfalls war er ihnen entronnen, zusammen mit Abigail. Dabei hatten sie willkommene Ablenkungen genutzt – eine umgestürzte Kutsche, einen Streit zwischen zwei Betrunkenen an der Straßenecke.

Nun konnte er nur hoffen, keine anderen Lakaien – oder ein Mann wie Evans – würden Wache halten, die seiner Aufmerksamkeit entgangen wären.

Die Droschke fuhr an der Taverne vorbei, und er schaute zur anderen Straßenseite. Dort stand ein Ziegelgebäude, das völlig harmlos aussah.

Doch dann entdeckte er Gitterstäbe an den Fenstern. Nicht ungewöhnlich, nicht ausreichend, um Verdacht zu erregen, wenn man nicht Bescheid wusste. Trotzdem wirkten die Eisenstäbe wie ein Schild mit der Aufschrift »Geschlossene Anstalt«.

Einen Häuserblock weiter unten hielt die Droschke. Er sah, wie Abigail in der geliehenen Männerkleidung über ihre Hose strich. Obwohl ihre Haltung entspannt erschien, fühlte er ihre Nervosität.

Scheinbar gelassen neigte sie den Kopf.

Er lächelte schwach und streifte ihre Lippen mit einem flüchtigen Kuss. »Bald sehen wir uns wieder, Smart.«

Dann konzentrierte er sich auf die Macht, die an ihm zerrte, und glitt durch die Wand des Wagens.

Abigail wartete, bis Valerian in dem Ziegelgebäude verschwunden war.

Ohne die geringsten Gewissensqualen zu empfinden, öffnete sie die Tür, stieg aus der Droschke und gab dem Fahrer das Dreifache des üblichen Preises. »Warten Sie hier. Nach der Rückfahrt bekommen Sie dieselbe Summe noch einmal.«

Erfreut nahm er das Geld entgegen und tippte an seinen Hut.

Während sie das Ziegelhaus ansteuerte, ließ sie es nicht aus den Augen. Vergitterte Fenster. Was sich dahinter befand, wusste sie.

Nur wenige Leute gingen die Straße entlang – späte Heimkehrer nach ausgedehnten Festen oder Arbeiter, die schon im Morgengrauen ihren Dienst antreten mussten.

Sie stieg die Eingangstreppe des Ziegelgebäudes hinauf und berührte den Griff der Tür, die sich einen Spaltbreit öffnete. Abigail atmete tief durch.

Unter anderen Umständen wäre sie weggelaufen. Weit weg. Aber da drinnen war Valerian, der lebendige – und der zweite, der nur ein halbes Leben besaß.

Was immer auch geschehen mochte, sie würde da hineingehen.

Sie stieß die Tür weiter auf und betrat eine dunkle Halle. Am oberen Ende einer Treppe schimmerte schwaches Licht. Dort stand Valerian. Die Konturen seines Körpers waren nicht mehr klar zu erkennen, als er sich einer Wand näherte – offenbar, um hindurchzugleiten.

Plötzlich drehte er sich um. Ein kräftiger Fluch erfüllte die Halle, taumelnd stieg er die Treppe herab, und die Umrisse seiner Gestalt verfestigten sich allmählich.

»Verdammt, du hast versprochen, im Wagen zu bleiben!«, fauchte er und packte Abigails Oberarme.

»Du zitterst wieder.«

»Darum kümmere ich mich nicht«, stieß er zwischen verkniffenen Lippen hervor.

In ihrer Brust schien alles zu erstarren. »Du wirst sterben, Valerian.«

»Das weißt du nicht.«

»Bevor du ins Jenseits hinübergehst, wirst du als Geist umherwandern.«

»Und wenn ich ein Geist bleiben will?« Seine Finger gruben sich schmerzhaft in ihre Arme. »Wenn ich bei *dir* bleiben möchte? Würdest du dann gehen?«

Wie verführerische Ranken schlangen sich die Worte um Abigails Herz. Sie versuchte die Lockung abzuschütteln. Aber sobald sie eine Ranke entfernte, griff eine andere nach ihr und umgarnte sie.

Entschlossen hob sie den Kopf. Was sie zu tun hatte, wusste sie. »Nein.«

»Verschwinde, Abigail. Sofort!«

»Das darf ich nicht …«

»Aber du bist in Gefahr.«

»Du auch.«

»Nein, ich …«

Vor der Tür näherten sich Stimmen, und Valerian fluchte wieder.

»Lass mich zuerst hinaufgehen!«, befahl er und wandte sich zur Treppe. »Und mach keine Dummheiten!«

Hinter ihnen erklangen die Stimmen etwas lauter. Nicht hastig. Ganz ruhig. Also waren die beiden Eindringlinge noch nicht entdeckt worden.

Nun konnte Abigail unmöglich umkehren. Das wusste Valerian, falls seine düstere Miene darauf hinwies. »Ich muss meinen Körper finden. Sonst würde ich's nicht schaffen, dich zu ermorden.« Sekundenlang schloss er die Augen, zeigte zu den Stufen, und sie stiegen hinauf. Wann immer er ein Geräusch hörte, drückte er Abigail an die Wand.

Im oberen Stockwerk führte er sie durch ein Labyrinth aus Korridoren und Treppenabsätzen. Ringsum ertönten leise Stimmen, dann immer lauter – Stöhnen, Schreie, flehende Bitten. Unwillkürlich blieb sie stehen.

»Abigail …«

»Nein.« Nach kurzem Zaudern gab sie ihm einen Stoß in die Seite. »Geh weiter.«

Sie betraten einen lang gestreckten Raum. An zwei gegenüberliegenden Wänden reihten sich Betten aneinander. Während sie durch den Mittelgang schlichen, gellten schmerzliche Klagen in Abigails Ohren. Die Handgelenke der Patienten waren an die Gitterstäbe der Betten gefesselt, in manchen Fällen auch die Fußknöchel. Einige trugen Augenbinden, blicklos starrten die meisten anderen zur Zimmerdecke hinauf. In mehreren Mündern steckten Knebel.

Einer der Männer, der nicht geknebelt war und dessen Augen man nicht verbunden hatte, hob den Kopf, als Abigail an ihm vorbeiging. »Helfen Sie mir, mein Kind. Helfen Sie mir zu sterben.«

Mühsam rang sie nach Atem und hielt inne. O Gott …

»Helfen Sie mir!«

Viel zu deutlich erinnerte sie sich an ähnliche Szenen in anderen Irrenanstalten, die sie gezwungenermaßen besucht hatte. In ihrem Gehirn gerieten Vergangenheit und Gegenwart durcheinander. Verwirrt berührte sie ihre Stirn. Zwischen den Geistern und diesen armen, geschundenen Seelen gab es keinen Unterschied.

»Hilfe!«

Wenn Valerian seinen Körper wiedererlangte, musste er die Patienten befreien und die grausige Anstalt schließen lassen. Die Augen von Tränen verschleiert, wandte sie sich von dem bedauernswerten Mann ab, doch sein Ruf verstummte nicht. Flüchtig berührte eine Hand ihren Rücken.

Sie schluckte die Tränen hinunter und ging weiter.

»Wo ist die Macht, die an dir zieht, Valerian?«

Zögernd zeigte er zu einem Flur am Ende des Saals, und sie eilten darauf zu. Die schrecklichen Klagen folgten ihr wie züngelnde Schlangen.

An ihren Handgelenken glaubte sie Fesseln zu spüren. Kalte Angst stieg in ihr auf – das grässliche Gefühl, sie wäre diesen Qualen wehrlos ausgeliefert – tiefe Verzweiflung, weil ihr niemand half ...

Energisch bezwang sie ihren Schauder. Das alles musste sie ertragen, Valerians Körper finden, mit ihm flüchten und dann die Polizei hierher schicken, die das Schreckenshaus schließen würde.

Als sie um die Ecke in den Flur bogen, schwang eine Tür auf, und ein Mann trat heraus. Abrupt blieb er stehen, starrte Abigail an, und sie starrte zurück. Dann verzerrte ein hässliches Lächeln seine Lippen, seine Hand hob sich an seinen Kopf.

Ein violetter Fleck verunstaltete seine Stirn, an der Stelle, wo sie ihn hinter den Marktständen mit einem Brett niedergeschlagen hatte. Nervös trat sie von einem Fuß auf den anderen.

»Welch eine *wundervolle* Überraschung, Miss Smart!«, ertönte seine kultivierte Stimme. Unangenehme Erinnerungen an jenes Gespräch, bei dem sie an eine Ziegelmauer gepresst worden war, ließen ihr Gehirn fast gefrieren. »Glücklicherweise haben wir genau das richtige Bett für Sie. Schon seit Wochen wartet es auf Ihre Ankunft. Sogar schon seit Jahren. Wie großartig, dass Sie beschlossen haben, aus eigenem Antrieb hierherzukommen!«

Irgendetwas schnürte ihr die Kehle zu. Hinter ihm tauchten zwei Männer auf. Valerian begann zu zittern und zu flimmern.

»Packt sie!«, befahl die kultivierte Stimme.

Offenbar glaubte der Lakai, der zu Abigail stolzierte, sie wäre eine leichte Beute. »Kommen Sie, Mädchen.«

Sie griff hinter sich, und ihre Finger berührten Metall. Als der Mann eine Hand nach ihr ausstreckte, schwang sie eine Bettpfanne hoch und traf sein Kinn. Verdutzt stolperte er zurück und brach zusammen. Der Unbekannte und der Anführer stürzten sich gleichzeitig auf Abigail. Aber Valerian sprang dazwischen. Sein Gesicht spannte sich an.

Um seine Standfestigkeit zu verbessern, spreizte er die Beine. Der Unbekannte prallte gegen Valerians erhobene Hände, die er nicht sah, krümmte sich und fiel zu Boden.

Von der Anstrengung geschwächt, schwankte Valerian. Abigail konnte ihm nicht beistehen, denn der Anführer kam auf sie zu.

Wachsam schweifte sein Blick von links nach rechts. »Hilft Ihnen schon wieder ein – Beschützer, Miss Smart?«

»Ja.« Sie straffte die Schultern. »Und Sie sollten verschwinden, solange es noch möglich ist.«

»O nein. Mit Ihrem Begleiter, unserem Köder, kann ich es mühelos aufnehmen.«

Köder? Heiliger Himmel …

Doch sie fand keine Zeit, ihr Entsetzen zu verkraften, ehe er fortfuhr. »Nun werde ich meinerseits um Hilfe rufen.« Er stieß einen Pfiff aus. Sofort warf Valerian sich auf ihn. Zu spät. Am Ende des Flurs polterten hastige Schritte.

Ineinander verkeilt, sanken die beiden Männer zu Boden. Valerian traf seinen Gegner mit einem gezielten Fausthieb. Plötzlich presste er die Hände auf seinen Magen.

»Abigail …«

Dann war er verschwunden.

Drei Männer stürmten hintereinander durch den Flur heran. »Mr Evans?«, keuchte der erste.

Bedrückt starrte Abigail auf die Stelle, wo Valerian sich eben noch zusammengekrümmt hatte. Nun hoffte sie inständig, er würde irgendwo in diesem Gebäude erwachen und sie nicht für immer verlassen oder als Geist irgendwo anders in Fesseln liegen.

Die drei Männer kamen auf sie zu, und sie wappnete sich für einen Kampf. Den würde sie verlieren. Das wusste sie. Doch sie wollte mindestens einen ins Grab mitnehmen.

»Ganz allein, Miss Smart?« Evans stand auf. »Zu schade, nicht wahr?«

Drohend machte er einen Schritt in ihre Richtung. Doch da trat ein anderer Mann aus den Schatten und hob seine Hand. »Halt!«

Sofort wichen die Männer zurück, sogar Evans, obwohl er wütend die Stirn runzelte.

Langsam ging der Neuankömmling ins Lampenlicht. Bei seinem Anblick verengte sich Abigails Kehle.

»Guten Abend, Miss Smart.«

Unerträgliche Schmerzen rissen Valerian aus dem Schlaf.

Verzweifelt stemmte er sich gegen die Riemen an seinen Handgelenken. Abigail …

Die Augen zusammengekniffen, schaute er zur Decke hinauf. Genau so hatte die Decke in dem anderen Raum ausgesehen. Dort wurde Abigail von Männern umzingelt, die über sie herfallen wollten. Erneut wehrte er sich gegen die Fesseln. Doch seine Muskeln gehorchten ihm kaum.

Als er einen Schrei hörte, zerrte er noch heftiger an den Riemen. Er musste zu ihr …

In seiner Fantasie erschien die Haarbürste, die auf dem Toilettentisch lag, die sie all die Jahre behalten hatte. Dann glaubte er ihr Gesicht im Bann der Leidenschaft zu sehen – und das Mädchen, das einst mit ihm auf die höchsten Bäume geklettert war.

Alle seine Kräfte spannte er an. Einer der Gitterstäbe, an die er festgebunden war, löste sich vom Bett, fiel klirrend zu Boden, und der Gurt glitt von seinem Handgelenk. Hastig befreite er auch die andere Hand von der Fessel, mit kalten, fast gefühllosen Fingern, die den mehrfachen Knoten kaum zu lockern vermochten.

Auch von seinen Fußknöcheln streifte er die Riemen. Glücklicherweise trug er immer noch den Großteil seiner Kleidung. Als er aus dem Bett stieg, verlor er das Gleichgewicht. Schwankend brach er zusammen.

Ein paar Sekunden lang blieb er wie betäubt liegen, bevor er aufzustehen versuchte. Seltsam – die schwebende Leichtigkeit seiner Geistergestalt war verflogen. Die Muskeln versagten ihm den Dienst, und er wollte nach den Gitterstäben greifen, die noch unversehrt waren. Doch sie befanden sich zu hoch oben. Als er sich umsah, entdeckte er einen Stuhl am anderen Ende des Raums. Wenn er dort hingelangte, konnte er sich hochziehen.

Abigail – sie brauchte ihn …

Auf allen vieren kroch er auf den Stuhl zu, abwechselnd schleppten die Arme sein Gewicht voran. Tausend Nadeln schienen seine Muskeln zu durchstechen.

Noch ein Schrei.

Verzweifelt benutzte er auch seine Beine. Immer wieder rutschten seine Knie auf dem Fliesenboden aus. Viel zu langsam kam er voran, wie eine erschöpfte Schlange wand er sich dahin.

Was für grässliche Schmerzen – beinahe so, als wäre er in seinen *richtigen* Körper zurückgekehrt.

Ja, das musste es sein, denn er spürte plötzlich alle Nervenenden.

Nach einer halben Ewigkeit erreichte er den Stuhl und zog sich mühsam hinauf. Nur eine kleine Weile blieb er ermattet sitzen. Eine längere Ruhepause konnte er sich nicht leisten. Er stolperte zur Tür, stieß gegen alles, das ihm den Weg versperrte, Kleiderbündel oder Möbelstücke.

Offenbar gehörte sein Bewacher zu den Männern, die dem Pfiff des Anführers gefolgt waren. Valerian taumelte in einen Flur und durch eine andere Tür. Dahinter machte sich ein Mann an einem Körper zu schaffen.

Auf dem Kissen lag blondes Haar. Entsetzt hielt Valerian inne.

Der Mann, der sich über die reglose Gestalt beugte, trat ein wenig zur Seite, und Valerian erkannte Templings Gesicht.

Wie grauenhaft sein Freund aussah. Kaum am Leben – falls er nicht schon gestorben war …

Als der Mann ein Skalpell hob, ergriff Valerian eine Schaufel, die an der Wand neben der Tür lehnte – zweifellos, damit nach der grässlichen Prozedur der Unrat entfernt werden konnte. Schwankend näherte er sich dem Operationstisch und schmetterte die Schaufel auf den Kopf des Mannes, der lautlos auf Templing hinabfiel. Das Messer landete am Boden.

Ganz vorsichtig berührte Valerian den Hals seines bewusstlosen Freundes. Die Haut fühlte sich eiskalt an. Aber er spürte einen schwachen Puls. Hastig stieß er den Bewusstlosen zu Boden und befreite Templing von den Fesseln.

Da erklang wieder ein Schrei. Abrupt richtete Valerian sich auf. Für seinen Freund würde er später sorgen.

Er hob das Skalpell vom Boden auf, benutzte die Schaufel als Krücke und hinkte zur Tür. Bevor er sie erreichte, sah er zwei Pistolen in einer Kassette liegen und nahm sie heraus. In seiner Hand wogen sie so viel wie ein Dutzend Ziegelsteine. Wenn er in einem der zahlreichen Korridore jemanden erschießen musste, brauchte er ein gutes Auge, um möglichst genau zu zielen. Ganz egal wer das sein mochte – solange es nicht Abigail war …

In der Kassette fand er mehrere Patronen und lud die Pistolen, steckte noch einen Teil der Munition ein und machte sich wieder auf den Weg.

Um Abigail zu finden und diesen Wahnsinn zu beenden.

Um das Einzige zu retten, das ihm etwas bedeutete.

»Welch ein Glück, dass Sie hier sind, Sir Walter! Dieses Gebäude muss sofort geschlossen werden. Sicher würden die Sozialreformer beim Anblick dieses Höllenlochs, das für ein Hospital ausgegeben wird, Wutanfälle bekommen.«

»Sehr gut, Miss Smart.« Sir Walter lächelte sanft. »Aber an Ihrer Intelligenz habe ich nie gezweifelt.«

Verwirrt biss sie auf ihre Lippen. »Was heißt das?«

»Dass ich auf Ihre Intelligenz vertraue?« Jetzt schlenderte er noch weiter ins Licht und scheuchte die anderen Männer zurück. Widerstrebend folgten sie dem Befehl. »Um an Ihrer Klugheit zu zweifeln, habe ich Sie viel zu lange studiert, Miss Smart. Vielleicht sollten Sie sich erkundigen, warum ich hier bin.«

»O Gott, wie oft haben Sie behauptet, Sie würden den Armen und Kranken helfen ...« Abigail zeigte in die Richtung des Saals, wo sie an so vielen Betten vorbeigegangen war, wo immer noch schmerzliches Stöhnen und gellende Schreie von den Wänden widerhallten. »Offensichtlich muss ich Ihnen gratulieren. Uns alle haben Sie zum Narren gehalten. Was für eine bittere Enttäuschung!«

»O nein, Miss Smart.« Beschwörend streckte Sir Walter die Hände aus, trat noch näher zu ihr, und sie wich zurück, bis ihr Rücken gegen eine Wand stieß. »Allen will ich helfen. Doch man erzielt nur brauchbare Ergebnisse, wenn man gewisse Experimente durchführt.«

»Also benutzen Sie diese armen Seelen für Ihre Experimente, Sir? Um wichtige Erkenntnisse über das menschliche Gehirn zu erlangen?«

»Sicher, das sind bedauernswerte Kreaturen. Aber sie dienen einem höheren Zweck. Zunächst begnügte ich mich mit Obdachlosen und Trunkenbolden, die ich auf den Straßen fand. Dann stellte ich fest, dass ich aufschlussreichere Versuchsobjekte brauchte – Leute aus anderen Gesellschaftsschichten.«

»Deshalb fiel Ihre Wahl auf Lord Rainewood?«

»Ach ja …«, erwiderte Sir Walter gedehnt und musterte sie aufmerksam. »Lord Rainewood. Ein etwas fortschrittlicheres Experiment, wenn Sie es so ausdrücken wollen.«

»Aber – er ist mit Ihrer *Tochter* verlobt.«

Zum ersten Mal zeigte seine ruhige Miene etwas intensivere Emotionen.

»Tatsächlich?«

»Auf dem Ball …«

»Oh, der Ball. Wussten Sie das nicht, Miss Smart? Schon seit zwei Jahren zögert Lord Rainewood die Verlobung immer wieder hinaus. Zwei lange Jahre musste meine liebe Celeste warten. Und mit jedem Monat verliert der ersehnte Diamantring seinen Glanz.«

Abigail blinzelte erstaunt.

»Das konnte ich nicht verstehen. Wer würde meine schöne Tochter verschmähen?« Er klopfte mit seinem Gehstock auf den Boden. »Dann sah ich ihn zusammen mit Ihnen, Miss Smart, und wusste sofort Bescheid.«

»Sicher irren Sie sich«, entgegnete sie so kühl wie möglich. »Aber falls Sie das dachten, warum haben Sie keinen anderen Bewerber gesucht?«

»Nein, das kam nicht infrage. Derzeit ist der Palmbury-Erbe die beste Partie. Außerdem – sobald er in unsere Familie einheiratet, sind wir gegen alle Anfechtungen geschützt.«

Ein seltsames Gefühl verengte Abigails Kehle. »Also fürchten Sie, dass Sie auf der Liste stehen.«

»Ausgezeichnet, Miss Smart! Wie ich bereits sagte – ich habe nicht an Ihrer Intelligenz gezweifelt. Übrigens, ich bin bestens über Ihre Vergangenheit informiert. *Alles* habe ich herausgefunden. Faszinierend.« Der Stock trommelte auf den Fliesenboden. »Und da merkte ich, dass ich zwei Fliegen mit einer Klappe schlagen konnte. Indem ich mich um Lord Rainewood kümmerte, löste ich sehr viele Probleme, ein erstklassiges Studienobjekt. Lord Basil, ein neuer Erbe des Herzogtums und ein Ehemann für Celeste. Und das Allerbeste – Rainewood führte *Sie* zu mir, Miss Smart.«

Plötzlich konnte sie kaum noch atmen.

»O ja, in diesem Sinn waren Sie die kostbarste Beute. Welch eine wundervolle Gelegenheit, Sie zu studieren!« Immer näher trat er zu ihr. »Vor Jahren war Dr. Myers freundlich genug, mir bei einer Flasche Wein die Geschichte eines Mädchens zu erzählen, das Geister sah. Natürlich musste ich Sie kennenlernen.«

Hinter Abigails Augen entstanden funkelnde Sterne. Sie blinzelte, stolperte und kämpfte um ihr Gleichgewicht.

»Glauben Sie mir, Miss Smart, ich bin sehr geduldig – ein Mann, der sich für die Menschen und die Wissenschaft interessiert. In Ihrem Fall ging ich langsam und systematisch vor – das musste ich, um verwendbare Resultate zu erlangen. Schließlich schlug ich einfach nur den richtigen Kurs ein, und alles Weitere geschah von selbst.«

»Nein«, flüsterte sie.

»Doch. Jemand, der Geister sehen kann! Endlose Möglichkeiten! Stellen Sie sich das vor – man gewinnt Einblicke ins Leben nach dem Tod! Mit Geistern zu reden, endlich Antworten auf Fragen erhalten, die nie zuvor geklärt wurden! Solche Kenntnisse kann man für alles nutzen, jede angestrebte Position einnehmen. Was Ihre Mutter auf höchst raffinierte Weise tat.«

»In wissenschaftlicher Hinsicht ist die Geisterwelt nicht

so relevant, wie Sie vermuten, Sir Walter. Und längst nicht so interessant.«

»Da täuschen Sie sich ganz gewaltig, Miss Smart. Ah, ich *musste* es einfach wissen! Und Sie waren der Schlüssel, der mir die Tür zu dieser fantastischen Region öffnen sollte. Um Sie dahin zu locken, wo ich Sie haben wollte, mischte ich mich in diverse Ereignisse ein. Leider sind Sie ziemlich halsstarrig. Und Rainewood machte mir einige Schwierigkeiten.«

»Nahmen Sie ihn *meinetwegen* gefangen?« Nur mühsam würgte sie die Worte hervor. In ihren Adern drohte das Blut zu gefrieren.

»Nun, ich erforschte seine Verbindung zu Ihnen und gelangte zu fabelhaften Ergebnissen.« Sir Walters Blick schweifte an ihr vorbei. »Wahrscheinlich ist er hier, in irgendeiner Form, um Sie zu beschützen.«

Abigail schwieg.

»Übrigens gab es noch andere Gründe, die mich zu meinen Aktivitäten bewogen. Lord Basil wird sich zu einem viel fügsameren Schwiegersohn entwickeln. Sicher, Celeste hat nur Augen für Lord Rainewood. Trotzdem wird sie sich mit ihrem Schicksal abfinden.«

»Und Mr Templing?«

»Bedauerlicherweise war er zur falschen Zeit am falschen Ort. Aber er war sehr nützlich für meine Studien. Mit ihm hatte ich gar nicht gerechnet. Meine Leute beförderten die beiden Gentlemen hierher, nachdem Mr Brockwell sein Werk vollbracht hatte.«

»Also ist auch Phillip an Ihren Machenschaften beteiligt?«

»Um Himmels willen, nein! Er ist nur leicht zu beeinflussen. Dazu bedurfte es nur einiger harmloser Kommentare, die sich nicht zu mir zurückverfolgen ließen. Es fiel mir wirklich nicht schwer, den Leuten zu suggerieren, sie hätten ihre eigenen Ideen ausgesprochen. Prompt ging Mr Brockwell auf die Suche nach der Liste. Nun, vielleicht war es sogar besser für ihn, dass er sie nicht fand.«

Sir Walter lachte leise.

»So viele Leute sind hinter diesem Papier her! Auch Ihr Freund Penshard. Wenn er seinem Vater in die geistige Umnachtung folgt, werde ich ihn vielleicht eines Tages studieren. Einer meiner Kollegen hat den Fall seines Vaters übernommen. Was für ein netter Mann, Gregory ... Manchmal ein bisschen hitzköpfig. Ich hätte ihn ermutigt, Sie zu umwerben, wäre es mir möglich gewesen, auf diese Weise an Sie heranzukommen. Aber er ist zu willensstark. Ich hätte ihn mit der Drohung, ich würde Einzelheiten über den peinlichen Wahnsinn seines Vaters veröffentlichen, außer Gefecht setzen müssen. Dann hätte ich Sie unter meine Kontrolle bringen können, Miss Smart. Bedauerlicherweise neigt Mr Penshard zu selbstständigem Denken. Übrigens, ich versuchte sogar mit ihm zusammenzuarbeiten und seine Intelligenz zu nutzen. Doch er war zu ungeduldig und drängte dauernd auf Resultate.«

Plötzlich ging ihr ein neuer Gedanke durch den Sinn. »Mrs Browning ...«

»Ah, die liebe Petunia, eine entfernte Cousine. In unseren Kreisen sind wir ja alle irgendwie miteinander verwandt. Natürlich hat sie mir wertvolle Dienste erwiesen.«

Das erklärte einiges, und Abigail fragte sich, warum sie Mrs Browning nicht schon längst zur Rechenschaft gezogen hatte.

»Und der arme Mr Campbell? Ich nehme an, dieser Überfall geht ebenfalls auf Ihr Konto?«

»Gewissermaßen ein Gemeinschaftsunternehmen ... Ich erwies einem seiner Gläubiger einen Gefallen und gewann ein neues nützliches Studienobjekt.«

»Was haben Sie sonst noch geplant, Sir? Wollen Sie die Londoner Hautevolee weiterhin dezimieren, um Forschungsmaterial zu ergattern? Und was wird geschehen, wenn Sie die Resultate Ihrer Experimente veröffentlichen möchten?«

»In der Tat, ein Dilemma. Aber ich habe mein Leben der Wissenschaft geweiht, dem Studium der Menschheit. Und deshalb verzichte ich bereitwillig auf meinen Ruhm. Denn ich finde es viel wichtiger, dass ich mit meinen Erkenntnissen den Fortschritt der Gesellschaft fördere. Weitere Vorteile gewinne ich durch Kontakte zur anderen Welt, und die werden Sie mir verschaffen, Miss Smart. In einem Jahr wird sich kaum noch jemand um das Schicksal Seiner Lordschaft und seiner zänkischen Freundin kümmern. Nein, das muss ich nicht befürchten. Vielleicht wird Ihr gemeinsames Verschwinden köstliche Klatschgeschichten heraufbeschwören. So viele Leute begeistern sich für pikante Spekulationen und befriedigen andere, die nach Skandalen lechzen. Von solchen Dingen lebt unsere Gesellschaftsklasse. Und wir werden weiterhin florieren. Selbst wenn ich immer wieder einige Personen entführen muss, zu experimentellen Zwecken.«

»Aber Phillip ...«

»Ach ja, ein ganz einfacher Fall menschlicher Motivation. Ich musste den lieben Mr Brockwell nur mit ein paar gezielten Andeutungen inspirieren. Da nahm er die Sache in seine eigenen Hände. Wundervoll! Ich habe für seine Belohnung gesorgt. Und das weiß er nicht einmal. Zweifellos ein erfolgreiches Experiment.«

»Wie niederträchtig und skrupellos Sie sind! Sein Leben lang werden ihn Gewissensbisse plagen.«

»Darüber wird er mit der Zeit hinwegkommen. Während er an seinen Schuldgefühlen leidet, werde ich ihn aufmerksam studieren. Er interessiert sich für Miss Penshard. Diese Verbindung möchte ich fördern.« Lächelnd hob Sir Walter die Brauen. »Sie sehen also, Miss Smart – ich bin kein schlechter Mensch.«

»Nein?« Abigail sah sich um.

»Nein. Hier wird man Sie gut betreuen. Natürlich werde ich Sie studieren und mit Ihrer Hilfe herausfinden, wie es in dieser fantastischen Geisterwelt zugeht.« Eifrig trat er noch näher zu ihr. »Dr. Myers hat mir sehr viel erzählt. Leider konnte er mir keine speziellen Einzelheiten erklären, das Wie und Warum.«

»Hat er Ihnen verraten, dass er mich von meinen Fähigkeiten befreien wollte?«

»Ja, und ich betonte, das dürfe auf keinen Fall geschehen.«

»Oh?« Selbst wenn sie diese Situation nicht überleben sollte, wollte sie dafür sorgen, dass Myers seine Missetaten bereute. »Erst neulich hat er es wieder versucht.«

Sir Walters Augen verengten sich.

»Am besten reden Sie mal mit Ihrem Freund, Sir. Offensichtlich hält er sich nicht an Ihre Anordnungen.«

»Ich verstehe. Danke, Miss Smart.«

»Und wenn ich meine Fähigkeiten verliere?«

Er zuckte die Achseln. »Nun, das wäre ärgerlich. Andererseits – eine Autopsie würde mir helfen, die Hintergründe Ihres Talents zu bestimmen, also würde doch noch etwas Gutes dabei herauskommen.«

Abigail öffnete den Mund. Doch sie brachte keinen Laut über die Lippen, ihre Kehle war wie zugeschnürt.

Plötzlich krachte es, und einer der Männer fiel zu Boden.

»So weit wird es nicht kommen.« Valerian hinkte um die Ecke des Flurs, eine Schaufel und zwei Pistolen in den Händen.

»Ah, Lord Rainewood!«, sagte Sir Walter seelenruhig. »In Fleisch und Blut! Wie nett von Ihnen, uns Gesellschaft zu leisten!«

Mehrere Sekunden lang starrte Valerian ihn an, bevor er eine der Pistolen hob. Abigail blinzelte. Offensichtlich hatte Valerian seinen Körper zurückgewonnen – endlich …

»Wollen Sie mich erschießen, Sir?«, fragte Sir Walter so gelassen, als würde auch diese Szene zu seinen soziologischen Studien gehören.

Valerian zielte und feuerte. In ein Bein getroffen, brach Evans zusammen, und Abigail schnappte nach Luft. »Das war die Rache für die Qualen, die Sie Miss Smart bereitet haben. Zwingen Sie mich nicht, die nächste Kugel etwas höher zu platzieren.«

Ungerührt beobachtete Sir Walter, wie Evans sich qualvoll am Boden wand. »Wie schade, dass unser Gespräch so unerfreulich anfängt … Werden Sie mich jetzt erschießen, Lord Rainewood?«

»Das habe ich noch nicht entschieden.« Valerian legte den Kopf schief und steckte die leer geschossene Pistole ein. »Ehe ich Sie beseitige, will ich mir eine möglichst schmerzhafte Methode ausdenken.«

Die zweite Pistole in seiner Hand schwankte nicht, obwohl er sich mit der Hüfte an die Wand stützen musste.

»Vielleicht werde ich Sie vor Gericht bringen. Dann würden alle Leute, die nach Skandalen hungern, ein wahres Freudenfest feiern.«

»Eins zu null für Sie, Lord Rainewood.« Aufmerksam beobachtete Sir Walter seinen Gegner. »Meinen Sie, man wird Ihrer Anklage Glauben schenken?«

»Deuten Sie an, Sie würden eine Kugel in der Brust vorziehen? Mit dieser Lösung des Problems könnte ich mich anfreunden.«

»Sicher fällt einem Mann Ihres Ranges eine etwas zivilisiertere Verhandlungsbasis ein.«

»Vermuten Sie das tatsächlich? Habe ich nicht irgendwo gehört, wie nichtsnutzig ich bin? Möchten Sie mit einem so unwürdigen Mann verhandeln?«

Sir Walter lächelte schwach. »Ein gewisses Potenzial hatten Sie schon immer – vergeudetes Leistungsvermögen, aber immerhin.«

»Oh, ich fühle mich geschmeichelt.«

»Leider hat der Tod Ihres Bruders dieses Potenzial zerstört. Nun frage ich mich, ob es sich zu neuem Leben erwecken ließe. Hätte ich Sie bloß schon früher unter meine Fittiche genommen ... Aber Ihr Vater ist ein sehr entschlossener Mann.«

»Schweigen Sie«, verlangte Valerian in ruhigem Ton, den der Zorn in seinen Augen Lügen strafte.

»Normalerweise benutzen wir die Konversation, um uns zu verständigen.«

Valerian sah, wie Evans zur Wand kroch, und zückte die zweite Pistole. »Mit Ihnen will ich mich nicht verständigen,

Malcolm, und Sie interessieren mich auch gar nicht. Sie sollen nur für Ihre Verbrechen bestraft werden. Für alles, was Sie Miss Smart angetan haben.«

»Ah! Wunderbar!« Sir Walter schaute zwischen Valerian und Abigail hin und her. »Nachdem ich entschieden hatte, ich würde den Erben des Herzogs nicht als Schwiegersohn brauchen, war es ein reines Vergnügen, Sie beide zu studieren.«

»Allmählich verliere ich die Geduld.« Valerian bewegte die Pistole. »Gehen Sie.«

»Zum Gericht? Gewiss würden wir einen faszinierenden Prozess erleben – falls Sie es schaffen, dieses Gebäude zu verlassen.«

Valerian runzelte die Stirn.

»O Gott, Valerian …«

»Ja, ich weiß, Abigail. Vorerst werde ich ihn nicht abknallen.« Er erhob seine Stimme. »Nur wenn er dir etwas antut, werde ich seine diversen Körperteile nacheinander wegschießen.«

Sie gingen durch den Krankensaal. Bei Sir Walters Anblick erschraken die meisten Patienten, ihre Schmerzensschreie verstummten.

Hoch aufgerichtet und siegessicher stolzierte er vor Abigail und Valerian dahin.

Im Untergeschoss polterten Schritte. Verstärkung. Offenbar nicht für sie beide bestimmt.

Abigail überlegte gerade, wie sie dieser Notlage entrinnen könnten, als ein Patient schreiend aus seinem Bett sprang und eine chirurgische Schere in Sir Walters Rücken stieß. Dann schwankte der Mann und brach zusammen. Reglos blieb er am Boden liegen.

Ein paar Sekunden lang herrschte gespenstische Stille im Saal, bis noch ein Patient mit einem gellenden Schrei aus seinem Bett stieg und die Fesseln seines Nebenmanns löste. Gemeinsam befreiten sie alle anderen, immer lauter und schriller schwoll das Geschrei an. Einige rannten hin und her, andere hielten die Lakaien auf, die ihrem Herrn zu Hilfe eilen wollten.

Ungläubig sah sich Sir Walter um, griff an seinen Rücken und tastete nach der Schere. Valerian zog Abigail zurück.

»Nun, damit hatte ich nicht gerechnet«, sagte Sir Walter so gelassen, dass sie zunächst glaubte, er wäre nicht ernsthaft verletzt. Sein Blick suchte ihren. Auch seine Augen wirkten ruhig und kühl. »Erzählen Sie Celeste nichts von alldem.«

Plötzlich stürzte er vornüber auf den Fliesenboden. Rings um den Griff der Schere, der aus seinem Rücken ragte, bildete sich ein großer Blutfleck.

Dieses Ereignis schien den Wind aus Valerians Segeln zu nehmen. Als er taumelte, legte Abigail die Hände unter seine Achselhöhlen und stützte ihn. Obwohl er stark abgenommen hatte, konnte sie seinem Gewicht kaum standhalten.

Mit einem Arm umfasste sie ihn mühsam, mit der anderen Hand ergriff sie die Pistole und schaute sich um. »Valerian, du musst mir helfen, aus dem Haus zu gelangen. Wer noch hier drinnen ist, wissen wir nicht.«

Schwankend steuerten sie das Ende des Saals an, zwischen verwirrten Patienten, die gegen Sir Walters Lakaien kämpften, über die Betten krochen oder an den Wänden scharrten. Abigail schaffte es irgendwie, Valerian und sich selbst einen Weg durch den Wahnsinn zu bahnen. Schließlich erreichten sie die Treppe und verließen das Gebäude.

Zum Glück folgte ihnen niemand. Aber sie hielt die Pistole immer noch im Anschlag.

Sobald sie nahe genug an die Droschke herangekommen waren, sodass der Fahrer sie sehen konnte, winkte sie ihm. Er sprang vom Kutschbock und half ihr, Valerian in den Wagen zu heben.

Dann nannte sie ihm das Ziel, und er spornte die Pferde an.

Sanfte Finger berührten ihr Gesicht. So warm und wundervoll. Echte Finger. »Abby, ich …« Und dann glitten sie von ihrer Wange.

Beinahe geriet sie in Panik, bis sie Valerians Puls ertastete. Stark und gleichmäßig. Erleichtert seufzte sie auf und schluckte ihre Tränen hinunter.

Zehn Minuten später stieg sie eine Eingangstreppe hinauf und klopfte an Stagens Tür.

23

Mit Telly im Gefolge betrat Abigail einen Kurzwarenladen. Seit einigen Tagen benahm sich die Zofe ziemlich seltsam. Aber das galt für alle Hausbewohner, insbesondere für Mrs Browning. Abigail hatte ihr mitgeteilt, ihre Dienste würden nicht mehr gebraucht. Da bekam die Frau einen hysterischen Anfall.

Mrs Smart hatte nicht eingegriffen und es ihrer Tochter überlassen, die Angelegenheit zu regeln – eindeutig ein Beweis für die verbesserte, fast innige Beziehung zwischen den beiden. Inständig hoffte Abigail, daran würde sich auch in Zukunft nichts ändern.

In einer Ecke des Ladens sah sie die verschwommenen Umrisse von vier weiblichen Geistern, die sich angeregt unterhielten. Neuerdings waren sie alle nur mehr vage Schemen. Sogar Tante Effie glich einem schwachen, fast unkenntlichen Schimmer.

Valerian wurde im Grayton House festgehalten. Unterwarf er sich den Anordnungen des Herzogs nur widerstrebend? Oder bereitwillig? Sein Freund Templing war gerettet worden und erholte sich ebenfalls. Aufgeregt schwatzten die Klatschmäuler über das Schicksal der beiden Gentlemen und den armen Sir Walter Malcolm, der einen tragischen Kutschenunfall erlitten hatte. Am interessantesten war die Frage, was nun aus der geplanten Verlobung werden sollte.

Verzweifelt wünschte Abigail, sie könnte mit Valerian über Sir Walter und die Ereignisse in der Irrenanstalt reden. Vor allem wollte sie ihn um Verzeihung bitten, weil er ihretwegen in diese schreckliche Situation geraten war. Aber wann immer sie einen Brief ins Grayton House schickte, wurde er ungeöffnet zurückgebracht.

So viele Fragen lasteten bleischwer auf ihrer Seele. Gab er ihr die Schuld an seiner Leidenszeit? Hatte er sich wieder in den alten Valerian verwandelt? Der nichts mit ihr zu tun haben wollte und nur eine Zielscheibe seines grausamen Spotts in ihr sah? War der Geist, den sie gekannt hatte, nur ein Trugbild gewesen? So flüchtig wie die anderen Geister, die flackernd in ihrem Blickfeld auftauchten und plötzlich entschwanden?

Zwei Damen betraten den Laden. Hastig zog Abigail den Kopf zwischen die Schultern, sodass die Hutkrempe ihr Gesicht überschattete. Im Moment wollte sie mit niemandem reden.

Wahrscheinlich interessierten sich auch diese Frauen nur für Valerian und die Frage, ob er sich mit Celeste Malcolm verloben würde. Sie gingen zu einem Korb voller bunter Bänder. Glücklicherweise stand er einige Schritte von Abigail entfernt.

»Hast du's schon gehört?«

»Ist das nicht unfassbar?«

»In Wirklichkeit sind die Smarts gar nicht die Smarts. Hochstaplerinnen! Ganz gewöhnliche *Bourgeoisie!«* Dieses letzte Wort sprach die Dame mit leicht französischem Akzent aus.

Abigail erstarrte. Krampfhaft umklammerte sie das schwarz-weiß gestreifte Band, das sie ausgesucht hatte.

»Ja, ich weiß – die Tynsdales oder Travings, oder so ähnlich. Unfassbar, diese Dreistigkeit! Bilden die sich ein, sie könnten uns alle zum Narren halten? Als würden wir so etwas nicht merken!« Die Frau schnaufte verächtlich. »Schon immer hatte ich das Gefühl, mit den beiden würde irgendwas nicht stimmen.«

Erfolglos versuchte Abigail das Band loszulassen. Sie konnte ihre Faust nicht öffnen. Auch ihre Füße ließen sich nicht bewegen. Wie festgewurzelt stand sie da.

Sir Walter hatte die Wahrheit herausgefunden. Aber ihres Wissens wusste nur eine einzige andere Person Bescheid.

»Nun, allzu viel werden wir nicht mehr von den angeblichen Smarts sehen«, fuhr die Dame fort. »Eigentlich müssten sie aus London fliehen. In gehobenen Kreisen wird man sie nie wieder akzeptieren.«

»Ganz sicher nicht. Oh, aber ich hoffe, sie werden versuchen, sich noch einmal unter unseresgleichen zu mischen«, fügte die andere Frau kichernd hinzu.

»Ja, ich auch.« Ihre Freundin lachte boshaft. »Meiner Ansicht nach sollte man solche Emporkömmlinge rücksichtslos schneiden.«

Der snobistische Tonfall bewog Abigail, das Band noch fester zu umklammern.

»Glaubst du, man wird ihnen noch vor dem Ball der Landmarks heute Abend Bescheid geben? Oder werden wir alle darauf warten, dass das Feuerwerk losgeht?«

»Offen gestanden, ich wünsche mir Letzteres. Du nicht auch?«

»Doch, natürlich – das wäre ein ganz besonderes Amüsement.«

Die andere Frau lachte wieder. »Gehen wir. Diese Bänder sind alle *passé*. Beim Piccadilly gibt es einen neuen Laden, davon habe ich gehört. Dort finden wir den letzten Schrei.«

»Ja, ich brauche etwas für meine Trauerkleidung. Wie ich erfahren habe, ist Lord Rainewood wieder da, und der arme Sir Walter liegt in seinem Grab. Vermutlich wird die Verlobung heute Abend oder morgen verlautbart, bevor Celeste Malcolms offizielle Trauerzeit beginnt.«

»Was für ein glückliches Mädchen!« In der Stimme der Dame schwang unverhohlener Neid mit, der sogar an Abneigung grenzte. »Ausgerechnet Celeste, diese dumme Zimtziege!«

»Hüte deine Zunge! Bald wird sie eine gewisse Macht ausüben. Deshalb sollten wir uns gut mit ihr stellen.«

In der Ferne grollten Donnerschläge.

»Oh, schon wieder Regen! Und die letzten Tage waren so unglaublich schön. Heute Nachmittag wollte ich den Königlichen Botanischen Garten besuchen.«

Nur Valerian wusste, wie die Smarts in Wirklichkeit hießen – schon seit einiger Zeit. Und alle ihre Briefe waren ungeöffnet zurückgeschickt worden. Abigails Kehle verengte sich, sodass sie kaum noch schlucken konnte. Mit bebenden Fingern zerknüllte sie das Band.

»Bald wird die Sonne wieder scheinen.«

»Ja, hoffentlich. Also, dieses neue Geschäft …«

Eifrig schwatzend verließen die beiden Frauen den Kurzwarenladen.

Abigail betrachtete das Band in ihrer Hand, sah die zerknitterten schwarzen Streifen, die alle weißen verdeckten. Nun wurde ihr Kummer von hellem Zorn verdrängt. Sie ließ das Band fallen und eilte aus dem Laden.

»Warten Sie, Miss«, rief Telly ihr nach.

Als Abigail den Gehsteig betrat, spürte sie einen leichten Nieselregen, dann immer größere Tropfen. In wenigen Minuten würde sie bis auf die Haut durchnässt sein. Trotzdem ging sie mit schnellen Schritten weiter.

»Ihr Schirm, Miss!«, rief Telly.

Aber Abigail ignorierte die Zofe. Grayton House lag nur wenige Häuserblocks entfernt.

Jammernd lief Telly ihr nach. Darauf achtete Abigail nicht. Sie ließ den Regen auf ihre Haare herabprasseln, die an ihrer Stirn und den Wangen klebten. Am Eingang des Grayton House betätigte sie den Türklopfer.

Schon nach wenigen Sekunden öffnete ein livrierter Lakai die Tür. Gebieterisch starrte sie ihn an. »Ich möchte Lord Rainewood sprechen.«

Der Mann riss verstört die Augen auf. »Derzeit empfängt Seine Lordschaft keine Besucher, Miss …« Er hielt inne, als wollte er nach ihrem Namen fragen.

Statt zu antworten, lächelte sie verkniffen und schob sich an ihm vorbei in die Halle. Telly blieb beklommen draußen stehen.

Offenkundig hatte der Dienstbote sie für ungefährlich gehalten, trotz ihrer derangierten äußeren Erscheinung, und nicht mit ihrer Entschlossenheit gerechnet. »Miss, Sie – Sie dürfen nicht einfach ins Haus gehen …«, stotterte er.

»Verständigen Sie Lord Rainewood.«

»Wenn Sie Ihre Visitenkarte hinterlegen – vielleicht kann ich Seine Lordschaft veranlassen, sie entgegenzunehmen.«

Unter anderen Umständen hätte sie den armen Mann bedauert. Aber die flimmernden Umrisse einer Opernsängerin, die hinter ihm vorbeischwebte, erinnerten sie an diesen ganzen Wahnsinn und seine Konsequenzen und verscheuchten alle milderen Gefühle. »Nein, ich werde keine Karte hinterlegen.«

Verzweifelt gestikulierte der Lakai, um die Aufmerksamkeit eines anderen zu erregen, der gerade die Halle durchquerte. Der Mann schnappte nach Luft. Dann machte er kehrt und eilte in die entgegengesetzte Richtung. Vermutlich würde er den Butler holen, der die ungebetene Besucherin einschüchtern und ihr die Tür weisen oder sie – falls das keinen Erfolg erzielte – gewaltsam hinausbefördern sollte.

Ohne eine solche unerfreuliche Szene abzuwarten, steuerte Abigail den Salon an.

»Da können Sie nicht hineingehen, Miss.« Der Lakai, der die Haustür geöffnet hatte, versuchte sie festzuhalten. Aber sie riss sich los.

Die Herzoginwitwe saß allein im Salon und trank Tee. Schweigend wartete Abigail, bis die Hausherrin den Kopf hob und sie musterte, die Augen voller Genugtuung.

»Verzeihen Sie, Euer Gnaden …« Unglücklich verneigte sich der Dienstbote, das Gesicht hochrot, einem Schlaganfall nahe. »Sie ist einfach hier eingedrungen …« Dann verbeugte er sich noch einmal.

Langsam zogen sich die Mundwinkel der Herzoginwitwe nach oben, ihre Miene bekundete helle Schadenfreude. Mit einer knappen Geste entließ sie den Lakaien. »Wie ich sehe, will die Betrügerin ihren letzten Auftritt inszenieren.«

»Keineswegs«, erwiderte Abigail, »ich möchte mit Lord Rainewood sprechen.«

»Das ist unmöglich. Was wollen Sie ihm denn sagen? Sicher nichts von Bedeutung.«

»Doch, ich habe etwas sehr Wichtiges mit ihm zu besprechen.«

Achselzuckend nippte die Herzoginwitwe an ihrer Teetasse. »Mit *gewöhnlichen* Frauen gibt er sich nicht ab.«

»Aber mit *vulgären* Frauen hat er keine Schwierigkeiten, nicht wahr? Sonst würde er niemals auch nur ein Wort mit Ihnen wechseln.«

In den Augen der Hausherrin erschien ein unheilvolles Glitzern. »Lästige kleine Schlampe! So ein widerliches Biest! Oh, wie ich diese letzten Tage seit jener Enthüllung genossen habe!«

»Daran zweifle ich nicht. In diesem Fall wird es Sie wohl kaum stören, wenn ich mit Lord Rainewood spreche. Bevor ich die Stadt verlasse, will ich ihm meinen Ärger über sein Verhalten klarmachen. Sicher werde ich Ihnen mit meiner Abreise einen Herzenswunsch erfüllen, nicht wahr, Euer Gnaden? Wenn Sie mir ein Gespräch mit Ihrem Enkel erlauben, habe ich nichts weiter in London zu erledigen, und Sie sehen mich nie wieder.« Gleichmütig hob Abigail die Schultern. »Andernfalls werde ich der vornehmen Gesellschaft zur Last fallen, bis ich mit ihm geredet habe.«

»Was für ein hartnäckiger kleiner Niemand! Drohungen? Glauben Sie, die Polizei wird sich auf Ihre Seite stellen? Oder ein Richter würde zögern, dafür zu sorgen, dass Sie uns nie mehr – wie haben Sie es ausgedrückt – *zur Last fallen?*«

»Nun, ich bin fest entschlossen. Warten wir ab, wer von uns die Oberhand gewinnt.«

»Törichtes Ding! Ich muss Sie nur hier festhalten und die Polizei auffordern, Sie abzuführen.«

»Aber das werden Sie nicht tun«, entgegnete Abigail gelassen. »Weil Sie viel zu sehr an meiner Abreise interessiert sind, um die Prozedur unnötig zu verlängern.«

Die Herzoginwitwe nahm noch einen Schluck Tee. »Wie ich gestehe – ich würde sehr gern Ihr Gesicht sehen, wenn Rainewood Sie brüskiert und Ihren Verbleib in der Gesellschaft ein für alle Mal beendet. Was *Sie* betrifft, befolgt er schon seit Jahren meine Anweisungen.«

Nur mühsam bezwang Abigail ihren Zorn. Doch sie ließ sich nichts anmerken und nickte. »Ja, ich dachte mir, dass Sie hinter seiner veränderten Haltung mir gegenüber stecken.«

»O nein, meine *Liebe*. Das haben Sie sich selber zuzuschreiben. Was dazu geführt hat, weiß ich nicht. Jedenfalls war ich sehr froh über das Ende dieser unpassenden Freundschaft.«

»Was ich Ihnen aufs Wort glaube.«

Lächelnd hob die Herzoginwitwe eine Hand. »Und jetzt langweile ich mich. Gehen Sie Ihres Weges. Ziehen Sie sich in ein Exil zurück, wo immer es Ihnen gefällt. Andererseits wäre es amüsant, wenn Sie in der Stadt bleiben würden, und ich könnte bei jeder Gelegenheit mit ansehen, wie man Sie demütigt.«

»Weil Sie eine boshafte alte Hexe sind.«

Die Nasenflügel der Herzoginwitwe bebten. Klirrend stellte sie ihre Teetasse auf die Untertasse. »Verschwinden Sie aus meinem Haus, bevor ich Sie hinauswerfen lasse!«

»Erst wenn ich mit Lord Rainewood gesprochen und ihm mitgeteilt habe, was ich von ihm halte.«

»Und was hältst du von ihm?«

Abigail fuhr herum und sah Valerian am Türrahmen lehnen. Obwohl er immer noch erschöpft wirkte, schien es ihm besser zu gehen als in jener Nacht, da sie ihn in Stagens Obhut gegeben hatte.

»Oh – Valerian!« Sie straffte die Schultern. »Gerade habe ich mit deiner Großmutter die Klatschgeschichten erörtert, die in der Stadt kursieren.«

Unwillig runzelte er die Stirn. »Im Moment interessiere ich mich nicht für Klatschgeschichten. Sicher dreht sich das Gerede um erzwungene Verlobungen und geschmacklose Indiskretionen.«

»Rainewood!«, rief die Herzoginwitwe schockiert. »Nimm das sofort zurück!«

Valerian warf ihr nur einen kurzen Blick unter hochgezogenen Brauen zu, ehe er sich wieder an Abigail wandte.

Kein Versuch einer Entschuldigung oder auch nur einer Erklärung. Nicht einmal eine Leugnung oder ein Gruß …

Seufzend klopfte er mit einem Finger auf seinen Arm. »Wie ich deiner kampflustigen Miene entnehme, bist du nicht hierhergekommen, um dich nach meinem gesundheitlichen Zustand zu erkundigen. Stattdessen habe ich aus irgendeinem Grund dein Missfallen erregt.«

»Allerdings. Und du kennst den Grund. Kein Wunder, dass du meine Briefe zurückgeschickt hast!«

»Leider kenne ich den Grund nicht. Und welche Briefe meinst du?« Er richtete sich auf und zuckte fast unmerklich zusammen. Offenbar verspürte er immer noch Schmerzen. »Würdest du mich bitte über meine neuen Sünden aufklären?«

Als die Briefe erwähnt wurden, schnitt die Herzoginwitwe eine Grimasse. Also daher wehte der Wind. Aber damit war das größere Problem nicht gelöst.

»Du hast mich benutzt, Valerian«, erwiderte Abigail und hoffte, ihre Stimme würde nicht verraten, wie elend sie sich fühlte. »Und dann hast du ausgeplaudert, was du wusstest.«

»Worum geht es, Rainewood?«, mischte sich die Hausherrin ein. »Wie lange weißt du es schon?«

»Wie lange weiß ich – *was?*« Diese Frage richtete Valerian an Abigail. Mit unergründlichen Augen schaute er sie an.

»Die Wahrheit über meine Familie.«

Irgendetwas änderte sich in seiner Miene. Doch sie konnte nicht feststellen, was es sein mochte.

»Welche Wahrheit?«

»Spiel nicht den Ahnungslosen, Rainewood!«, mahnte die Herzoginwitwe und wischte imaginäre Krümel von ihrem Rock. »Diese Person und ihre ordinäre Mutter sind Hochstaplerinnen. Inzwischen weiß das jeder.«

»Ah, ich verstehe. Offenbar wusste ich nicht, was jeder weiß.«

»Soll das heißen, du hast diese Information *nicht* bekannt gegeben?«, fragte Abigail.

»Wie ich sehe, glaubst du, das hätte ich getan«, entgegnete er in frostigem Ton. »Was muss ich sagen, um diese Anklage zu entkräften?«

Sie lachte bitter. »Fehlen dir die Worte? Oder kannst du jemand anderen beschuldigen?«

Eine Zeit lang betrachtete er sie schweigend, und sein Gesicht nahm einen Ausdruck an, der seine Resignation bezeugte. »Eins zu null für dich.«

»Warum?« Nun ließ sich ihr Kummer nicht mehr verbergen. »Ich habe alles getan, um dir zu helfen! Ohne Rücksicht auf die Gefahren, die mir drohten!«

Valerian trat einen Schritt näher zu ihr. »Wenn es auch keine Beweise gibt – ich bin unschuldig.«

»Außer dir wusste es niemand.«

»Trotzdem habe ich nichts verraten.«

»Nachdem du es erfahren hattest, nahmst du mich in die Arme. Als würdest du es ernst meinen, als …« Abrupt verstummte sie.

»Rainewood!«

Aber er ignorierte den Ruf seiner Großmutter und hatte nur Augen für Abigail, die unglücklich den Kopf schüttelte.

Nun hatte sie nichts mehr zu verlieren. Von ihrem Stolz war nichts übrig geblieben. »Ich will nur wissen, warum. *Warum?* Ich habe dir alles gegeben. Du hast es vielleicht nicht erkannt. Aber ich habe es getan …«, fügte sie flüsternd hinzu.

»Das weiß ich«, beteuerte er und kam noch näher. Unsicher streckte er eine Hand aus, zog Abigail zu sich heran, und sie sank weinend in seine Arme.

»Rainewood!« Die schrille Stimme der Herzoginwitwe übertönte Abigails Schluchzen.

»Sei versichert, ich wollte zu dir gehen, Abby«, murmelte er in ihr Haar. »Ich dachte, dafür hätte ich noch genug Zeit. Und ich wollte alles wiedergutmachen. Von diesen Klatschgeschichten ahnte ich nichts. In Zukunft werde ich mein Bestes tun, Tag für Tag – damit du nie mehr an mir zweifelst.«

»Was?« Abigail erstarrte an seiner Brust. »Wie meinst du das?«

»Rainewood! Butler! Lord Rainewood ist krank, und diese unwillkommene Besucherin bedrängt ihn!«

Abigail spürte, wie Valerian über ihren Kopf hinwegblickte. »Bitte, Großmutter, du solltest dich nicht blamieren.«

»Also wirklich, ich – ich …«, stotterte die Herzogin von Palmbury. »Großer Gott, Rainewood, du bist nicht mehr du selbst! Lass diese niederträchtige Person sofort los!«

»Vorsicht, Großmutter, du sprichst von der Frau, mit der ich mein Leben teilen werde.«

Fassungslos rückte Abigail ein wenig von ihm ab und schaute mit großen Augen zu ihm auf. Über ihr Gesicht rollten unkontrollierbare Tränen.

»Eine solche Frau darfst du nicht zu deiner Geliebten machen, Rainewood.«

»Das habe ich auch gar nicht vor.«

»*Wie* bitte?« Entgeistert schnappte die Herzoginwitwe nach Luft. »Aber – sie ist eine Betrügerin! Das kannst du deiner Familie nicht antun!«

Lächelnd erwiderte er Abigails ungläubigen Blick und wischte mit seinem Daumen eine Träne von ihrer Wange. »Gar nichts tue ich meiner Familie an, Großmutter. Und es wird nicht einmal die Klatschkolumnisten interessieren, wenn wir ihnen kein Material liefern.«

»Alles interessiert die Klatschkolumnisten!«

»Keineswegs – solange wir sie nicht mit einer Reaktion beehren und den Eindruck erwecken, die Dinge würden sich so entwickeln, wie wir es wünschen.«

»Was du planst, wünschen dein Vater und ich ganz sicher nicht! Du wirst Celeste Malcolm heiraten. Für diese Verbindung haben wir uns entschieden.«

»Vermutlich würdest du dich anders besinnen, wenn du über gewisse Ereignisse Bescheid wüsstest. Und außerdem – heutzutage muss ein Verlobungsvertrag vom Bräutigam unterschrieben werden. Sonst ist er ungültig.«

»Du wirst Celeste Malcolm heiraten!«

»Da irrst du dich.«

»O nein, ich habe nicht so viel Zeit geopfert, um die Wahrheit über dieses kleine Biest herauszufinden ...« Erbost zeigte die Herzoginwitwe auf Abigail. »... nur damit du meine Mühe missachtest und uns alle ins Unglück stürzt!«

Plötzlich herrschte tiefe Stille im Salon, und die Hausherrin schien zu erkennen, welchen Fehler sie begangen hatte. Herausfordernd hob sie ihr Kinn.

»Das tat ich zum Wohl unserer distinguierten Familie und der Gesellschaft.«

Valerians Lächeln nahm gefährliche Züge an. »Hätte mein Entschluss noch nicht festgestanden, würdest du mir mit dieser Information die Entscheidung erleichtern, Großmutter. Vielen Dank.«

Verwirrt zog sie die Brauen zusammen. »Also wirst du sie nicht – bei dir behalten.«

»Ganz im Gegenteil, sie bleibt bei mir, und ich werde sie möglichst bald in mein Bett holen.«

Abigails Wangen färbten sich dunkelrot, und die Herzoginwitwe presste entrüstet eine Hand auf ihre Brust.

»Um Himmels willen, Rainewood! Wir kannst du es wagen, so anstößig daherzureden!«

»Klingt gut, nicht wahr?«

»Sie wird dich in den Abgrund reißen!« Noch einmal deutete ein knotiger Finger auf Abigail.

»Nein«, widersprach Valerian leise, »sie wird mich in einen Menschen verwandeln. Und nichts, was du sagen willst – oder was sonst jemand in deinen erlauchten Kreisen einwenden mag –, wird mich von meinem Plan abbringen.«

»Aber – Valerian«, wisperte Abigail, »alle wissen es, ich bin ruiniert.«

»Tatsächlich? Nun, welchen Sinn hätte die Macht einer gehobenen gesellschaftlichen Position, wenn man sie nicht gelegentlich nutzte, um die Leute zu beeinflussen?« Endlich erschien in seinen Augen wieder jenes Funkeln, das vor so vielen Jahren erloschen war. »Komm, Abby, stürzen wir uns in ein Abenteuer.« Er nahm ihre Hand und führte sie zur Treppe. »Aber zuerst möchte ich dir etwas geben.«

»Rainewood!«

»Ja, Großmutter?«

»Ein solches Benehmen dulde ich nicht unter diesem Dach!«

»Keine Bange, ich werde ihr nur etwas schenken, das ich schon seit langer Zeit verwahre. Aber du hast mein krankes Gehirn auf eine verlockende Idee gebracht, die ich mit dem größten Vergnügen in die Tat umsetzen werde. Nochmals – besten Dank.«

»Rainewood!!!«, kreischte die Herzoginwitwe.

Da grinste er, drückte Abigails Hand, und sein liebevoller Blick verscheuchte die letzten Sorgen aus ihrem Herzen. Hoffnungsvoll erwiderte sie den zärtlichen Druck seiner Finger.

24

Aus dem Ballsaal fiel strahlendes Licht durch die Tür und auf die Treppe herab. Abigail stieg eine Stufe hinauf, in der langen Reihe der Gäste, die darauf warteten, den Landmarks präsentiert zu werden. Nun meldete der Butler die Leute an, die vor ihr standen – einige fröhliche, übermütige junge Paare, die sich gar nicht umgedreht hatten. Wenn sie es getan hätten, wären sie ziemlich verblüfft gewesen.

Sicher hoffte die Hälfte der Anwesenden im Saal, Abigail würde auftauchen. Das wusste sie. *In vollen Zügen würden sie meine Blamage genießen …*

Anmutig trat sie auf den Treppenabsatz und schaute zu den eifrigen, sensationslüsternen Mienen hinab.

Der Butler nahm die Karte entgegen, die ihm überreicht wurde, und studierte sie. Dann räusperte er sich. »Ich glaube, da liegt ein Irrtum vor.«

»Nein, keineswegs«, ertönte eine tiefe, sonore Stimme, in der nur ein dezenter arroganter Ton mitschwang und Gehorsam verlangte.

Unbehaglich schluckte der Butler. »Sehr wohl, Mylord«, murmelte er und straffte die Schultern. »Lord Rainewood und seine Verlobte, Miss Abigail Travers!«, verkündete er.

Valerian lächelte dämonisch und bot ihr seinen Arm. Als sie ihre Hand darauf legte, zwinkerte er ihr zu.

Da verflog der letzte Rest ihrer Nervosität. Die Liebe, die sie in seinen Augen las und die ihre eigenen Gefühle widerspiegelte, stärkte ihren Mut, wie es nichts anderes auf der Welt vermocht hätte. Mit ihrer freien Hand berührte sie den schönen Elfenbeinkamm, der in ihrem Haar steckte. Valerians Geschenk, das er jahrelang für sie verwahrt hatte … Was immer auch geschehen mochte, es würde ein gutes Ende nehmen. Daran glaubte sie ganz fest. Nein, sie *wusste* es.

Sogar inmitten der missgünstigen Schar, die sich hinter ihr drängte, würde sie Schutz und Halt finden. Denn Valerian würde nicht von ihrer Seite weichen. Und sie nie mehr von seiner.

»Denk an das Abenteuer, das uns erwartet.« Er neigte den Kopf, schaute in ihre Augen, und seine Lippen näherten sich ihren. Geradezu skandalös … »Und an das viel interessantere Abenteuer, wenn ich heute Nacht in dein Zimmer schleiche.«

»Als würde ich dich einlassen …«

»Als würde ich mir keinen Zutritt verschaffen …«

Lächelnd folgte sie ihm in den Ballsaal.

DANKSAGUNG

Wie immer danke ich Mom,
May und Matt,
den wundervollen Ms ☺

blanvalet

Ein historischer Liebesroman voller Romantik, Witz und Erotik

Roman. 440 Seiten. Übersetzt von Ute-Christine Geiler
ISBN 978-3-442-36808-2

Lesen Sie mehr unter: **www.blanvalet.de**

blanvalet

„Shirlee Busbee ist eine der besten Autorinnen von Liebesromanen, die es gibt!“

AFFAIRE DE COEUR

Roman. 480 Seiten. Übersetzt von Ute-Christine Geiler

ISBN 978-3-442-36971-3

Lesen Sie mehr unter: **www.blanvalet.de**